WISTERIA

ADALYN GRACE

WISTERIA

A persistência da vida

V. 3 da série
Belladonna

Tradução
Lavínia Fávero

PLATAFORMA 21

TÍTULO ORIGINAL *Wisteria*

Plataforma21 é o selo jovem da VR Editora

GERENTE EDITORIAL Tamires von Atzingen
EDITORA Thaíse Costa Macêdo
EDITORA-ASSISTENTE Marina Constantino
ASSISTENTE EDITORIAL Michelle Oshiro
PREPARAÇÃO Letícia Nakamura
REVISÃO Bárbara Prince e Lara Freitas
CAPA © 2024 by Hachette Book Group, Inc.
ARTE DE CAPA © 2024 by Elena Masci | Frame © vectorkat/Shutterstock.com; ornament © L Studio Design/Shutterstock.com
DESIGN DE CAPA Jenny Kimura
DESIGN DE MIOLO Jenny Kimura e Carla Weise
ADAPTAÇÃO DE CAPA E PROJETO GRÁFICO Pamella Destefi e P. H. Carbone
DIAGRAMAÇÃO Pamella Destefi
PRODUÇÃO GRÁFICA Alexandre Magno

Dados Internacionais de Catalogação na Publicação (CIP)
(Câmara Brasileira do Livro, SP, Brasil)

Grace, Adalyn
Wisteria: a persistência da vida / Adalyn Grace; tradução Lavínia Fávero. — São Paulo: Plataforma21, 2025. — (Série Belladonna ; v. 3)

Título original: Wisteria.
ISBN 978-65-5008-039-6

1. Ficção juvenil I. Título. II. Série.

25-249496 CDD-028.5

Índices para catálogo sistemático:
1. Ficção : Literatura juvenil 028.5
Cibele Maria Dias - Bibliotecária - CRB 8/9427

VR Editora S.A.
Av. Paulista, 1337 – Conj. 11 | Bela Vista
CEP 01311-200 | São Paulo | SP
plataforma21.com.br | plataforma21@vreditoras.com.br

Comecei a escrever este livro perto da lareira, em um dia de chuva, com uma das minhas melhores amigas trabalhando ao meu lado. Este livro é dedicado a ela – pela amizade, pela sopa e por ser um dos melhores e mais bondosos seres humanos que tive a sorte de conhecer.

PRÓLOGO

Na manhã de sua morte iminente, a Vida se deitou debaixo de um pé de glicínia.

Sua magia havia moldado aqueles galhos, retorcendo-os para formar uma copa que a protegesse do sol quando fosse espichar os pés na grama, sentindo a umidade escorrer entre os dedos. Ao lado dela, o Destino estava debruçado sobre sua mais nova obra, ainda inacabada. A Vida acompanhava cada torcida e puxada que os dedos hábeis dele davam nos fios, tecendo a tapeçaria de uma vida. O Destino trabalhava com um brilho nos olhos, um brilho que a Vida gostaria de guardar para sempre na memória.

Porque logo, logo, a Morte chegaria para levar embora tudo o que ela era. E, depois que o Ceifador chegasse, não seria possível saber quais partes suas restariam. A Vida torcia para conseguir recordar que o Destino tinha a tendência de saltitar muito discretamente quando ficava deveras satisfeito com uma de suas criações e que tinha uma covinha na bochecha direita, como se alguém tivesse enfiado a unha em sua pele, deixando uma marca permanente, em formato de uma lua crescente travessa. Torceu para se recordar de que toda a luz do mundo se dirigia a ele a qualquer hora do dia ou da noite e que o Destino se deleitava com isso. Fosse no meio da tarde ou em uma hora na qual apenas os grilos cantam, o marido estava radiante.

A Vida torceu para também conseguir se recordar das mãos do Destino. Não apenas do quanto eram sagazes – precisas feito um instrumento musical ou um pincel, quando lidavam com agulha e linha –, mas de como se fundiam com o corpo dela. Não tinha consciência de como fora criada e, não raro, ficava imaginando se não seria uma das esculturas do Destino que ganhara vida por um passe de mágica, porque apenas as mãos do marido conheciam cada contorno de seu corpo. Cada carícia que os dois trocavam era íntima, instintiva.

– Está gostando da vista?

O Destino não precisava olhar para trás para saber que a Vida estava espiando, não menos impressionada com a beleza daquele homem agora do que no primeiro dia em que colocara os olhos no marido. O Destino era seu sol de verão: tinha uma intensidade excessiva, que a maioria das pessoas não aguentava, mas a Vida se inclinava na direção dele, feito uma flor, ansiosa por ser tocada.

A Vida ficou de joelhos, colocou os braços em torno do pescoço do Destino e ficou observando a tapeçaria.

Vermelho. Sempre havia tanto vermelho.

Conhecia o Destino havia tempo suficiente para entender o porquê: o vermelho simbolizava a paixão, e não havia nada que ele amasse mais. As histórias preferidas do Destino sempre eram repletas dessa cor, lendas a respeito de pessoas que abririam mão da própria alma para conquistar o que mais almejavam. Nunca era muito exigente com o tipo de paixão. Podia ser arte, literatura, invenção, romance, culinária, jardinagem... Se existisse uma paixão a ser encontrada, o Destino teceria as mais gloriosas histórias em torno dela. Porque também era um homem muito dado a grandes paixões.

O traço que a Vida mais amava no marido era a fome que tinha do mundo e de seus tesouros. Mas, apesar de não haver nada inerentemente *errado* com a paixão, a Vida havia muito descobrira que as pessoas se perdem nela com uma frequência demasiada. O Destino não era exceção: já o encontrara incontáveis vezes encolhido feito um lobo diante de seu banquete, a mandíbula ensanguentada substituída por olhos que não piscam, ávidos, ao elaborar suas histórias.

A paixão faz as pessoas se esquecerem de si. Impede que sintam a mudança das estações na própria pele e descansem os pés na grama. A paixão rouba a saúde das pessoas. Dispersa tanto o tempo como as famílias, porque as pessoas se perdem em busca de suas paixões.

No que dependesse da Vida, haveria mais azul naquelas tapeçarias. O vermelho até podia criar as histórias mais divertidas, mas era a calma do azul que criava as histórias mais felizes. Sendo assim, a Vida tocou o braço do marido, deliciando-se com o calor de sua pele, e sussurrou:

– Sei que isso não é fácil para você, mas não se esqueça de ser gentil.

As mãos do Destino se deteram em meio à execução de um ponto. Ele soltou um suspiro ao ouvir aquela censura tão conhecida e depositou a obra sobre a grama. Ficou olhando por um bom tempo, mexendo os dedos, na tentativa de resistir ao ímpeto de pegar a tapeçaria de novo. Demorou mais do que deveria para se virar para a Vida, pegá-la pela cintura e puxá-la para o seu colo.

– Sou gentil com você. Não basta?

A Vida passou os dedos pelos cabelos dourados e sedosos do marido, desejando que os dois pudessem ficar ali, juntos, para sempre, criando raízes sob o pé de glicínias. Ela se alimentaria dos lábios do Destino e faria morada na voz dele, sem jamais se cansar de suas carícias.

– Não sou a única pessoa importante no mundo, meu amor.

Os dedos do Destino enroscaram-se na cintura da Vida.

– Para mim, é.

Mesmo sabendo que a discussão era inútil, ela deveria ter insistido. Em vez disso, a tensão em seu corpo se dissipou, porque o Destino a deitou na grama. O peso do corpo do marido, que se abaixou e ficou sobre o seu, era o mais reconfortante dos calores. Seus lábios traçaram um caminho do maxilar até a clavícula dela. A Vida inclinou a cabeça para trás, os olhos foram se fechando, e ela tentou prolongar cada sensação. Queria se enroscar no amor do Destino. Enterrar-se nele. Mas, com a mesma rapidez com que se colocou em cima dela, o Destino tornou a se afastar, porque alguém pigarreou ao lado do pé de glicínias.

– Você está travando uma batalha inglória – anunciou a Morte. As sombras do Ceifador deslizaram em volta das raízes da árvore, esparramando-se em volta do casal, até que ele ficou diante da Vida. – Sabe que ser gentil não é da natureza do Destino. – Sua voz exibia certo tom de tristeza, que arrepiou os pelos dos braços da Vida. Ela lançou um olhar de esguelha para o Destino e ficou na dúvida se o marido tinha ou não percebido.

– Da próxima vez que vier me visitar, faça o favor de trazer um sino que eu possa amarrar nesse seu xale – foi tudo o que o Destino resmungou. Em seguida, passou a mão alisando a própria camisa, para se recompor.

A tensão no peito da Vida se dissipou. Talvez tenha sido cruel de sua parte, mas ela ficou feliz com o fato de o Destino não saber que aquela seria a última noite que passariam juntos. O marido causaria uma briga, exigindo que o irmão a salvasse, quando tudo o que a Vida queria era passar suas últimas horas sentindo o calor do sol na pele, na companhia do Destino.

Assim como não era da natureza do Destino ser gentil, não era da natureza dele compreender por que a Vida precisava morrer. Não queria compreender, por mais que a esposa passasse todas as manhãs lutando contra as rugas profundas em sua pele para ter a mesma aparência jovem do dia em que se conheceram, mesmo que seus ossos estivessem frágeis. A Vida não tinha mais energia para viajar com o marido, ir a vilarejos remotos ou cidades movimentadas para ver como estavam as criações preferidas dele, conhecer suas obras. Não conseguia mais viajar pelo mundo só para sentir o gosto das melhores comidas e dos vinhos mais finos; apesar de o Destino ter jurado que estava feliz, a Vida sabia que o marido sentia muita falta de tudo o que a esposa o impedira de fazer nos últimos muitos anos. A idade a deixara fatigada, despindo-a de todo e qualquer fingimento e desejo, ao ponto de nada no mundo lhe parecer melhor do que sentir a pulsação da terra na própria pele, enquanto descansa debaixo de sua árvore preferida, com suas pessoas preferidas.

A Vida desistira de lutar contra o inevitável. Como não pode existir vida sem a experiência da morte, que escolha tinha ela senão, finalmente, permitir-se sucumbir?

A Morte apresentou seus préstimos e lhe deu três opções do que aconteceria depois de ceifar sua vida. A primeira era a menos favorável: uma alma pode escolher permanecer na Terra, presa no local onde morreu até estar preparada para a segunda opção, que é se mudar para o Além-túmulo. A terceira opção apresentada pelo Ceifador foi a reencarnação, que, para a Vida, era a única opção. Sua alma voltaria em um novo receptáculo. E, enquanto ela existisse em alguma forma, almas continuariam sendo criadas.

Havia muito a Vida aceitara um futuro em que deixaria o próprio corpo para trás e voltaria renovada. Apesar de jamais ter contado ao marido, estava empolgada para descobrir o que a esperava e para experimentar uma nova forma, que a acompanharia na jornada por todos os estágios da vida. A única coisa que lhe dava medo eram as lembranças, porque, apesar de o Ceifador acreditar que os dois poderiam encontrar uma maneira de retê-las, não havia nenhuma garantia disso.

– Ultimamente, você não sabe muito a respeito da minha natureza – disse o Destino, dirigindo-se ao irmão. – Mal o vi no ano passado. Até onde você sabe, eu poderia muito bem ter mudado.

A Vida não se pronunciou quando as sombras se derreteram, abandonando a pele da Morte, porque sabia muito bem qual era o motivo da ausência do Ceifador. A Morte mal era capaz de fitá-la sem deixar transparecer suas emoções. A Vida sabia que morreria naquele ano; pedira apenas que o Ceifador esperasse até o outono, para que ela pudesse aproveitar o sol de verão pela última vez. Vai saber se a sensação que teria em seu próximo corpo não seria diferente... O próximo talvez preferisse o inverno. No futuro, talvez, a Vida odiasse sentir calor.

– Que bom te ver – sussurrou a Vida, finalmente ficando de pé para cumprimentar o cunhado.

– Eu gostaria que você não achasse bom. – O sussurro do Ceifador era como uma tempestade de inverno. – Não temos muito tempo. Você precisa contar para ele agora, Mila, senão eu conto.

Ao lado da esposa, o Destino ficou tenso.

– Contar o quê?

A Vida se virou para o marido, cujos olhos brilharam com uma expressão de compreensão que queimou a alma dela.

– Pensei que teria mais uma noite com você, meu amor. Mas, pelo jeito, não teremos esse privilégio.

– Não – sussurrou o Destino, dando um passo à frente a fim de segurar a mão da Vida. Ele entrelaçou os dedos nos da esposa antes que ela se afastasse. Seus olhos eram duas chamas gêmeas, consumidas por uma raiva da qual Mila não conseguia desviar. – Não – repetiu, dirigindo-se ao irmão desta vez. – Ela não vai a lugar algum.

Foi só então que a Morte ergueu os olhos.

– Não escolho onde sou chamado, irmão. Assim como você não é capaz de controlar seus desígnios, tampouco eu consigo fazê-lo. – Seu sussurro era suave como o orvalho da manhã. A Vida jamais ouvira o Ceifador falar tão baixo.

O coração da Vida se partiu quando os fios dourados do Destino se enroscaram em volta do corpo dela, puxando-a para trás, de modo a deixá-lo posicionado entre a esposa e a Morte.

O Ceifador ergueu a mão ao falar, como se quisesse aplacar a ira do irmão.

– Não tem chamado, coisa nenhuma. – Neste momento, a Vida não conseguiu enxergar o quanto a expressão do Destino se suavizou. Não conseguiu enxergar os olhos suplicantes à Morte nem a fragilidade do marido. – Ela é minha *esposa*. Você tirou de mim tudo o que me era precioso, e jamais o impedi. Nunca lhe pedi nada. Mas estou pedindo agora, irmão, para abrir uma exceção. Você não pode tirá-la de mim.

A convicção da Morte se estilhaçou, e a Vida teve certeza, naquele exato momento, de que sua vontade não prevaleceria. Desta vez, não havia nada de suave na voz do Ceifador quando ele se aproximou do Destino, cuja luz diminuiu diante da Morte, e perguntou:

– Quanto, exatamente, a vida dela vale para você?

A Vida abriu a boca para falar, para discutir, mas os fios dourados do Destino se enroscaram em sua língua, impedindo-a. O marido jurou:

– Ela vale tudo.

Mila inclinou a cabeça para o Ceifador, suplicando para ver seus olhos, algo que a Morte não lhe permitiu. Por um contato que a Morte não queria lhe dar. Lutou contra as amarras do Destino, estendeu a mão trêmula, mas o Ceifador virou o rosto, escondendo-o no capuz, e se afastou.

– Por uma vida como a dela – sussurrou o Ceifador – *tudo* pode muito bem ser o valor exato.

A Vida tentou arrancar os fios e gostaria de poder dizer ao Destino que não se tratava de um adeus. Que queria que o marido a deixasse ir em paz para que, um dia, pudesse voltar para ele. Porque, na paz, a Vida torcia para que conseguisse recordar tudo o que deixaria para trás assim que encontrasse o novo corpo. Mas se a morte fosse dolorosa... se fosse uma morte que a consumisse tão completamente que não conseguisse pensar em mais nada... O Ceifador tinha avisado que reter as lembranças seria difícil. E que, se tal morte acontecesse, a Vida perderia tudo, sem sombra de dúvida. Perderia *o Destino.*

Mesmo assim, os fios que seguravam sua língua logo se tornaram grilhões em torno dos pulsos, mantendo-a presa ali, e Mila sentiu um destino terrível se acomodar dentro dela.

Quando o marido fechou o trato com a Morte, virou-se para a Vida e prometeu:

– Não vou perder você.

Mas já tinha perdido.

PARTE UM

UM

Dizem que a *Wisteria floribunda*, trepadeira que recebe o nome popular de glicínia, é um símbolo da imortalidade.

Não foram poucas as vezes que Blythe Hawthorne tinha admirado a planta – letal e bela em igual medida, e resiliente a ponto de continuar florindo por séculos e séculos, mesmo depois de abandonada e esquecida. Ainda assim, ao esmagar uma pétala entre os dedos e deixar a cor se espalhar em sua pele, teve pena da glicínia, por causa do destino que ela e a flor tinham em comum. Que tragédia ambas terem de permanecer enraizadas para sempre no jardim de Aris, terem seu esplendor desperdiçado com gente da laia dele.

Blythe, pelo menos, possuía uma vantagem em relação à glicínia: tinha espinhos. E, quando se tratava de Aris Dryden, tinha toda a intenção de usá-los.

A garota lançou um olhar para o jardim, onde dezenas de convidados esperavam, de pé. A luz do sol atravessava a copa das glicínias acima deles, banhando o pátio em uma névoa dourada de luz que obrigava as pessoas a espremerem os olhos enquanto conversavam, a respiração enevoando o ar.

Blythe sentiu inveja dos casacos refinados que as pessoas usavam. Sentia a pele gelada por causa da umidade do outono, que as mangas translúcidas do vestido pouco ajudavam a aplacar. Novembro era um mês incomum para realizar um casamento. Mas supunha que, de Aris, sempre deveria esperar o incomum. Se o suposto príncipe resolvia que queria se casar em uma manhã de outono, em um horário em que o sol ainda nem havia secado o orvalho do musgo, quem era a sociedade para questioná-lo?

Aris Dryden era um homem que sempre conseguia o que queria. Aquele dia, por acaso, apenas por acaso, era uma rara exceção, porque estava sendo obrigado a se casar com uma mulher que não suportava.

E, justiça fosse feita, o sentimento era recíproco.

– Você não precisa fazer isso. – Foi Elijah Hawthorne, pai de Blythe, quem disse. – É só pedir que tiro você daqui.

Em qualquer outro mundo, Blythe teria aceitado a proposta de fugir do Palácio das Glicínias. Mas, para garantir a segurança de Elijah, depois que fora falsamente acusado de assassinato, Blythe Hawthorne derramara o próprio sangue em uma tapeçaria dourada, criando um laço que a unia a Aris – ao *Destino* – pelos anos de vida que ainda lhe restavam. Para provar, tinha até uma aliança de luz brilhante no dedo anular, em um tom de dourado tão claro que era quase invisível.

– Vou ficar bem – respondeu ela para o pai.

Não adiantava tentar convencê-lo com palavras carinhosas, falando de quanto amava Aris ou da felicidade que sentia por se casar com aquele brutamontes. Naquele momento, tremia no ar úmido, o corpo coçava por causa da sensação de estar usando uma centena de camadas de tafetá, e tinha de se segurar para não espirrar toda vez que o véu roçava seu nariz. Não tinha mais paciência para mentir, e Elijah não era bobo nem nada: sabia que a filha nunca tivera intenção de se casar.

– Você será uma linda princesa – sussurrou ele, e Blythe com certeza teria concordado, caso Aris *realmente* fosse um integrante da realeza. – Mas não esqueça que as portas da Quinta dos Espinhos sempre estarão abertas para você. Seja qual for o dia e a hora, sempre poderá voltar para casa.

– Sei disso – jurou Blythe, porque compreendia essa verdade melhor do que qualquer coisa.

Foi só quando Elijah entendeu que não conseguiria dissuadir a filha de se casar que se abaixou e lhe deu um beijo no alto da cabeça. Arrumou o véu de Blythe, escondendo seu rosto, e se afastou. A garota torceu o nariz, virou para o lado e espirrou.

Quando os silvos cadenciados da harpa começaram a tocar uma melodia vagarosa, Elijah esticou o braço.

– Pronta?

Nunca. Um milhão de anos teriam de se passar até Blythe ser capaz de sequer considerar a hipótese de estar *pronta*. Mas, em vez de admitir a verdade para o pai, falou:

– Estou.

Pois, se era isso o necessário para impedir que ele fosse enforcado, o sacrifício mais do que valia a pena.

Por mais que Blythe tentasse se concentrar à medida que atravessava o pátio, o mundo rodopiava ao seu redor. O chão era um caminho de pedras em volta das quais se curvavam trevos brilhantes. Elijah a segurou quando a filha quase escorregou, já que o calçado que escolhera não era lá muito antiderrapante.

O coração de Blythe batia no peito feito uma enxurrada, abafando os silvos da harpa, que diminuiu o ritmo para acompanhar os passos cautelosos da garota. Ela fitou os convidados, aqueles rostos que se borravam, formando faixas de dentes afiados e brancos demais, de olhos ávidos que a devoravam a cada passo, como se estivessem se preparando para arrancar a pele de seus ossos. Blythe manteve o queixo erguido mesmo que suas mãos tentassem tremer, recusando-se a permitir que alguém ali sentisse o cheiro de seu medo.

Foi só quando viu Signa, a dama de honra, parada mais à frente dos presentes usando um lindo vestido de renda, que a pressão no peito de Blythe amainou. O Ceifador estava atrás de Signa, e as sombras se enroscavam nas mãos trêmulas da prima.

Choques muito sutis pulsaram, subindo pela coluna de Blythe, ao ver a Morte encostando em Signa. Cada mínima parte de seu corpo tinha vontade de fugir da presença do Ceifador e, apesar disso... foi ele quem Signa escolheu. Blythe jamais entenderia *por que*, mas se a prima estava feliz e Elijah estava livre, então tudo corria bem no mundo.

Quando passou por Signa, a melodia da harpa se dissipou e o pai parou de repente. Blythe foi deixada ali, sem escolha além de, finalmente, voltar a atenção para o homem de cabelos dourados que estava diante dos dois, vestindo uma casaca escura em tom de safira. *Belo.* A garota supôs que era isso que as outras pessoas deviam pensar dele. E, mesmo assim, Blythe só conseguia enxergar o ressentimento que apodrecia dentro de Aris Dryden, feito veneno. Ele o mascarou ao esboçar um sorriso, como se estivesse pronto para se juntar à horda de predadores determinados a devorá-la.

O Destino deu um passo à frente e estendeu a mão para Blythe. Se Elijah, que segurava a mão da filha, não tivesse ficado tenso, lembrando-a da presença do noivo, a garota talvez não a tivesse aceitado.

– Oi, amor. – Aris podia até ter sussurrado as palavras, mas sua voz era uma arma branca que deslizou atravessando a pele de Blythe, se fincando até o cabo. – Fiquei torcendo para você não conseguir chegar.

A garota apertou a mão do noivo, dando o próprio sorriso

forçado, e torceu para que sua cara espelhasse metade da crueldade estampada na expressão do noivo.

– Eu não perderia isto por nada no mundo, querido. Mas fique à vontade para se divorciar de mim amanhã.

Os fios entre os dedos de ambos adquiriram um brilho forte, ardendo na pele com tanta intensidade que Aris deu risada para disfarçar a careta de dor.

– E poupar você de uma vida inteira de infelicidade? Acho que não. Você não tem ideia do quanto pretendo… – Aris estacou. Tinha falado tão baixo que os dois estavam de cabeça curvada, quase encostando um no outro. Então indagou, com um tom perigoso: – Que coisa é essa que você está usando?

Blythe não precisou seguir o olhar do noivo, que desceu até seus pés, para saber que ele se referia aos chinelinhos verdes de veludo. Seus preferidos, na verdade. Tinha mandado encurtar o vestido apenas o necessário para que o Destino os avistasse. Por mais retraído que Aris fosse, a garota não tinha a menor dúvida de que o noivo repararia.

E os convidados, pelo jeito, também repararam. Um murmúrio baixo vinha dos presentes e, apesar de Blythe não ter dado muita bola, Aris cerrou os dentes. Apertou as mãos da noiva, sussurrando com um sorriso falso:

– Você não vai se casar comigo de *chinelos*. Vá lá trocar.

A garota encolheu os dedos dentro do veludo.

– E interromper o casamento? Eu nem sonharia em fazer uma coisa dessas.

Se já não conhecesse tão bem o poder do Destino, Blythe o teria percebido em toda a sua dimensão quando um brilho dourado surgiu nos olhos do noivo, e ela teve a sensação de que o mundo parara. O pé de Elijah ficou imóvel em meio a um passo, voltando para junto dos convidados, e Blythe passou o dedo na barriga de um beija-flor que congelara ao seu lado, com as asas suspensas. Alguns dos convidados estavam com a boca escancarada, o corpo curvado, parados em meio ao cochicho. Nem um único olho piscou, demonstrando ter reparado no que estava acontecendo. Signa e o Ceifador foram os únicos que continuaram a se movimentar, banhados pelas sombras. Signa chegou mais perto, mas Aris, fazendo uma careta que queimava feito o sol abrasante, a fez parar.

– Vá lá colocar sapatos. – Aris baixou a cabeça até ficar na altura de Blythe, sem conter o desdém agora que os convidados estavam petrificados. – Isto é ridículo. Eu me recuso a participar desses seus joguinhos.

A garota fizera por merecer cada gota daquela reação de um homem tão orgulhoso. Tinha torcido por algo assim, e o sorriso irônico que deu o transparecia.

– Pelo jeito, meu amor, você ainda não percebeu. Mas já está participando.

Os milhões de fios dourados que os cercavam reluziram. Vários se enroscaram no pulso da garota e, quando Aris fez moção de puxá-la para a frente, Blythe se segurou. Mas foi o Destino quem cambaleou para trás, segurando o próprio pulso e soltando um suspiro de dor. Olhou não para Blythe, mas para Signa, que mantinha uma expressão impassível.

Será que a prima também tinha feito um trato com o Destino? Blythe teve a impressão de que Aris era incapaz de fazer mal a Signa, e soltou uma risada sinistra ao se dar conta disso, se aproximando e encostando o próprio peito no peito de Aris. Ou melhor, na barriga, dado que ele era bem mais alto.

– Vou ficar esperando aqui, com os pés fincados no chão, pelo resto da minha vida, se isso significar que fui melhor do que você – disse, e cada palavra foi sincera. – Liberte as pessoas do feitiço que colocou nelas e vamos andar logo com esta farsa.

Aris ficou um bom tempo sem fazer nada. Tanto que, na verdade, a Morte começou a estremecer. Apesar de saber que o Ceifador queria ajudar, Blythe ficou tensa quando as sombras dele se aproximaram, centímetro por centímetro. Só conseguiu manter os olhos fixos no noivo, tentando ignorar a presença da Morte, olhando feio com toda a intensidade que foi capaz de reunir. Não saberia dizer por quanto tempo Aris ficou encarando seus olhos com a mesma fúria até que, em certo momento, cerrou os dentes, segurou a saia da noiva e, com ela, tapou os chinelos de Blythe. Foi só então que o pé de Elijah bateu no chão com um estrondo, e as pessoas voltaram a cochichar baixinho. O beija-flor saiu voando, passando por cima da cabeça de Aris bem quando o sacerdote se aproximou.

– Aceita esta mulher como sua legítima esposa... – o homem começou a dizer e, assim que as palavras saíram pela boca do sacerdote, o mundo de Blythe balançou. A garota fincou os calcanhares na terra e os afundou mais a cada voto pronunciado pelos lábios do homem. – Promete amá-la... e respeitá-la... pelo resto da vida?

Apesar de ela não ter ouvido boa parte do que o sacerdote disse, ao escutar a última pergunta, seu mundo caiu. Blythe olhou de esguelha para Aris, que ficou de cabeça baixa, cerrando tanto os dentes que a garota pensou que iriam se quebrar.

– Por todos os dias da vida dela – concordou Aris, tão seco que o sacerdote se encolheu todo antes de dirigir o olhar para Blythe.

– E você aceita este homem como seu legítimo esposo, para viver de acordo com a lei de Deus, no sagrado sacramento do matrimônio, para obedecê-lo, servi-lo, amá-lo, honrá-lo, na saúde e na doença, abandonando todos os demais e ficando apenas ao lado dele até que a morte os separe?

Aris lançou um olhar sinistro para Blythe, que a fez segurar o riso antes que escapasse. A garota pigarreou e declarou, com sinceridade:

– Eu me caso com este homem e irei amá-lo ainda mais quando ele ficar doente.

O sacerdote mostrou um anel de ouro em forma de cobra, com olhos de jade.

– Repita comigo: com este anel, eu me caso. Com meu corpo, eu te venero…

Cada palavra que saiu pelos lábios de Blythe mais parecia veneno; o anel queimou quando Aris o enfiou em seu dedo, recitando os votos. A garota mordeu a língua, porque o Destino apertou tanto a joia nos nós dos seus dedos que ela teria de usar óleo para tirar aquela coisa maldita. E certamente o faria, assim não estivessem mais sob o escrutínio do público.

– Oi, *esposa* – disparou Aris, praticamente cuspindo. Ele falava tão baixo que ninguém mais conseguiu ouvir.

Blythe sorriu, apesar da dor, e deu as mãos para o Destino, só para poder enfiar as unhas nas palmas das mãos dele.

– Oi, marido.

Os dois não desviaram o olhar quando o sacerdote fez sinal para se ajoelharem e receberem a prece cerimonial. Blythe nem ouviu o restante das palavras, porque o dedo anular ardia por baixo do anel de ouro.

Aquilo não era um anel, e sim um grilhão. Um grilhão do qual, pelo jeito, nem ela nem Aris conseguiriam escapar tão cedo.

DOIS

Em boa parte dos dias, Blythe encontrava consolo no ato de colocar seu vestido de baile favorito. Mas, no dia do casamento, não conseguia parar quieta, sentia claustrofobia com aquelas montanhas de tafetá empilhadas sobre ela. Os pés também incomodavam: estavam definitivamente gelados. O orvalho da manhã se infiltrava no tecido, umedecendo os solados de veludo. Se não tivesse se esforçado tanto para irritar Aris, teria calçado um modelo mais quente havia muito tempo.

Tentou se lembrar de como fora doce o sabor da pequena vitória enquanto os chinelos faziam barulho de água ao serem pressionados pelos dedos dos pés, e um arrepio de frio perpétuo se instalou em seus ossos. Mesmo assim, manteve um sorriso estampado no rosto o tempo todo que esteve parada debaixo do toldo de glicínias, grudada ao lado de Aris, quando os dois foram obrigados a cumprimentar os convidados. Estava cercada por um borrão de rostos que via desde que se conhecia por gente. Rostos demais, na verdade. Aquela não era uma cerimônia nada pequena, mas uma comemoração digna de um príncipe, com chocolates delicados e bolos em miniatura decorados com folhas de ouro, dispostos cerimoniosamente em bandejas douradas. Os pulsos e pescoços de todos reluziam, ostentando suas joias mais finas.

Charlotte e Everett Wakefield cumprimentaram os recém-casados com sorrisos e palavras de incentivo. O duque e a duquesa estavam encostados um no outro, com um brilho nos olhos, o que fez Blythe imaginar qual seria a sensação de estar tão apaixonada assim. Ela, provavelmente, jamais saberia.

Entre os presentes, também havia rostos que Blythe não reconheceu. Rostos arrogantes, que desfilavam pela recepção como se avaliassem tudo constantemente. Quando a garota os examinou com mais atenção, contudo, percebeu que tinham os olhos vidrados e que nunca dirigiam a palavra a ninguém, a não ser uns aos outros. Deviam ser convidados de Aris, porque teria chamado atenção o fato de ele não ter ninguém para prestigiá-lo.

As pessoas do vilarejo nunca tiravam os olhos desses convidados novos. De soslaio, Blythe ficou observando Diana Blackwater chegar mais perto de uma das marionetes encantadas do Destino – um homem que não devia ter mais de 30 anos, de ar pretensioso e muito bem trajado, com tecidos importados. Diana se posicionou, tentando chamar a atenção dele, mas o homem não poderia lhe dar a graça de reparar na garota mesmo se quisesse, e ficou dando voltas pelo jardim lentamente, inspecionando a decoração. Depois de passar um bom tempo seguindo o homem, Diana desistiu com um suspiro, abanando-se constrangida. Quando percebeu que a noiva assistia à cena, sua postura se enrijeceu. Muito, mas muito devagar – como se o gesto lhe causasse dor física –, Diana fez uma mesura.

Foi neste momento, quando a satisfação aqueceu Blythe dos pés à cabeça, que ela se deu conta de quanto sua própria alma, de fato, não tinha salvação. Aquela mesura, por si só, quase fazia valer a pena estar com os chinelos empapados.

Quase.

– Você não pode simplesmente usar magia para fazer este dia terminar? – perguntou, depois que ela e Aris foram parabenizados pela dona de uma modesta botica no vilarejo. Até então, Blythe nunca tinha sido devidamente apresentada à boticária. Mesmo assim, sorriu e aceitou os parabéns profusos da mulher. – Precisamos levar esta farsa até o fim?

– Foi você quem insistiu para termos um casamento como manda o figurino – recordou Aris. – Eu nem sonharia em subtrair tal experiência de uma noiva inocente.

Blythe engoliu as palavras chulas que ameaçavam esburacar sua língua, de tão escaldantes. Não valia a pena iniciar mais uma briguinha com o marido. Ainda mais com o pai ali perto, observando com atenção os recém-casados.

Não dava para afirmar que Blythe quisesse um *casamento*, exatamente. Pelo contrário: torcera para adiar o máximo possível aquele destino inevitável e quisera algo que Elijah pudesse testemunhar. Queria que o pai a visse bem e não precisasse se preocupar. Era por isso que, naquele momento, sorria tanto que as bochechas começavam a doer. Tinha até se enroscado no braço de Aris quando, na verdade, o que mais queria era se encolher toda. As mãos do noivo serpentearam em volta de sua cintura, apertando tanto que a garota ficou com a pele arrepiada e só conseguiu pensar que, assim que tivesse uma oportunidade, teria de queimar o vestido e esfregar o próprio corpo até arrancar o toque do Destino dali.

Foi só quando Signa se aproximou que Aris a soltou um pouco, e a postura rígida do marido cedeu. Se Signa percebeu – e Blythe supôs que ela teria percebido, dado que a prima tinha a tendência de perceber a maioria das coisas –, não se pronunciou. Apenas segurou as mãos de Blythe.

– Você é a noiva mais linda que já vi – disse, e Blythe sorriu, mesmo ciente de que era uma das *poucas* noivas que a prima já vira.

Blythe não conseguia acreditar que poucos meses antes não sabia se tornaria a falar com ela, assim como não conseguia acreditar que só conhecia Signa fazia um único ano. Depois de tudo que as duas haviam enfrentado e sobrevivido, a sensação era de que haviam passado uma vida inteira juntas.

Em seguida, Signa fitou Aris, e o maxilar dele se repuxou. Blythe era a única capaz de sentir quanto o Destino murchava na presença da prima dela e, apesar de não gostar muito de Aris, tinha pena dele, sim. O Destino acreditava que Signa era a reencarnação da mulher que ele passara séculos procurando, acreditava que Signa era a Vida, a única pessoa que ele já amara. E ela jamais seria sua.

– Srta. Farrow – cumprimentou o Destino com frieza, mas toda a sua postura se tornou predatória quando as sombras da Morte se aproximaram. – *Meu irmão.*

– Que pena que o correio extraviou meu convite. – A voz do Ceifador era o choque de um eclipse ou o perigo da água do mar entrando na garganta de alguém. Sufocou Blythe; era tão diferente da exuberância intensa da voz do Destino que a garota na mesma hora se sentiu sem ar, enredada em uma corrente de água gelada.

– Vocês têm planos para a lua de mel? – perguntou Signa.

Apesar do fato de a lua de mel, supostamente, ser uma surpresa para a noiva, isso não impedia que metade das pessoas que cumprimentavam o casal perguntasse sobre ela. Ainda assim, vinda de Signa, a pergunta era estranha, porque com certeza ela não teria esperanças em relação àquele casamento de fachada. Signa era a única que sabia quanto aquilo, na verdade, era um disparate, apesar de Blythe suspeitar que Elijah também estava cismado. Mesmo assim, o olhar carinhoso de Signa foi tão genuíno que embrulhou o estômago de Blythe. Era bem coisa da garota apaixonada pela Morte ser otimista com relação ao fato de Blythe ter um laço que a unia ao Destino.

Signa, em parte, fazia Blythe pensar em uma coruja. Os olhos eram grandes ao ponto de serem perturbadores e, quando ficava perdida em pensamentos, não raro se esquecia de piscar. Blythe havia muito tempo inventara uma brincadeira, de contar quanto tempo a prima demoraria para se lembrar de piscar, e fez essa brincadeira enquanto Signa fitava o Destino com o cenho enrugado. Já haviam transcorrido trinta segundos sem que ela piscasse. Não era para menos que tanta gente a achasse estranha: era uma façanha Signa jamais reclamar de estar com os olhos ressecados. A garota só se movimentou quando a Morte encostou a mão enluvada em seu ombro, e Blythe ficou imaginando que talvez o Ceifador também tivesse contado os segundos. Ou, quem sabe, o casal passasse as noites fitando um nos olhos do outro, para ver quem seria o mais perturbador e ficaria mais tempo sem piscar.

– Por que quer saber, srta. Farrow? – perguntou Aris, e o timbre de sua voz chamou a atenção da Morte. – Gostaria de ir comigo, no lugar de sua prima?

O Ceifador não mordeu a isca, ponto para ele. Apesar de seus olhos serem sombrios e insondáveis, Blythe teve a nítida impressão de que a Morte *a* observava. Cada centímetro de sua pele ficou arrepiado, e os pelos da nuca se ergueram. Quando passou a mão ali a fim de conter o arrepio, Signa censurou:

– Vocês dois é que decidem se a situação será ruim ou não. Já que, daqui para a frente, estão amarrados, torço para que, pelo menos, um pare de tentar matar o outro.

Blythe segurou uma risada de deboche. Para Signa, era fácil falar. Não era ela que teria de passar seus anos remanescentes na companhia daquele animal.

– Eu *não posso* matá-la – corrigiu o Destino, com tom de tédio.

– Você se encarregou disso quando me fez prometer que não faria mal à sua prima. Só que isso não faz diferença, porque a vida humana patética dela logo vai acabar e, um dia, vou fazer minha cama em cima dos ossos dessa mulher e dormir um sono profundo pelo resto da eternidade.

Por mais tola que fosse a imagem, acendeu um fogo no peito de Blythe.

– Não seja tão afoito, marido. Pretendo viver, pelo menos, mais um século, nem que seja só para te fazer desaforo.

Signa apertou com força os lábios, e Blythe conhecia a prima bem o suficiente para reconhecer que algo passava pela cabeça dela quando segurou suas mãos enluvadas.

– Assim que voltar para casa, me avise – sussurrou Signa, parecendo aflita. – Preciso muito te contar uma coisa.

Blythe teve vontade de dizer que, fosse o que fosse, não precisava esperar. Só que Signa já estava sendo empurrada pela interminável fila de convidados impacientes, loucos para parabenizar o novo casal. Da próxima vez que Aris organizasse uma *soirée,* precisariam discutir a lista de convidados com antecedência.

Antes que Signa e o Ceifador fossem empurrados para longe dali, a garota logo prometeu:

– Claro que aviso.

Blythe não tinha a menor ideia de quanto tempo ficou ali parada, com os lábios congelados em um sorriso falso, a língua grossa de tanto repetir "muito obrigada". Foi um alívio quando a fila terminou e ela, finalmente, conseguiu pôr as mãos em uma taça de champanhe.

Ficou observando os outros beberem, depois esperou Aris dar um gole antes de pegar a taça da mão do marido com todo o cuidado e bebê-la. Ignorou a cara feia do Destino e esperou cinco minutos para garantir que nada iria acontecer antes de dar outro gole.

Na frente dela, uma mulher deslumbrante com a pele bem

bronzeada de sol e um homem pomposo de pele clara cumprimentaram os convidados bajuladores. Usavam trajes com detalhes em ouro, e o cabelo da mulher era quase do mesmo tom. Tinham os olhos vidrados das demais marionetes, mas aqueles dois, pelo menos, falavam com as pessoas à sua volta, dando sorrisos simpáticos.

– Quem são eles? – perguntou Blythe, espremendo os olhos por causa da névoa dourada que cercava o casal, para conseguir enxergar os milhares de fios trançados ao redor do corpo dos dois.

O Destino terminou de beber a taça de champanhe.

– Acreditam que são meus pais – respondeu, como se não fosse nada, como se estivesse falando que estavam no mês de novembro.

Não era a resposta que a garota esperava, e ela pigarreou para não se engasgar com o champanhe.

– O que você quer dizer com *acreditam*?

Aris ficou com um brilho nos olhos por um brevíssimo instante, porque uma criada passou. Blythe ficou observando os fios do Destino envolverem a garota, fazendo-a mudar de rumo, para que o príncipe conseguisse pegar mais duas taças da bandeja. Blythe esticou a mão, pensando que uma das taças era para ela, só que Aris agarrou ambas.

– Alguém precisava desempenhar esse papel. Até parece que um príncipe teria permissão de se casar sem que a própria família estivesse presente. Além do mais, vão esquecer tudo o que aconteceu no instante em que cumprirem o seu propósito.

– Não é justo transformar essas pessoas em suas marionetes, Aris. Você não deveria interferir na mente dos outros só para atingir seus objetivos.

– Por que não? – O Destino passou o dedo na borda da taça de cristal, de um jeito insolente. – Fiz isso com você três vezes.

Foi uma sorte ainda não terem comido nada, porque Blythe ficou com o estômago embrulhado. Recordou-se vagamente de uma dessas vezes, quando Aris tentou arrancar dela informações a respeito de

Signa, do porquê fora expulsa da Quinta dos Espinhos e despachada para a Quinta da Dedaleira. Blythe suspeitava que a segunda vez tinha a ver com o lapso de memória referente à noite em que conheceu o marido, quando pôs os pés no Palácio das Glicínias pela primeira vez. Mas da terceira... não fazia a menor ideia, o que tornava tudo ainda mais apavorante.

Tentando segurar o tremor na voz, falou:

– Você nunca mais irá usar tais poderes sobre mim. – Não sabia ao certo qual era seu poder de barganha nem o que conseguiria oferecer para tal trato valer a pena para o Destino. Apesar disso, pronunciou cada palavra de forma clara, e com cada gota do fogo que ardia dentro de si.

– Santo Deus, você sempre cacareja quando fala? – Aris massageou as próprias têmporas e soltou um gemido. – Sua prima já se encarregou disso. Não posso lhe fazer mal.

Blythe tinha um palpite a respeito disso, baseada na conversa que tivera havia pouco com Signa, e ficou surpresa ao ver com que facilidade o marido admitia o trato. Para alguém tão perigoso e irritante quanto ele, o homem certamente era um falastrão.

Ainda assim, a garota insistiu:

– Mesmo que não seja para me fazer mal, você precisa prometer que nunca vai me transformar em uma de suas marionetes. Não vou morar com alguém que me manipula.

Blythe ergueu o queixo, em uma expressão de afronta, mesmo sem ter argumentos para continuar a discussão. Apesar disso, para sua surpresa, Aris não zombou dela. Apenas bebeu um grande gole de champanhe e falou:

– Essa nunca foi minha intenção.

O aperto que Blythe sentia no peito diminuiu.

– Fico aliviada de saber que você é capaz de ter bom senso.

– Bom senso? – A risada que o Destino deu foi tão sinistra que

Blythe ficou imediatamente tensa. – O esforço de te manipular não vale a pena, já não tenho o menor desejo de sequer olhar para você mais do que o necessário. Mas te aconselho a ficar mais à vontade com meus poderes, amor. Se insistir em manter essa nossa farsa, saiba que há um preço a pagar.

Blythe colocou a taça na bandeja com tanta força que teve de olhar novamente para verificar se não tinha espatifado o cálice.

– Se você não tivesse fingido que era um príncipe, para início de conversa, não precisaríamos manter farsa nenhuma.

Aris deu de ombros.

– Talvez. Mas tendo esse rosto que eu tenho, que outro papel você esperava que eu assumisse?

A garota não saberia dizer se o marido estava brincando ou não, mas deu risada, mesmo assim, porque era ridículo. Estava prestes a informá-lo de que era um grande tolo, quando avistou o pai. Apesar de estar conversando com Signa, Elijah pareceu atento à risada da filha. Ela endireitou a coluna quando viu que o pai se aproximava rapidamente. Foi logo encostando no marido e ordenando:

– Finja que sou a pessoa mais brilhante da face da Terra, senão transformarei cada segundo de sua vida na mais absoluta agonia.

– Quer dizer que já não está fazendo isso?

Aris se encolheu, afastando-se da esposa, mas não teve tempo de fazer pergunta alguma antes que Elijah estivesse na frente dos dois. Empertigou-se. Apesar de ser poderoso, ao que tudo indicava, até uma deidade podia ficar nervosa na presença do sogro.

– Sr. Hawthorne – cumprimentou-o, baixando bem a cabeça com seus cabelos loiros.

– Alteza. – Foi com um tom gelado que Elijah cumprimentou o príncipe, mas o gelo derreteu quando se virou para a filha e estendeu a mão. – Venha dançar comigo.

Não existe um universo em que Blythe cogitaria recusar o convite.

Foi se soltando de Aris, pegou a mão do pai e, sem uma palavra, deixou que a levasse até a pista de dança. Considerando o desdém de Elijah pela sociedade, Blythe quase se esqueceu de quanto o pai sabia ser refinado, com o queixo erguido e os ombros confiantes, guiando-a na valsa com passos absolutamente precisos. O mais surpreendente, entretanto, foram suas palavras:

– Coloquei uma faca no seu baú de viagem. – Elijah falou isso como quem não quer nada, e Blythe deu graças pelo volume da música, que abafou a voz do pai, impedindo que os outros casais na pista o ouvissem.

Ficou encarando-o, boquiaberta, mas não havia sequer uma ruga de preocupação na testa de Elijah.

– Que presente de casamento incomum – censurou Blythe. – Não esqueça que fui eu que decidi me casar, pai. Aris não está me obrigando a nada...

– Ah, deixe disso. – Apesar de ter sido direto, não falou com um tom ríspido. – Eu estava prestes a ser *enforcado*. Estou neste mundo há tempo o suficiente para saber que não se procuram coincidências onde não existem. Você pode bater as pestanas para aquele homem o quanto quiser, mas não pense que sou bobo.

Blythe cerrou os dentes, ciente de que não tinha escolha além de pensar nas próximas palavras com todo o cuidado.

– Casamentos por conveniência acontecem todos os anos.

– Acontecem – concordou Elijah, lançando olhares fulminantes na direção do genro. – Mas isso jamais deveria ter acontecido com a minha filha. Eu teria preferido morrer mil vezes a ter de exigir isso de você.

– O senhor não exigiu nada de mim – sussurrou a garota, respirando um pouco melhor, agora que parte da verdade sobre o acordo com o Destino estava às claras. – Talvez o senhor estivesse preparado para morrer. Mas, ainda que tivéssemos mais um milhão de vidas, eu não estaria preparada para abrir mão do senhor. – Blythe perdera pessoas amadas demais nos últimos dois anos, e ai dela se permitisse que algo acontecesse ao pai. Algo em sua expressão deve ter feito Elijah compreender isso, porque ele parou de apertar sua mão com tanta força.

– Muito bem – sussurrou Elijah. – Mas fique sabendo que você é meu mundo, Blythe. Você é a conquista da qual mais me orgulho, meu coração e minha alma. Se algo lhe acontecer...

– Não vai acontecer nada – prometeu a garota. – É um casamento, pai, não um assassinato. – Apesar de ela ter tentado falar isso em tom de brincadeira, os olhos de Elijah mais pareciam nuvens de tempestade.

– Coloquei uma faca no seu baú de viagem – repetiu ele, e Blythe precisou se segurar para não revirar os olhos. Por mais perceptivo que o pai fosse, não tinha como saber que uma simples faca jamais seria capaz de matar Aris. Mesmo assim, se isso o fazia se sentir melhor, a garota aceitava.

– Fico feliz que o senhor tenha me avisado antes que eu me apunhalasse sem querer – pontuou ela. – Aceito, apesar de não precisar.

Elijah continuou falando sem pestanejar:

– Quero que me escreva uma vez por semana, pelo menos nos primeiros meses. Termine todas as cartas com alguma informação aleatória, para que eu saiba que foi escrita com suas próprias mãos. E, se algo acontecer... se precisar de mim, se estiver ferida... comente algo sobre sua mãe, mencionando o nome dela, e saberei que devo ir até você imediatamente.

– Até parece que estarei longe – disse Blythe. – Dá para ir até o Palácio das Glicínias de carruagem.

– Aris, sem dúvida, vai querer voltar para Verena – retrucou Elijah, e Blythe quis, do fundo do coração, poder contar ao pai que tal lugar nem sequer existia. Tentara procurá-lo no mapa certa vez, só por curiosidade, mas toda vez que procurava, a visão se anuviava e os pensamentos ficavam confusos, até que, uma hora, ela esquecia o que estava procurando. Aris podia ser qualquer coisa, mas não era descuidado.

– Vamos morar aqui na cidade quando voltarmos da lua de mel. – Nem ela nem Aris tinham comentado quais eram seus planos. Na verdade, mal tinham se falado desde o dia em que a garota derramou o próprio sangue na tapeçaria do Destino. Nem sequer lhe passara pela cabeça onde iriam morar, porque a resposta lhe parecia óbvia: Verena não existia. Com certeza continuariam ali, no Palácio das Glicínias. Mesmo assim, o pai lhe lançou um olhar de desconfiança e, apesar de não insistir, deu a impressão de ter ficado triste com a confiança da filha.

– Uma carta – repetiu, segurando sua mão com mais força quando a música abaixou, a valsa perto do fim. – Toda semana, não importa o lugar do mundo em que você esteja. Prometa.

Pelo jeito, Blythe não teria como se livrar dessa.

– Se eu não puder vir até aqui, então, tudo bem, vou mandar uma carta para o senhor. E o senhor também vai me mandar uma, para eu saber que nem o senhor nem a Quinta dos Espinhos desmoronaram na minha ausência. – A garota pontuou o gracejo com um sorriso, mas os cantos da boca ficaram trêmulos.

A maioria das moças supunha que, um dia, sairia da casa dos pais para começar uma nova fase da vida, mas Blythe nunca vira graça em tal ideia. Adorava a Quinta dos Espinhos, assim como adorava sua família. Deixá-los para trás (ainda mais considerando que o pai tinha passado por tanta coisa nesses últimos anos) era algo que ela nunca pensou que seria obrigada a encarar.

Blythe apertou mais o pai quando a valsa terminou. Foi Elijah quem, bem devagar, soltou a filha, mas esperou um pouco além do necessário para fazê-lo.

– Torço para que seja apenas a idade me tornando mais paranoico – falou baixinho. – Também torço para que Aris seja um bom marido e que vocês, um dia, sintam o tipo de amor que eu e sua mãe sentimos. Mas, caso não seja assim, caso qualquer coisa aconteça, você sempre poderá contar com a faca.

Até Elijah esboçou um sorriso quando Blythe caiu na risada, mas o sorriso não durou muito, porque os convidados começaram a se dirigir para o pátio, onde quatro cavalos cinzentos estavam de prontidão, atrelados a uma carruagem de marfim.

Elijah apertou a mão da filha com toda a delicadeza.

– Não se diminua. Não mude quem você é para se adaptar a esse homem. Ensine ao seu marido como deve te tratar e não se esqueça de que você merece tudo o que esta vida tem a oferecer.

Os olhos de Blythe arderam, e ela desviou o olhar antes que o pai visse as lágrimas caindo. Virou o rosto para a frente, para o lugar onde Aris a esperava, balançou a cabeça e declarou:

– Pode deixar.

Antes que pudesse mudar de ideia, Blythe soltou a mão do pai e se aproximou do Destino e de sua nova vida, sentindo o coração se partir a cada passo que dava.

TRÊS

Blythe ficou se perguntando se poderia existir um mundo no qual ela teria gostado de ter se casado. Seria possível ficar com os olhos cheios de lágrimas ao contemplar o rosto das pessoas que amava acenando quando foi embora? Teria dado risada com o amado enquanto os dois corriam de mãos dadas até uma carruagem dourada, desviando da chuva de arroz e de flores jogada pelos convidados, que davam vivas?

Conjecturou também quanto tempo demoraria para seus pensamentos se voltarem à lua de mel. Apesar de o costume rezar que a noiva não soubesse o que o novo marido tinha na manga, a garota imaginou que poderia ter passado semanas e mais semanas bancando a detetive, determinada a descobrir para onde viajariam e o que levar na bagagem.

Supôs que deveria ficar feliz por nunca ter sentido vontade de se casar, porque não tinha nenhuma noção pré-concebida nem fantasias idealistas do que deveria esperar quando Aris a empurrou carruagem adentro e se jogou no interior do veículo logo depois dela. O Destino ficou com um sorriso estampado no rosto até o instante em que a porta se fechou, então fechou as cortinas de veludo. Foi só aí, quando a carruagem desceu morro abaixo, que Aris se atirou no banco em frente a Blythe e encolheu as pernas para não ter de encostar na garota. Que Deus o livrasse.

Ela soltou uma risadinha debochada, optando por dar ouvidos à vozinha vingativa que falava dentro de sua cabeça, ordenando que espichasse as pernas e ocupasse, com o corpo, o maior espaço possível dentro dos limites da carruagem. Colocou os pés em cima do assento de couro ao lado de Aris e dobrou o tronco até encostar nos dedos do pé.

– Que foi, querido? – provocou-o, porque o Destino se encolheu para se afastar da esposa. – Está com medo de que serei sua ruína?

Foram as mesmas palavras nauseantes que Aris havia lhe dirigido no dia em que ela entrou sem ser convidada no Palácio das Glicínias e exigiu que o Destino a ajudasse a salvar a vida do pai, o que fez com que Aris retorcesse os lábios. Se o marido quisesse fazer careta e reclamar da situação, Blythe permitiria, sem problema algum. Só que a carruagem era pequena e opressiva demais para que a garota fizesse a mesma coisa. Afastou as mechas de cabelo caídas no pescoço e ficou ruminando sobre como poderia tornar a viagem, no mínimo, moderadamente tolerável.

Durante todo esse tempo, Aris ficou esfregando a aliança de luz em volta do dedo, como se tentasse arrancar aquele negócio, olhando feio para as cortinas fechadas, como se fossem uma fonte de imensa insatisfação. Blythe mal lhe dirigiu o olhar; tinha consciência de quanto aquele esforço era vão. Tentara arrancar a aliança tantas vezes que perdera a conta.

Quando a ponta do chinelo roçou a coxa de Aris, ele fez cara de quem estava prestes a explodir.

– Você é uma aberração imunda e deplorável... – Ficou em silêncio por alguns segundos, com as sobrancelhas erguidas em direção ao céu. – Que diabos está fazendo?

Blythe estava com o tronco inclinado para a frente, as mãos para trás, espichando os dedos nas costas, tentando puxar as fitas que prendiam o espartilho.

– Claro que você não espera que eu fique aqui sentada durante horas mal conseguindo respirar. O seu mau humor está deixando esta carruagem tão insuportavelmente quente que vou morrer se não conseguir me refrescar. Além do mais, agora somos casados. Você é quem deveria estar me tirando desta coisa infernal.

A garota soltou um suspiro de alívio quando finalmente conseguiu abrir um dos laços, o que lhe deu espaço para sacudir e soltar quatro ou cinco centímetros do espartilho. Teria aberto mais se conseguisse alcançar as fitas, mas por ora precisaria se contentar com isso.

Durante todo esse tempo, Aris observou, com os lábios apertados e uma irritação crescente, a dificuldade que a esposa enfrentava. Mas, até aí, nada novo.

– Por que eu esperaria que você ficasse sentada aqui por horas?

Blythe fez um gesto indicando o ambiente que os rodeava.

– Saímos de carruagem depois da festa do nosso casamento. O que mais devo supor a não ser que estamos a caminho de uma lua de mel?

O riso amargurado de Aris serpenteou pelo corpo da garota, provocando a sensação de que as fitas que havia soltado eram cobras que rastejavam ao longo da pele dela.

– Prefiro enfiar uma estaca no meu peito a viajar para qualquer lugar com você. *Lua de mel.* – Ele deu uma risadinha debochada, e seus olhos exibiram um perigoso brilho de ouro derretido. – Você perdeu a cabeça. Vamos voltar ao Palácio das Glicínias assim que nossos convidados se dispersarem.

Num piscar de olhos, fios dourados reluziram em todas as direções.

Não pareciam mais coisas distantes e translúcidas, mas cintilantes feito metal, e tão afiadas que ameaçavam cortar a pele só de encostar. Blythe se sentou mais na beirada do assento e escancarou as cortinas, esticando o pescoço para ver que, ao longe, os convidados estavam indo embora do Palácio das Glicínias. Um por um, saíram às pressas, em silêncio, abaixando a cabeça para entrar em suas respectivas carruagens.

Aris estava controlando todos. *Claro* que estava controlando todos, por que não estaria?

– Você tem todo o poder do mundo e é assim que resolve se comportar? – A garota se recostou, tentando controlar as emoções, antes que pudesse avistar o pai ou Signa. Não valia a pena fazer uma cena: isso só incentivaria o comportamento de Aris. – O mínimo que você poderia ter feito era me levar para o litoral. Eu também não teria recusado um safári.

– Prefiro mastigar meu próprio braço – foi só o que o Destino respondeu.

– As pessoas vão fazer perguntas se souberem que ainda estamos aqui – argumentou Blythe. Dez minutos dentro da carruagem, e os cavalos já davam meia-volta, em direção ao Palácio das Glicínias.

– Ninguém vai fazer perguntas se não conseguirem nos encontrar. Já cansei das suas amigas me atazanando. Vamos ficar fora da cidade durante o período de uma lua de mel, voltar no devido momento e, então, vamos dar adeus...

– Um para o outro? – Blythe se empertigou.

– A esta *cidadezinha*, sua debiloide.

De início, a garota pensou que o marido só poderia estar brincando. Ficou esperando que o Destino desse risada ou que aqueles lábios convencidos de Aris se retorcessem, formando um sorriso que confirmaria que o marido estava apenas tentando aborrecê-la. Só que Aris manteve a compostura quando o palácio voltou a aparecer em seu campo de visão.

Blythe ficou encarando ao ouvir aquilo, com a boca seca, porque se lembrou dos conselhos do pai.

– Como é que é?

– Todo mundo nesta cidade acredita que sou um príncipe – respondeu ele, com um meneio da mão. – Você certamente não esperava que ficássemos morando aqui.

Apesar de não ter sido uma pergunta, Blythe fez questão de responder:

– E de quem é a culpa por as pessoas acreditarem em uma bobagem dessas? Se você não tivesse sentido necessidade de inflar seu ego, que já é monstruoso, não teríamos esse problema.

Aris cerrou os punhos com tanta força, segurando-se no assento, que os nós dos dedos ficaram brancos.

– Se você não tivesse estragado meu trato com a srta. Farrow, tampouco teríamos *este* problema.

A garota cruzou os braços, prestes a arrancar aquelas mangas de renda sufocantes do vestido. Eles estavam a poucos metros do palácio do Destino, e a cada centímetro que a carruagem avançava, Blythe recuava mais no banco, tentando se afastar do Palácio das Glicínias.

Ela sempre soubera que tomara uma decisão precipitada ao assumir o lugar de Signa. Mas nunca se arrependera. Pelo menos não até o momento, quando a perspectiva de precisar construir uma vida longe do pai se ergueu diante de si.

– Não vou embora. – Blythe manteve um tom desprovido de emoção que ameaçava deixá-la com náuseas.

– Claro que vai. Todo mundo espera que eu leve você para morar em Verena...

– Verena não existe! – retrucou ela. – Não interessa o que os outros esperam. Você tem o poder de apaziguar a mente dos outros, caso alguém questione o fato de eu ter ficado aqui.

O pátio do qual se aproximavam era um fantasma do que havia

sido menos de vinte minutos antes. Todos os indícios do casamento haviam sido erradicados, como se a festa jamais tivesse ocorrido. Pena que Blythe não tivera essa sorte.

– Posso até ter esse poder – disse Aris –, mas isso não significa que pretendo usá-lo por *sua* causa. Meu lar foi criado para mudar de lugar; não permanecerei aqui nem um segundo além do necessário.

A mãe da garota havia morrido, e não demorou muito para que o irmão, Percy, também morresse. Byron Hawthorne também fora embora dali com a nova esposa, para que esta pudesse dar à luz o sobrinho de Blythe sem que ninguém ficasse analisando quando a união havia de fato ocorrido.

Isso deixava Elijah sem uma alma da família por perto e, depois de tudo pelo que o pai havia passado, pensar que ele ficaria sozinho, vagando pela Quinta dos Espinhos, era demais para Blythe.

A carruagem parou na trilha impecável do pátio e Aris saiu dela imediatamente. Blythe, por sua vez, permaneceu sentada.

– Não vou embora. – Apesar de ter sussurrado essas palavras, a ferocidade contida em cada uma era sem igual. – Se tentar me levar, vou arrancar seus olhos com as unhas e voltar rastejando, se necessário. Vou me amarrar às árvores da floresta e morder cada mão que tentar me tirar daqui.

– Você é um demônio em forma humana. – O Destino passou a mão no cabelo, voltando sua insatisfação para o céu antes de bufar. – De onde tira esse tipo de bobagem?

Blythe grudou o corpo na carruagem, com os calcanhares apoiados nos lados da porta, como se quisesse entrar cada vez mais. Agarrou-se ao assento, fechando os dedos no couro.

– Só saio desta carruagem quando você aceitar que vamos ficar aqui.

Sem emoção, Aris encarou a afronta da garota e se posicionou com as mãos atrás das costas, examinando-a.

– É mesmo? Muito bem. Então vamos ver se você realmente está falando sério. – Sem pestanejar, bateu a porta da carruagem com tanta força que Blythe teve de afastar os pés no último instante, para que não fossem esmagados. Caiu no chão da carruagem e se levantou com dificuldade, bem na hora de ver, pela janela, que o marido tinha dado um tapa no traseiro de um dos cavalos. Seja lá quem fosse o cocheiro, a pessoa estava visivelmente sob efeito de magia e não pensava direito, porque a carruagem começou a descer o morro mais uma vez.

Blythe ficou boquiaberta, tentando encontrar as palavras para transmitir sua ira, ao notar a silhueta de Aris cada vez menor e mais distante. O Destino acenou para a esposa, que continuou seguindo em frente, e a última coisa que a garota viu do marido foi o sorriso satisfeito e revoltante que se esboçou nos lábios dele.

Blythe não fazia a menor ideia do destino da carruagem, nem se importou com isso. Passara a última hora xingando o maldito marido com todas as palavras chulas que já ouvira, ainda trajando o vestido de noiva, com metade dos laços do espartilho soltos e o cabelo desgrenhado. Estava perdida demais nos próprios pensamentos – tramando como poderia assumir as rédeas da carruagem, fugir para a Quinta da Dedaleira e passar o inverno com Signa – e nem percebeu que tinha parado de se movimentar.

Congelou ao ouvir a bufada cansada do cavalo e foi só aí que se afastou dos eventos em curso na própria cabeça.

– Por que paramos? – gritou, dirigindo-se ao cocheiro, com os pelos da nuca arrepiados. Não obteve resposta.

Soltando com dificuldade as mãos inquietas, inclinou-se para espiar pela janela.

Para qualquer outra pessoa, as árvores que a cercavam poderiam ser iguais às de qualquer outra floresta. Só que Blythe passara a infância inteira em meio àquelas árvores, e bastou olhar de relance uma única vez para reconhecer o lugar exato para onde fora levada pela carruagem: o bosque atrás da Quinta dos Espinhos.

O bosque que abrigava o jardim da mãe.

No mesmo instante, a tensão abandonou seu corpo. Ela saiu da carruagem, sem prestar atenção aos fios do destino que se enroscaram nela, guiando-a pelas árvores açoitadas pelo vento, que se inclinavam, como se cumprimentassem sua governante esquecida. A beleza das árvores vinha acompanhada de grande avidez, porque engoliam cada gota de calor e luz do sol, deixando apenas escuridão e um frio gélido que se infiltrava nos chinelos da garota. Blythe abraçou o próprio corpo para afugentar o frio, imaginando, a cada passo dado adiante, qual teria sido o motivo para Aris levá-la justo até ali. Levou vários minutos para desistir de procurar o marido atrás de cada árvore, meio convencida de que o Destino pretendia aparecer de supetão e surpreendê-la, só para dar risada da própria piada cruel. Mas, quanto mais se embrenhava na floresta, mais Blythe se dava conta de que Aris não estava nas redondezas.

Não ia ao jardim da mãe desde antes de Lillian ter adoecido. Blythe estava doente demais para discutir quando o pai optou por lacrar o jardim, e não se sentia preparada para encará-lo desde que se recuperara da tentativa de envenenamento. Depois ocorreu o incêndio, claro, e a garota não suportaria ver o lugar preferido da mãe reduzido a cinzas.

Mesmo no mais rigoroso dos invernos, o jardim da mãe era sempre um espetáculo. Todas as tardes, Lillian vestia seu casaco mais grosso e andava até ali para garantir que os resilientes helébores e amores-perfeitos, que se revezavam nos lugares de mais destaque, recebessem cuidados. Certa vez, Elijah perguntou por que Lillian não deixava o marido mandar um dos criados fazer aquilo em seu lugar: a mãe de Blythe não acreditava que alguém fosse capaz de cuidar devidamente do jardim. Não como ela.

Durante boa parte de sua juventude, a garota ia ali com a mãe, distraía-se vendo os brotos mais minúsculos transformarem-se em flores espetaculares. Só que, à medida que foi crescendo, as visitas de Blythe se tornaram menos frequentes, porque estava distraída com chás, aulas de etiqueta ou com livros que lhe pareciam muito mais agradáveis de ler dentro de casa, perto da lareira.

Com passos leves, como se não quisesse interromper o silêncio do jardim, a garota se esgueirou pelas beiradas, andando na ponta dos pés em meio aos restos calcinados, dirigindo-se ao local onde ficava o túmulo da mãe, à beira do laguinho. Fora limpo recentemente, entretanto nem mesmo uma bela escovada era capaz de esconder a destruição que o fogo causara. A lápide era uma construção frágil; um canto estava rachado e caindo aos pedaços, outra parte estava sem cor, dificultando a leitura das palavras escritas nela. O solo também estava tomando conta da pedra, o musgo da beira do laguinho ia subindo pela lápide. Mas isso era apenas a natureza, e Blythe achava que a mãe não teria se importado. Provavelmente, teria gostado da ideia de que seu corpo fosse tomado pelo solo que tanto amava.

Ela encostou a mão na pedra. Sentiu uma pontada de calor por baixo das pálpebras quando dobrou os dedos e os passou em cima do nome de Lillian ali gravado.

– Oi. – A voz de Blythe era pouco mais do que um suspiro, e ela foi se abaixando ao lado da lápide. – Desculpe ter demorado tanto para vir visitá-la, mas aposto que a senhora nunca acreditou que eu me casaria, não é mesmo? – A garota deu um sorriso contido e encostou a cabeça na pedra, tentando escutar uma resposta que jamais receberia.

O que ela não daria para voltar no tempo… Para ter deixado de lado o que quer que fosse que, na época, lhe parecia tão importante e ter acompanhado a mãe em suas excursões ao jardim. Ainda que pudesse ter ido só mais uma vez – ainda que pudesse ter criado só mais uma lembrança nova com Lillian –, teria virado o mundo de pernas para o ar em troca disso.

Deu um beijinho na pedra, com um aperto no peito. Tinha certeza de que tal sensação jamais passaria – ficaria menos intensa com o passar do tempo, talvez, mas também brotava da ausência de algo que jamais poderia ser devolvido. Parecia que alguém tinha enfiado a mão dentro de Blythe, arrancado um pedaço de sua alma e a deixado ali, tateando no escuro e aprendendo a viver sem aquilo.

Que crueldade da parte de Aris tê-la levado para aquele lugar. Todos os dias, Blythe sentia a ausência da mãe feito uma faca entre as costelas e, no dia de seu casamento, a sensação era pior do que nunca.

Só que Lillian não fora a única a dar o último suspiro naquele jardim.

A garota levantou e se afastou da lápide, sem se dar ao trabalho de erguer a saia para que não arrastasse nas cinzas – cinzas essas que ela gostaria que já tivessem sumido, àquela altura. Odiava se perguntar se aquelas cinzas eram das flores que, um dia, povoaram o jardim ou se eram do cadáver do irmão.

Percy nunca amara o jardim como Blythe e Lillian. Acompanhara as duas diversas vezes ao longo dos anos, mas principalmente para brincar de pega-pega com a irmã, em meio às árvores. A garota ainda conseguia ouvir a risada dele ao vento, a mãe censurando os dois com delicadeza, com aquela voz que parecia um canto de pássaro, que escorregava pela sua pele e a fazia tremer.

Percy mudara ao longo dos anos, mas Blythe jamais teria suspeitado que ele era capaz de fazer mal à própria família. A dor daquela traição era pior do que qualquer veneno, e a garota entendia por que Signa havia escondido aquele segredo dela por tanto tempo. Era por esse mesmo motivo que Blythe queria esconder a verdade de Elijah.

Nunca, nem em um milhão de anos, Blythe faria mal ao irmão da mesma maneira que ele lhe fizera mal. Nem mesmo agora, sabendo tudo o que sabia.

– Gostaria que tudo tivesse sido diferente. – Parada com os pés na terra desprovida de tudo o que um dia fora, a garota ficou de joelhos. – Gostaria que você tivesse me contado todos os seus problemas. Poderíamos ter pensado em uma solução juntos. – Ela deu um beijo na própria mão e a encostou no chão. Gravetos queimados se espalhavam pela terra onde Blythe costumava passar os dias, sentindo o aroma dos canteiros de jacintos. Todos os anos, esperava os acônitos florescerem na primavera, os sapos saírem de seus esconderijos e se encarapitarem nas folhas dos lírios-d'água.

Agora, reinava o silêncio. Não havia mais sapos. Nem acônitos ou jacintos, nem sequer o mais resiliente dos heléboros. O fogo havia devorado o jardim que ela tanto amava, e Blythe duvidava que um dia o lugar pudesse recobrar seu antigo esplendor. Cada árvore calcinada servia como lembrete de tudo o que havia mudado ao longo dos últimos dois anos, de tudo o que ela havia perdido.

Mas não havia como voltar no tempo. A dor desse conhecimento e de seu luto arrancou uma lágrima dos olhos de Blythe e, enquanto essa lágrima escorria pelo rosto e caía na terra, ela se obrigou a ficar de pé novamente.

Foi aí que viu: uma minúscula pétala carmim embaixo do local onde havia se agachado. Certa de que estava sendo enganada pelos próprios olhos, Blythe se abaixou para enxergar melhor. Mas, antes que pudesse chegar mais perto, soltou um grito, porque o dedo anular ardeu com uma dor tão aguda que ela viu estrelas. O mundo se inclinou sob seus pés e uma corrente de ar cálido bateu em sua pele. A garota cambaleou, tentando se apoiar na árvore mais próxima, mas a árvore sumiu de vista antes que Blythe se agarrasse a ela. Piscou, e tudo ficou preto.

Piscou de novo e foi acometida pela sensação de que todo o seu ser era engolido de uma bocada só. Como se alguém estivesse respirando através de um caniço e a tivesse sugado por ele.

Fechou bem os olhos para conter o enjoo e, da próxima vez que os abriu, estava de volta ao pátio deserto do Palácio das Glicínias, de joelhos no ponto exato onde ela e Aris haviam se separado, horas antes.

QUATRO

Blythe ficou parada diante da porta do Palácio das Glicínias, trajando apenas o vestido de noiva destroçado. Estava escurecendo, e a garota não tinha casaco para se proteger do frio do outono – deixara-o na carruagem, com o restante de seus pertences. Certa vez, meses antes, ficara parada naquele mesmíssimo lugar, por livre e espontânea vontade, preparando-se para pedir em casamento um homem que ela realmente acreditava ser um príncipe, capaz de ajudá-la a solucionar todos os seus problemas.

Supôs que poderia encontrar alguma espécie de ironia cruel na atual situação quando bateu à porta – desta vez, com o anel dado pelo marido no dedo –, mas enfrentava dificuldade de desmascarar essa ironia.

Aris demorou demais para escancarar a porta; os olhos eram lâminas gêmeas que atravessaram a garota. Mudara de roupa desde a recepção do casamento; o colarinho da camisa branca estava semiaberto, e o colete sumira.

– Pensei que tinha despachado você.

Ah, como eram grandiosas as ilusões de Blythe, sobre um dia ficar batendo a cabeçorra daquele homem na neve, que logo cobriria com seu manto todo o cume daquela montanha.

– Que truque cruel, Aris. – A garota estava tremendo, e a respiração formava nuvens no ar. – Por que quis me levar justo para o jardim, com tantos lugares que existem no mundo?

– Que *jardim*? – debochou o Destino. – Era para você ter chegado à estação de trem, sua tonta. Eu tinha esperança de passar, pelo menos, um mês livre dos seus choramingos.

– Não fui para *estação* nenhuma. Se não foi você quem me trouxe de volta, quem foi, então? Devo acreditar que o cocheiro me mandou para cá com um passe de mágica?

Blythe reparou que o marido massageava a mão esquerda, distraído, mais ou menos no mesmo lugar que ainda ardia na mão dela. O Destino saiu de casa e ficou procurando alguma coisa atrás da esposa. Algum sinal da carruagem, ela supôs. Poderia procurar o quanto quisesse, mas nem o veículo nem os pertences de Blythe estavam ali por perto. A impressão era a de que o céu havia engolido a garota e a cuspido às portas do Destino.

Atrás de Aris, Blythe viu de relance a lareira acesa, tentou passar por baixo do braço do marido e entrar em casa. Só que, no instante que o pé avançou na soleira, uma grande pressão tomou conta de seu peito, e ela foi atirada de volta ao gramado. Estrilou de dor, não pelo impacto de ter caído de costas com toda a força, mas por causa da aliança de luz que brilhou feito uma estrela em seu dedo. Segurou a mão contra o peito, porque a pele debaixo da aliança seguia ardendo.

O Destino, maldito fosse, jogou os cabelos dourados para trás e deu uma série de gargalhadas que fez a garota ter vontade de pegar uma tesoura de tosa. De cortar aquele lindo cabelo e arrancá-lo da cabeça do marido assim que tivesse a oportunidade.

– Devo pegar um cobertor para você? – perguntou Aris, insolente. – Se a casa não te quer aqui dentro, talvez você possa ajeitar um cantinho nos estábulos. Uma ratazana monstruosa como você deve se sentir à vontade por lá. – O marido deu as costas e já ia entrar em casa. Como Blythe, contudo, Aris foi atirado para trás no instante em que tentou entrar novamente no Palácio das Glicínias. A própria aliança brilhou, emitindo uma luz dourada, e o Destino a agarrou com a outra mão, tentando arrancá-la. – Dane-se, sua coisa infernal...

– *Aris.* – Blythe mal respirava. Olhava fixamente para o espaço entre as mãos dos dois, onde havia um fio dourado que reluzia muito. Aproximou a mão do marido, e o fio se encolheu. Em seguida, tornou a afastar a mão. Mas, em vez de se partir, o fio também puxou a aliança de Aris.

– Cuidado – resmungou ele, mas Blythe nem estava ouvindo. Ficou de pé outra vez e tentou dar um passo, aproximando-se do novo marido. A ardência no dedo diminuiu.

– Juntos – sussurrou a garota, fazendo careta e olhando feio para aquela coisa maldita. – Acho que esta coisa quer que fiquemos juntos.

– Para entrar na minha casa?

– *Nossa* casa – corrigiu-o Blythe, quando Aris se levantou, batendo a terra das calças. – Acho que foi a aliança que me trouxe de volta para cá. – Proferir essas palavras em voz alta a fez se sentir ridícula. Mas que outra explicação poderia dar para aquela dor ardente no dedo?

O Destino passou a mão no cabelo, com força excessiva.

– Por acaso você já se ouviu falando? Se uma aliança mágica quisesse te trazer de volta para cá, porque te impediria de entrar, então?

Blythe odiava dar razão a Aris, mas o argumento dele fazia sentido. Devia haver mais alguma coisa, uma peça faltante no quebra-cabeça. A garota segurou o marido pelos ombros, tentando puxá-lo para o seu lado.

Aris deu um pulo para trás e se encolheu todo, como se fosse se sujar só de encostar na esposa.

– Tire as mãos de mim, sua tacanha...

– Não sei se você percebeu, mas está escurecendo – disparou Blythe. – Se já está frio agora, vai ficar pior daqui a algumas horas. Então, a menos que você esteja disposto a fazer uma fogueira para nós e dormir ao relento, sugiro que coopere.

– *Você* pode ser selvagem ao ponto de dormir em cima da terra, mas eu não vou fazer uma coisa dessas. – Aris se aproximou da porta mais uma vez, mas só para fazer careta para o palácio, que o fez parar na soleira. – Eu possuo *magia,* menina tola.

– Então a use logo – desafiou Blythe. – Use seus encantamentos bobos e coloque a gente lá dentro. – Se ela tivesse de passar mais um minuto enfiada naquele vestido sufocante, perderia a cabeça.

– Encantamentos? Você anda lendo contos de fada demais.

Depois de mais uma tentativa frustrada de entrar na mansão na base da força bruta, os olhos de Aris emitiram um brilho de ouro polido. Enfurecido, o Destino arregaçou as mangas, como se isso fosse melhorar sua concentração. Antes, Blythe precisava concentrar toda a atenção para conseguir ver os fios dourados que se enroscavam em volta do marido. Agora, só precisava espremer os olhos para enxergar a cena toda: Aris sumiu em um piscar de olhos e reapareceu segundos depois, os fios se desatando em seus pés. Dada a dificuldade com que o marido respirava, Blythe apostou que, fosse lá o que tivesse tentado, não havia saído conforme os planos. O Destino desferiu um soco na porta, mas só conseguiu ser jogado para trás de costas mais uma vez e ficou segurando a mão esquerda, com dor.

Blythe ficou assistindo àquela cena ridícula de braços cruzados, preservando o próprio calor.

– *Agora* podemos tentar do meu jeito? – insistiu, e parou de se encolher quando o Destino se aproximou e parou imóvel na frente dela, todo descabelado.

– E qual, exatamente, é o *seu* jeito?

Ela não se sujeitou a olhar para o marido, apenas concentrou sua atenção na própria mão esquerda. Aris tinha razão quando alegou que a esposa tinha lido muitos contos de fada, tantos ao ponto de compreender que todas as histórias tinham um fundo de verdade, por mais fantásticas que fossem. E a verdade era que não podia ser coincidência o fato de o laço que a unia ao Destino ter assumido a forma de uma aliança de casamento.

A garota falou, baixinho:

– Acho que você deveria entrar em casa me carregando no colo. – E, por mais tolas que essas palavras tenham lhe parecido quando saíram de sua boca, Blythe era capaz de ouvir a verdade contida nelas. E sabia, até o último fio de cabelo, que tinha razão. Aquelas alianças eram uma prova do laço existente entre os dois, do *casamento* dos dois, e ambos tinham um papel a desempenhar.

– *Carregá-la* no colo? Você está com os chinelos mais luxuosos do mundo. Ponha-os para funcionar.

Blythe precisou se segurar para não perder a paciência, mas se esforçou ao máximo e apontou para o fio que unia as duas alianças.

– É uma tradição, Aris. Sou sua esposa e, quando o marido entra em casa com a esposa pela primeira vez, precisa passar pela porta com ela no colo.

– Também é tradição consumar o casamento na noite de núpcias, mas você só pode estar louca se acha que...

– Santo Deus, apenas me carregue logo!

Talvez tenha sido a autoconfiança da garota, ou talvez o fato de Aris, de algum modo, conseguir sentir que a esposa estava a poucos minutos de arrancar as roupas dele para conseguir um pouco mais de calor. Seja lá como for, o Destino calou a boca. Não parecia nem um pouco feliz de estar tão perto de Blythe e literalmente fez careta (sim, fez careta, como se estivesse mexendo no lixo sem usar luvas) quando a segurou pela cintura. Estava a um milímetro de jogá-la por cima do ombro, tal qual um bárbaro, até que a garota segurou seu pulso e posicionou a mão na base da coluna dela.

– Segure-me direito, seu brutamontes! – exclamou Blythe, com um suspiro. – Não como se eu fosse um prêmio de uma caçada qualquer!

– Prêmio você não é. – A careta do Destino foi tão profunda que Blythe não se surpreenderia se a expressão criasse raízes e fizesse morada permanente no rosto do marido. Aris, contudo, deu apenas um único suspiro antes de levantá-la do chão, no melhor estilo matrimonial, e pegá-la nos braços. – Eu te desprezo.

– Também tenho ojeriza a você, querido. Agora ande logo. – Blythe segurou a respiração quando Aris começou a se aproximar da porta, e fechou bem os olhos quando ele deu um passo além do batente. Quando os reabriu, o casal estava dentro do palácio.

Até o Destino teve a decência de fazer uma expressão de choque, mas não demorou para fechar a cara. Blythe, contudo, praticamente explodia de alegria, porque a pele já estava formigando com o calor da lareira.

– Maravilha – disse ela. – Agora, por favor, me coloque no chão...

Aris nem a esperou terminar a frase. Tampouco esperou que estivessem perto de uma cadeira. Sem uma gota de remorso, soltou Blythe, que despencou com tudo no chão de madeira. Ela bateu com a bunda no chão, virou-se e mostrou os dentes para o homem, massageando a base da coluna para aliviar a dor. Só que o Destino já tinha sumido, o cabelo loiro esvoaçando pelo corredor ao mesmo tempo que ele torcia o dedo anular.

Blythe não se deu ao trabalho de ir atrás do marido e, em vez disso, voltou a atenção para seu novo lar.

O Palácio das Glicínias não era, nem de longe, o palácio majestoso que a garota visitara no passado. Os painéis de marfim e os detalhes dourados haviam sumido, não havia nada nas paredes além das pedras de ardósia. As estátuas e obras de arte, um dia exibidas com orgulho, também tinham cedido lugar à poeira e às teias de aranha. Blythe tornou a pensar nas histórias que já lera, pensando em moradias de contos de fada, com suas diversas maldições e seus múltiplos segredos. Tinha a sensação de que o Palácio das Glicínias era igualzinho. Até a lareira, que momentos antes lhe parecera o maior dos alívios, agora tinha um ar triste e cansado. As chamas bruxulearam e encolheram-se quando Blythe se esgueirou até lá. O coitadinho do fogo gemeu de exaustão, causada pelo esforço que fazia para se manter vivo, soltou uma fumaça cinza-chumbo e crepitou baixo. Mais parecia que alguém estava tossindo.

– Vejo que reformou o local – sussurrou a garota, mesmo sabendo que não havia ninguém para ouvi-la. – Caso minha opinião lhe interesse, gostava muito mais de como era antes. – Livrou-se dos chinelos e os colocou para secar ao lado das chamas lamentáveis. Apesar de sua disposição a dar o próprio braço para poder tomar banho e se libertar daquele vestido de noiva, Blythe não fazia a menor ideia se o restante de seus pertences já tinha chegado da Quinta dos Espinhos. E, levando em consideração que tudo o mais estivera consigo dentro da carruagem…

Passou a mão no rosto. Se Aris tivesse sido mais flexível, ela poderia ter pedido alguma roupa emprestada. Na atual conjuntura, só afastou a renda que se acumulava sob as axilas e vagou pela casa, concluindo que, caso o restante de sua bagagem estivesse ali, ela não a encontraria se ficasse sentada na saleta.

Supôs que estava na hora de se acomodar em seu novo lar.

Blythe tinha uma lembrança bem nítida de adentrar pela primeira vez o Palácio das Glicínias – ou, simplesmente, Glicínia, como Aris chamava – e acreditar que qualquer pessoa teria sorte de morar em meio a tamanho esplendor. Recordava-se até de ter acreditado que ela própria seria feliz existindo naquele espaço.

Que tola fora de sequer inserir tal ideia no universo.

A expectativa de Blythe era que Glicínia teria dezenas de cômodos, dentre os quais ela poderia escolher e ficar em qualquer um. Porém, ao subir uma das escadarias duplas que rangiam e passar por paredes de pedra lascada – que mais pareciam estar a um milímetro de desmoronar e esmagá-la –, descobriu que havia uma única porta situada no fim de um corredor estreito e sem nenhuma decoração. Ver aquela porta foi tão perturbador que a garota cogitou dar meia-volta e procurar uma biblioteca nos outros andares da mansão. Ou talvez houvesse um salão de jantar para investigar.

Glicínia, contudo, tinha outros planos.

No instante em que Blythe tentou dar as costas àquela porta gasta de mogno, uma estranha pressão a fez enveredar novamente na direção dela, virou seus pés e a empurrou para a frente, como se o próprio palácio a instigasse a seguir pelo corredor. A garota tentou dar as costas e voltar para a escadaria, sem se importar com o fato de que seus pensamentos se tornavam enevoados toda vez que tirava os olhos da porta. Aquilo, sem dúvida, era obra de Aris, e, por esse motivo, Blythe resistiu. Só que, assim que conseguiu se virar, teve a sensação de que o corredor se estendia interminavelmente. Só havia pedra até onde sua visão alcançava. Isso a fez se lembrar da prisão onde o pai ficara detido, desolada e deplorável. Aquele trecho era tão vazio que ela ficou desorientada.

Blythe deu um passo, afastando-se da porta, depois deu mais cinco. Por mais que andasse, contudo, tinha a impressão de que não chegava a lugar algum. Com o estômago em chamas, virou e olhou feio para o espaço atrás de si, e seu coração se sobressaltou quando ela se deu conta de que ainda estava a um braço de distância da porta. Entre dentes, amaldiçoou o nome de Aris. Ao que tudo indicava, não teria como escapar dos joguinhos do Destino por ora, e não lhe restou muita escolha além de pôr a mão na maçaneta e escancarar a porta. Uma lufada de ar gelado se apoderou dela e fez seus dentes baterem.

Aquele era o seu quarto?

Todas as janelas estavam abertas e, graças à pedra que a cercava e acumulava cada gota daquele frio implacável, dentro de Glicínia estava ainda mais insuportável do que lá fora, no pátio. Blythe abraçou o próprio corpo, ansiando por outra coisa além da renda para se cobrir. Felizmente, havia uma lareira na antessala, um cômodo abarrotado e encardido, que mais parecia que alguém tinha segurado pelos cantos e espremido. Infelizmente, a lareira não estava acesa, e a garota não fazia a menor ideia de como funcionava a caixa de pólvora atirada ao seu lado, sem o menor cuidado. De todo modo, segurou-a contra o peito – porque, com certeza, não podia ser tão difícil assim acender uma lareira – e foi em frente, entrando no que, evidentemente, deveriam ser os seus aposentos.

O cômodo era absolutamente inabitável. Com exceção da caixa de pólvora, Aris não fizera o menor esforço para tornar Glicínia um lugar hospitaleiro. As paredes e o chão não eram de madeira, mas da mesma pedra cinzenta do restante do palácio, tão gélida que, quando Blythe pisou no chão com os pés descalços, seus dedos ficaram dormentes. Havia um único móvel na saleta: uma escrivaninha simples, de carvalho. Dentro da gaveta, encontrou uma caneta torta e um vidro antiquíssimo de tinta coagulada. O papel, contudo, era de excelente qualidade. Provavelmente, suspeitou Blythe, porque Aris tinha ouvido a conversa entre ela e o pai e queria debochar da mísera tentativa de subterfúgio dos dois.

Aquele animal em forma de homem era tão ridículo que a garota soltou uma risada debochada e enfiou os objetos de volta na gaveta.

Ao entrar no quarto, abandonou qualquer esperança de que o cômodo se tornasse mais acolhedor, porque não tinha cama, apenas um bloco de pedra lisa para se deitar. Blythe refletiu a respeito do formato da pedra, porque parecia muito uma espécie de altar sacrificial estranho, que uma bruxa má poderia usar.

Assim como na antessala, não havia no quarto tapete algum, nem sequer um vaso. Não havia papel de parede, tampouco cortinas para tapar as janelas, que a garota fechou com força. Pelo menos, sua bagagem de lua de mel estava lá, conseguira voltar para Glicínia, sabe-se lá como. Que sorte o fato de o todo-poderoso Aris ter considerado a esposa digna de receber seus pertences, porque o pedaço de pano em cima da "cama" era mais um trapo do que uma colcha e mal servia de proteção contra aquela pocilga pavorosamente gélida. Blythe precisaria se agasalhar caso quisesse uma chance de sobreviver naquele lugar. Contudo, não havia onde *pendurar* suas roupas, nem indícios de que o Destino tinha contratado alguma criada para lavá-las.

De sua propriedade, Blythe tinha apenas os baús de viagem já prontos para partir e, na mesma hora, compreendeu que o marido estava facilitando as coisas para que ela fosse embora. Para que desistisse do casamento e pusesse fim ao juramento que fizera a fim de proteger Signa. Aris estava praticamente empurrando Blythe porta afora e, se ela fosse um pingo menos teimosa, talvez a ideia de partir dali tivesse passado pela sua cabeça.

– Você certamente gostaria disso, não gostaria? – falou, furiosa, dirigindo-se ao quarto, cujas paredes gemeram, dando uma resposta enfadonha.

O Destino teria de se esforçar mais se achava que um pouco de frio e desconforto bastaria para a esposa se dar por vencida.

Ela abriu a tampa do baú e ficou remexendo lá dentro, em busca das roupas mais quentes que possuía – uma barafunda de vestidos e casacos de lã, dos quais pegou vários. Eram mil vezes mais práticos e infinitamente mais quentes do que o vestido de noiva. Mas, antes, precisava conseguir vesti-los.

Blythe respirou fundo e se debruçou sobre a escrivaninha, com um lado do rosto encostado na madeira, tentando alcançar os laços do espartilho. Espichou as pontas dos dedos, em uma tentativa desesperada de se libertar daquele arremedo ridículo de vestido de noiva. Levou pelo menos vinte minutos de luta, de diversos ângulos, até conseguir soltar os laços remanescentes. Suspirou de alívio, rebolando para sair do meio daquele tafetá todo, chutou a coisa para o lado e foi logo colocando um xale de lã, um casaco mais pesado do que a própria dona, luvas e um par de chinelos secos. Foi só então que conseguiu dissipar a tensão que se avolumava em seu interior, direcionando a atenção para o fato de que, pelo menos, ao que tudo indicava, seus aposentos não ficavam nem um pouco perto dos aposentos *dele*.

Aris, provavelmente, ficara com o cômodo mais quente do palácio, decorado com papel de parede dourado, tapetes tão felpudos que deviam derreter os dedos dos pés, uma dezena de espelhos e quadros à sua imagem e semelhança. Era provável que tivesse cortinas perfeitas para bloquear o sol e também uma cama que devia fornecer a sensação de estar deitado nas nuvens. Aquele canalha.

Em seguida, Blythe se aproximou da lareira e passou uma boa meia hora mexendo na caixa de pólvora, tirou as luvas e colocava-as de volta sempre que os dedos ficavam dormentes demais para segurar as ferramentas direito. Tentou se recordar de todas as vezes que já tinha visto Elaine, sua antiga dama de companhia, acender a lareira. Repassou todos os movimentos dos quais conseguiu se lembrar, e bateu o aço contra a pedra até se assustar com as faíscas e precisar tentar novamente. Uma hora, entretanto, quando percebeu que não fazia a menor ideia do que fazer depois que tais faíscas surgiam, admitiu que se tratava de um esforço vão e resolveu que estava na hora de tentar a sorte com outra coisa, porque não estava apenas com frio, mas também com fome.

Entreabriu a porta que dava para o corredor e pôs a cabeça para fora. Piscou uma vez, depois mais uma e, quando teve certeza de que as paredes não se metamorfoseavam nem se esticavam à sua volta, saiu.

– Aris? – Blythe encostou a mão na parede da direita, porque uma vez ouvira dizer que esse era um jeito certeiro de sair de qualquer labirinto. E tinha a impressão de que o Palácio das Glicínias era exatamente isso. – Não sei como as coisas funcionam para você, mas preciso de alimentação para manter minha existência e tenho certeza de que qualquer um do outro lado da cidade consegue ouvir meu estômago roncando.

O silêncio ecoou pelo palácio, e a garota ficou arrepiada ao andar pelo corredor. Novas portas surgiram em seu caminho, todas idênticas, com exceção das maçanetas. Uma era de bronze, outra era de ferro. Algumas tinham formato de pássaro; uma, de uma pequena cabeça de raposa. A de seu quarto, reparou quando olhou para trás, era de madeira entalhada, representando uma cabeça de javali selvagem um tanto hedionda, e não estivera lá até poucos momentos antes. Teve a impressão de que a coisa era quase senciente quando mirou seus sinistros olhos de bronze e suas presas, nas quais teria de pôr a mão para girar a maçaneta. Davam a impressão de estarem prontas para mordê-la a qualquer momento. O único consolo de Blythe foi o fato de que, pelo menos, não teria dificuldade de se lembrar em qual cômodo estava.

Continuou a seguir pelo corredor, com a mão na barriga. Não havia exagerado quando dissera para o marido que o estômago estava em um grave estado de protesto: roncava tão alto que seria capaz de acordar alguém. De tanto estresse, Blythe não conseguira comer nada na noite anterior e mal tivera oportunidade de mordiscar algo antes da recepção. Estava faminta – e isso talvez fosse a coisa da qual ela menos gostava no mundo.

Depois de Aris.

Tinha a intenção de ir para o andar de baixo e encontrar a cozinha. Mas, antes de segurar o corrimão, Blythe percebeu que as velas do lustre que havia no teto estavam bruxuleando. Não apenas uma vela, mas todas. Parecia que algo havia roubado sua luz, porque não lançavam o brilho típico no chão. Em vez disso, as chamas apontavam para a escadaria que subia até o salão de baile. Apesar de o espaço estar muito diferente em comparação com a primeira vez que Blythe o vira, ela o reconheceu: no andar superior, mais adiante, foi onde viu Aris pela primeira vez. E, à medida que a luz se acumulou à sua frente, iluminando seus passos, teve a sensação de que deveria segui-la.

Foi logo subindo, passou pelas portas de ferro simples do salão de baile, que um dia fora dourado e banhado em uma luz cor de âmbar. Foi atrás de uma luz que brilhava mais forte e a levou até um retrato conhecido: o único que vira até então e, para ser franca, uma das poucas fontes de cor que restavam no Palácio das Glicínias.

O retrato da Vida permanecia intocado, exatamente como estava no dia em que Blythe o vira pela primeira vez. Apesar disso, a garota teve a sensação de que olhar para aquele quadro era uma experiência completamente nova, porque desta vez reconheceu o que a mulher era: a primeira esposa de seu marido. Aquela que o Destino amava de fato e lutara tanto para ter de volta.

Blythe ficou parada, em dúvida, sob aquele retrato enorme. Era uma coisa estranha – bela, com certeza, mas enervante. A mulher estava rodeada por uma névoa de água, cercada por raposas que espiavam em meio a samambaias, com olhos que tinham um brilho dourado, da mesma luz que banhava o retrato. Os olhos da Vida, contudo, haviam sido cortados.

A garota deu um passo, aproximando-se do quadro, e analisou os contornos do rosto da Vida, a delicadeza dos dedos finos e compridos, que seguravam a haste de um cálice. Analisou cada traço daquela mulher, em busca de qualquer indício de que ela pudesse ser Signa, mas não encontrou qualquer semelhança. Espremeu os olhos e reparou que havia uma longa costura no meio da tela, quase invisível a olho nu. Seguiu a costura e descobriu que não era costura coisa nenhuma, mas o contorno de uma porta. Uma porta da qual se aproximou na mesma hora, segurando uma pequena maçaneta escondida em meio às samambaias. Só que, antes que pudesse girá-la, a porta se escancarou.

Blythe foi para trás, cambaleando; mal deu tempo de se esquivar para que a porta não batesse em sua cara. A presença sorumbática de Aris se apossou do corredor, porque ele estava parado debaixo do batente, de braços cruzados, fazendo uma careta com os lábios retorcidos que, ao que tudo indicava, era permanente. Apesar de o corpo do Destino tapar boa parte do cômodo, a garota conseguiu distinguir de relance uma tapeçaria singular e reluzente, logo acima da cabeça do marido. Teve a impressão de ver outras também. Criações gigantes e coloridas, que ficavam passando em varais estendidos por todo o teto. Blythe ficou olhando mais além de Aris, tentando ver melhor, mas ele saiu e fechou a porta.

– É aqui que você trabalha? – Ela se aproximou. – O que você fica fazendo lá dentro? – A garota foi tomada por uma grande curiosidade. Mas, se a expressão de arrogância do marido, com o queixo erguido, servia de indício, Aris não estava disposto a dar detalhe algum.

– É proibido entrar neste cômodo – foi sua resposta, fria como gelo. – Você tem seus próprios aposentos. Vá para lá.

Blythe bufou um longo suspiro que veio do fundo dos seus pulmões, sem poupar o Destino de um pingo de seu ressentimento.

– Você é uma pessoa primitiva se acha que o lugar que me reservou um dia poderia ser chamado de "aposentos". Tenho a sensação de que fui aprisionada em uma expedição para o Ártico. E essa jamais seria minha escolha de lua de mel, caso tenha curiosidade de saber.

– Não tenho. – Aris não se encostou no retrato. Pelo contrário: ficou com a coluna tão ereta e rígida que, talvez pela primeira vez, Blythe achou que o marido tinha uma aparência que não era humana. – Não é minha culpa se você não é capaz de acender uma lareira.

A garota cerrou os punhos, segurando as saias do vestido.

– É sua culpa o fato de eu precisar acender uma.

– O que você acha que vou fazer em relação… – O Destino se interrompeu, com a testa enrugada, porque o estômago de Blythe escolheu aquele exato momento para gritar de insatisfação com o fato de ela ainda não ter comido.

A garota apenas o fitou, recusando-se a sentir uma gota de vergonha, porque Aris é quem deveria se sentir mal por deixá-la naquele estado.

Entretanto, quando percebeu que ele apenas continuou olhando para ela com uma expressão absolutamente enojada, Blythe insistiu:

– Por que não deixamos este problema para depois? Depois do jantar, quem sabe. Você come, não come?

A luz se afastou do retrato, acompanhando Aris, que foi se aproximando da esposa.

– É claro que eu como, sua garota miserável.

A notícia foi tão excelente que Blythe bateu palmas, ignorando a alfinetada. Àquela altura, todos os xingamentos pelos quais o Destino a chamava eram praticamente apelidos carinhosos. Ao que tudo indicava, os dois teriam uma vida inteira para trocar esse tipo de farpa, e a garota ficou imaginando quais outros apelidos o marido poderia vir a inventar.

– Maravilha. O que nós vamos comer?

– *Nós?* – Pelo jeito, havia uma espécie de guerra silenciosa sendo travada dentro do Destino. Seja lá qual fosse o motivo que o marido tinha para estar emburrado, Blythe não deu a mínima. Ficou esperando de braços cruzados até que ele respondeu, entre dentes: – Não há nada preparado.

– Nada preparado? – Com certeza ouvira mal. Como isso podia ser verdade? – Você me falou, meses atrás, que tinha um cozinheiro e um mordomo. – Apesar de ter absoluta consciência de que havia dito uma tolice, o estômago dolorido de Blythe se recusou a abrir mão da esperança. Angustiada, ela perguntou: – Então que raios você pretendia comer?

Não houve muita preparação para o que aconteceu em seguida, quando Aris a segurou pelos ombros, afundando os dedos em sua pele. De repente, as paredes do Palácio das Glicínias estavam, mais uma vez, se derretendo em volta de Blythe.

CINCO

O espaço entre Blythe e Aris se metamorfoseou em uma impossibilidade, envolvendo os dois em uma paisagem de sonho, criada a partir das profundezas da imaginação do Destino. Um lago azul-escuro, cuja água tinha um brilho prateado, e um céu tão negro que as estrelas nele salpicadas mais pareciam uma mentira, como se alguém tivesse pegado um pincel e pinturilado em uma tela em branco.

Ainda mais impossível era a própria água, porque os dois estavam de pé em cima dela, enquanto uma mesa de banquete se formava entre ambos. Blythe tirou os chinelos e, apesar de conseguir sentir a água ondeando sob seus dedos, não se molhou.

Em cima da mesa estavam postos dois lugares, com talheres ornamentados, de base preta e cabo dourado, que cintilaram quando a garota os segurou. Até as cadeiras eram criações fabulosas e sem igual, já que tinham o espaldar entalhado com desenhos elaborados – uma exibia a cabeça de um cervo, com chifres em espiral que ultrapassavam a altura das costas da cadeira, tão compridos que davam a impressão de que a pessoa ali sentada usava esses chifres como uma coroa. A segunda tinha formato de coruja, as asas abertas nas laterais do corpo da pessoa que ali se sentaria.

– Que lugar é este?

Blythe não fez qualquer esforço para disfarçar seu maravilhamento. Apesar de Aris ter ficado com cara de paisagem ao se sentar na cadeira que tinha os chifres (e, sabe-se lá como, conseguia exalar um ar poderoso com aqueles chifres enfeitando a parte de trás da cabeça), a garota percebeu, pela discreta diminuição da severidade do marido, que Aris ficou feliz por ela ter perguntado.

– É a sala de jantar desta noite.

Fosse o que fosse aquele lugar, com certeza não era uma sala. Não havia paredes até onde a vista alcançava. Blythe não tinha dúvida alguma de que Aris estava tentando se exibir, querendo que a esposa entendesse melhor a magnitude de seu poder. Infelizmente para o Destino, isso não a perturbou como ele esperava. A garota, com certeza, começava a compreender a dimensão do poder manifestado por aquele homem ao qual se ligara. Por mais alarmante que fosse, também era fascinante. Se Blythe possuísse poderes, transformar a sala de jantar em uma paisagem à luz das estrelas era exatamente o tipo de coisa ridícula que faria. Como Aris era maravilhosamente dramático.

Ela tocou a parte de trás da asa da coruja antes de se sentar na cadeira. Era algo firme, não apenas uma ilusão.

– De onde saiu isto?

– Das mentes brilhantes que existem espalhadas pelo mundo. A maioria delas não é reconhecida, uma coisa horrenda.

A garota ficou ruminando esse comentário, confusa.

– E você não poderia mudar o destino das pessoas em questão, se acha que são tão desvalorizadas?

– Poderia – respondeu Aris –, mas não quero. A triste verdade é que o mundo não funciona assim. Nem todos os gênios serão reconhecidos, e muitos amadores vão receber a atenção que outras pessoas merecem.

Nesse momento Blythe percebeu que havia um lustre acima dos dois, com braços de ferro e velas pretas e compridas que davam a impressão de flutuar no ar. Onde toda a estrutura estava pendurada, ela não saberia dizer. Inclinou a cabeça para trás e ficou contemplando aquela maravilha, com a sensação de que tinha entrado em outro mundo.

E supôs que tinha mesmo, porque agora estava casada com o Destino. Casada com o homem que, sem pestanejar, era capaz de lhe dar uma sala de jantar feita de meia-noite. Um homem que não parecia nem um pouco impressionado com a própria criação, um homem que – Blythe se deu conta – devia ter passado centenas de milhares de noites iguaizinhas àquela, sozinho, sob um céu inacreditável.

Por mais que Blythe gostasse de ficar sozinha, lhe pareceu uma pena não ter com quem compartilhar um espaço do tipo. Já estava pensando em como traduzir em palavras tal experiência nas cartas que escreveria para Signa. Olhou de relance para Aris, imaginando quantas vezes ele teria trazido a falecida esposa para um lugar como aquele e qual teria sido a sensação de ir ali sozinho depois de tê-la perdido. Blythe pensou nos quase vinte anos de jantares que passou com a família. Com a mãe, que conversava com todos a respeito de como fora o dia, ao passo que Percy perguntava pelo pai nas noites em que Elijah trabalhava até tarde ou se ocupava de tentar impressioná-lo quando o pai estava presente, estoico e sempre concentrado no trabalho. Em sua imaginação, a garota até enxergou Warwick, parado na lateral do recinto, tentando fingir que não ouvia todas as conversas enquanto esperava para se fazer útil.

Blythe até podia nunca ter jantado flutuando em um lago iridescente com um céu de estrelas tão próximas a ponto de dar a sensação de que bastaria esticar o braço para pegar uma, mas tivera uma sala de jantar sempre barulhenta com o tilintar dos talheres e das conversas. Por mais primoroso que fosse, o espaço que os cercava era quieto demais. Vazio demais. Fez a garota se recordar dos meses que passou doente e sozinha no quarto, sem vivalma para lhe fazer companhia. Dobrou os dedos dos pés encostados no lago e um pavor se alojou em seu peito.

Nunca mais se permitiria aquela sensação. E foi por isso que testou novamente se seu peso não ia afundar na água antes de puxar a cadeira mais para perto de Aris, diminuindo um pouco a distância que separava os dois.

– Prefiro este lugar a Glicínia – disse, apenas. – Odeio a mudança na decoração que você fez desde a *soirée*. Se espaços estagnados te entediam, você deveria rever o projeto do palácio.

– Este lugar *é* Glicínia. E tudo que existe nele foi projetado exatamente de acordo com as minhas intenções. – O tom foi tão cortante que as estrelas se apagaram apenas por tempo suficiente para Blythe enxergar que, por trás delas, o mesmo palácio de pedra cinzenta e sem graça continuava a existir.

Aquela sala de jantar era uma ilusão, então, pelo menos em parte. A mesa e as cadeiras pareciam reais, mas tudo o mais era criação do Destino, que a fazia ver o que ele queria, fosse o que fosse. Por mais que considerasse o feito impressionante, dar-se conta de tamanho poder foi tão inquietante que a garota segurou a faca só para ter algo palpável na mão.

– O que você quer comer? – perguntou o Destino, com uma postura mais rígida agora que Blythe estava mais perto.

Ela se aproximou, inclinando o corpo para a frente.

– Quais são minhas opções?

– É melhor perguntar quais não são.

A garota optou por não ficar surpresa com a resposta e pediu sem pestanejar:

– Uma tortinha quente com cozido e vinho quente. – Poucas coisas lhe pareciam combinar mais com uma noite fria.

Assim que ela fez o pedido, a comida chegou à mesa, com um brilho dourado. Saía vapor da tampa do cozido; o aroma da cebola e do tomilho eram tão intensos que Blythe salivou. A torta era feita com a massa mais perfeita e dourada, e o aroma no prato era divino. O vinho veio em um cálice de prata, com uma cor tão intensa que puxava mais para o cereja do que para o roxo, o que foi uma sorte, porque a garota ainda tinha dificuldade para lidar com qualquer coisa que tivesse cor de beladona.

E ainda teve o bolo. Blythe não era tão fã de doces quanto a prima, mas não podia negar que teve vontade de experimentar o glorioso bolo de casamento que se manifestou na cabeceira da mesa. Tinha, pelo menos, meio metro de altura, glacê cor de marfim e lírios brancos que cascateavam pelos lados; era elegante e simples, nada parecido com aquela fantástica terra de sonho onde os dois estavam sentados. Ela não perdeu tempo e encheu o prato; já sentia menos frio só de olhar para aquele banquete fumegante disposto ante seus olhos.

Apesar de Aris não ter dito nada, Blythe conseguia sentir os olhos do marido fixos nela, observando-a provar uma colherada do cozido e quase chorar quando a comida encostou em sua língua. Nunca tinha provado um cordeiro de sabor tão intenso, tão macio que mal precisava mastigar. Em seguida, deu uma garfada na torta, que se desmanchou na boca, quentinha e amanteigada. A garota se largou na cadeira, permitindo que a comida a esquentasse de dentro para fora. Por acaso tinha queijo de cabra derretido no recheio? Céus, estava divino. Nem mesmo o vinho tinha gosto de alguma fruta que ela conhecia, mas de estrelas embebidas no mais fino manjar dos deuses.

A refeição estava, em todos os sentidos da palavra, impecável. Depois de todas as briguinhas e de ter recebido um quarto sem cama, Blythe não conseguia nem mesmo crer que Aris lhe permitira provar daquilo. Só podia torcer para que o marido não arrancasse isso dela depois de se acostumar a tamanho requinte. Porque, se era assim que o Destino comia, então pelo menos poderia ficar animada com uma parte daquela vida nova.

– Está incrível – sussurrou, comendo mais uma colherada. – De onde veio?

Aris tinha parado de observá-la. Estava com uma cara levemente mais satisfeita e cortou a carne de cervo que tinha no prato.

– De vários lugares do mundo, assim como tudo o mais.

A mão de Blythe ficou parada no meio do caminho até os lábios. Não precisava perguntar para compreender o que o marido queria dizer – olhando para o que estava na mesa, ficava mais nítido, a cada segundo, que cada pedacinho da refeição fora roubado. Ela olhou imediatamente para o bolo de casamento e, com grande dificuldade, colocou o garfo no prato.

– Por favor, diga que não roubou tudo isso de alguém.

– Por acaso devemos começar nosso casamento em uma cama de mentiras? Foi isso que você acabou de pedir. – Ele rodopiou a taça de vinho entre os dedos antes de dar um gole.

Blythe estava morrendo de vontade de pegar o garfo e comer mais um pouco, tanto que chegava a ser frustrante. Em vez disso, resistiu ao ímpeto de atirar o garfo no marido.

– Jamais te pedi para roubar um bolo de *casamento*, Aris. Nem sequer comemos o da nossa própria cerimônia!

– Não me acuse injustamente. Não desprezo o casamento, srta. Hawthorne... – O Destino ficou petrificado e soltou um rápido suspiro de dor. Ficou massageando a aliança de luz no dedo, que cintilou com mais força quando ele empregou o sobrenome de solteira da esposa. Quando se recuperou, continuou: – Desprezo o *nosso* casamento. O casamento em questão foi cancelado porque o noivo se deu conta de que sua prometida ia fugir com o irmão dele. Fiz um favor para todo mundo quando tirei este bolo das mãos dessas pessoas.

Isso, pelo menos, fez Blythe se sentir menos culpada por desejar tão profundamente uma fatia do bolo.

– E o resto?

– Se prefere não comer, podemos dar o jantar por encerrado.

Quando Aris fez menção de que ia se afastar da mesa, contudo, Blythe pegou o garfo e o enfiou na torta quente.

Não sabia dizer a origem daquela comida, e não compreendia tão bem o marido ao ponto de saber se ele seria capaz de roubar algo de uma pessoa que precisasse. Às vezes, como quando resgatara um filhote de raposa durante a caça organizada pela família Wakefield, vários meses antes, dava a impressão de que poderia existir um homem honrado por baixo de suas atitudes rígidas. Mesmo assim, a garota não conseguia esquecer que o Destino tentara manipulá-la, nem a facilidade com a qual o homem era capaz de coagir os pensamentos de alguém para que a pessoa acreditasse no que ele bem entendesse.

Aris era perigoso, mas Blythe precisava comer. Sendo assim, resignou-se e aceitou o fato de que ela também estava, provavelmente, condenada a se tornar uma pessoa horrível agora que tinha se casado com aquele brutamontes, e voltou a enfiar o garfo na torta.

– Só para eu saber, em relação ao nosso longo e árduo futuro: roubar dos desavisados é algo que você faz toda noite? – A garota enfiou mais uma garfada na boca, tendo de se concentrar e se esforçar para não fazer uma expressão entusiasmada *demais* com o gosto da torta.

Para sua surpresa, reparou que Aris não mais fazia careta, apesar de ainda estar com o cenho bem franzido. Não teve a impressão de que o marido ficara incomodado com a pergunta. Pelo contrário: parecia que todas as suas perguntas haviam exaurido o Destino, como se ele fosse um pano de chão, torcido até ficar seco.

– Você faz perguntas demais.

Talvez, mas Blythe se limitou a fazer um floreio com o garfo e perguntar:

– E de que outra forma vou conhecer melhor meu marido?

Aris cerrou os dentes ante a palavra, e a garota pensou que não podia se esquecer de empregá-la com mais frequência.

– Se quer mesmo saber, janto, na maior parte das vezes, fora de casa. Viajo para conseguir comer o que desejo no lugar onde sei que é mais gostoso. O restante de minhas refeições eu mesmo preparo ou roubo de quem não precisa.

Blythe tinha muitas perguntas a fazer a esse respeito e, apesar disso, a que verbalizou foi:

– Você sabe cozinhar? – Aris não dava a impressão de ser o tipo de pessoa que sujava as próprias mãos. – E cozinha bem?

– Quando a pessoa tem séculos para praticar alguma coisa, você não acha que ela pode se tornar um tanto habilidosa? Tive os melhores professores do mundo.

A garota se recordou das obras de arte expostas por todo o palácio na sua primeira noite em Glicínia e de como Aris ficou ofendido quando ela comentou que algumas das obras lhe pareciam um tanto pretensiosas. Se lhe pedissem um palpite, Blythe diria que fora o Destino quem criara aquelas esculturas. Pois o que mais poderia fazer uma pessoa que passa uma eternidade vivendo sozinha?

– Então você viajou muito? – indagou. Afinal, por mais que desprezasse Aris, Blythe sempre tivera vontade de viajar. Passava horas e horas entocada no gabinete de Elijah, embrenhada em mapas, e na biblioteca, lendo e relendo relatos a respeito de países longínquos e cidades distantes, inúmeras vezes, até saber todos os detalhes de cor. Quando fechava os olhos, imaginava-se visitando esses diversos lugares, abrindo caminho na selva com um facão ou segurando um guarda-sol enquanto caminhava à beira de um mar cerúleo, sentindo as gotículas de água salgada na pele e o vento balançando seus cabelos.

– É raro eu permanecer no mesmo lugar por muito tempo. – O tom de voz de Aris foi tão sugestivo que Blythe ficou toda arrepiada. Tirando o pai e a Quinta dos Espinhos, a garota não tinha amarras naquela cidade e teria adorado conhecer o mundo. Mas, pelo bem de Elijah, não podia ir embora dali.

– Então me parece que ficar aqui vai ser uma boa mudança para você – falou, pegando uma boa garfada de bolo de casamento. Ficou imaginando de onde o bolo teria vindo, porque o gosto era diferente do de todos os bolos que ela já comera na vida, um sabor de mel e ameixas maduras.

– Não vamos ficar aqui. – Atrás de Aris, à distância, uma tempestade massiva se formava. Os relâmpagos caíram acima dos chifres de cervo do Destino, e Blythe seguiu o raio até chegar ao dourado ardente dos olhos do marido.

– Bom, *eu* não vou embora.

– Sempre posso obrigá-la. – Aris sussurrou as palavras com a delicadeza de um amante. Ficava evidente quando estava tentando irritá-la. Mas proferiu a frase com um tom objetivo, como se ambos soubessem que era verdade.

– Se tentar fazer isso, vou me amarrar às árvores – jurou a garota. – E, sempre que for embora, nossas alianças vão garantir que você volte diretamente para mim.

O Destino devia ter previsto tal discussão, porque não deu indício de ter se incomodado tanto quanto Blythe gostaria. Apenas ficou de pé, e os pratos e talheres sumiram antes que a garota terminasse de comer. Mal conseguiu angariar mais uma garfada de bolo antes que a iguaria desaparecesse.

– Eu ainda não tinha terminado!

– Mas eu tinha.

Aris alisou a camisa. Todos os botões dourados estavam retos e perfeitamente alinhados e não havia um vinco sequer no tecido branco. O Destino estava tão engomadinho que os dedos de Blythe coçaram de tanta vontade de entortar a gola da camisa dele.

– Cabe a você decidir – declarou ele –, mas fique sabendo que, se recusar, só poderá sair deste palácio depois de transcorrido um mês. Seu pai e todos os seus conhecidos acham que estamos longe daqui, em alguma viagem de lua de mel extravagante, e não ligo de ter de lidar com as perguntas deles nem com a sua frustração, quando for pega nas próprias mentiras. Entretanto, se concordar em ir embora comigo, vou te levar para fazer essa viagem de lua de mel, e você vai ver partes do mundo que jamais imaginou conhecer.

Não foi um minúsculo traço de curiosidade que despertou dentro de Blythe, mas um desejo terrível, colossal. Ficou enojada de si mesma por sequer permitir que a ideia tomasse forma em seus pensamentos, mas não conseguia se controlar, pensando em todos os lugares que já imaginara conhecer e que agora estavam ao seu alcance sem nenhum dos inconvenientes da viagem. E não podia negar que fugir do calabouço que era o Palácio das Glicínias não seria o pior destino do mundo.

– Se eu concordasse com tais termos – perguntou –, voltaríamos para Celadon um dia?

Foi a resposta espontânea de Aris que o entregou.

– Uma hora, talvez, para fazer uma visita.

Não bastava. Nem de longe. Todas as imagens da viagem se dissiparam ao mesmo tempo na imaginação de Blythe, porque ela se recusava a abandonar o pai sem ter garantias de quando iriam voltar.

– Não vou embora – declarou. – Vou ficar aqui e, dentro de um mês, terei minha liberdade. – Por mais soturno que fosse o Palácio das Glicínias, certamente seria possível sobreviver ali dentro por um mês.

Entretanto, dada a expressão insolente de Aris, ele parecia ter outra opinião.

– Muito bem – ponderou, impassível demais para o gosto de Blythe. – Por favor, avise-me quando mudar de ideia.

E, de uma hora para outra, o céu noturno piscou e deixou de existir, e o lago de prata se dissipou, dando lugar a pedras, pedras e mais pedras cinzentas, a perder de vista. Blythe, mais uma vez, estava de pé, parada no corredor, sozinha, ouvindo o crepitar da lareira, vindo de trás dela.

SEIS

Blythe passara apenas um dia em Glicínia e já tinha certeza de que havia cometido um grave erro.

Tinha a impressão de que o palácio resolvera castigá-la pela decisão de ficar ali, fazendo a temperatura despencar da noite para o dia. Gelada feito um cadáver, mal conseguiu tirar um cochilo; acordou tossindo diversas vezes até que, uma hora, foi vasculhar o baú de viagem. Vestiu alguns de seus vestidos de lã mais grossos, um em cima do outro, em uma tentativa de aliviar a garganta seca e o corpo gelado, para conseguir ter um mínimo de descanso.

Se a temperatura não bastasse para tirar o sono da garota, o barulho com certeza o fazia. Blythe estava acostumada a tempestades acompanhadas de vendavais e a galhos batendo nas janelas. Só não estava acostumada a uma casa que gemia e estremecia a cada brisa. A certa altura, ela poderia ter jurado que pedaços do teto caíram no chão, mas haviam sumido quando o sol nasceu. E Blythe sabia exatamente quando o sol nascera, porque o quarto não tinha cortinas para a proteger da claridade. Quando enfim conseguiu pegar no sono, acordou por causa da ardência da luz que sentiu sobre as pálpebras, com a sensação de que poucos minutos haviam se passado.

Quando levantou da cama, cerrou os punhos e jurou que daria um jeito de fazer Aris pagar por aquele comportamento ridículo. Pela força do hábito, foi se arrumar, só para mudar de ideia antes de pegar a escova para pentear o cabelo emaranhado. A quem precisava impressionar? Não ao marido, com certeza. Se o Destino não permitiria que a esposa tivesse uma boa noite de sono, então por que ela deveria se dar ao trabalho de ficar apresentável para aquele homem?

Não trocou de roupa, nem limpou os dentes, nem sequer deu umas beliscadinhas nas bochechas para que ficassem coradas antes de enfiar os pés nos chinelos. Pegou um robe só por puro desespero, para não passar tanto frio, e desceu as escadas, pisando firme.

Para sua surpresa, o primeiro sinal de vida que viu não foi de Aris, mas da raposinha preta que ambos haviam resgatado vários meses antes. Na época, era um filhote, mas agora o animal já era adulto e estava dormindo, encolhido na escada. A raposa despertou com os passos pesados de Blythe e, no instante em que a garota se abaixou para fazer carinho em sua cabeça, a coisa detestável chiou e tentou morder a mão dela. Mal deu tempo de puxar a mão antes que aquela criatura maldita conseguisse mordê-la.

A raposa soltou um ganido como se em censura a Blythe, desceu correndo a escada e sumiu de vista. Parecia até ofendida com a existência da garota.

– Eu ajudei a salvar sua vida, sua criatura ingrata! – gritou Blythe, mais alto do que pretendia. Supunha que podia atribuir isso à falta de sono.

Continuou descendo até chegar à saleta, mas não havia sinal algum de Aris. Não o via desde o jantar da noite anterior, e olhou para a janela em uma tentativa frustrada de encontrar, pela inclinação da luz, indícios de onde o marido poderia estar. Franziu o cenho. Que estranho procurar sinais de magia e não encontrá-la, depois de ter ficado tão mergulhada nela.

Quando Blythe se sentou para aquecer as mãos, a lareira estava macambúzia, como sempre. Mesmo sabendo que o fogo não era senciente, não pôde deixar de sentir pena das chamas e torceu para que o fato de estar sentada ali pudesse, de alguma maneira, inspirá-las a arder com mais intensidade. A tática não deu certo naquele momento, mas a garota tinha a intenção de continuar tentando.

Blythe permaneceu sentada por mais um tempo, em silêncio, prestando atenção aos ruídos, em busca de algum sinal do Destino. Ficou com a impressão de que Aris não estava em nenhum canto do Palácio das Glicínias. Deveria ter ficado irritada com o fato de o marido conseguir, sabe-se lá como, sair dali, sendo que ela era puxada para trás toda vez que aventava a possibilidade de abandonar o palácio. Mas, para sua surpresa, percebeu que não se importava nem um pouco com isso. Nunca na vida tinha ficado completamente sozinha dentro de uma casa. Sempre contara com a companhia das criadas ou da governanta. De cozinheiros e homens que cuidavam dos estábulos. Tamanho silêncio era algo desconhecido para Blythe e, por um bom tempo, ela permaneceu imóvel perto do fogo, sem saber o que fazer além de ouvir o crepitar das chamas e o ruído das patas da raposa arranhando o chão. Quando se cansou disso, ficou de pé, concluindo que não havia hora melhor para sair bisbilhotando palácio afora do que na ausência de Aris.

Nem precisou pensar em qual seria sua primeira parada, porque estava com isso na cabeça desde a noite anterior e continuou em seus sonhos, durante os poucos minutos em que a garota conseguira dormir. Subiu correndo a escada, segurando as saias – que eram bem pesadas, já que tinha múltiplas camadas para segurar –, até chegar ao último andar, onde o salão de baile e o enorme retrato da Vida a aguardavam. Por mais misterioso que fosse o marido, aquela era a chance de Blythe de descobrir mais a respeito do homem e de sua magia. Sendo assim, tentou abrir a porta escondida no retrato da Vida, e teve de suprimir um grito quando a maçaneta espetou a palma de sua mão.

Blythe recuou e, quando olhou com mais atenção, viu que mil fios dourados cobriam a porta, barrando a entrada.

E lá se iam seus planos.

Ouviu um ganido baixinho vindo de trás de si, olhou para baixo e deu de cara com a raposa, sentada a diversos metros de seus calcanhares. Olhou feio para a criatura detestável, que balançou o rabo preto como se fosse uma vassoura. Pelos ruídos que o animal fazia, Blythe ficou com a impressão de que ele estava dando risada.

– Será que todo mundo que mora aqui é um monstro? – perguntou a garota.

Os olhos brilhantes da raposa a observaram por mais um segundo antes de o animal ficar de quatro em um pulo, virar a cabeça e olhar para trás. Blythe acompanhou o olhar da criatura e se engasgou quando viu uma leve névoa, formada, com absoluta certeza, por um cabelo branco que sumia corredor afora. Corredor esse que – disso a garota tinha certeza – não estivera ali poucos instantes antes.

Seu corpo permaneceu petrificado mesmo depois que a raposa foi correndo atrás do vulto.

– Aris? – Blythe sussurrou o nome do marido entre dentes, abraçando o próprio corpo para conter o tremor. – Se é você, pare com essa tolice. Não tem graça.

Não foi o Destino quem respondeu, mas uma risada feminina, que deveria ter arrepiado todos os pelos do corpo de Blythe. Mas o som a fez se lembrar da brisa do verão, acalmou seus nervos sobressaltados e relaxou seus braços e pernas, que estiveram rijos.

Podia ter sido uma alucinação. Não seria a primeira vez que Blythe tinha uma, mas fazia meses que não era acometida por esse sintoma específico do envenenamento por beladona. Ainda assim, qual outra explicação haveria para o corredor que surgiu – aparentemente do nada – ou para as luzes que piscavam em sua visão periférica, guiando seus passos apressados?

Quanto mais avançava, mais o palácio mudava, daquela ausência de cor de Glicínia para algo desconhecido. As paredes cinzentas deram lugar a painéis de marfim. O chão de pedra se transformou não em madeira ou outro material conhecido por Blythe, mas em um gramado com trevos que se enroscaram em seus tornozelos. A impressão era de que não estava andando por um palácio – longe disso –, mas por uma clareira na floresta.

Independentemente de aquilo ser real ou estar acontecendo dentro dos limites de sua própria cabeça, Blythe sabia que deveria ficar apavorada. Apesar disso, não conseguia se conter, um pé ia atrás do outro até que ela se deparou com uma única porta, no final de um corredor comprido e estreito. Atrás da porta pulsava um calor tão exacerbado que uma nostalgia se acendeu na garota.

"Porta" era um termo vago para o que ela viu, porque não era bem uma porta, mas uma abertura que dava a impressão de ter sido cavada na casca de uma árvore. Sua maçaneta não era de bronze nem de ferro, e sim de madeira, entalhada no formato de uma espetacular trepadeira de glicínia. Blythe ouviu novamente o trinado daquela risada leve como pluma, desta vez vinda por trás da porta.

– Também está ouvindo esta mulher? – sussurrou a garota, dirigindo-se à raposa, que se enfiou no meio dos seus tornozelos e arranhou a porta. – Talvez seja uma armadilha. Aris pode mandar alguém cortar minha cabeça se entrarmos.

A raposa não dava a mínima para Blythe nem para a cabeça dela. Em meio à hesitação da garota, o animal arranhou a porta com mais força e soltou ruídos sibilantes de insatisfação. Blythe respondeu com os mesmos ruídos e, provavelmente, teria cutucado o traseiro do animal com o dedo do pé, caso os dentes dele não tivessem uma aparência tão afiada.

– Tudo bem – falou para a criatura. – Mas vou abrir para *você*, não para mim.

Contrariando o bom senso, Blythe pôs a mão na maçaneta e entreabriu a porta. Na mesma hora, a raposa entrou.

A garota foi logo procurando a fonte da risada, mas não havia ninguém a não ser ela e a raposa dentro daquela clareira em pleno verão. Estava tão quente que Blythe poderia ter tirado toda a roupa, até ficar nua. Apesar de o lugar ser nitidamente um quarto, com uma cama de dossel entalhada na base de uma árvore – sabe-se lá como –, também era uma impossibilidade. Tratava-se de mais uma das paisagens oníricas criadas pelo Destino.

Blythe ergueu o rosto para a árvore, que era muito mais alta do que ela. Em alguma época longínqua, poderia ter sido um pé de glicínia, mas agora era uma casca que soltava pétalas secas em cima de uma cama, cujos lençóis ficaram amarelados pela passagem do tempo. Blythe deu a volta na árvore várias vezes, achando que deveria, de algum modo, ser um entalhe em madeira, já que não havia raízes à vista. Entretanto, dada a madeira podre que se esfarelou em contato com as palmas de suas mãos, não podia ser outra coisa além de verdadeira.

Havia mais estranhezas, como uma penteadeira de vime murcho, que estava a um toque de se desmanchar e virar pó, um espelho de prata chanfrado e vários retratos mais para o fundo do cômodo, pintados em um estilo antigo, que poderiam ser encontrados em um museu. Nesses retratos, um homem sorria, dançando com uma mulher cujo cabelo tinha um brilho pálido, feito a luz do luar. Não usavam roupas atuais, mas trajes antiquíssimos, de uma época muito distante.

Também havia outro retrato, do mesmo homem de cabelos dourados sentado sob a sombra de um pé de glicínia altíssimo, com a cabeça encostada no tronco e um olhar sereno, dirigido ao pintor. Blythe levou um bom tempo para reconhecer que aquele homem era Aris, porque era a primeira vez que o via com uma expressão tão plácida. Demorou ainda mais para reconhecer que a mulher do primeiro retrato era a mesma que ela tinha seguido corredor afora um pouco antes. Deveria tê-la reconhecido no instante em que vislumbrou o cabelo branco: Vida.

Tal compreensão fez Blythe recuar até encostar na parede, sem conseguir se convencer de que a cena diante de si não passava de um fruto de sua imaginação. Só que a parede onde encostou era firme, e as árvores que seus dedos tocaram, ásperas.

Ou seja: de alguma maneira, o lugar era real.

– O que você quer comigo? – sussurrou, para um quarto que só lhe respondeu com silêncio. – Se está brava comigo por causa de Aris, pode ficar com ele, por obséquio. Não faço questão.

O calor do recinto tornou a oprimir Blythe, desta vez, com mais firmeza. A cabeça dela começou a girar, e uma gota de suor lhe escorreu pela nuca.

Blythe se virou para os retratos, franzindo o cenho para o homem ali representado. Aris já fora uma pessoa completamente diferente. Quanto mais Blythe encarava, mais sua visão se borrava, apagando os contornos, e mais tinha a sensação de estar ali, diante do marido. Conseguia sentir o musgo pintado encostando na sola dos próprios pés descalços, e a pulsação da floresta durante o outono, que rodeava os dois amantes, na própria pele. O calor de um sol minguante se abateu sobre ela, e folhas caídas se esmigalharam sob seus calcanhares. E também havia música. Uma música que fez Blythe balançar o corpo no ritmo, porque ela fechou os olhos e deixou a história se desenrolar em sua imaginação. Assistiu a Aris sorrir e puxá-la até encostar no peito dele, foi capaz de sentir a firmeza do corpo do Destino. O calor de seu toque quando a puxou para perto de si e...

Blythe quase perdeu o equilíbrio quando a raposa passou correndo por cima de seus chinelinhos, fazendo-a voltar de supetão aos aposentos havia muito esquecidos e afastar-se do belo homem com quem dançava em plena floresta. Levou alguns instantes para voltar ao presente e se lembrar de que ali não havia belo homem coisa nenhuma, e sim *Aris*. E tampouco aquela mulher era ela.

Não era a primeira vez que tais pensamentos invadiam a cabeça de Blythe. Desde mais ou menos a época do casamento de Charlotte e Everett, a garota era acometida por visões, nas quais via um homem sem rosto cuja risada era capaz de dar início a um incêndio dentro dela, e cujas carícias Blythe desejava ardentemente. Tal pessoa jamais existira e, mesmo assim, a sensação sempre era muito real. Como o fantasma de alguém que Blythe passara a vida inteira esperando para conhecer.

De início, achou que as visões poderiam estar relacionadas a por que conseguia enxergar a Morte. Que algo poderia ter ocasionado uma mudança fundamental em seu interior, depois de ter sido trazida de volta do precipício nas muitas vezes em que deveria ter morrido mas não morreu. Agora, imaginava que poderia ser a Vida que estava brincando com ela, brava por Blythe ter tomado seu lugar na vida de Aris.

A garota se apoiou na parede por um bom tempo, porque seus pensamentos se perderam, com vislumbres de sorrisos e de pele. Ecos de risos e de música. Sempre a mesma música cadenciada.

Quanto mais tempo passava ali, dentro do quarto, mais tinha a sensação de que era pressionada pelas paredes. O peso era tão sufocante que ela achou que fosse cair no chão. Por mais estranha que a Quinta dos Espinhos fosse, havia certo charme em sua esquisitice. A casa onde Blythe passara a infância fizera jus aos boatos e se entregara às próprias idiossincrasias. Mas aqueles aposentos, que, no passado, foram cheios de vida, não passavam de uma casca de algo que, um dia, fora extraordinário. Algo que afundava as garras sob a pele de Blythe e implorava para não ser esquecido.

A garota segurou as saias, prestes a fugir, quando viu de relance um espelho de mão em meio ao vime da penteadeira. Era consideravelmente antigo, e o cabo tinha incrustações de filigranas de ouro. Trêmula, Blythe pegou o espelho e se surpreendeu, porque a sensação de tê-lo em mãos era muito familiar.

Foi então que as luzes piscaram e ficaram borradas, até que todas se voltaram para a porta simultaneamente. A raposa ficou de orelha em pé e, quando saiu correndo para cumprimentar o dono que retornara, Blythe segurou o espelho contra o próprio peito. Sabia que deveria devolvê-lo à penteadeira. Sabia que deveria fugir e deixar aquele lugar para trás. Mas seus dedos se recusaram a soltar o cabo, e o polegar ficou acariciando a filigrana.

Talvez tenha sido para provar a si mesma que a situação era real, ou talvez tenha sido por outro motivo completamente diferente que Blythe enfiou a relíquia em meio às dobras do vestido. Era só um espelho, afinal de contas: bonito, mas corriqueiro. Apesar disso, não teve tempo de ponderar, porque uma luz pálida se infiltrou pela porta e inundou o chão de madeira, indicando a aproximação de Aris. A garota abriu a porta antes que o marido a flagrasse e saiu correndo pelo Palácio das Glicínias, dando os passos mais lépidos de que foi capaz.

Blythe só parou quando chegou ao próprio quarto, a lembrança do riso da Vida ainda ecoando em sua cabeça.

Meu queridíssimo pai,

Por favor, perdoe a demora em lhe escrever e a brevidade de minha carta: estou lhe escrevendo do gelado país das maravilhas que é a cidade de Verena.

Apesar de o inverno nem ter começado, a cidade natal de Aris é a encarnação do Natal, cheia de lojinhas pitorescas e ruas cobertas por uma neve tão soltinha que, às vezes, é preciso usar sapatos especiais para não afundar nela. Apesar de Verena não ser exatamente o lugar que imaginei para passar minha lua de mel, fico feliz de conhecer a terra de onde veio meu marido. Eu realmente gostaria de ter colocado alguns casacos a mais no baú, mas Aris acabou de mandar fazer vários para mim.

Apesar de planejarmos uma ida ao interior a fim de visitar Byron e Eliza, receio que as péssimas condições do tempo tenham encurtado a viagem de núpcias. Ao que tudo indica, teremos de passar várias semanas aqui em Verena. Eu adoraria que o senhor viesse nos visitar, tenho certeza de que iria amar.

Não se preocupe comigo. A cidade é esplêndida, e sem dúvida encontrarei inúmeras maneiras de me distrair. E também seria relapsa se não falasse da comida, porque os chefs do palácio são os melhores que já vi. Entretanto, não falo isso para o senhor pensar que deixei minha vida na Quinta dos Espinhos para trás, porque nada poderia estar mais longe da verdade.

Como tem passado? Mal posso esperar para ler as histórias de todas as aventuras que, assim espero, o senhor está vivendo, e para saber que todos na Quinta dos Espinhos estão bem. Sinto muita saudade e irei vê-lo assim que puder.

E antes que eu me esqueça: Aris tem uma raposa de estimação. Essa não é uma informação encantadora e absolutamente aleatória?

Com amor, sempre,
Blythe

Minha prima maravilhosamente estranha,

Começo esta carta expressando, com toda a sinceridade, que estou bem. Aris ainda não conseguiu me matar enquanto durmo. Mas, de vez em quando, admito que o pego com um brilho nos olhos que me deixa convencida de que está aventando a hipótese.

Não tema. Pois, se um de nós dois for perecer pela mão do outro, garanto que não serei a primeira a morrer. Talvez isso seja um tanto dramático, contudo não se preocupe, minha queridíssima prima. Não me arrependo do trato que fiz com Aris. Na verdade, esta guerra entre nós dois se tornou meio que um jogo, e eu adoro ganhar, e muito.

Espero que você esteja bem e aquecida aí na Quinta da Dedaleira, e que a mansão a esteja tratando bem. Digo "aquecida" porque Aris transformou o Palácio das Glicínias em um inverno sem fim e inabitável, bem do tipo que a gente lê nos contos de fada. Temo o quanto a situação ainda pode piorar quando a neve iniciar de fato, mas tenho algum tempo até lá para planejar minha próxima jogada. Terá de ser uma jogada memorável, porque Aris me proibiu de sair daqui por, pelo menos, um mês, para que ninguém questione a validade de nossa lua de mel. Que tipo de lua de mel alguém pode ter achado que nós dois teríamos em pleno novembro ultrapassa os limites da razão. Falei para o meu pai que estou em Verena, e acho que, talvez, eu possa seguir carreira de escritora de ficção. Como não consigo dormir, inventei a cidade inteira na minha imaginação. É uma descrição tão rica em detalhes que chega a ser enlouquecedora, e quase fico decepcionada por não ser um lugar de verdade. Que divertido seria governar uma terra de inverno!

Apesar de um mês ser um período curto no cômputo geral do universo, sei, no fundo do coração, que vou perecer se tiver de esperar esse tempo todo para ver esse seu rostinho. E isso me lembra o motivo para eu lhe escrever hoje – não para me lamentar a respeito de Aris (entretanto, tenha certeza de que tenho muito prazer em desempenhar essa função), mas para lhe dizer que, na última semana, ele me abandonou aqui no palácio todas as manhãs, e precisei me virar sozinha, porque só Deus sabe o que esse homem faz. Acabo tendo muito tempo a sós e admito que, depois dos meses que passei de cama, morrendo na Quinta dos Espinhos, acho que não sou muito fã de solidão. Você comentou, no casamento, que tinha algo para me contar, e eu gostaria de saber o que é. O tédio me tornou impaciente.

Apesar de eu admitir prontamente que não compreendo suas habilidades por completo, espero que, quando receber esta carta, você se funda com as sombras e venha me buscar, serpenteando pela escuridão. Espero que você consiga dar um jeito, porque mal posso esperar para vê-la, muito em breve. Pelo bem de minha sanidade, por favor, venha logo.

Aguardando ansiosamente a sua visita,
Blythe

SETE

Blythe se encolheu para se aproximar da luz minguante da vela e releu três vezes o que tinha escrito, com a tinta ainda úmida, antes de selar as cartas com cera. A carta que escrevera para o pai não ficara lá grandes coisas, mas estava ansiosa para ter notícias dele e rezou para que as palavras transmitissem a verdade a ponto de apaziguar as preocupações de Elijah. Que, entretanto, era um homem inteligente, o que a deixava receosa, porque tinha pouquíssimas informações para contar. Não dava para afirmar que nada de muito interessante ocorria entre as paredes lúgubres do Palácio das Glicínias. Blythe estava cansada daquele frio perpétuo e tédio eterno. A maior emoção que aquela mulher casada tivera nos últimos dias fora escarafunchar os limites da imaginação para escrever ao pai e ser tão dramática quanto desejava ao escrever para Signa.

Ficou feliz com o fato de que, pelo menos, Verena não era um lugar verdadeiro, porque o pai jamais conseguiria descobrir a farsa que a filha inventara consultando um mapa.

A garota levantou da cadeira, com os envelopes amassados na mão. Aquela era uma hora feita para dormir, mas ninguém jamais diria isso pelo luar que entrava pela janela. Blythe tentara dormir, só que a pocilga que fazia as vezes de aposentos não parava de fazê-la tossir, o tempo todo. Quando não estava acometida por um acesso de tosse, a cabeça estava perturbada demais por causa das visões com aquele homem sem rosto, cuja mera presença lhe causava dor no peito. E, quando não estava pensando nele, pensava nos aposentos da Vida. Na clareira da floresta e na penteadeira diante da qual a mulher teria se sentado para arrumar o cabelo prateado.

Blythe jamais deveria ter tirado o espelho da penteadeira. O objeto era tão antigo que bastaria segurá-lo com um pouco mais de força para que se partisse ao meio. Sendo assim, a garota o enrolou em um pano de cetim e o guardou na segurança de uma gaveta que – assim esperava – Aris jamais teria motivo para vasculhar.

Ficou segurando as cartas seladas contra o peito com uma mão e pegou a vela com a outra. Se era inútil tentar dormir, então poderia muito bem descobrir como enviar as missivas. Era provável que o Destino as tentasse ler, mas o marido era a única opção de Blythe. Apesar de ela ter ouvido os sinais de sua presença de quando em quando, ele não se aproximava. A garota tinha olhado várias vezes embaixo do anel de serpentina para se certificar de que a aliança de luz permanecia lá, já que aquela coisa maldita não ardera mais nem uma vez, apesar de o Destino ter passado os últimos dias flanando por aí, só Deus sabe onde. Aris nunca estava por perto quando ela procurava; voltava para deixar o jantar na porta do quarto da esposa e sumia antes que desse tempo de a garota abri-la.

Blythe tentou não ruminar esse hábito do marido, porque se enraivecia de saber que Aris estava fora de casa, fazendo seja lá o que as pessoas com poderes místicos fazem, enquanto ela era obrigada a passar os dias na companhia de uma lareira que espirrava tanto quanto ela e de uma raposa maníaca, que fizera xixi em um de seus vestidos preferidos e não parava de roubar suas meias, como se fosse brincadeira. Pelo andar da carruagem, Blythe estava prestes a arrancar a pele da criatura para usar de cobertor, ideia que comunicava à raposa sempre que tinha oportunidade. Pena que o animal era tão bonitinho.

Só que era impossível *não* conjecturar sobre o que Aris andava fazendo. Até porque a garota não tinha ocupação melhor do que passar as horas do dia elucubrando a respeito daquele mistério em forma de marido. O homem parecia uma pessoa completamente diferente nos retratos – tão mais delicado e gentil, dançando em cima do musgo e das folhas secas com uma beldade de cabelo prateado.

E era ainda mais impossível não pensar em Aris porque ele havia deixado um docinho na porta do quarto de Blythe várias horas mais cedo – um montinho melado de massa perfeitamente assada, com sabor de mel, que não estava doce demais. A sobremesa ainda estava quente quando a garota deu a primeira mordida e, apesar de, a princípio, ter ficado surpresa com a demonstração aleatória de gentileza por parte do Destino, logo se deu conta de que o marido não estava sendo *gentil* coisa nenhuma. Pelo contrário: queria deixar absolutamente claro que tinha ido para algum lugar mágico, ao passo que a esposa estava presa em uma masmorra de pedra, torcendo para que ele sentisse pena e lhe trouxesse suas migalhas.

Apesar de ser pouco provável que Aris estivesse em casa, a garota pretendia deixar as cartas em algum lugar que ele pudesse encontrar. Se não mandasse uma carta para o pai logo, não tinha dúvidas de que Elijah daria um jeito de encontrá-la, mesmo que fosse atrás do reino imaginário de Verena. Por mais que desejasse vê-lo, seu estômago se embrulhou só de pensar no Destino socializando com o pai.

Ao circular pelos corredores de pedra do palácio, Blythe deu graças pela iluminação da vela que guiava seus passos, e foi descendo os degraus da escadaria, dirigindo-se à saleta onde Aris costumava tomar chá, perto da lareira que ficava permanentemente acesa. Tinha planejado deixar as cartas para o marido na mesa de chá, mas ficou surpresa ao descobrir que o Destino não estava flanando por aí coisa nenhuma. Pelo contrário: estava sentado em uma das cadeiras de couro com espaldar alto, ao lado de um copo de bourbon pela metade. A cena fez o coração da garota se sobressaltar. Ela apagou a vela, sentindo um aperto nos pulmões, e se encolheu no canto para espioná-lo.

Talvez o motivo para Aris estar tão desalinhado fosse o adiantado da hora. Tinha a aparência, sem tirar nem pôr, de um homem que passara a noite se revirando na cama; sua cabeça estava baixa de cansaço. Mesmo assim, se a garota olhasse para o marido na luz certa, Aris a faria lembrar de um príncipe de contos de fada, com calças justas e uma túnica branca e solta, com o colarinho desabotoado e as mangas arregaçadas. O cabelo estava desgrenhado, e as veias dos braços, saltadas, quando ele tomou um gole da bebida. A cadeira estava posicionada bem perto da lareira, tanto que ele havia tirado as botas para se aquecer.

No colo, tinha uma tapeçaria. Era parecida com a tapeçaria dourada na qual Blythe derramara o próprio sangue tantos meses antes, mas bem maior, com uma impossibilidade de cores que a garota jamais vira. Entre os dedos do Destino, cintilava uma agulha prateada, que se movimentava com tamanha agilidade que Blythe não teria conseguido enxergar, caso a luz do fogo não a fizesse brilhar tanto.

Seria errado dizer que Aris exibia uma expressão relaxada – seus movimentos eram maníacos e precisos –, mas o olhar estava tranquilo, sim, quiçá inumano. O peito mal subia e descia; todas as partes do corpo permaneciam imóveis, com exceção do braço que tecia. Quem o observasse distribuir cores pela tela não veria nada além de algo paranormal. Cada ponto que o Destino dava mais parecia um golpe de faca.

O que começou como uma tapeçaria qualquer não demorou a descer em cascata pelo colo de Aris, esparramando-se por cima dos joelhos e acumulando-se no chão de madeira. Ficou cada vez maior, até que os fios se tornaram pretos, e o Destino parou de tecer. Foi só então que seus lábios se entreabriram, e o homem respirou aliviado pela primeira vez em vários minutos. Blythe gostaria muito de ter visto os olhos do marido quando ele ficou de pé, porque teve a impressão de que o pensamentos do Destino pairavam em outro lugar, completamente diferente. O silêncio se estendeu enquanto a garota ficou contemplando a cena, com a sensação de que se intrometia em uma atividade íntima, antes de ouvir o sussurro de Aris, suave como a neve que cai:

– Por que não está dormindo? – A voz dele estava atordoada e vazia, como se estivesse sonhando até então, e a esposa tivesse acabado de acordá-lo.

– Está tão frio que não consigo dormir. – Falar com a mesma suavidade empregada por Aris foi estranho. Os dois jamais haviam conversado de forma tão simples. – Temo que, se dormir, jamais vá acordar.

O Destino soltou um ruído estranho e gutural. Uma risada, quem sabe?

– Talvez tenha sido de propósito.

– Não tenho dúvidas de que foi, sim. – A camisola de Blythe se arrastou atrás de si quando a garota tentou analisar melhor a tapeçaria que o marido segurava com tanta força que as juntas dos dedos estavam brancas. – O que está criando?

Aris soltou um pouco a tapeçaria, com os olhos ramelentos, e ficou passando a mão no queixo.

– O que você pensa que é?

Blythe não precisava *pensar*. Apesar da pergunta, sabia exatamente o que o marido tecia. Ainda assim, era algo impossível demais para verbalizar em alto e bom som. Em vez de responder, indagou:

– As cores têm algum significado?

O Destino fitou a tapeçaria como se a visse pela primeira vez e ficou passando o dedão nos fios. Franziu o cenho, tenso. Era impossível dizer se tinha encontrado um aspecto do projeto com o qual ficara insatisfeito ou se estava debatendo se valia a pena responder à pergunta da esposa. De início, pareceu disposto a ignorá-la. Mas, no instante em que Blythe recuou um passo e aventou a possibilidade de voltar a seus aposentos, ele explicou:

– Cada cor é uma emoção. Juntas, contam uma história, porque, na verdade, a vida se resume a isso: uma série de sensações e emoções que levam a pessoa à ação ou à inação.

Que definição terrivelmente clínica.

– E quais são as emoções que essas cores representam? – Blythe sentou-se no braço da cadeira de Aris, fitando os amarelos suaves, de manteiga, e os verdes vivos, de musgo, que se transformavam em algo que a fez recordar de um pôr do sol: tons de rosa e ameixa intensos que escureciam, formando um tom para o qual ela não tinha nome, mas que parecia a cor do céu no verão, logo antes de uma tempestade.

Apesar de a tensão na testa de Aris ter continuado ali, ele devia ter sentido que a curiosidade da esposa era sincera, porque não a afugentou. Pelo contrário: inclinou a tapeçaria para que a garota conseguisse vê-la melhor.

– Todas as emoções possíveis e imagináveis. As possibilidades são ilimitadas e, apesar de existir uma variedade infinita de cores, cada nuance representa algo específico, em certo grau. Mas, assim como duas pessoas jamais vão sentir algo de modo exatamente igual, nunca vão existir duas tapeçarias idênticas.

Blythe se abaixou a fim de examinar a criação do Destino, à procura de algum padrão. Apesar de Aris ter se afastado quando ela se aproximou, a garota ainda era capaz de ver que os pontos eram impecáveis; não havia um fio solto sequer.

– Tem muito azul – comentou, admirando as muitas variações. – De um tom claro, de amanhecer, até um escuro, de amoras maduras.

– Tem, sim. – Os dedos do Destino tornaram a segurar o tecido com força. – O homem a quem essa tapeçaria pertence levará uma vida satisfatória. Nada de especial, mas viverá até uma idade avançada e morrerá em paz.

Pela monotonia do tom de voz empregado por Aris, era de se pensar que estava falando de um homem que seria vítima de uma grande maldição e morreria em um acidente trágico.

– Você fala como se isso, por si só, já não fosse uma conquista admirável – comentou Blythe. – É tão errado assim levar uma vida simples, que nos faz feliz?

Como estava hipnotizada pela tapeçaria, a garota só se deu conta da proximidade com o marido quando se virou de frente para o Destino e percebeu que ele estava com a cabeça encostada no espaldar da cadeira, com um olhar sério, examinando-a.

– Eu nunca disse que há algo errado com isso.

– Não disse – concordou Blythe, tendo plena consciência de que o hálito de Aris roçava seu rosto e que a sua camisola estava enroscada nos tornozelos. – Apenas falou como se estivesse dando uma má notícia, e não poderia ter demonstrado mais desinteresse nem se quisesse.

Os olhos dourados do Destino estavam ardentes como o sol. Apesar de Blythe não ter a intenção, ao que tudo indicava, tinha pisado em um calo e não podia deixar de tentar arrancá-lo.

– Por acaso se lembra do nome da pessoa cujo destino você acabou de tecer? – insistiu ela, apesar de saber que estava mais do que cutucando a onça com vara curta.

– É ridículo esperar que eu me lembre de um detalhe assim. Já teci mais tapeçarias do que você é capaz de imaginar.

– É ridículo se lembrar do nome de alguém? – Blythe deu risada e ficou satisfeita ao ver que o marido continuou a se afastar, discretamente. – Você previu o destino desse homem há apenas alguns minutos e já se esqueceu dele. – A garota continuou olhando com atenção para o rosto do Destino. Fz questão de deixá-lo com uma expressão bastante irritada, mas não a ponto de Aris ter vontade de expulsá-la dali, e então continuou: – Admita, você ficou entediado com a vida desse homem.

– Claro que fiquei. – Cada centímetro do corpo de Aris que se ergueu quando ele se endireitou na cadeira correspondeu a um centímetro do corpo de Blythe que se encolheu quando ela recuou. – As vidas humanas são inerentemente tediosas. As pessoas nascem, aprendem, amam e aí morrem, sempre. Eu não deveria ser recriminado por desejar que algo quebre a monotonia de uma história que já li infinitas vezes.

No canto de seus olhos, havia rugas de irritação que, de alguma maneira, pareciam familiares a Blythe. Assim como aquela conversa.

– Entendo o desejo por um elemento empolgante – falou, pensando nos mapas do pai e nos muitos lugares pelos quais esperava se aventurar um dia. – Mas isso não significa que outras histórias não mereçam respeito também. Levar uma vida que deixa a pessoa feliz não é algo a ser menosprezado.

Aris a ignorou e tornou a se afundar na cadeira, fundindo-se com o móvel. Apesar de Blythe saber que a atitude mais segura a tomar era desconversar e deixá-lo em paz, não conseguiu conter a pergunta que escapou pelos seus lábios.

– Posso assistir enquanto você faz mais uma tapeçaria?

– E vai ter opiniões sobre ela também?

– Provavelmente. – A garota alisou a camisola e afastou a barra dos pés descalços. – Tenho opiniões sobre a maioria das coisas.

– É, estou começando a entender isso.

Apesar de Aris ter levado um bom tempo para se levantar, uma hora a tapeçaria em seu colo sumiu, em uma réstia de luz, e outro pedaço de tecido tomou-lhe o lugar. No instante em que os dedos do Destino passaram rapidamente pelas bordas do pano, sombras salientaram os traços fortes de seu rosto. Com a agulha entre os dedos, Aris titubeou por alguns instantes diante da tela. Os olhos se dirigiram à esposa e, em seguida, voltaram à tapeçaria. Soltando um leve suspiro, ele baixou a agulha. Instantaneamente, as cores começaram a se derramar.

Blythe ficou de joelhos ao lado do Destino, debruçando-se no braço da cadeira para ver mais de perto. Estava hipnotizada pela dança da agulha, pelos brilhos prateados que derramavam cores com tanta rapidez que ela não conseguia acompanhar. Assistir a Aris era como testemunhar o mais extraordinário dos espetáculos, e a garota prestou atenção a cada movimento dos dedos hábeis do marido. Levou um bom tempo para perceber que as cores daquela tapeçaria não eram tão vivas quanto às da anterior, nem de longe. A nova obra era tecida, principalmente, com tons de cinza e ameixa-escuro que se tornavam pretos. A tapeçaria anterior tinha se esparramado pelo chão, mas essa mal chegava ao colo de Aris.

A garota compreendeu o pesar que encovou o rosto do Destino. Compreendeu a hesitação do marido quando ele passou, delicadamente, o dedo no último ponto preto.

Blythe pousou a mão no ombro de Aris e perguntou:

– Você não pode mudar essa tapeçaria? – Apesar de ela ter tentado afastar de sua voz qualquer tom que indicasse uma acusação, os ombros de Aris se tensionaram. Ele segurou a agulha com mais força.

– *Se posso* não é a questão. É uma questão de *se devo*. – A garota tirou a mão do ombro dele ao ouvir o tom ríspido das palavras. – Nem todo mundo tem o privilégio de ficar velho. Nem todo mundo tem o privilégio de ser amado, de amar ou de ter seu amor correspondido. O mundo, às vezes, é cruel.

– Mas as pessoas *deveriam* ter esses privilégios. E, se é uma coisa simples, alguns fios em uma tapeçaria, por que não?

– Assim como o Ceifador não escolhe quando as pessoas vão

morrer, eu não escolho como elas vão viver – argumentou Aris. – Escrevo a história de cada alma como ela me é mostrada, e é assim que as coisas são. Não faz diferença se alguém é cruel ou gentil. Não faz diferença o que as pessoas merecem ou deixam de merecer da vida que recebem. Quando uma alma me conta sua história, não a altero. Não floreio. Dou-lhe o destino que antevejo, nada mais, nada menos.

– E esse destino nunca pode mudar em relação ao que foi antevisto? – perguntou Blythe. – Por acaso está dizendo que não há nada que a pessoa possa fazer para mudar sua tapeçaria?

Por um bom tempo, a única resposta de Aris foi olhar feio para a esposa, porque sabia da verdade tão bem quanto ela: a garota mudara o próprio destino não apenas uma vez, mas várias. Seja lá qual fosse a história que Aris tecera para Blythe, ela a tinha contrariado.

– Você é uma anomalia, ajudada pela mão da Morte. – Apesar de haver muito mais perguntas que Blythe queria fazer, as sombras no rosto de Aris tinham mudado, deixando-o com um olhar vazio. – Outras vidas foram ceifadas para que a sua pudesse continuar.

Um suor frio tomou conta do corpo da garota quando pensou em Percy. Blythe abraçou o próprio corpo; estava tão absorta na bruma dos próprios pensamentos que mal se deu conta de que a lareira não tinha mais dificuldade de se manter acesa. Alimentava-se da intensidade do Destino e fazia gotículas de suor se formarem na testa de Blythe. Ela recuou, com medo de quebrar o estranho feitiço que permitia aos dois uma noite relativamente civilizada na companhia um do outro.

Aris ficou examinando a esposa, como se à espera de que Blythe se levantasse e saísse dali. Em vez disso, um questionamento se formou e, apesar de ter a impressão de que essa pergunta ficava mais à vontade escondida nas profundezas de seus pensamentos, a garota a obrigou a sair antes que perdesse a oportunidade.

– Como é a minha tapeçaria?

O Destino fez a segunda tapeçaria sumir do colo, apoiou os cotovelos nos joelhos e se abaixou até ficar na altura de Blythe.

– Sua tapeçaria... – começou a dizer, com um tom delicado, de início. Mas, a cada palavra, foi ficando cada vez mais ríspido – ... é uma das aberrações mais hediondas que já vi.

Apesar de não ser novidade que os dois encontrassem maneiras de ficar se alfinetando, Blythe teve a nítida impressão de que a resposta de Aris era sincera, e sentiu certo orgulho do absoluto desgosto que o Destino nutria pela coisa. Se odiava a tapeçaria, sem dúvida ela era espetacular.

Tentou dar risada, mas mal conseguiu fazer ruído antes de ser acometida por um acesso de tosse.

Aris franziu ainda mais o cenho e se encolheu todo.

– Tape a boca, sua vira-lata.

– *Estou* tapando a boca – disparou Blythe. – O que você quer que eu faça? Cure um resfriado com um passe de mágica? A culpa é sua e da sua câmara de tortura empoeirada e ártica. – A garota pôs-se a tossir de novo, depois completou, ríspida: – De eu estar ficando doente, para começo de conversa!

O Destino tamborilou os dedos na lateral da cadeira e, como se tivesse resolvido que não tinha mais nada a dizer sobre o assunto, dirigiu o olhar para as cartas que a esposa esquecera que estava levando.

– O que é isso? – perguntou.

Blythe segurou os envelopes contra o peito e ficou passando o dedão em um dos lacres de cera.

– São cartas.

– Sou capaz de ver isso. Por que tem duas?

A garota resistiu ao ímpeto de morder o lábio. Não queria despertar suspeitas para o fato de que, em uma das cartas, tinha praticamente implorado para a prima vir libertá-la daquele lugar.

– Uma é para o meu pai, e a outra, para Signa. Certamente não estou proibida de falar com minha prima, estou?

Pelo jeito, só de ouvir o nome de Signa, Aris ficou com um peso infinito nos ombros.

– Espero que tenha dito para ela recobrar o bom senso e trocar de lugar com você.

O Destino estendeu a mão e, apesar de isso ter exigido uma boa dose de coragem, Blythe lhe entregou as cartas. Meio que ficou esperando que o marido abrisse os envelopes. Em vez disso, os papéis sumiram de vista no instante que encostaram na mão do Destino.

A garota devia ter deixado transparecer sua surpresa, porque Aris fez uma careta cansada.

– Eu me respeito ao ponto de não me rebaixar a ler sua correspondência particular. Por maior que seja a minha curiosidade de saber o que você tem a dizer a respeito de nossa extravagante lua de mel e de quanto estamos nos divertindo, vou recorrer à minha imaginação, como qualquer pessoa civilizada faria.

Blythe precisava admitir que, no lugar dele, teria se deixado levar pela bisbilhotice. Supunha que deveria agradecer por Aris ter mais tato do que ela, por mais exasperante que essa verdade fosse.

– Vão receber suas cartas no correio desta tarde. – Ele levantou da cadeira, baixou as mangas, deu as costas para a esposa e se dirigiu ao corredor. – Leve logo esse seu corpo doente para a cama.

A garota precisou de todas as suas forças para morder a língua quando Aris se afastou. Aproveitou a lareira para reacender a vela e ficou xingando o brutamontes em pensamento ao caminhar de volta para o quarto. Depois de fazer uma rápida careta para a ridícula maçaneta de javali, abriu a porta.

Só que, desta vez, o quarto não estava banhado por uma luz prateada. Estava coberto por um manto de tamanha escuridão que Blythe não teria conseguido enxergar um palmo adiante do nariz se não estivesse segurando a vela. E será que era coisa da sua imaginação ou o lugar também estava mais quente?

Blythe levou a vela mais para a frente e avistou a fonte da escuridão na mesma hora.

Cortinas. Até que enfim, o brutamontes lhe dera cortinas.

OITO

Blythe tentou devolver o espelho da Vida na manhã seguinte, no entanto descobriu que o corredor rumo aos aposentos da mulher estava, mais uma vez, escondido. Durante uma hora, ficou dando voltas pelo andar de cima, espremendo os olhos, na esperança de que a luz mudasse, revelando o caminho, e sempre acabava por retornar ao ponto de partida: embaixo do retrato, sempre à espreita, de uma mulher havia muito falecida.

Só que, desta vez, quando se deparou com o quadro, Blythe se sentou, com o espelho na mão. A superfície não era de vidro, mas de obsidiana polida, que eclipsava seu reflexo com a escuridão e uma névoa densa. Ainda assim, teve dificuldade de parar de olhar para o espelho. Não porque estava ridícula, com todas aquelas camadas de vestidos e casacos, mas porque, quanto mais fitava a superfície negra do espelho, mais a névoa se movimentava. Blythe, então, passou o dedo no cabo entalhado, espremendo os olhos, e aproximou o reflexo do rosto.

Esfregar os olhos não dissipou a escuridão que rodopiava não *dentro* do espelho, mas fora. Atrás de Blythe. Todos os músculos de seu corpo ficaram tensos, porque ela tinha certeza, até o último fio de cabelo, de que aquilo não era ilusão de ótica.

– Então foi neste estado que meu irmão te deixou? – Foi a Morte quem surgiu das sombras que se assomavam atrás de Blythe. Ela sabia que era o Ceifador pelo timbre da voz e pela escuridão que o envolvia. Só que, quando ficou diante da garota, ele assumiu uma forma que Blythe jamais tinha visto. Não a do Ceifador, mas a de um homem de ombros largos, pele clara, olhos cinzentos e cabelo cor de osso. Por mais humana que fosse a aparência, havia uma imobilidade sobrenatural que o tornava ainda mais sinistro naquela forma, porque o peito não subia e descia no compasso da respiração e, como Signa, o homem não piscava tanto quanto deveria. Que casal inquietante os dois formavam.

– Seu irmão não é famoso pela gentileza. – A garota se virou para a Morte, baixou o espelho e o soltou no colo. Dirigiu o olhar às sombras que se contorciam aos pés do Ceifador, bem onde a raposa traidora andava em círculos, em volta dos tornozelos dele. – Será que finalmente morri congelada? É por isso que está aqui? – Blythe apertou bem os lábios quando a Morte se agachou, até ficar na altura da raposa, e passou a mão enluvada na coluna do animal. A criatura maldita praticamente ronronou.

– O Destino pode até querer que você desista do casamento – respondeu o Ceifador –, mas não vai chegar ao ponto de matá-la. – Ele endireitou as costas e revelou uma carta na mão. A carta que *Blythe* escrevera, reparou a garota. A carta que escrevera para Signa.

– Não era para você ler! – Blythe sabia que o Ceifador tentara ajudá-la no passado, que tinha desobedecido regras para que ela continuasse viva. Ainda assim, não conseguia conter a raiva que sua presença despertava.

– Ela me deu. Signa não tem o poder de transportar outras

pessoas – explicou a Morte. – Eu, por outro lado, sou capaz de serpentear através das sombras, como você definiu de maneira tão eloquente, e de levá-la até a Quinta dos Espinhos.

Blythe sentiu um nó de pavor na garganta, porque só conseguia pensar que a Morte teria de se aproximar. Teria de encostar nela. Percorreu com os olhos o comprimento dos braços do Ceifador, fixando-se nas luvas de couro. Não eram as únicas coisas que cobriam seu corpo: na verdade, toda a pele da Morte, tirando o rosto, estava coberta. Em sua forma humana, estava vestido com requinte: casaco preto, lenço amarrado no pescoço, calças da mesma cor e botas bastante elaboradas. Com aquela aparência, supôs Blythe, poderia ser considerado belo. Ainda assim, escapava sua compreensão por completo como Signa pudera se apaixonar, literalmente, pela encarnação da Morte.

Ela não conseguia respirar na presença do Ceifador. Tinha a sensação de que a garganta estava cheia de cascalho e raspava toda vez que inspirava. Só que a Morte era seu meio de transporte até a Quinta dos Espinhos. Era o único capaz de tirá-la do Palácio das Glicínias e levá-la até uma companhia civilizada antes que o tédio a fizesse arrancar o próprio braço às mordidas.

Quando o Ceifador dirigiu o olhar ao espelho, Blythe logo escondeu o objeto no meio das saias.

– Vai doer? – perguntou, tomada pelo pavor ao ver que ele tinha franzido o cenho.

– Não, mas será uma sensação estranha. – Lentamente, a Morte dirigiu o olhar para o rosto da garota. – Juro por tudo o que sou que nunca mais lhe farei mal. E também vou conversar com meu irmão, pedir que ele lhe dê acomodações melhores.

O Ceifador ficou observando Blythe com tanta intensidade que a garota se encolheu toda, sem saber o que fazer com tal promessa. Foi estranho ele ter falado aquilo de forma tão inflexível, mas se era essa promessa que a faria continuar vivendo, Blythe a aceitaria de bom grado.

– Você não vai fazer isso. – Apesar de o Ceifador estar perto demais para o seu gosto, Blythe ficou de pé e fitou com firmeza aqueles olhos estranhos, que não piscavam. – Já dei um jeito nesse assunto. Se Aris suspeitar que falei com você, o mau humor dele só vai piorar. A última coisa de que preciso é seu irmão achando que estamos de conluio contra ele. – Ela deu um passo à frente antes que a Morte pudesse argumentar e indagou: – Você jura pela sua vida que isso não vai me matar?

Com uma bufada silenciosa que bem poderia ter sido uma risada, o Ceifador respondeu:

– Juro.

– E pela vida de Signa? – insistiu Blythe, porque a resposta não bastou para apaziguar suas preocupações. – Jura pela vida dela também?

A Morte cerrou os dentes.

– Não gosto dessa pergunta, mas minha resposta é a mesma. Vir comigo não vai te matar. – O Ceifador estendeu a mão, mas não chegou a encostar nela. Deixou que Blythe tomasse a iniciativa de percorrer a distância que os separava.

Mesmo que ele estivesse de luvas, encostar no Ceifador dava a sensação de ter caído em um lago congelado. Cada mínima parte do corpo da garota parou de funcionar, com um choque tão grande que ela se esqueceu de respirar, e só lembrou quando tudo o que via ficou preto. Tinha a sensação de que estava nadando, como se o chão sob seus pés tivesse dado lugar a água, uma porção de água em que ela afundou direto. Era parecido com o que havia sentido poucos dias antes, no jardim da mãe, mas diferente. Mais frio, só que mais tranquilo. Muito mais apavorante, só que nem um pouco doloroso.

O tempo era um constructo, porque Blythe sumira de Glicínia e chegara à Quinta dos Espinhos no transcorrer de uma única piscada. Só que, de certa maneira, teve a sensação de que séculos haviam passado. Ficou cambaleando, ajustando-se à madeira sob seus pés e espremendo os olhos para protegê-los da luz, até conseguir enxergar o cômodo para onde a Morte a havia levado.

Parecia um gabinete, mas em um estado bem pior do que o gabinete do pai costumava estar. Havia papéis espalhados pelo chão e diários abertos em cima da mesa e no piso. Do outro lado da janela, viu um mar revolto e, apesar de o céu estar cinza, a mansão estava bem iluminada. E aquecida também. Tão aquecida que Blythe estremeceu, porque a temperatura do corpo subiu. Ficou cerrando e abrindo os punhos, para recobrar a sensação nos braços, e se deu conta de que o espelho da Vida havia sumido.

Que bom. Melhor que a Morte ficasse com ele do que Blythe.

O Ceifador ficou atrás de Signa, que estava sentada no chão, de pernas cruzadas, a vários metros de distância, dando um sorriso sincero apesar das olheiras e do cabelo bagunçado. As manchas no vestido fizeram Blythe se perguntar qual teria sido a última vez que a prima trocara de roupa.

Era Blythe quem deveria ter feito essa pergunta, mas foi Signa quem perguntou:

– Que roupa é essa que você está usando?

A garota olhou para os chinelos e para as camadas de vestidos que usava por baixo dos casacos de lã. Estava tão afoita para sair de Glicínia que nem aventara a hipótese de que precisava se arrumar.

– Ao que parece, estou de pijama.

– Você dorme vestida assim? – Signa piscou aqueles seus olhos estranhos e grandes demais antes de virar a cabeça, de supetão, para o Ceifador. – E você não deixou minha prima trocar de roupa?

A Morte se sentou em uma cadeira ao lado de Signa, fez carinho na cabeça de Gundry, seu enorme cachorro, e se recostou.

– Sua prima não pediu para trocar de roupa.

Nesse momento, a semelhança de irmãos entre ele e Aris foi

inconfundível. Blythe não gostou do jeito que o Ceifador espremeu os olhos nem de como inclinou a cabeça para observá-la, como se a garota fosse um quebra-cabeça que precisasse de solução. Ainda mais levando em conta que o único quebra-cabeça ali era o que Signa estava montando.

– O que é tudo isto? – perguntou Blythe. Em seguida, segurou as saias, desviou de um dos diários e se agachou para observar os rabiscos feitos nele.

Apesar de Signa continuar olhando de esguelha para as muitas camadas de roupas que a prima usava, animou-se ao ouvir a pergunta.

– Descobri que minha mãe escrevia diários. Encontramos dezenas no fundo falso de um dos baús dela. Tenho a esperança de descobrir quem matou meus pais com a ajuda desses escritos.

Blythe deveria ter adivinhado que, se ficasse à própria sorte, Signa arranjaria outro mistério para investigar. Aproximou-se da prima a fim de inspecionar o diário sobre o qual ela estava debruçada e passou o dedo em uma das páginas amareladas. Apesar de mal ter encostado, Signa franziu o cenho e tirou o diário de perto quando achou que Blythe não estava olhando. Não era para menos que estava com olheiras tão fundas. Mais parecia um dragão nas profundezas de seu covil, acumulando tesouros e impedindo quem quer que ousasse se aproximar de encostar neles.

A Morte ficou incomodada ao observá-la e retorceu discretamente os lábios. Se o comportamento de Signa era inquietante até para o Ceifador, isso devia ser o indício mais perigoso do estado mental da prima. Blythe ficou feliz por ter lhe mandado uma carta, mesmo que tivesse sido em interesse próprio.

Estava prestes a fechar um dos diários e dizer algo a esse respeito quando, de repente, Signa dirigiu o olhar para a porta, que ficava atrás dela. Assumiu uma cara azeda na mesma hora e se pôs na frente de Blythe, como se para impedir que a prima fosse vista. Atrás de Signa, Gundry soltou um rosnado gutural.

– Feche os olhos se a luz te incomoda – declarou Signa, entre dentes, lançando um olhar fulminante para a porta, onde não havia ninguém. Em seguida, falando mais baixo, completou: – E, não, Liam, não precisamos de nada. Obrigada. – Blythe inclinou o tronco por trás da prima, tentando ver melhor. Por mais que espremesse os olhos, tinha certeza de que não havia ninguém ali.

Signa demorou mais alguns momentos para relaxar e dizer:

– Não se preocupe, era só um espírito. – Blythe não pôde deixar de perceber o tom de pouco caso contido nas palavras. Como se falar com espíritos fosse algo normal, corriqueiro. – Não dê atenção a eles. São praticamente inofensivos.

– Praticamente? – repetiu Blythe, com o coração na boca.

Signa tirou um dos diários do chão e marcou a página com uma pétala de rosa que arrancara de um vaso.

– Mesmo se resolverem aprontar, você vai ficar bem.

Por maior que fosse a curiosidade de Blythe a respeito do que, precisamente, um espírito seria capaz de fazer, ser importunada por um deles era a última coisa no mundo que desejava experimentar. Olhou em volta do recinto – na mansão de Signa – e manteve um sorriso falso estampado no rosto ao perguntar:

– Fiquei surpresa com o silêncio daqui. Aonde foi parar a sua criadagem?

– A maioria dos criados fugiu depois do baile. – Signa se movimentou com cuidado para não pisar em outros dois diários e desenhos que estavam abertos no chão. – Não tiveram estômago para ficar em um lugar que fez jus aos boatos de ser assombrado. Mas agora conto com Liam, e você nem acredita como um mordomo-fantasma pode ser útil. Ah, e Elaine continua aqui. Ela é quem comanda, porém não tem muita gente para comandar, levando em consideração que não consegue enxergar Liam. E isso é bom, porque ele acredita que está no comando. Temos de inventar tarefas para

Liam fazer, senão começa a estraçalhar as janelas. Em todo caso, eu pediria para Elaine trazer um chá, para você conseguir vê-la, caso isso não levantasse mil perguntas a respeito de sua chegada.

Blythe fez que sim apenas para manter as aparências e fitou a Morte de soslaio de novo, enquanto digeria a informação. Desta vez, o Ceifador correspondeu ao olhar, e as olheiras que seu rosto exibia fizeram Blythe perceber sua preocupação com o estado de desalinho de Signa.

Pelo menos, o Ceifador estava de olho nela. Apesar de aparentemente Signa estar bem e feliz, era visível que passava tempo demais tendo o Ceifador como única companhia. Até o último mistério que a prima desvendara era tão entranhado de morte que Blythe franziu o nariz. Compreendia que Signa tivesse vontade de solucionar o assassinato dos pais, de verdade, mas não era nenhuma sangria desatada e não havia motivo para a prima se entocar na Quinta da Dedaleira e acabar se tornando tão inumana quanto suas demais companhias.

Com toda a delicadeza, Blythe segurou a mão de Signa e deu uma boa apertada.

– Ao que tudo indica, temos muito o que conversar, prima. Mas eu, pessoalmente, gostaria de sentir o sol batendo na pele. O que me diz de trocarmos de roupa e irmos conversar lá fora?

Apesar de Signa ter lançado um último olhar para um diário atrás de si, correspondeu ao aperto na mão da prima.

– É uma ótima ideia. Só vou terminar de ler esta última página.

NOVE

Quando Blythe imaginava a movimentada cidadezinha litorânea onde a prima morava, a imagem que lhe vinha na cabeça era de céus azuis sem nuvens e do calor do sol sempre presente, lançando seus raios sobre as pessoas.

Fiore, entretanto, não tinha nada disso.

Supôs que a culpa era dela, por esperar calor no inverno, mas jamais pensou que uma cidade litorânea pudesse ser tão abrasiva. Sim, era encantador descer os morros de um verde vibrante, repletos de flores silvestres – caso a pessoa conseguisse ignorar os penhascos mortais e o mar voraz que se debatia lá embaixo. Só que Blythe achou difícil esse desafio. Abraçou-se no casaco a fim de se proteger, na tentativa de bloquear todas as gotas letais da vista, e foi se arrastando atrás da prima, ofegante e andando torto com as botas emprestadas, dois números maiores.

– Você está bem? – perguntou Signa, quando se aproximaram do pé do penhasco. De início, Blythe achou que a prima o tinha perguntado porque ela estava ofegante e porque a pele, provavelmente, devia ter ficado rosada em razão do vento frio e do esforço físico. Até que Signa esclareceu: – No Palácio das Glicínias, quer dizer. Aris está te tratando bem?

– O Palácio das Glicínias está caindo aos pedaços – declarou Blythe, à guisa de resposta, escolhendo bem as palavras. Queria ser sincera com Signa, mas não queria que a prima se sentisse culpada por ela ter tomado seu lugar naquele casamento. – Não tem um criado para me ajudar a cuidar da mansão ou, no mínimo, me ajudar a *aquecê-la*. E Aris... – Blythe deixou a frase no ar. Nenhuma cortina nem nenhum aquecimento em seus aposentos jamais seriam capazes de compensar tudo o que aquele homem a fizera passar, mas a garota supunha que isso não lhe dava o direito de chamá-lo de "encarnação do demônio". "Ameaça à sociedade" ainda podia funcionar, mas ela segurou a língua. – Aris está sofrendo. Ficou ferido com o que aconteceu entre vocês dois, seja lá o que for, e acredito que suas atitudes tenham a ver com isso.

Signa falou com um tom ríspido:

– Não aconteceu *nada* entre nós. Nem nesta vida, nem em nenhuma outra.

Para essa afirmação, Blythe não teve resposta. Adoraria acreditar que Signa não era a reencarnação da Vida, mas que outra explicação poderia dar à cena que testemunhara, da prima ressuscitando um cavalo? Isso para não falar que Aris não teria feito metade das coisas que fizera para tentar conquistar o coração de Signa se não tivesse uma prova incontestável de que a garota era a mulher que ele estava procurando.

Quando se aproximaram do centro da cidadezinha, Signa escolheu uma rota que a fez desviar dos transeuntes que apareciam de vez em quando – ninguém parou para conversar com ela, mas algumas pessoas lançaram olhares furtivos, reconhecendo sua presença, dando a entender que a conheciam. Blythe reparou que muitas pessoas enfiavam o queixo no casaco ou no cachecol e apressavam o passo quando a prima dela se aproximava.

Se alguém tivesse dado a Blythe uma tela em branco e a instruído a criar uma cidadezinha que combinasse com Signa Farrow, o projeto seria igualzinho a Fiore. O lugar tinha tudo para ser charmoso, mas a execução era insatisfatória. Ruazinhas pitorescas, de paralelepípedos, eram tomadas por vendavais cruéis e salgados, que fustigavam as frontes dos prédios. Um homem tentava, com dificuldade, repintar a fachada branca, lascada e desbotada, de uma loja, tomando muito cuidado com os respingos causados pelo vento.

As construções também enganavam. Apesar de serem pintadas em tons claros, que combinavam com a paisagem litorânea, a cidade fora construída sobre as ossadas de arquitetura gótica. Pináculos retorcidos se erguiam no teto das lojinhas, que tinham o maior trabalho para adotar uma aparência pitoresca, apesar das gárgulas com presas salientes que espreitavam no alto das ruas desertas. Por mais estranha que a cidade fosse, Signa passava a impressão de estar completamente à vontade sob aquele céu lúgubre, de estar feliz com o vento que jogava suas tranças castanho-escuras para trás e com o mar que se sacudia às suas costas. A cada passo que a garota dava, sombras a abraçavam, grudavam-lhe na pele e se expandiam ao seu redor, à medida que se aproximavam do coração da cidade.

– Você nunca imaginou que tipo de pessoa a Vida deve ter sido? – perguntou Signa, uma hora, falando baixo. Assim, quem porventura passasse pelas duas pensaria que as garotas estavam conversando sobre um assunto absolutamente inócuo.

– Como poderia não imaginar? – Não era raro Blythe criar uma imagem em sua cabeça da mulher que fora dona daqueles aposentos com os quais se deparara. Aquela mulher, cujo retrato reinava em Glicínia: um lembrete constante de sua ausência, assim como de sua presença, sempre à espreita.

Desde o dia em que passara um tempo nos antigos aposentos da Vida, Blythe praticamente sentia a presença dela se infiltrando na mansão. A enxergava andando pelos corredores, com um pincel na mão, ou ouvia o eco das suas risadas, suaves e quentes como o sol nascente. O Palácio das Glicínias era um mausoléu em memória da Vida. Um lar onde seu fantasma vagava livremente.

Blythe se sentiu tola de admitir isso com todas as letras, mas Signa olhava fixo para ela, com tamanha intensidade, e ficou claro que a prima estava esperando mais. Sendo assim, ela disse, só para interromper o silêncio:

– É difícil acreditar que Aris, um dia, foi capaz de amar. – A mentira ardeu em sua língua no instante em que a pronunciou, porque a verdade era que a garota não conhecia ninguém mais romântico que o Destino. Aquele homem era mais do que capaz de amar: era movido por isso. Quem mais continuaria à procura da esposa depois de tantos séculos?

– Ora, ele não é tão ruim assim. – O tom de indagação na voz de Signa deu a Blythe a sensação de que a prima não verbalizara tudo o que pretendia. – Acredito que Aris é um homem que faria qualquer coisa pela pessoa que ama, custe o que custar. Verdade seja dita: eu o admirei por isso. Não há desculpas para o que ele fez, mas sei que, se eu estivesse no lugar dele, faria tudo para ter a Morte de volta. – Signa inclinou a cabeça para o mar, e as últimas palavras que disse foram um suspiro levado pelo vento.

Blythe ficou com os braços arrepiados; ainda bem que a prima estava de costas e não pôde ver o nervosismo que a consumia. Não raro, quando não tinha motivo para lembrar, a garota esquecia que a prima tampouco era completamente humana. Que havia matado alguém para que Blythe continuasse viva.

Ela nunca havia acreditado em assuntos paranormais. Mas, no último ano, fora obrigada a aceitar que a Morte era real, que a prima era uma ceifadora e que o marido era a encarnação do próprio Destino. E como se adaptara rápido a essa vida bizarra.

– Preciso te contar uma coisa – Signa começou a falar, depois de um breve silêncio, ignorando as sombras que se debatiam em seus calcanhares. – Em parte, eu acreditava que não deveria me intrometer, que deveria deixar a natureza seguir seu curso, mas tem a ver com Aris e...

Nada poderia ter preparado Blythe para a pontada que sentiu no dedo anular. Ela se dobrou de dor, segurou a mão e deu um grito, interrompendo as palavras da prima, com um suspiro profundo. Os lábios de Signa se fecharam, como se tivessem sido costurados por fios invisíveis.

A Morte surgiu diante dela, como se tivesse sido concebida pelos próprios vendavais. A escuridão envolveu o corpo do Ceifador, que segurou Signa pelos ombros, tentando equilibrá-la. Apesar de Blythe ter ficado com muita vontade de perguntar por que ele não tinha simplesmente caminhado ao lado das duas, como qualquer homem civilizado, Signa não se abalou com a chegada da Morte. E, como Signa não se abalou, Blythe ficou, de certa forma, com a sensação de que *ela* era a pessoa estranha naquela situação, sendo que fora o Ceifador quem surgira das sombras aos pés da garota.

– Você sabe que não adianta – sussurrou ele, mas Signa chiou, ignorando seu conselho.

– Aris – repetiu Signa, pronunciando o nome com os dentes cerrados. Dava a impressão de que pronunciar cada uma das sílabas lhe causava dor. – Não sou eu que ele...

Mais uma vez, a aliança de luz no dedo de Blythe ardeu com tamanha intensidade que a garota achou que sua pele derreteria. Enquanto isso, a cara de Signa indicava que estava prestes a afundar as unhas em alguma coisa se não conseguisse fazer as palavras saírem por sua boca.

– Chega de falar de Aris! – Apesar de a raiva apertar seu peito, Blythe soltou um certo suspiro de alívio, porque a luz em volta do seu dedo ficou mais fraca, e a dor diminuiu. – Está tentando me alertar de alguma coisa terrível, mas não quero saber, seja lá o que for. Muito menos se esta maldita aliança não quiser que eu saiba. – Ela ficou olhando para baixo, sem se importar com a preocupação que vira estampada no rosto da Morte. – Seus pais – continuou Blythe, porque precisava se distrair. – Fale de seus pais. Já descobriu algo sobre os acontecimentos da noite em que eles morreram?

Os três voltaram a caminhar, e as botas de salto de Signa batiam lentamente na calçada. Desta vez, a impressão era de que ruminava as palavras, testando para ver se queria tirá-las da boca ou não.

– Tenho tentado ler os diários na sequência – disse, por fim. E relaxou quando sua voz saiu livremente –, mas são tantos. Minha mãe escrevia quase todas as noites, iniciando mais ou menos um ano antes de começar a frequentar uma escola de etiqueta chamada Educandário Heléboro. Ela é... diferente do que eu esperava. Sempre soube, pelas histórias que me contaram, que minha mãe tinha uma fome de viver e conhecer o mundo, mas eu não tinha noção da dimensão disso. Está com 17 anos no diário que estou lendo agora, e não mencionou meu pai nem uma vez.

– Ela ainda é jovem – sugeriu Blythe, tentando relativizar ao perceber a angústia óbvia da prima. – Vai saber quem sua mãe irá se tornar ao longo dos próximos diários. – A garota falou com um tom leve, só que seus pensamentos se dispersaram, e lhe veio à cabeça a ideia de que Rima não era a única pessoa da família Farrow diferente do esperado.

Apesar de a mulher que Blythe vira no retrato e cujo quarto visitara não passar a sensação nem ter a aparência da Signa que ela conhecia, não havia como negar que era ela quem Aris procurava. Signa, com certeza, também deveria ter percebido isso. Só que tinha se apaixonado pela Morte e passado para Blythe a incumbência de preencher a ausência da Vida que o Destino sentia.

Por mais que amasse contos de fada, Blythe supunha que esse era o motivo para jamais ter acreditado em amor verdadeiro. Aris estava crente de que encontrara sua alma gêmea. Só que, na nova vida, essa pessoa tinha se apaixonado por outro homem.

E esse era o problema do amor: há variáveis demais. Coisas demais que podem dar errado para quem resolve se arriscar. Talvez tivesse sido sorte Blythe ter acabado em um casamento sem amor. Assim, pelo menos, nenhum dos dois sairia ferido.

Ela estendeu a mão esquerda diante dos olhos e ficou olhando para a aliança, como fazia com tanta frequência, sem perceber.

– Morte? – chamou, lançando um olhar de hesitação para o Ceifador. – Você já viu uma aliança igual à minha?

– Pode me chamar de Sylas – sugeriu ele, coisa que Blythe discretamente ignorou. – E não, não posso dizer que vi.

A garota ficou girando no dedo o anel de casamento – o verdadeiro, que parecia uma cobra. Torceu para que o Ceifador escarafunchasse as próprias lembranças e, depois de um tempo, encontrasse *alguma coisa* capaz de explicar o que estava acontecendo entre ela e Aris.

– Incomoda? – perguntou Sylas, e Blythe só conseguiu pensar que não incomodava tanto quanto a voz dele, um som que tornava cada pingo de escuridão ainda mais aparente.

– Claro que incomoda. Nunca consigo entender quais são as regras. Pelo jeito, essa coisa maldita quer que nós dois fiquemos juntos, sempre. Antes, ardia e brilhava quando eu e Aris nos separávamos, mas olhe só. – Blythe, então, sacudiu a mão na frente do Ceifador. – Nem brilha. Além disso, Aris entra e sai quando bem entende, mas eu tenho de ficar presa em Glicínia.

A Morte até podia ter notado que a garota se encolhia quando o Ceifador se aproximava ou a encarava com muita atenção, mas não disse nada. Blythe sentiu um vento gelado fustigar seus ombros quando encostou na fachada de pedra desgastada pelo tempo de uma loja de chá, tentando se manter a uma distância segura de Sylas. Que sorte tão poucas pessoas terem saído naquele dia. Teriam achado tão estranho vê-la conversando com alguém que só ela e Signa conseguiam enxergar.

– Tem certeza disso? – perguntou o Ceifador, com tamanha intensidade que Blythe sentiu um ímpeto de enfiar as mãos nos bolsos e fechar bem o casaco. – Você diz que a aliança quer que vocês dois fiquem juntos. Duvido que até mesmo meu irmão seria mais esperto do que a magia, com o que quer que ela esteja aprontando. Você e Aris são unidos por um laço inquebrantável, concentre-se nisso. Pode descobrir algo que vai te surpreender.

Se a Morte não tivesse dito isso com um tom tão desafiador, Blythe poderia tê-lo ignorado. Mas *porque* se sentiu desafiada por Sylas, a garota concluiu que a Morte acreditava que ela não seria capaz de fazer isso, o que era motivo suficiente para fechar os olhos e provar que o Ceifador estava enganado.

Blythe se concentrou no metal que apertava seu dedo, depois na aliança de luz que havia por baixo. No laço que a unia a Aris – frouxo e tão solto que teve a sensação de que poderia segurá-lo e puxar. Em pensamento, foi exatamente o que fez. Segurou o laço, testando sua força, e ele ficou firme em contato com sua mão.

A garota arregalou os olhos e o sangue se esvaiu de seu rosto.

– Aris está aqui. – Ela não saberia afirmar se ficara feliz ou ainda mais brava ao descobrir a farsa do marido. – Está me dizendo que o Destino tem *mentido* para mim? Que ficou esse tempo todo preso no Palácio das Glicínias, assim como eu?

– Não necessariamente preso no Palácio das Glicínias, mas preso *ao seu lado*. – Foi estranho ver a Morte dar de ombros, porque adquiriu uma aparência demasiado humana. – É só um palpite, mas a aliança prende você e Aris em igual medida. Quando meu irmão sentiu que você tinha desaparecido, deve...

– ... ter vindo atrás de mim. – Blythe terminou a frase pelo Ceifador, soltando uma risada amarga e gutural. Em sua imaginação, a luz que a ligava a Aris ardeu com mais força, disseminando um calor inquietante na pele. A garota ficou cutucando e observou o ouro brilhar mais quando deu um passo, depois dois, seguindo a aliança.

A pressão que sentia no peito fez as vezes de guia invisível, empurrando-a pelos paralelepípedos soltos, até que chegou aos morros de areia. Tudo ficou mais quente. Mais iluminado também, até que avistou Aris parado na beira da praia açoitada pelo vento, exatamente onde e como Blythe – sabe-se lá como – sabia que o marido estaria.

Ele trajava um casaco de um azul-marinho tão intenso que invocou lembranças de uma tempestade de verão. O cabelo dourado estava revolto pelo vento, formando cachos em volta das orelhas, tocado pelo sal do mar. A expressão ficou mais séria quando ele olhou primeiro para Signa, depois para o Ceifador, antes de fixar o olhar em Blythe.

– Que homem simplório e tolo você é! – Contra a vontade da garota, o corpo de Blythe tremeu de tanto rir. – É verdade, não é? Assim como eu não posso fugir de você, você não pode fugir de mim. – A areia retardou seus passos quando ela percorreu a distância que os separava. – Você é mesmo tão orgulhoso que é capaz de sofrer só para me deixar infeliz? Se não temos como fugir um do outro, então onde, diabos, você tem passado os dias?

O Destino fez cara de quem preferia estar em qualquer outro lugar do mundo e tornou a olhar feio para o mar.

– Pare de rir, sua garota ridícula. Só porque não posso sair por muito tempo, não significa que eu não saia.

– *Eu* é que sou ridícula? Você some apenas pelo tempo de ir buscar um doce para mim, só para poder fingir que está solto por aí, flanando pelo mundo! – Ah, como Blythe ficou encantada ante a ideia. Tanto que, para desespero do marido, começou a rir ainda mais. – Acho que nunca na vida conheci ninguém tão despropositado quanto você.

Por mais severa que tenha sido a expressão que Aris tentou fazer, seus esforços foram em vão, dado que o vento fazia o cabelo bater em sua boca.

– Vim buscá-la – anunciou ele. – Você não tem nada a fazer aqui.

Blythe foi tomada por tamanho desdém que seu bom humor passou na mesma hora. Ela cerrou os dentes, frustrada.

– Você não controla o que faço nem com quem falo. Se eu quiser visitar minha prima, vou visitar minha prima.

– Não se meu irmão for seu chofer. – A cada palavra, a ferocidade do Destino ganhava força, feito as ondas do mar agitado que estava às suas costas.

– Não tenho a menor intenção de fazer mal a ela. – A voz da Morte foi como a pressão do vento: ainda firme, de certa forma, mas se dispersou pelo ar com tamanha delicadeza que Blythe, quando percebeu, estava em dúvida se o Ceifador realmente tinha falado algo.

Aris pôs as mãos nos bolsos do casaco.

– E eu lá me importo com isso? Pode ceifar a vida dessa garota demoníaca se quiser. Quanto antes o fizer, antes me livro dessa praga que é a existência dela.

Blythe jamais conhecera alguém que se encaixaria melhor em uma tarde de maledicência com as damas da alta sociedade. Aris era a pessoa mais dramática que já vira.

Ficou imaginando se Signa reparara que o Destino sempre voltava o olhar para ela. Conjecturou se a prima tinha reparado no orgulho ferido de Aris e se ligava ou não para isso.

Blythe podia ter estabelecido um laço inquebrantável com o marido – e até arrancado das mãos dele o poder de chantagear Signa –, mas isso não queria dizer que Aris desistira da prima. Blythe conseguia enxergar o desespero dele naquele exato momento e sabia que, bem lá no fundo, o Destino ainda acreditava que Signa recobraria suas lembranças e, então, tudo ficaria bem no mundo.

Só que não havia como negar a ternura contida no gesto de Signa, que pôs as mãos para trás e entrelaçou os dedos nos da Morte. Encostou a cabeça no Ceifador, e apertava a mão dele sempre que os ânimos de Blythe ou Aris se exaltavam mais. Talvez tivesse se lembrado de tudo. Talvez soubesse exatamente quem Aris fora para ela em outra vida, mas estava optando por passar os anos que lhe restavam com outro homem e não queria partir o coração do Destino mais uma vez, admitindo a verdade.

– É uma tradição os recém-casados visitarem a família. – A cada palavra saída pela boca de Signa, o céu escurecia. – Fui eu quem pedi para a Morte trazer Blythe até aqui. Só queria me certificar de que ela estava bem.

Aris abriu a boca para retrucar, mas suas palavras foram interrompidas pelo estrondo de um raio, que tingiu o céu de prateado. A tempestade era inevitável e, apesar de a escuridão ter se reunido em torno de Signa, foi Blythe quem se sentiu no olho da tempestade quando Aris segurou sua mão.

– Não faz diferença – disse ele. – Venha, vamos voltar para Glicínia.

Ela teve vontade de resistir. De puxar a mão a fim de se desvencilhar do marido. Mas, quando Aris segurou seu pulso, o calor se espalhou por suas veias feito veneno, o mundo pendeu para o lado e se apagou, antes que ela pudesse abrir a boca para argumentar. Blythe não teve tempo nem de se despedir da prima antes de o Destino espichar a mão no ar, como se tentasse encontrar uma porta, girar uma maçaneta invisível e a empurrar porta adentro, permitindo que o Palácio das Glicínias a aprisionasse novamente.

DEZ

– Eu te desprezo – disparou Blythe.

Já foi arrancando as luvas e as atirando no peito de Aris, antes de erguer o vestido e sair pisando firme para se sentar ao lado da lareira. Apesar de o céu ter estado límpido quando saiu dali, agora todo o Palácio das Glicínias tremia com os estrondos dos trovões. Que estranho aquela tempestade ser um reflexo tão perfeito da que se armava em Fiore.

– Entre na fila. – A garota não ouviu quando o marido se sentou. De repente, o Destino estava ao seu lado, e perguntou, em voz baixa: – Por acaso ele encostou em você?

Blythe soube de imediato de quem Aris estava falando. Ficou feliz por ter as chamas às suas costas, porque um arrepio percorreu sua coluna ao se lembrar do contato com a Morte.

– Eu estaria morta se ele tivesse encostado em mim.

A luz da lareira projetou linhas duras no rosto do Destino, realçando os contornos de sua careta.

– Foi tolice permitir que a Morte chegasse tão perto de você.

– Não finja que está preocupado comigo.

Era impossível determinar a dimensão da irritação de Aris, porque Blythe fez questão de não olhar na cara do marido. Só conseguiu enxergar que ele cruzou as pernas e que o pé ficou marcando um ritmo silencioso no ar, conforme a imobilidade que separava os dois se estendia. Em dado momento, quando a tempestade amainou e o frio deixado pela Morte finalmente se esvaiu dos ossos de Blythe, o Destino indagou:

– Você se divertiu na Quinta da Dedaleira?

A pergunta foi tão ridícula que a garota deu risada.

– Claro que sim. Fiquei feliz por ter companhia e por passar o dia com outras coisas para olhar além dessas pedras cinzentas e horrorosas, só porque você ficou bravo por eu ter impedido suas tentativas de manipular minha prima.

– Manipular? Ela era minha esposa. É a Morte quem está manipulando...

– *Signa* nunca foi sua esposa. A *Vida* pode ter sido, há muito tempo, mas não Signa. Minha prima é livre para passar sua vida com quem quiser, e não será com você.

As luzes piscaram, e Aris estendeu o braço. Segurou o queixo de Blythe com um movimento rápido e preciso, obrigando-a a fitá-lo.

– E você sabe disso sem sombra de dúvida?

Blythe não era boba ao ponto de se acovardar. Não era como se o Destino pudesse lhe fazer mal, então qual seria a pior coisa que o marido poderia fazer? Mandá-la ir dormir nos estábulos? Pelo menos seria mais confortável do que aquele bloco de pedra que fazia as vezes de cama.

Aris não queria que a esposa julgasse ter algum poder naquela situação. Mas, se ela tinha alguma certeza, era de que detinha muito mais poder do que o Destino planejara que ela detivesse, e essa certeza aumentava cada vez mais. Blythe tinha provado isso naquele mesmo dia, ao sair do palácio em direção à Quinta da Dedaleira.

Quando Aris se abaixou, encostando a própria testa na de Blythe, ela não desviou o olhar.

– A culpa é sua se sua prima não se lembra de nada – disparou o Destino. – Eu poderia tê-la trazido para cá. Poderia ter lhe mostrado a vida que tínhamos juntos!

– E de que vida você está falando, para ser exato? Uma vida que existiu, literalmente, séculos atrás? A vida de homem das cavernas que você tinha, lá na era pré-histórica, não existe mais. Pode continuar a desperdiçar seu tempo sofrendo em nome da nostalgia. Ou faça um favor para todo mundo e vire a página.

Aris brilhava tanto que os olhos de Blythe arderam. Quase os fechou, mas não quis dar esse gostinho ao Destino. Algo na raiva do marido e na ardência que ela sentia na barriga lhe parecia familiar. Quase... esperado. Tanto que a garota não se calou. Pelo contrário, disse, com firmeza:

– Pode brilhar mais do que o sol se quiser, Aris, mas não vou desviar o olhar.

Para sua surpresa, a luz se apagou com a rapidez de uma vela soprada. Blythe mal teve a chance de piscar para a claridade voltar aos seus olhos antes de ver o Destino, novamente de pé, diante dela. Não estava bravo desta vez, mas com os lábios apertados e uma ruga entre as sobrancelhas.

– O que você acabou de dizer?

Blythe refletiu sobre as palavras que havia dito – um tanto diretas, talvez, mas não agressivas ao ponto de suscitar aquela reação. Não respondeu ao marido, que se afastou e foi se sentar em uma namoradeira, talvez tramando sua próxima jogada. Ele não ficou olhando para Blythe, mas para as próprias mãos. E então, para surpresa da garota, ele caiu na risada.

Blythe chegou a cogitar que, talvez, devesse se esconder, mas não conseguiu convencer os braços nem as pernas a se mexerem. Estava enamorada demais por aquele som, dado que não era igual às outras risadas que o Destino já dera. Esta era a primeira luz do amanhecer, quente e agradável, e fez todo seu corpo estremecer. Foi um som que só durou um segundo. Naquele segundo, Aris se tornou uma pessoa completamente diferente. Uma pessoa que Blythe não reconheceu. Entretanto, quando deu por si, estava inquieta, de tanta curiosidade de conhecê-lo.

– Um dia, a Vida me disse exatamente isso – contou ele, por fim. Isso foi uma sorte, dado que Blythe tinha ficado sem palavras. – Foi durante nossa primeira briga de verdade, há tanto tempo que eu quase esqueci.

Apesar de tudo, quando Blythe percebeu, estava amolecendo.

– Ela era muito importante para você – sussurrou. Aris não respondeu, porque não havia necessidade. Apenas um tolo duvidaria do amor que o Destino sentia por aquela mulher. – Não quer me falar da Vida?

Nos últimos dois dias, Blythe passara muito tempo refletindo sobre a mulher do retrato e se era mesmo a Vida que ela tinha visto andando pelos corredores. Estava ansiosa para desfolhar as camadas do tempo e desenterrar os segredos que envolviam a mulher, para saber que tipo de pessoa seria capaz de olhar para o Destino e achar que valia a pena ter uma existência em comum com aquele homem.

A expressão de Aris transparecia o peso de lembranças complexas; uma mistura de delicadeza, que suavizava seus traços, e angústia, que espremia os cantos de seus olhos. Em tom suave, feito um segredo revelado para a noite, perguntou:

– O que você quer saber?

Tudo. Era estranha aquela curiosidade insaciável que tinha se enraizado em Blythe, uma obsessão crescente pela mulher. Tinha a sensação de que estava se intrometendo na vida dela.

– Ela tinha nome?

Apesar de Blythe ter pensando que essa seria uma das perguntas mais simples fáceis de responder, as veias da mão de Aris ficaram saltadas, porque se agarrou ao descanso de braço.

– Todos nós temos uma alcunha – respondeu o Destino, por fim. – Quando a conheci, ela se chamava Mila, mas faz séculos que não pronuncio esse nome. – Aris ficou com dois dedos encostados nos lábios, como se saboreasse as sílabas. – Para Mila, era importante se sentir mais próxima dos seres humanos. Garantir que as almas que trazia a este mundo fossem felizes e bem-sucedidas ao máximo, no que dependesse da criação feita por ela.

Era curioso como alguém que parecia tão gentil podia acabar ao lado de alguém tão rígido quanto Aris. Será que ele sempre fora do jeito atual ou se tornara mais insensível depois de perder a primeira esposa?

– Como foi que você e Mila se conheceram? – O fogo aquecia a pele de Blythe, que se inclinou, aproximando-se das chamas. Estava pronta para se aconchegar e entrar na história quando Aris passou a mão no maxilar, desfazendo o sorriso que se esboçara quando a lembrança viera à tona.

– Ela me procurou. – Suas palavras exibiam certa ternura. – De início, Mila me desprezava. O meu trabalho e o dela nem sempre estavam tão bem alinhados. Ela achava que eu deveria ser mais gentil, porque a vida de um ser humano é uma coisa curta e frágil.

Como se a história estivesse ali, esperando atrás de suas pálpebras toda vez que piscava, Blythe quase podia enxergá-la.

– E o que você achava? – perguntou. – Você se tornou mais gentil?

O Destino ergueu os olhos e, por um instante, a garota temeu ter destruído a trégua incipiente dos dois e que a conversa tivesse chegado ao fim. Mas então o marido falou:

– Vou te dizer a mesma coisa que eu disse para ela: quando uma alma revela seu futuro, teço o caminho que essa alma escolheu e pôs em movimento. Às vezes, acontecem situações que fogem ao controle de todo mundo, mas nunca sou cruel de propósito. Cada alma é diferente. Cada alma é circunstancial. Com as almas que Mila me deu, usei toda a gentileza que me foi possível.

Blythe ponderou sobre essas palavras e tirou as botas. Detestava pensar que seu futuro era algo rígido, uma história predeterminada que jamais poderia mudar. Mas, ao mesmo tempo, era capaz de reconhecer que pelo menos parte de sua raiva era injusta: o Destino não tinha pedido para carregar o fardo daquele trabalho. E foi por isso que Blythe cruzou as mãos no colo e disse para ele, ansiosa, segurando a respiração:

– Estou cansada de brigar com você, Aris.

– E eu estou cansado de ouvir você brigar.

A garota conteve o sorriso, recusando-se a permitir que o marido visse o quanto tinha achado graça da teimosia dele.

– Então o que acha que devemos fazer a esse respeito?

Os olhos do Destino ficaram estranhos na luz enevoada da lareira. Mais escuros e, de certo modo, tão fulminantes que, se Blythe não o conhecesse, pensaria que ele estava tentando enxergar sua alma.

– Declaramos uma trégua, acho. Pare de me atazanar e, de minha parte, tentarei ao menos ser educado. – Aris pôs a mão no bolso e ficou procurando algo. – Vou começar lhe dando isso. – Então entregou para Blythe um envelope, escrito com a letra do pai dela.

– Seu ladrão! – Blythe arrancou o envelope das mãos do Destino, passou o dedo no lacre de cera e só relaxou quando percebeu que permanecia intacto.

– Educação, lembra? – Aris soltou um suspiro, ergueu os pés e se acomodou de lado na cadeira. – Você não pode ficar brava logo depois de declararmos uma trégua.

– Educação uma ova. – Ela abriu o envelope. Talvez tivesse sido melhor esperar até ficar sozinha, mas nunca tivera muita paciência, e tudo o que mais queria era ter certeza de que o pai estava bem. Sendo assim, Blythe desdobrou as páginas e leu a carta, apressada.

Depois de ler várias linhas, contudo, o sangue da garota gelou. Também deve ter feito algum ruído involuntário, porque Aris ficou de pé e se aproximou dela em um segundo, com o cenho franzido.

– Que foi? – indagou.

Se Blythe tivesse condições, poderia ter pensado em prestar mais atenção ao tom de Aris e decifrar se foi por preocupação ou curiosidade que se aproximou. O Destino talvez *fosse* tão bisbilhoteiro quanto ela. Tentou ler por cima do ombro de Blythe, mas a garota segurava a carta muito perto do rosto, lendo e relendo as palavras sem parar, na esperança de que algo mudasse.

– Leia em voz alta – pediu ele, aflito, tentando arrancar a carta das mãos da esposa. – Ou então me dê, para que eu mesmo a leia.

Blythe agarrou o papel e, apesar de ter ficado com cada uma daquelas palavras presa na garganta, obrigou-se a ler o que o pai tinha escrito.

– "Minha queridíssima filha" – começou. – "Espero que esta carta chegue em segurança até você. Devo admitir que, apesar de todas as minhas viagens, ainda não tive o prazer de conhecer Verena. Até receber sua carta, eu estava convencido de que não era um lugar verdadeiro, já que nunca consegui encontrá-lo em nenhum mapa. Quando me dei por conta, antes de te escrever estas linhas, estava perambulando pelo meu gabinete, procurando, mas minhas tentativas foram em vão."

Aris soltou um ruído gutural de impaciência, incitando Blythe a continuar a leitura.

– "Desde que você partiu, meu interesse por este reino que você vai governar tem aumentado. Acredito que seja de bom tom eu fazer uma visita, e foi por isso que fiquei eufórico quando recebi seu..." – Ela deixou a frase no ar, criou coragem e olhou de esguelha para o marido.

– Seu *o quê*? – indagou o Destino, com os dentes cerrados. – Ele recebeu o que para ter ficado tão eufórico?

Neste momento, a garota teve vontade de virar o corpo do avesso, para poder se esconder debaixo da própria pele. Fechou os olhos para ler o restante, porque não havia como esquecer o que estava escrito na última linha.

– "Seu convite".

Jamais passou pela cabeça de Blythe a possibilidade de Aris ter uma expressão tão gélida quanto a da Morte.

– Você *convidou* seu pai? – A voz do Destino se armou feito a tempestade inclemente, refletindo as chamas turbulentas da lareira. – Para ir aonde, sua boba da corte? Para a terra do faz de conta?

– Você não pode ficar bravo comigo – retrucou Blythe. – Fizemos uma *trégua*! Além do mais, a culpa é *sua*. Não fui eu quem sentiu necessidade de fingir ser um príncipe de um reino imaginário, e não dá para dizer que *convidei* meu pai de fato! Eu só disse que gostaria que ele estivesse aqui.

O Destino passou os dedos no cabelo, puxando as pontas.

– Não tenho escolha a não ser apagar os pensamentos dele. Vou ter de usar minha magia...

– Se encostar um dedo no meu pai, juro que darei um jeito de te matar enquanto dorme. – Blythe jamais tinha se sentido tão letal quanto naquele momento; cada palavra foi disparada com a força de uma bala. Se existia no mundo uma coisa de que fazia questão, essa coisa era proteger o pai. Elijah já sofrera mais do que o suficiente por uma vida. – Meu pai não é um brinquedo, e você não vai transformá-lo em uma de suas marionetes.

– Ah, é? Então o que acha que devemos fazer, querida? Contar a verdade para ele e rezar para tudo ficar bem?

Isso, com certeza, não era uma opção. Por mais maravilhosa que fosse a ideia de contar a verdade para o pai, toda vez que Blythe pensava em fazê-lo só conseguia se lembrar do álcool do qual o homem costumava depender para apaziguar mágoas e de como a dor do luto o transformara em um estranho que ela não teria gostado de conhecer.

Blythe se preocupava com o pai mais do que com qualquer outra pessoa. Então, não, não contaria a verdade para Elijah. Muito menos agora que ele estava voltando a ser quem era.

– Vamos ter de encontrar outra maneira – concluiu, segurando a carta com mais força. – Meu pai falou que vai esperar o seu cocheiro buscá-lo na sexta de manhã. Não temos escolha, Aris. Precisaremos trazê-lo para cá.

– E fazer o que depois disso? Devo transportar Glicínia para alguma floresta primaveril mágica que finjo governar?

– Para algum lugar na neve, na verdade – admitiu Blythe, encolhendo-se toda. – Posso ter dito a meu pai que Verena era basicamente uma tundra no ártico. Mas falei que era um lugar lindo, sim.

Aris lançou um olhar pesaroso para Blythe. A garota, justiça fosse feita, só queria contar ao pai como vinha passando para que ele não ficasse mais preocupado. Jamais pensou que o pai iria querer *visitá-la*. Pelo menos não de imediato.

– Não temos escolha – concluiu, já que Aris ainda não havia se pronunciado. – Você mesmo disse que o Palácio das Glicínias podia mudar de lugar. Teremos de encontrar um local que seja igual à descrição que dei e levar meu pai para lá.

– Ah, sim. Que tarefa fácil. – Como estava de costas para a lareira, sombras escuras se projetaram no rosto de Aris. – E o *povo*? A criadagem? Seu pai acredita que você é uma princesa.

– Então faça de mim uma princesa. Você é o *Destino*, não é? – O que saiu da boca de Blythe foi mais uma acusação do que uma pergunta. – Você tem o poder de controlar as pessoas. O comportamento, a percepção delas… Se o que estou pedindo vai além de suas capacidades, então você é mais fraco do que fui levada a acreditar.

– Além das minhas *capacidades*? – As palavras atingiram o alvo, acertando Aris com força, como se ela tivesse lhe desferido um tapa na cara. – Não existe nada que esteja além das minhas capacidades, sua garota petulante.

Por mais frustrante que pudesse ser, às vezes Blythe gostava do orgulho do marido, porque aumentava muito o seu poder de barganha.

– Então prove – exigiu. – Meu pai é um homem inteligente. Seus truquezinhos de mágica de festa não bastarão para enganá-lo.

– Truques de festa. Meus *truques de festa*? – Com os dentes cerrados, Aris repetiu essas palavras em voz baixa, destilando cada vez mais veneno nelas. Abriu a boca, provavelmente para xingá-la, suspeitou Blythe, mas a esposa ergueu a mão, fazendo sinal para ele parar de falar.

– Então... prove. – Ela articulou a palavra mais devagar desta vez, com um tom repleto de desafio. E, para seu prazer, Aris mordeu a isca. Deu um passo à frente, com um olhar em chamas.

– E o que ganho com isso, por obséquio?

Blythe já esperava por isso. Sendo assim, a sugestão saiu facilmente de seus lábios.

– Se conseguir enganar meu pai e fazê-lo acreditar que Verena é um lugar de verdade, não vou me recusar a viajar com você. Desde que prometa que vai me levar para ver meu pai sempre que eu quiser.

– Duas vezes por ano – barganhou o Destino, mas Blythe se manteve firme.

– Sempre que eu quiser – repetiu. – Dentro do bom senso, mas não mais do que uma vez por semana, a menos que seja combinado com antecedência.

Aris franziu o cenho, tenso, e a garota ficou aliviada quando o marido estalou a língua e levou os ombros para trás, tentando estabelecer uma presença dominante no recinto. Deus do céu, como ela adorava um bom ego. Ainda mais quando esse ego estava apertando bem os lábios e retorcendo a face, tamanho o seu desgosto, expressão esta que transmitia tudo o que Blythe precisava saber: tinha ganhado aquela rodada.

– Tudo bem, sua miserável. Mas caso me obrigue a fazer isso, fique sabendo que, quando estivermos na casa de Elijah, não terei opção a não ser manipular a mente das dezenas de outras pessoas se quisermos que essa farsa dê certo.

Blythe deu de ombros.

– Faça o que tiver de fazer. Desde que a mente de meu pai permaneça intacta, não ligo.

E, de fato, não ligava. Naquele momento, por mais incômodo que a manipulação de Aris lhe causasse, Blythe não faria nada diferente. Elijah não era um homem fácil de enganar. Ao contrário de muitas pessoas, não via a filha como moeda de troca nem como um meio de trazer mais prestígio ao próprio sobrenome. Não se importava nem um pouco com o fato de Aris ser um "príncipe". Só se importava em ver a filha bem e feliz. Assim sendo, pelo bem do pai, era essa a vida que Blythe pretendia mostrar.

Em volta de Aris, a luz do fogo brilhou mais forte. Ele deu mais um passo, segurando o queixo da esposa novamente.

– Se uma reclamação sequer a respeito da minha magia sair pela sua boca, vou pôr fim a essa farsa no mesmo instante e vou me declarar vitorioso na nossa pequena aposta – sussurrou, inclinando a cabeça de Blythe para que ela não conseguisse desviar o olhar. – Vou fazer isso do meu jeito. Fui claro?

A garota não se afastou nem permitiu que uma gota de hesitação sequer transparecesse em sua expressão. Olhou bem nos olhos do marido e declarou, com um tom alegre feito um dia de primavera:

– Perfeitamente.

PARTE DOIS

ONZE

"Do meu jeito", Aris não demorou a descobrir, significava "do jeito dele, com as contribuições não negociáveis de Blythe".

– Acho que Verena precisa de uma flor nacional – disse a garota, à guisa de cumprimento, na manhã seguinte.

As pernas da cadeira fizeram um ruído estridente no chão de pedra quando ela a arrastou da saleta e a levou até o vestíbulo, onde o Destino estava arregaçando as mangas. Naquela manhã, Blythe ficara ouvindo, com a orelha encostada na porta, prestando atenção aos ruídos e esperando o marido andar pelo corredor e descer a escada na ponta dos pés. Se o grunhido de Aris servia de indicação, o homem esperava fazer seu trabalho sozinho enquanto a esposa dormia. Só que Blythe não era boba nem nada: não perderia a oportunidade de testemunhar a magia dele em ação.

– Não preciso de seus conselhos – Aris declarou, sem a menor emoção. – Agora, se me der licença...

– Que tal heléboro? – perguntou Blythe, sentando de lado na cadeira e pendurando as pernas no braço do móvel. – Às vezes, é chamado de "joia do inverno", sabia? É muito resistente ao frio.

– O *frio* – ruminou o Destino, entre dentes. – Se você tivesse deixado a parte da imaginação comigo, Verena poderia ser um paraíso tropical, e estaríamos desfrutando dele neste exato momento.

Aris tinha razão, mas agora era tarde demais. Blythe se sentou no lado direito do cômodo, inclinando o corpo para conseguir assistir ao marido em ação. Ele estava diferente naquele dia. O colarinho da camisa branca não estava fechado até em cima como sempre e, quando se deu conta, ela encarava fixamente a pele que aparecia por baixo das mangas, que o Destino tinha arregaçado até a altura do bíceps. O cabelo dourado dava a impressão de ser macio, meio despenteado. Blythe não diria que o cabelo estava *rebelde*, de forma alguma, porque, até naquele momento, a postura de Aris lhe conferia um ar de rigidez que o tornava uma pessoa mais formal do que a maioria. Mas a garota estava com dificuldade de desviar o olhar daquele homem diante de si, procurando resquícios do garoto descontraído que vira nos retratos feitos pela Vida. Pelo contrário: o Destino passava a impressão de estar louco para trabalhar e, talvez, até um pouquinho nervoso, se é que os olhares de esguelha que não parava de lançar para Blythe eram sinal de alguma coisa.

– Heléboro – murmurou ele, passando a mão no cabelo e olhando em volta. – Muito bem.

No mesmo instante, fios surgiram diante do Destino – milhares de fios, com um forte brilho dourado, tecendo mentiras intrincadas, formando desenhos, com tanta rapidez que Blythe não conseguia acompanhar. A parte da frente do cabelo de Aris esvoaçava enquanto ele trabalhava, e mais fios vinham se juntar aos outros a cada segundo. Uma hora, até a camisa começou a esvoaçar, como se erguida por um vento invisível, que soprava enquanto a magia de Aris tomava forma. Logo atrás do Destino, o chão de pedra do Palácio das Glicínias se transformou em um azul iridescente, que se espalhou por toda a extensão do cômodo e tomou uma forma parecida com a do lago invernal onde Blythe brincava quando criança. Só que, quando a garota pisou nele com as botas, o chão se manteve firme, sólido feito pedra. Blythe soltou um suspiro de assombro e enroscou os dedos no braço da cadeira.

Ela sempre soube que o marido era talentoso. Vira provas disso nos diversos ambientes de sonho que Aris tinha criado e na tranquilidade com a qual empregava sua magia, como se fosse uma extensão da própria alma. Mas Blythe teve a impressão de que assistir a Aris criar algo daquela magnitude era uma experiência completamente nova.

O Destino era um artista até o último fio de cabelo. O universo era uma tela que ele moldava entre as palmas das mãos tal qual argila, criando a forma que bem entendia. A imaginação ganhou vida com retratos de moldura dourada que abarcavam toda uma árvore genealógica e preencheram as paredes dos corredores intermináveis, com corrimões retorcidos, que espelhavam o chão cristalino. Na base dos corrimões, brotaram delicados helébores esculpidos em gelo, de contornos nítidos, como se fossem de verdade. A flor também foi tecida em volta das balaustradas da escadaria, e as pétalas floresciam à medida que a escadaria ganhava altura.

Em vez do dourado que era a marca registrada do Destino, um brilho prateado foi lançado no saguão, dando a impressão de que alguém tinha levado um cinzel para a lua e esculpido ali aquela casa. Era um palácio tirado das páginas de um conto de fadas, beijado pelas próprias estrelas.

O coração de Blythe se esqueceu de bater quando ela se levantou, dando passos trôpegos na direção do corrimão, como se um único movimento em falso bastasse para fazer aquele mundo desmoronar sob seus pés. A garota passou o dedo trêmulo pelo corrimão e soltou um suspiro de assombro – era *quente*. Sabe-se lá como, o gelo era quente.

Aris devia ter ouvido o suspiro. Tudo em seu corpo, do brilho nos olhos ao deleite que retorceu seus lábios, se tornou feroz.

– Impressionada? – provocou, certamente esperando uma resposta desaforada e o bate-boca com o qual os dois haviam se acostumado.

Em vez disso, Blythe sussurrou "sim", passando o dedão nos contornos de um heléboro esculpido. Era lindo. Tudo era tão encantadoramente lindo.

– Aris, ficou espetacular.

O Destino fez careta, como se esperasse que a esposa caísse no riso ou debochasse dele por acreditar naquilo. Mas, a tensão nos ombros dele diminuiu enquanto ficou olhando as saias de Blythe se arrastarem pelo chão, quando a garota deu a volta no corrimão, cativada pelos menores detalhes.

Blythe ficou imaginando qual seria a sensação de conseguir tecer um mundo inteiro com a ponta dos dedos. Qual deveria ser a sensação de deixar a imaginação correr solta, sabendo que toda e qualquer impossibilidade estava ao alcance das mãos?

Aquilo era magnífico. E, por uma fração de segundo, quando o mais leve esboçar de um sorriso se insinuou nos lábios do Destino – não um sorriso irônico nem um sorriso com uma gota sequer de convencimento, mas um sorriso verdadeiro e sincero –, Aris também era.

Mas Blythe não quis saber desse pensamento e estava louca para expulsá-lo de sua mente.

– Um cômodo até que é fácil. Mas, com certeza, você não consegue criar algo tão grandioso no palácio inteiro.

– *Grandioso?* – Ainda amolecido pela admiração que Blythe admitira havia pouco, Aris deu um sorrisinho sarcástico e arregaçou mais as mangas. – Você ainda não viu nada. Sente-se, amor. Estamos apenas começando.

Blythe sabia que enganar o pai seria um feito e tanto e, mesmo assim, subestimara até os estágios iniciais do trabalho que isso exigia. A magia de Aris funcionava com a mesma rapidez de sua imaginação. Seis horas depois, contudo, a garota descobriu que não era a magia que consumia a maior parte do tempo, mas a premeditação necessária para criar uma mentira plausível.

O Destino se recusou a dar tintas e um cavalete para a esposa, mas ela o convenceu a lhe dar um caderno, criado pela magia, para que pudesse esboçar suas ideias, pois queria participar.

– Vamos precisar de pessoas – lembrou, desenhando o esboço de uma cidade cheia de vultos, exaurida pelo árduo papel de diretora do projeto, que atribuíra a si mesma.

Aris não tinha concordado em lhe dar esse papel, claro. Mas, quando viu que a esposa persistiu ao longo das primeiras horas em que ele ficou fazendo careta, acabou cedendo e permitiu que Blythe ditasse as regras. Ou, pelo menos, *tentasse* ditar – o Destino não deu ouvidos a metade de suas ideias grandiosas e, não raro, a criticava, dizendo que precisava treinar mais seus traços de desenho.

– Claro que vamos precisar de pessoas – bufou Aris, espiando o desenho de Blythe.

A dupla estava sentada no chão, um de frente para o outro; a garota, de pernas cruzadas, debruçada, parecendo um camarão, com o caderno no colo. O Destino, por sua vez, ficou sentado com um dos joelhos encostado no peito e o cotovelo apoiado nele. Chá e sanduíches estavam servidos entre os dois, em travessas criadas pela magia. Blythe já repetia a refeição pela segunda vez. Como era de se esperar, os petiscos oferecidos foram uma das melhores coisas que ela já comera na vida. Quem diria que um sanduíche de frango com crosta de amêndoas torradas poderia ser tão delicioso? Aris também tinha comido vários sanduíches e reabastecera os pratos em silêncio quando estavam prestes a esvaziar.

– E vamos precisar de uma cidadezinha – disse ela, falando de boca cheia e mostrando o caderno para o marido.

Aris fez careta, mas Blythe não se corrigiu pela falta de educação.

– Já tenho uma em mente. – Ele virou a cara para a esposa, ficando mais calado do que o normal. O tom cáustico já estava minguando, devido ao cansaço.

Os dois – porque Blythe resolvera que ela também levaria crédito por aquela obra-prima – fizeram um trabalho soberbo em questão de horas. Em volta do casal, o que antes era o Palácio das Glicínias dera lugar à sua nova moradia temporária, Verena. Tinha o dobro do tamanho de Glicínia, e, quando a garota se deu conta, estava mais uma vez se perguntando como tamanha magia era possível. No fim, sabia que não valia a pena ficar ruminando a questão. Por mais que se esforçasse e por mais anos que passassem juntos, Blythe duvidava que um dia chegaria a compreender a magia de Aris.

Nem tudo o que ele havia criado era de gelo, claro. A suíte em que o pai da garota ficaria hospedado era repleta de janelas de vitral deslumbrantes, com teto abobadado, decorado com sancas em branco e prata. Figuras fantásticas, de grifos e unicórnios, foram esculpidas nele, tão intrincadas que alguém levaria semanas, examinando com toda a atenção, até distinguir cada um dos elementos.

O palácio tinha tapetes requintados e candelabros folheados a ouro, com velas que brotavam feito botões de flor. Cada moldura dourada dos retratos era um exagero, e vários dos cômodos do térreo tinham afrescos grandiosos no teto. Blythe não saberia determinar os motivos exatos de todas as pinturas – algumas lembravam anjos, outras eram de flores e outras eram de monstros estranhos e míticos que a fizeram se perguntar o que poderia estar passando pela cabeça de Aris. E também havia estátuas. Bustos de homens com asas que cobriam os olhos e uma cabeça de cervo gigante, em bronze. Havia até um busto curioso de javali, que guardava uma semelhança perturbadora com o javali da maçaneta do quarto de Blythe. Apesar de ter achado que o marido poderia ter criado o javali para provocá-la, ela não se pronunciou. Não precisou fazê-lo.

O palácio que Aris – e Blythe – tinham criado passava a sensação de que havia pessoas morando ali. Um verdadeiro palácio, com séculos de existência, juntando quinquilharias e expandindo seu esplendor majestoso. Verena era um ambiente de sonho, onde Blythe queria se perder. Um palácio onde poderia passar uma semana inteira investigando uma única ala e, ainda assim, não se convencer de que vira tudo.

Aris planejara sua criação até os mínimos detalhes, e era uma obra-prima. Vê-lo manipular os fios – criando e recriando um teto pintado várias vezes, até se dar por satisfeito – revelou para Blythe mais a respeito do Destino do que as duas semanas que passara na companhia dele.

Quando se tratava de comida, pintura, música ou até escultura, Aris esperava o melhor. De início, Blythe acreditou que ele era exigente apenas com o que consumia. Mas, dados os olhares que o marido lhe lançava disfarçadamente ou como o Destino estufava o peito quando um feito seu encantava a esposa, a garota logo se deu conta de que Aris não estava preocupado apenas consigo mesmo.

Talvez fosse por isso que tinha feito as refeições na companhia da garota e tinha feito da sala de jantar um lugar tão impressionante, mesmo quando o restante do Palácio das Glicínias caía aos pedaços. Sim, o Destino queria impressionar a esposa com sua magia e, quem sabe, até assustá-la um pouco. Mas, se Blythe não soubesse de nada, teria pensado que o que Aris realmente queria era alguém para compartilhar tudo aquilo. Alguém que ficasse encantado com as obras de arte e com o esplendor, que se deleitasse com todas as grandiosidades que também o deleitavam.

Blythe talvez tivesse conseguido descascar uma fina camada, mas ainda havia tanto o que revelar em Aris. Ele era detalhista e preciso: ao inspecionar o menor dos toques jateados entre dois heléboros de gelo, a garota ficou fascinada.

– Você ama a sua magia? – Blythe não saberia dizer o que fez essa pergunta escapar de seus lábios. Talvez tenha sido porque ficou tão impressionada com tudo o que vira, ou porque os dois tinham passado várias horas sem brigar. Houvera só um breve bate-boca por causa da cor de tinta que ele escolheu. Mas, no geral, tinham se saído tão bem que chegava a ser impressionante.

O sanduíche que Aris estava prestes a morder ficou parado em seus lábios. A reação foi tão sutil que Blythe chegou a pensar que estava imaginando coisas: uma tensão súbita nos ombros, um endireitar quase imperceptível da coluna, que o fez passar de descontraído à postura rígida de sempre.

– Por acaso está querendo dar alguma indireta? – O tom com que disse essas palavras tinha um quê de defensiva, que não estivera presente minutos antes.

Blythe desviou seu olhar do marido e pegou mais um sanduíche. Demorou para responder, fingindo que não estava louca de curiosidade nem morrendo de vontade de descascá-lo feito uma maçã e dar uma mordida na camada mais profunda.

– Não estou dando indireta nenhuma, Aris – jurou. – É só que, pela primeira vez, você me pareceu feliz de verdade.

O Destino não conseguiu disfarçar com a rapidez necessária o pesar que se esboçou em seu rosto.

– Criar me traz muita alegria – declarou, por fim, apesar de estar com o cenho tão franzido que quase torcia o nariz. – Nunca conheci nada além da minha magia. Empregá-la é apenas parte do que eu sou.

– Você não quis dizer *quem* você é? – corrigiu Blythe. – O Destino é o que você é, com certeza. Mas você é mais do que aquilo que faz.

Aris soltou uma risada baixa e entrecortada.

– Receio que nem todo mundo ache isso. As pessoas têm medo do que não compreendem, e poucas compreendem o próprio destino. Você nem imagina o quanto me aproximo da vida delas a cada dia. Mesmo assim, apesar disso, vocês, humanos, guardam rancor em relação a mim. Não que isso faça diferença. Mesmo que não guardem rancor, um dia meu irmão vai arrancar todos vocês deste mundo, haja o que houver.

Pela primeira vez desde que fora criado por Aris, o palácio ficou tão frio quanto parecia. O ar gelado durou apenas alguns segundos, até que o Destino virou o rosto para o chão. E foi aí que Blythe enxergou: um indício do homem do retrato, tão mais novo e com ar de menino, apesar da idade que tinha.

Ao olhar para o marido, a garota teve certeza de que acertara na mosca. Aris não queria ficar sozinho; queria dividir a vida com alguém. Talvez fosse por isso que o Palácio das Glicínias ficara tão desolado – para que ele não precisasse se lembrar do esplendor do mundo, já que não tinha vivalma com quem compartilhá-lo.

– Bem – disse Blythe, lambendo as migalhas de amêndoas dos dedos. – Acho que seus poderes são incríveis. Gostaria de possuí-los. Não o trabalho que vem junto a eles, claro, mas o resto.

Foi impressionante o quanto os ombros de Aris relaxaram. Ele fitou a esposa com um ar curioso, recebendo tais palavras de braços abertos, como se ela fosse a primeira brisa de um dia cansativo de verão.

– Se é que isso é verdade, você é uma das poucas.

Não havia como dizer por que Blythe esticou o braço e pousou a própria mão em cima da mão de Aris, tentando confortá-lo da emoção que ele se esforçava tanto para esconder. Foi um ato instintivo e tão impulsivo que ela só se deu conta de que estava encostando no marido quando uma chama se acendeu dentro de seu peito. O suspiro de Aris foi curto, de surpresa. Mas, antes de quebrar o contato, Blythe desviou o olhar das mãos dos dois muito rapidamente, erguendo os olhos. Mais acima de Aris e de seu ar inquisidor. Mais além dos corrimões iridescentes, bem para dentro do saguão, onde o brilho de um cabelo branco surgiu nos limites de seu campo de visão.

– Blythe? – A voz de Aris estava distante, abafada pelo som das risadas e pela mesma melodia cadenciada que atormentava os pensamentos da garota. Ela tinha a sensação de estar girando; sua visão ficou borrada, e uma dor despontou nas têmporas. A cada segundo, a música ficava mais alta, até latejar no crânio. E, de soslaio, Blythe avistou a Vida, que ergueu a barra do vestido cor de marfim e rodopiou.

– *Blythe*. – Aris se desvencilhou dela e, na mesma hora, o mundo se firmou. Nada de música. Nada de aparições de uma mulher dançante vestida de branco. – Santo Deus, o que deu em você? – O Destino estava apoiado em um dos joelhos, o rosto inclinado para baixo, examinando o rosto da esposa.

Quando se deu conta de que o marido estava tão perto, a garota fez sinal para que se afastasse.

– Estou ótima. Melhore essa sua relação médico-paciente – resmungou Blythe, tentando desviar do olhar inquisidor do Destino.

Aris a segurou pelos ombros, mantendo-a parada.

– Se você está *ótima*, então pode fazer o favor de me explicar por que seus olhos estavam revirados para trás?

Ela não tinha como explicar. Até porque achava que os olhos tinham ficado abertos, fixos em um ponto mais adiante do saguão, onde estivera o fantasma do falecido amor do Destino.

Blythe pôs o lábio inferior no meio dos dentes e mordeu a pele, vasculhando os pensamentos em busca de respostas. Com certeza estava tendo alucinações. Mas por quê?

Ao se dar conta de que a garota não tinha nada a dizer e, provavelmente, farto de tentar interpretar o olhar dela, Aris a soltou, dando um suspiro de cansaço.

– Posso terminar sozinho de dar os últimos retoques em Verena.

– Você vai precisar da minha ajuda – argumentou Blythe, apesar da fraqueza com que as palavras escaparam de seus lábios. Aris devia ter sentido algo parecido.

– Já tenho tudo planejado – retrucou ele. – Amanhã, você vai cair aos meus pés, em prantos, de tão incrível que eu sou.

– É um milagre você conseguir encostar os pés no chão, com esse ego inflado – disparou a garota. – Estou *ótima,* Aris. Só um pouquinho cansada...

O Destino não estava ouvindo. Fios dourados se enroscaram nos pulsos de Blythe antes que ela pudesse continuar a argumentar, e a puxaram para perto da escadaria. Ela ficou dando tapas nos fios, xingando o marido entre dentes, empregando palavras tão chulas que, a certa altura – quando ela tropeçou para trás, ao subir o primeiro lance de escadas –, Aris se virou para ela de braços cruzados, fazendo careta. Era impossível afirmar se tinha ficado ofendido ou impressionado.

– Onde você *aprende* essas coisas?

– Nos livros – respondeu ela, entred entes.

A resposta que recebeu foi apenas um grunhido, só para constar, antes que outros mil fios se lhe enroscassem na cintura e nos tornozelos. Os fios arrastaram Blythe, que protestou escada acima e pelo corredor, até chegar ao quarto, e fecharam a porta depois que ela entrou. Apesar de a língua da garota arder de vontade de dizer ao marido que mal começara a lista de xingamentos reservados para ele, Blythe não tentou testar as trancas nem uma vez sequer.

Porque das duas, uma: ou o fantasma de Mila tinha começado a assombrar o Palácio das Glicínias, ou Blythe estava perdendo a cabeça.

DOZE

Elijah estava para chegar a qualquer momento, e Blythe ainda estava longe de se convencer de que ela e Aris conseguiriam enganá-lo.

A noite inteira, a garota não parou de repassar em pensamento todas as possibilidades de Elijah desmascarar a farsa dos dois e o que ele faria caso isso acontecesse.

Será que tentaria levar a filha de volta para a Quinta dos Espinhos? Será que Aris protestaria e empregaria sua magia contra Elijah, manipulando os pensamentos dele?

Blythe ficou enjoada só de pensar.

Como fora expulsa do saguão e obrigada a dormir muito antes que a cidadezinha ou seu quarto fossem consumidos pela magia do marido, a garota acordou não em seu bloco de pedra, mas em uma cama de dossel, como manda o figurino, com cortinas de tecido na cor creme. Os lençóis eram refinados e agradáveis, em tons terrosos de verde e âmbar.

Quando abriu a cortina da cama, deu de cara com um quarto glorioso de tão requintado, com chão de mogno escuro e um tapete persa grosso, que prometia aquecer seus pés descalços. Estava cercada pelo mais lindo papel de parede, com uma estampa delicada de galhos dourados finos e passarinhos empoleirados neles. A cabeceira tinha um tom outonal verde-escuro, com heléboros bordados. Era um quarto majestoso e delicadamente feminino, que Blythe achou deveras encantador.

Mas a melhor parte foi não ser atacada pelo frio quando deixou os lençóis, apesar da luz clara que era refletida pela neve e passava por uma fresta nas cortinas. Blythe logo abriu as cortinas da janela e admirou o gramado coberto com uma neve tão soltinha e volumosa que ela não conseguia enxergar nada além de branco e do brilho dos fios dourados de Aris, tramados até onde a vista alcançava.

O lugar para onde o Destino levara os dois, seja lá qual fosse, era completamente diferente da cidadezinha natal da garota.

Quando ouviu alguém bater à porta, Blythe vestiu o robe.

– Entre!

A jovem que entrou não era, nem de longe, quem a garota esperava ver. Seu cabelo preto era liso e brilhoso, e a pele exalava um perfume de frésia. Tinha um maxilar bem marcado e uma postura elegante, como a de alguém da nobreza. Trajava um vestido mais justo, cor de esmeralda. Sorriu para Blythe antes de fazer uma reverência.

– Bom dia, Alteza. Posso ajudar a senhora a se arrumar para o dia de hoje?

Blythe se apoiou em um dos pilares da cama e ficou zonza quando se deu conta de que aquela não era uma mulher qualquer. Era uma dama de companhia.

Por um bom tempo, só conseguiu encarar; a língua estava amortecida, inútil. Ela e Aris tinham falado que precisavam de pessoas, sim, mas Blythe não esperava contar com o privilégio de uma criada, que dirá uma dama de companhia. Seria tão bom se vestir sem enfrentar dificuldades a cada botão desagradável e a cada laço frívolo.

– Com certeza pode – Blythe respondeu, praticamente cantando, e começou a se despir, apressada. Talvez tenha sido apressada demais, entretanto, porque a mulher piscou os grandes olhos castanhos, surpresa, quando a garota já foi colocando as meias-calças. – Posso saber seu nome?

A mulher sorriu e ajudou Blythe a vestir uma combinação limpa.

– Olívia Wheaton, Alteza. – Ela tinha uma voz grave e graciosa, com um sotaque carregado, de um lugar que Blythe não conhecia.

Blythe repetiu o nome da mulher em voz alta. Estava mais do que satisfeita de ter não apenas um dos quartos mais impressionantes que já vira, mas também pelo fato de ter outra mulher com quem dividir aquele espaço. O que Blythe mais gostou, contudo, foi o fato de Olívia não passar a impressão de que estava profundamente influenciada pela magia de Aris. Seus olhos eram ternos e gentis, e não vazios como os das marionetes de costume. Sem dúvida, o Destino lançara algum tipo de feitiço na mente de Olívia, mas Blythe ficou imaginando qual seria o alcance desse feitiço ou se Aris tivera a decência de contratar uma criadagem de verdade.

A dama de companhia ajudou a garota a colocar um vestido de lã grossa, com detalhes de pele branca e luvas em um tom de azul-safira. Blythe ficou imaginando se Elijah enxergaria uma princesa saudável e realizada quando a visse. Ou será que enxergaria alguém que acabara de passar a primeira noite em uma cama de verdade depois de duas semanas de casamento? No fim das contas, concluiu que a roupa não faria a menor diferença, porque o verdadeiro teste seria provar para o pai que ela tinha um relacionamento verdadeiro com Aris. Que os dois realmente eram marido e mulher, unidos para governar um reino, formando uma aliança.

Só de pensar, sentiu vontade de rir de nervosismo. Ficou com o estômago embrulhado, mas não teve escolha senão engolir a inquietação enquanto Olívia terminava de prender seu cabelo com tranças hipnotizantes, como Blythe jamais vira. A garota ponderou sobre o país de onde vinha aquele penteado e só pôde torcer para que Aris tivesse escolhido um lugar remoto o suficiente ao ponto de o pai não reconhecer.

– O príncipe pediu que a senhora tomasse café da manhã com ele – declarou Olívia, com seu sotaque carregado, e esperou que Blythe a seguisse antes de se dirigir ao corredor. Por sorte, a dama de companhia sabia aonde ia, porque a disposição dos ambientes do palácio tinha mudado da noite para o dia. As duas desceram a escada, e Blythe foi passando os dedos pelos corrimões de gelo.

Que lugar estranho era aquele. Estranho, mas hipnotizante e absolutamente exuberante, como Blythe poderia esperar de um palácio onde nascera um príncipe com o ego insuportável de Aris.

Ela permaneceu calada enquanto Olívia a levou à sala de jantar, onde havia uma mesa gigante, de vidro jateado, à sua espera. O marido estava de pé do outro lado da mesa, usando uma casaca em tom escuro de carmim e luvas com detalhes dourados, e não estava sozinho.

Havia um casal que não lhe era estranho sentado à mesa, ao lado do Destino, ambos dando sorrisos ternos. Blythe levou alguns instantes para lembrar que eram a dupla que fingira ser os pais de Aris na cerimônia de casamento.

O sorriso dos dois lhe deu coceira. Blythe odiava o fato de não ter a menor ideia da origem daqueles dois, assim como odiava o fato de ela e Aris estarem, mais uma vez, se aproveitando daquelas pessoas em interesse próprio.

Mesmo assim, o homem e a mulher passavam a impressão de estar até que felizes, e Aris deixou bem claro que, se a esposa verbalizasse uma gota sequer de descontentamento, poria fim à farsa. Sendo assim, a garota se obrigou a dar um sorriso quando a mulher que representava a mãe de Aris olhou para ela com ternura, como se costumasse passar muito tempo na companhia de Blythe. A mulher deu um tapinha na cadeira ao seu lado, e a garota lançou um olhar nervoso para o marido antes de se sentar.

– Você vai conseguir entrar na brincadeira? – perguntou ele, entre um gole e outro de café. – Ou vai exigir que minha mão te controle também?

– Se encostar em mim com sua magia, vou atear fogo no palácio com você dentro – respondeu Blythe, com doçura, bem na hora que três criadas apareceram com um cardápio estranho: peixe frio e ovos cozidos, que eram pequenos demais para ser de galinha. Groselhas gorduchas, purê de batatas com legumes. Não era um cardápio de café da manhã com o qual estivesse acostumada mas, dado que Aris estava comendo, a garota não duvidou da qualidade da comida.

Blythe deixou que os criados colocassem os pratos diante dela e, como era de se esperar, praticamente derreteu, formando uma poça de satisfação, à primeira garfada. Que bênção não ter dito ao pai que a comida de Verena era horrorosa.

– Não se preocupe comigo – disse, servindo-se de uma montanha de groselhas. – Vou conseguir, pode deixar.

O Destino esperou que mel batido chegasse e espalhou-o em um pedaço de pão de fermentação natural fumegante.

– Folgo em sabê-lo, porque seu pai está aqui.

Alguém bateu à porta dupla prateada nem um segundo depois de Aris ter dito isso. Um cavalheiro corpulento que fez Blythe se lembrar vagamente de Warwick entrou, fez uma reverência e anunciou:

– O sr. Elijah Hawthorne chegou.

Como era de se esperar, o pai da garota entrou, deixando a bagagem e a casaca de lado. Estava com a aparência de um homem que passara vários dias viajando, de trem e carruagem, abatido e com a barba loira por fazer. Os olhos, contudo, tinham um brilho, duas chamas gêmeas que se dirigiram a Blythe. Ela ficou de pé antes mesmo que o corpo registrasse esse movimento, atravessou a sala e abraçou o pai.

O corpo dela relaxou de alívio quando Elijah riu e a abraçou bem apertado, antes de se desvencilhar delicadamente para examinar a filha. Espremeu os olhos ao ver o penteado meticuloso dela, baixou o olhar para as bochechas, até que finalmente a encarou.

– Estou feliz de te ver – sussurrou Elijah, passando o braço nos ombros da filha para só então dirigir a atenção à família real que estava atrás dela. – E agradeço a todos por me receberem. Só vi Verena pela janela da carruagem, mas já estou com a impressão de que a cidade é um espetáculo, assim como seu lindo lar.

Elijah anunciou-o com certo tom de remorso, e Blythe não pôde evitar um sorriso irônico. Ficou imaginando as piadas que o pai faria com a grandiosidade do palácio assim que os dois ficassem a sós. Não que ele tivesse muito direito de falar, dada a estranheza da arquitetura da Quinta dos Espinhos.

– O prazer de recebê-lo é todo nosso – respondeu a mulher sentada à mesa. A rainha, supôs Blythe. Até podia ter passado pela cabeça da garota apresentá-la formalmente ao pai, mas não sabia o nome da mulher. Como se visse a dificuldade estampada no rosto da esposa, Aris levantou-se, causando um rangido baixo ao arrastar a cadeira.

– Sei que se falaram rapidamente no casamento, mas permita-me apresentar minha mãe novamente, rainha Marie Dryden. E meu pai, o rei Charles Dryden.

Era impressionante ver como o Destino conseguia manipular a mente daquelas pessoas, porque o rei apenas balançou a cabeça. Dava a impressão de estar um tanto contrariado pela presença de Elijah, louco para retomar o banquete. Blythe ficou imaginando como seria aquele homem sem a fachada que Aris projetara em sua mente. Seria tão desinteressado quanto o marido o retratara ou poderia ser um homem gentil, sempre atencioso? A garota supôs que jamais saberia.

– Estamos felizes de recebê-lo, sr. Hawthorne – prosseguiu Aris, chamando a atenção de Blythe com suas gentilezas.

Será que era coisa da cabeça dela ou o marido estava com uma postura ainda mais altiva do que o normal? Também estava olhando demais nos olhos de Elijah, tanto que chegava a ser apavorante. Todo charmoso e cheio de compostura, fez sinal para o pai dela se sentar.

Elijah aceitou o convite no mesmo instante e já foi pegando um garfo.

– Nos últimos dias, só comi aquela comida do trem – disse. – Blythe me contou que as refeições aqui são um espetáculo.

O pai o disse com certa rispidez, um tom quase de acusação. Quando Aris sorriu, a garota teve certeza, pelo brilho nos olhos do marido, que ele tinha reparado.

– Por favor, sirva-se.

O pai de Blythe não se fez de rogado. Serviu-se de todos os pratos dispostos na mesa e sentou-se bem à vontade na cadeira, como se *ele* fosse o rei do recinto. Se tal ousadia não fosse tão impressionante – e se aquelas pessoas não estivessem sob o efeito de um feitiço que apagaria suas lembranças no instante que Aris e a esposa não precisassem mais delas –, Blythe teria ficado com vergonha. Podia ver, pelo jeito que Elijah encostou o peixe frio na língua, que estava decepcionado. Até aquele peixe estava tão delicioso quanto a carta da filha prometera. O homem provou vários outros pratos antes de encarar as perguntas a respeito do que andava aprontando – "desfrutando da aposentadoria" – e se tinha algum plano empolgante – "compensar os anos de sono e de passatempos" –, antes de limpar os lábios com o lenço de bolso e se reclinar na cadeira.

– A comida está maravilhosa, mas receio que meu corpo esteja mais cansado do que eu havia percebido.

– Posso pedir para alguém levá-lo até seu quarto – sugeriu Aris, mas Elijah o dispensou acenando a mão.

– Não há necessidade. Penso que uma caminhada por Verena

pode bastar para me acordar. – Elijah deu um tapinha na própria perna. – Esses ossos velhos não têm sido muito usados ultimamente.

Blythe olhou de esguelha para Aris. Apesar de o marido ter conseguido deixar o palácio espetacular, ela não fazia ideia dos limites das ilusões criadas por ele nem de quão envolvida em sua magia a cidade estava. O Destino podia até ter ficado preocupado, mas não o demonstrou nem um pouco. Ajeitou as luvas, deu um sorriso, como o de Elijah, e ficou de pé.

– Será um prazer acompanhá-lo. Minha querida esposa ainda está aprendendo a se localizar na cidade.

Como não era de ficar de fora, Blythe se levantou. Rápido demais, aparentemente, porque o coração batia com tanta fúria que ela viu estrelas e precisou ficar um instante agarrada à borda da mesa.

– Também vou – comunicou aos dois, porque não estava disposta a deixar o marido a sós com o pai.

Quando Aris pediu licença para sair da mesa, ficou ao lado da esposa, para lhe dar o braço. Foi só quando pigarreou baixinho que a garota se deu conta de que deveria dar o braço para o marido. Nessa hora, quase pulou em cima do Destino, dando-lhe o braço com tamanho fervor que Aris apertou os lábios.

– Estou fazendo a minha parte – sussurrou o Destino, e suas palavras foram suaves feito um suspiro, encostadas no ouvido de Blythe. – Agora recomponha-se e faça a sua.

– Perdoe-me se fico alarmada com seu comportamento. Não sabia que você era capaz de ser cavalheiro – disparou a garota, entre dentes, conforme se movimentavam pelo palácio, cercados por criados atenciosos.

Blythe foi atacada por uma lufada de vento gelado quando dois dos criados abriram a ornamentada porta dupla que dava para o gramado frontal do palácio. O vento trouxe o aroma de pinheiro fresco e de massa de pão, e Blythe respirou fundo antes de erguer os olhos e se deparar com os morros de neve cintilantes e a cidade movimentada que os aguardava.

Verena era uma cidadezinha tirada das páginas de um livro de histórias infantis.

De início, Blythe ficou na dúvida se era ou não uma das ilusões criadas por Aris, porque nenhum lugar poderia ser tão encantador, com toda a certeza. Mas, à medida que os três adentravam a cidade construída em cima de um canal gigantesco e viam seus habitantes de rosto rosado andando pelas ruas, encapotados com grossos casacos de pele, ela se deu conta de que aquele lugar não era ilusão.

Barcos meticulosamente bem-cuidados atravessavam os canais menores que brotavam do canal principal, levando pessoas que, ao que tudo indicava, não se abalavam com a temperatura em queda. Andavam de um lado para o outro como se nada estivesse acontecendo, apesar do ar gelado que enroscou os dedos em volta da garganta de Blythe e apertou com força. Uma por uma, as pessoas que avistavam Aris e a esposa faziam uma reverência ou se abaixavam em uma mesura exagerada. O Destino seguia em frente, distribuindo sorrisos simpáticos e balançando a cabeça para cumprimentá-las. O homem parecia, sem tirar nem pôr, um príncipe honrado e digno, admirado pelos súditos. Blythe não pôde deixar de pensar que o marido encarnava o papel com muito prazer.

Blythe e Elijah vinham logo atrás de Aris, e o pai da garota examinava tudo, das ruas ao rosto das pessoas que passavam. Ela o deixou em paz, distraída demais pela beleza de Verena para se responsabilizar por apaziguar o ceticismo do pai. Duvidava que ele encontraria falhas: Verena era real demais, estonteante demais. Se não fosse pelos milhões de fios tênues entrelaçados por toda a cidade e em volta de todas as pessoas pelas quais passavam, Blythe poderia ter mesmo acreditado que Aris era um príncipe e que ela era a futura rainha do mais mágico dos territórios, onde as construções eram feitas de pedras em cores alegres, com pináculos retorcidos. O som melódico do acordeão flutuava pelas ruas, e tudo era tão magnífico que ela teria soltado um gritinho, caso não precisasse fingir que já conhecia muito bem aquele lugar tão místico.

A garota olhou disfarçadamente para o pai e ficou satisfeita com a expressão embasbacada que ele fez ao ver a paisagem. Levando em consideração que Elijah não estava fazendo careta, Blythe teve certeza de que o pai ficara impressionado.

– Está disposto a fazer um passeio pela cidade? – Aris dirigiu a pergunta a Elijah. Blythe reparou que o marido usava o traje mais refinado que ela já vira e que prestava atenção a cada passo de Elijah, atento a tudo de que o sogro pudesse precisar antes que ele o verbalizasse. Segundos depois, Elijah espremeu os olhos por causa do sol forte, e uma nuvem passou, fazendo sombra em seu rosto.

Foi uma atitude sutil, e Blythe tinha certeza de que Aris jamais pensaria que ela teria notado. Mas notou, *sim*, e logo disfarçou o sorriso, com receio de constrangê-lo. Aquela mudança no comportamento típico de Aris era mais do que bem-vinda: diante dos olhos do pai, o marido dela era um perfeito cavalheiro.

Aris ajudou Elijah a entrar em um pequeno barco de madeira e, em seguida, estendeu a mão para Blythe, que a apertou timidamente. Sempre se surpreendia com a mão quente dele e o calor que subia pelo próprio corpo, fazendo-a estremecer. Entrelaçou os dedos nos do marido e o deixou puxá-la barco adentro. Mal cabiam os três espremidos atrás do gondoleiro, que usava um uniforme diferente dos demais que Blythe vira remando pelos canais – uma casaca branca com insígnia dourada, o desenho de uma raposa cercada por heléboros. Um gondoleiro do palácio, então.

A garota quase gargalhou, impressionada com a atenção aos detalhes demonstrada por Aris.

Espremida entre o marido e o pai, Blythe ficou observando o reino se esparramar diante deles – construções com telhados nevados, de duas águas, acompanhavam o canal, onde minúsculos flocos de neve cintilavam antes de derreterem na água. Cavalos enormes, com topetes volumosos, puxavam carruagens imaculadas pelas ruas de paralelepípedo livres de neve. A melodia de suas bufadas se misturava com a do acordeão e apaziguava algo dentro do peito de Blythe.

A cidade era cheia de vida, tanto que despertou um desejo ardente na alma de Blythe. A garota ficou olhando as pessoas se espremerem ao redor de um vendedor ambulante que servia um chocolate quente tão espesso e escuro que ela salivou na mesma hora. Deve ter ficado olhando fixamente, porque viu as nuvens formadas pela respiração do pai, que caiu na risada.

– É bom? – perguntou, mas foi Aris quem respondeu, já acenando para o gondoleiro levá-los até ali.

– Blythe ainda não provou, mas aquele homem faz o melhor chocolate quente do reino. – O Destino tinha o mesmo brilho ávido nos olhos que apresentara quando começara a construir Verena, na noite anterior. Uma expressão tão espontânea não podia ser só exibição para o pai da garota, e Blythe sentiu as bochechas ficarem quentes ao ver o marido se levantar de supetão antes mesmo de o barco parar.

– Esperem aqui – falou, cambaleando um pouco antes de pular na rua. O barco se inclinou, Blythe se agarrou na beirada, e Aris correu até o vendedor ambulante. Foi só olhar para ele que todas as outras pessoas baixaram a cabeça, foram logo cumprimentando-o e dizendo palavras simpáticas, correspondidas pelo suposto príncipe.

O vendedor ambulante era um homem idoso e frágil, com rugas profundas em volta dos olhos gentis que reluziram quando o Destino se aproximou. As mãos tremeram ao servir três copos de chocolate quente fumegante, mas ele sorriu de orelha a orelha e apertou a mão de Aris, muito empolgado. Tentou despachar o príncipe sem cobrar, mas Blythe ficou feliz ao ver uma moeda de ouro brilhando na palma da mão do ambulante quando o marido se afastou do homem, depois de apertar sua mão.

Tomar chocolate quente com alguém era uma ação pequena e, apesar disso, Aris nunca estivera tão radiante. Dava a impressão de se sentir muito mais atraído pelos humanos do que um dia chegaria a admitir, principalmente por aqueles que eram habilidosos, inteligentes ou transformavam sua paixão em um ofício finamente cultivado. Blythe soltou a beirada do barco, passou as mãos no vestido para tirar a umidade das luvas e ficou ruminando a ideia. Não tinha muita certeza do que fazer com essa informação, que dirá com o palpitar dentro do próprio peito.

O Destino trouxe para o barco três canecas cheias até a borda, tomando cuidado para não derrubar nenhuma gota, e entregou primeiro uma para Blythe, depois outra para Elijah. Sentou-se, mas em vez de tomar um gole de imediato, lançou um olhar de esguelha para a esposa e o sogro. A garota fingiu não notar que o Destino estava louco para que eles provassem.

Ela, pessoalmente, não precisava de incentivo algum. Blythe levou a caneca aos lábios e se permitiu derreter com o chocolate que se derramou em sua língua, o mais grosso e saboroso que já havia provado. O calor da bebida se espalhou por sua barriga, trazendo-lhe uma temperatura agradável ao corpo. Elijah também deve ter gostado porque, apesar de sua opção por não admitir com todas as letras, a caneca já estava pela metade quando Blythe se virou para o pai.

– Este lugar não tem nada a ver com o que imaginei – admitiu Elijah, por fim, interrompendo o silêncio confortável que florescera entre os três. Era o mais próximo de um elogio que Aris receberia dele.

– Nem com o que eu imaginei – admitiu Blythe. – É muito

melhor. – Talvez não tivesse sido só o chocolate quente que a fez ser tão terna; havia séculos não se sentia tão feliz assim, espremida naquele barco, em uma cidadezinha desconhecida. O gondoleiro desceu o canal com eles, passando por uma ponte tão baixa que, quando a garota ergueu o braço, roçou a palma da mão na pedra gasta, e foi tomada por tamanha alegria que ficou com os olhos cheios de lágrimas.

Como poderia existir um lugar como aquele no mundo sem que ela tomasse conhecimento? E quantos outros lugares assim existiriam, apenas esperando que Blythe os descobrisse?

Ela segurou a caneca perto do corpo, torcendo para jamais esquecer a alegria que sentia no momento. Para não esquecer que seu mundo se tornara muito mais vasto naquele dia e que estava louca para explorá-lo.

– Obrigada – sussurrou, sorrindo para si mesma ao notar que Aris assumiu uma postura rígida.

Ele desviou do olhar da esposa e, quando falou, foi com os lábios a um centímetro da caneca, com o vapor do chocolate no rosto.

– É só um chocolate quente – disse, antes de dar um gole.

Blythe poderia ter esclarecido que era muito, muito mais do que isso, mas teve a sensação de que o Destino já sabia.

– É, certamente, um território lindo – reconheceu Elijah. – Mas como são os reinos vizinhos? Como são as relações que você mantém com eles?

Blythe quase deu um tapa no braço do pai. Ai dela se de fato *tivesse* se casado com um príncipe. Por certo, achariam que o pai era uma ameaça vinda da ralé. Felizmente, Aris manteve uma atitude simpática e deu risada.

– Posso lhe garantir que Verena está em paz e que seu povo é feliz. Sua filha está em segurança, sr. Hawthorne. Sempre será bem cuidada.

Ao ver que os cantos dos olhos do pai se espremeram, Blythe quase sentiu culpa. Visivelmente, Elijah desconfiava que não estavam lhe contando toda a verdade, mas não tinha como provar nada. O Destino estava sendo gentil na mesma medida que Elijah estava sendo reservado. Verena era um território próspero e, a cada esquina, seus habitantes – que adoravam o reino – atiravam heléboros no canal quando passavam por ele. A comida era deliciosa, e Blythe... bem, francamente, Blythe não saberia dizer se seus olhos não tinham ficado com um ar sonhador. Tinha vontade de ver como o lugar era à noite, com luzes douradas e difusas vindas das janelas, nas ruas nevadas. Tinha vontade de presenciar aquele lugar na primavera, quando as flores desabrocham, e no calor do verão, quando derramar água do canal na pele seria um prazer bem-vindo. Aris a levara para um lugar onde havia magia infiltrada até os ossos, e Blythe não queria mais ir embora dali.

Elijah, ao que tudo indicava, conseguia sentir isso. Pôs uma mão no ombro da filha e, com a outra, ergueu a caneca para beber o que restava do chocolate quente.

– Ela realmente me parece feliz – admitiu, falando bem baixo, só para a filha ouvir.

Um sorriso se esboçou nos lábios de Blythe, que encostou o próprio ombro no do pai.

– O senhor não precisa se preocupar comigo – falou, mas isso não impediu que Elijah soltasse um riso debochado quando segurou a mão enluvada da filha e deu tapinhas de leve.

– Sempre vou me preocupar com você – replicou ele. – Como tem passado com esse tempo? Está cuidando da saúde?

A pergunta poderia até ser boba se dirigida a outra pessoa, mas a garota entendeu o que o pai de fato estava perguntando. Menos de um ano havia passado desde que ela saíra do leito de morte. Por melhor que estivesse, não era segredo que Blythe era menor do que deveria ser, e ainda ganhava peso lentamente. Os músculos também tinham se atrofiado durante a doença, mas haviam melhorado bastante nos últimos meses, graças às costumeiras caminhadas e voltas a cavalo, montada em Mitra.

Mesmo assim, estava cansada. A cama de pedra e o frio do Palácio das Glicínias não lhe fizeram bem algum e, apesar de a tosse ter melhorado um pouco nos últimos dias, tinha acordado se sentindo fraca e com o nariz entupido. E ainda havia as visões...

Disfarçando, o Destino tentou fitar a esposa, provavelmente pensando no mal-estar que ela tivera na noite anterior. Blythe lançou um olhar decidido para o pai.

– Estou bem, e é assim que pretendo continuar por muito tempo – respondeu, pronunciando cada palavra com tamanha determinação que teriam que ser verdadeiras.

Então encostou a cabeça no ombro do pai e ficou observando Verena se afastar e o brilho prateado do palácio adentrar de novo seu campo de visão. O corpo é uma coisa estranha e, às vezes, frustrante. Mas o fato de sua melhora ser lenta não bastaria para diminuir sua empolgação. Não naquele dia.

– E o senhor, como está? – perguntou Blythe, porque não conseguia passar mais nem um segundo pensando em toda a estranheza que andava vendo. – Como vão as coisas lá na Quinta dos Espinhos?

Ela não deixou de perceber que Elijah ignorara essa pergunta em sua última carta, nem que o rosto do pai carregou-se de tensão naquele exato momento.

– Tudo vai ficar bem, Blythe. Sempre fica.

Estava longe de ser uma resposta satisfatória. O coração da garota se sobressaltou, mas o fato de Elijah não fitá-la nos olhos foi indício para não insistir. Pelo menos, não por ora. Teria tempo de arrancar a informação do pai antes de sua partida.

Blythe só percebeu que o barco diminuíra a velocidade quando pararam. Poderia ter passado horas sem fim passeando pelos canais, se dependesse dela. Mas o peito do gondoleiro subia e descia, com a respiração pesada. O homem secou o suor da testa, e a temperatura estava caindo tanto que logo os pegaria desprevenidos.

– Tome. – Aris tirou o casaco e o colocou nos ombros de Blythe ao primeiro tremor da esposa.

Ela ficou imóvel, sem saber como deveria reagir, até perceber que Elijah estava observando e se obrigar a dar um sorriso e fechar o casaco.

– Obrigada – sussurrou, sem conseguir se livrar do nó na garganta, tamanho o nervosismo.

Aris apenas balançou a cabeça de leve, tirou um pé do barco e, com o outro, o segurou, encostando-o no deque. Ajudou Elijah a sair e, em seguida, apertando bem os lábios, estendeu a mão para Blythe, que dirigiu o olhar para a mão do marido, cética.

– Minha mão não vai te morder, amor – disse ele, com um tom sem emoção.

Blythe já tinha se dado conta de que esse tom significava que o marido estava tentando ser educado. O Destino dobrou os dedos e fez sinal com a cabeça para a esposa apertar sua mão. Mas antes que Blythe tivesse tempo de fazer isso, Elijah ficou ao lado de Aris e segurou o ombro do genro.

– Vocês dois não precisam ir para casa por minha causa – declarou. – Se eu tentar ficar sentado ao longo do jantar, vou cair de sono em cima do prato. Mas posso acompanhar vocês e me despedir. Com certeza deve ter algum lugar por perto aonde possam ir se divertir.

Blythe lançou um olhar de esguelha para Aris, incomodada com o sorriso espontâneo do marido. Justiça fosse feita: ele não dava a impressão de estar despreparado, nem um pouco.

– Que ideia brilhante, sr. Hawthorne – elogiou o Destino, pegando a mão da esposa e puxando-a para fora do barco. – Sei exatamente aonde podemos ir.

TREZE

Oito cães estavam parados na neve, arfando do lado externo dos portões do palácio. Eram do tamanho de lobos, só que mais corpulentos, a pelagem felpuda e branca por baixo dos pesados peitorais de couro que os prendiam não um ao outro, mas a uma estranha geringonça de ferro.

– Por acaso aquilo é um trenó? – perguntou Blythe, ofegante, aproximando-se do veículo. Alguns dos cães cheiraram as pernas da garota, e ela fez carinho na cabeça de um, que era maior que sua mão, antes de o animal tornar a arfar.

– É a mesma ideia da carruagem – respondeu Aris, pegando a esposa pelo pulso e fazendo-a entrar. – Só que esta é puxada por cães criados para resistir à neve. Faz tempo que eu queria te trazer aqui, mas nunca tivemos a desculpa certa.

– Nunca vi uma coisa dessas – comentou Elijah, dando a volta na geringonça, para inspecioná-la, enquanto o Destino observava tudo com os ombros levemente inclinados.

– Minha família pratica esse esporte há muitas gerações – explicou Aris. – Estaremos em total segurança.

Blythe raramente dava importância a tais garantias. Mesmo se o marido tivesse dito que alguém sofrera um acidente a bordo daquele trenó no dia anterior, isso não teria diminuído a empolgação que tomava conta dela. Segurou-se nas bordas do trenó, imaginando como os cães eram controlados – e onde estaria o trenó de Aris – quando sentiu a pressão do corpo do Destino, bem nas suas costas. Levou um susto porque sentiu cada contorno do corpo dele em contato com o seu. A firmeza do peito. A estabilidade das coxas em seus quadris, enlaçando-a.

Santo Deus, por que ela não conseguia respirar? Levou a cabeça para trás, tentando olhar disfarçadamente para Aris. E, na mesma hora, teve vontade de pisar no pé do marido ao ver o sorrisinho que se esboçou nos lábios dele.

– Relaxe – sussurrou o Destino, e vários criados vieram examinar o veículo, tomando todo o cuidado quando prenderam os dois com tiras no trenó minúsculo, apertado até não poder mais, que os fez ficar ainda mais grudados depois que o serviço foi concluído. Blythe não sabia como aquilo era fisicamente possível, mas até respirar lhe parecia um feito escandaloso.

– Você poderia, pelo menos, fingir que não sente repulsa ao encostar em mim – sussurrou Aris no ouvido da esposa, deixando a pele dela toda arrepiada. – Somos casados. Não há uma só pessoa aqui que não acredite que eu e você já ficamos significativamente mais próximos do que isso.

Ah, como ela gostaria de poder xingar aquele maldito palpitar de seu coração. Conseguiu falar “Isso é mesmo necessário?” entre dentes, com tom ríspido e sussurrando, para que o pai não a ouvisse.

– Só se quiser mostrar a seu pai que sou um marido excepcionalmente atencioso, que leva a filha dele para se divertir a valer. – Aris segurou os quadris de Blythe, ficando tão perto que a garota sentiu um calor na pele a cada palavra que o marido disse. – Não sabote nosso acordo. Finja que gosta de mim ou vai estragar tudo.

Seria coisa da imaginação de Blythe ou a voz de Aris estava mais rouca do que o normal? Provavelmente, era *sim* fruto de sua imaginação, porque a sua cabeça estava em outro lugar, completamente diferente, quando sentiu as pontas dos dedos do marido em seus quadris, suscitando certos... *sentimentos* dentro dela. A garota engoliu o nó que se formou em sua garganta, certa de que estava vermelha da cabeça aos pés, e acenou de leve para o pai.

– Tem certeza de que não quer vir conosco? – perguntou, por puro desespero, e segurou um gemido quando o pai só balançou a cabeça, com aquele brilho de curiosidade ainda nos olhos.

– Tenho certeza de que está na hora de eu ir descansar – respondeu Elijah. – Mas vou querer saber de tudo no café da manhã.

Desta vez, quando o pai entrou no palácio, parecia muito mais à vontade do que quando saíram dali, horas antes. Aris pediu que os ajudantes acompanhassem o sogro, ou seja: restaram apenas os dois e um coral de cães arfantes sob a luz da lua que despontava no céu.

Quando ficaram a sós, Aris passou os braços em volta de Blythe para, simultaneamente, segurar as rédeas e jogar um cobertor grosso nos ombros dos dois. Em seguida, mostrou dois dos óculos de proteção mais ridículos do mundo e ignorou os protestos da esposa, colocando um deles nos olhos dela antes de pôr o seu.

– Você ficou ridículo. – Ela fez careta, arrumando a posição do óculos.

– Fique calada e segure o cobertor – ordenou o Destino, e ela mal teve tempo para segurar a manta, falando entre dentes para Aris não mandar nela, antes de ele dar uma estalada nas rédeas.

Os cães estavam de prontidão, com a língua de fora, praticamente explodindo de tão empolgados, e saíram correndo em disparada.

Blythe caiu para trás quando o trenó arrancou. Mas, dado que o interior estava abarrotado, não tinha muito lugar para ir, e acabou batendo no peito de Aris.

O vento gelado fustigou seu rosto, pinicando a pele e, apesar de os óculos atrapalharem a visão, a garota deu graças por estar com eles. Também deu graças pelo calor do corpo de Aris e, quando percebeu, estava aninhada nele. Um riso de prazer subiu por sua garganta quando os cães deram a volta no palácio, dirigindo-se ao bosque de pinheiros que se assomava ali atrás. O Destino não ecoou seu riso, mas a segurou com mais força quando a velocidade aumentou e o trenó deslizou habilmente pela trilha nevada, como se aqueles cães já tivessem transportado os dois uma centena de vezes.

Blythe abriu a boca para dizer alguma coisa, só que acabou engasgando, porque algum inseto maldito bateu na parede de sua garganta.

– Falei para você ficar calada. – Nessa hora, Aris riu, sim. E o timbre grave desse riso vibrou nas costas dela.

Blythe disparou alguns palavrões indignados contra ele, mas o som da risada do Destino tinha aquecido sua pele de um modo que ela não gostaria de admitir. Um que fez sua visão ficar turva. A neve foi desaparecendo, e sua mente suscitou uma imagem estranha.

Ela teve um vislumbre do mesmo delírio que a vinha atormentando nos últimos meses, desde a noite em que Signa salvara a vida de Eliza. Era o vislumbre de um homem do pescoço para baixo. A pele estava à mostra e quente, o mundo que o cercava era enevoado, e o homem ria. Não era um som de prazer, como a risada de Aris, mas um som sinistro, satisfeito, antes de colocá-la no colo, aninhando a forma de Blythe em volta do próprio corpo. Os lábios dos dois estavam colados, ele a puxou para cima pelos quadris, e não havia nada de delicado naquele homem nem em suas carícias.

Blythe sabia o que aconteceria depois, porque passara demasiadas madrugadas deleitando-se com a lembrança, e quase balbuciou para expulsar aquelas imagens da cabeça antes que a cena fosse adiante. Agarrou-se às barras de ferro do trenó e mandou a mente traiçoeira se comportar.

Não tinha a menor ideia de por que seu cérebro começara a produzir tais sonhos, mas vinham pelo menos uma vez por semana e sempre conseguiam fazer Blythe se revirar na cama, corada e com calor, desejosa e com vontade de se aventurar, já que não conseguia arrancar aqueles pensamentos da cabeça.

Recobrou a consciência quando o mundo diminuiu de ritmo e Aris gritou algo atrás dela, em tom turvo, que a deixou com a sensação de estar embaixo d'água. Os cães estavam quase parando ao lado de um cobertor, que fora estendido sob a curva de uma árvore. Havia um lampião pendurado em um dos galhos, e Blythe ficou olhando para ele, depois para o marido, e tirou os óculos. O Destino já estava soltando as tiras de segurança do trenó, saindo do veículo e estendendo a mão para a esposa.

Estava tão escuro que a floresta parecia quase preta. A árvore dos dois era iluminada apenas pelo lampião e pela lua que despontava; sua luz conseguia passar por um e outro emaranhado de galhos. Ainda assim, mesmo que Blythe não enxergasse coisa alguma, os cães estavam relaxados ao ponto de ela saber que não havia criados por perto. Nem habitantes de Verena. E, certamente, nem seu pai. Não havia ninguém para impressionar e, mesmo assim, Aris a levou até o cobertor com uma tensão no maxilar.

– Por que estamos aqui? – Não foi uma acusação, e sim curiosidade sincera que levou Blythe a perguntar. – Podemos só dar meia-volta e entrar em Verena de fininho. Meu pai não vai nem ficar sabendo.

– Seria uma ideia excelente, se eu realmente acreditasse que ele está dormindo.

Blythe se sentou quando Aris também o fez, e percebeu, encantada, que havia uma cesta em cima do cobertor. A garota jamais tinha ido a um piquenique tarde da noite, que dirá um piquenique na neve.

Ela enrolou o cobertor nos ombros e Aris tirou um jarro de chocolate quente do cesto. Magicamente, ainda fervia. O Destino dividiu o conteúdo do jarro em duas canecas e, em seguida, pegou uma garrafa de algo que tinha cheiro de bebida alcoólica e derramou um pouco em cada caneca. Entregou uma para a esposa e abriu a tampa da cesta, mostrando uma infinidade de outras delícias: geleias, biscoitos, frios, queijos.

Blythe segurou a caneca bem perto do corpo enquanto Aris distribuía tudo em pratos, sorveu um gole grande e soltou um suspiro quando o chocolate a aqueceu de dentro para fora.

– Seu pai é um homem profundamente desconfiado. – Aris inclinou o corpo para trás, apoiado em uma das mãos, e tomou vários goles de chocolate.

– Tem todo o direito de ser – respondeu Blythe, apenas. – Por favor, continue sendo gentil com ele, Aris. Sei que consegue.

O Destino resmungou e se virou para as árvores, os traços marcantes de seu rosto ficando mais suaves com a luz fraca do lampião.

– Não entendo por que você se importa tanto com o que ele pensa. Filhos se casam e saem do ninho o tempo todo. É natural.

– Talvez isso não fosse tão terrível se eu não estivesse deixando meu pai completamente sozinho. – Blythe ficou olhando para a caneca, respirando tão fundo que soprou vapor no próprio rosto. – Acho que aconteceu alguma coisa lá em casa, e ele não quer me contar o que é. Se for algo sério, receio que ninguém vá ajudá-lo. A sociedade está cheia de abutres que destroçam as pessoas e preferem arrancar a pele de alguém com os dentes a estender a mão para ajudar. Recriminam e ridicularizam os outros, e o fato de eu ter me casado com você com certeza não ajudou em nada.

Aris encolheu o pescoço com um olhar de descrença.

– Qual é o problema de se casar comigo? Pelo contrário, sua *sociedade* deveria tratá-lo melhor, sabendo que ele tem ligações com a realeza.

– *Realeza* – debochou a garota. – Você ficar se pavoneando por aí não me ajudou em nada. Só deixou minha família sujeita a mais críticas. Se eu e você aparecemos em algum evento social, o tamanho do seu sorriso quando danço com você, tudo é ridicularizado. Se eu visito meu pai sozinha ou se você vai comigo… as pessoas observam tudo. Já é difícil quando se tem alguém para dividir esse fardo. Mas meu pai não tem ninguém. Só quero que ele viva em paz.

O Destino franziu o cenho e tomou mais um gole de chocolate quente. Era óbvio que não tinha refletido sobre a questão tanto quanto a esposa.

– Não vou dar motivo para seu pai ser recriminado – declarou, por fim, com a delicadeza de uma promessa. – Não tenho nada contra ele. Elijah será poupado de todo e qualquer ônus do nosso acordo, eu te dou minha palavra.

E a palavra era boa. Uma palavra que pegou Blythe de surpresa e pela qual ela foi imediatamente grata. Mas, quando abriu a boca para dizer isso ao marido, foi acometida de um espirro repentino. Mal deu tempo de virar a cabeça, porque teve um pequeno ataque de espirros. Quando acabou, estava com os olhos vermelhos e remelentos, fungando.

Aris retorceu o lábio inferior.

– Você é repulsiva.

– Receio que eu esteja ficando resfriada – explicou a garota, e ficou realmente feliz por se dar conta disso. Se estava ficando doente, então talvez isso explicasse as estranhas alucinações da noite anterior. – Tenho certeza de que a neve não está me ajudando em nada.

O Destino não ficou tão deliciado com essa percepção quanto Blythe, nem de longe.

– Você devia ter me falado assim que percebeu que estava doente. Nós dois podemos até não gostar, mas agora temos um laço que nos une. Podemos passar nossos anos de vida batendo boca e ficando infelizes. Podemos guardar segredos e brigar, sem jamais sair de Glicínia, porque nos odiamos. Ou posso andar livremente por aí, levando a vida que quero levar, permitindo que você a sugue feito um parasita saudável e quentinho. E essa, na minha opinião, é a melhor opção.

A garota se obrigou a dar uma risada de deboche, porque ele tinha razão a respeito de uma coisa: se precisavam passar o resto da vida juntos, seria muito melhor não fazer isso na condição de inimigos. O que não significava que precisavam, necessariamente, *gostar* um do outro. O Destino podia continuar chamando-a de todo e qualquer nome feio que quisesse: ela até que gostava da criatividade dele. Mas, se estabelecer certa tolerância entre os dois significava que Blythe poderia viajar – se significava que passaria os dias conhecendo cidades incríveis e as noites comendo refeições deliciosas em uma floresta em pleno inverno, sem ter com o que se preocupar –, quem era ela para desperdiçar uma oportunidade dessas?

– Se eu ficar com vontade de cair dura no chão, você será o primeiro a saber. – Ela se inclinou para a frente, a fim de pegar um prato e talheres da cesta, e limpou o nariz na manga do casaco. – Por mais que eu tenha começado a gostar dos nossos bate-bocas, concordo com você. Desde que me forneça uma cama de verdade e dê um jeito em Glicínia quando *estivermos* no palácio... e desde que não falte com sua palavra e permita que eu vá para a Quinta dos Espinhos... então vou... tentar ser educada. No mínimo dos mínimos, prometo não ficar tramando um plano para te matar enquanto você dorme.

– Parece que estou recebendo um trato e tanto. – O sorriso do Destino era mesmo uma coisa magnífica, uma beleza desperdiçada em pessoas da laia dele. – Muito bem. Concordo com esses termos.

– Então temos um trato. – Satisfeita, Blythe voltou a atenção para a comida e pegou um biscoito para servir de base para a mais vibrante das geleias de laranja. Só que, quando passou a geleia no biscoito, em plena escuridão, seus movimentos foram rápidos demais, e ela acabou cortando a palma da mão.

Blythe soltou a faca e gritou tantos palavrões que daria inveja a um marinheiro. Segurou a mão, apertando o corte para estancar o sangue que se acumulava, e sentiu a náusea se formar no estômago.

Aris se agachou diante da esposa em um instante, segurando seu pulso. Apesar de o instinto da garota ser o de segurar a mão e chafurdar na dor, a linguagem corporal do marido transmitiu tamanha autoridade que ela não pôde recusar.

– Vou precisar de um médico – declarou a garota, com ar patético. – Vou precisar levar pontos, provavelmente dezenas deles.

– Costuro melhor do que qualquer médico. – Aris abriu os dedos de Blythe, que protegiam o ferimento, um por um. – Agora me deixe ver… – Ele ficou imóvel, olhando fixamente para a mão espalmada da esposa, que praticamente murchou e se encolheu no chão.

– Que foi? – choramingou ela. – É muito horrível? Vou perder a mão?

O Destino franziu o cenho e soltou a mão dela.

– Sua garota demoníaca. Você é sempre tão dramática assim?

– Tenha um pouco de delicadeza. Estou ferida! – Blythe colocou a mão no colo de novo e ficou segurando. – Às vezes, fico achando que você saiu das páginas de um conto de fadas.

– Por causa dos meus encantos de príncipe. Tenho consciência disso. – Aris ficou de pé.

– Não, porque você é monstruoso, feito um troll. – Blythe abriu a mão, esperando confirmar que o marido estava subestimando a seriedade do ferimento. O que não esperava era ver a palma da mão perfeitamente lisa, sem sequer uma linha rosada para provar que tinha se machucado. Não havia sangue. Nem corte. Só a pulsação de uma dor fantasma e poucos resquícios de geleia de laranja, que Aris limpou e depois lambeu o dedo.

Decerto a garota não poderia ter imaginado uma dor tão lancinante. Passou o polegar na palma da mão e procurou sinais de sangue no cobertor e na neve. Mas, quando o fez, só encontrou um mínimo de grama verde na base de uma árvore próxima, com um tom muito vivo, brotando através da neve.

Grama nova em dezembro. Era uma visão tão peculiar que Blythe achou que poderia, talvez, estar alucinando de novo. Foi acometida por uma tontura, e sua visão ficou enevoada, de tão rápido que respirou.

– Talvez eu esteja sendo dramática – sussurrou, por fim, apesar de não acreditar nessas palavras. Muito menos quando aquele era mais um item em sua lista de estranhezas, como a vez em que vira o reflexo assombrado de sua outra criada no espelho, meses atrás, ou quando vira Eliza Wakefield deitada na cama, com a pele murcha e ossos salientes, feito uma morta-viva.

E agora sentia dor sem estar ferida. Tinha visões com um homem e ouvia ecos de música a qualquer hora do dia. Uma mulher de cabelo branco que vagava pelos corredores do Palácio das Glicínias, sempre escapando de seu campo de visão.

O corpo de Blythe ficou frio, e uma sensação gelada e inescapável permeou seus ossos.

Ela cerrou o punho e o segurou perto do peito. Sentia-se como a boneca velha de uma criança, com as costuras arrebentadas. Ultimamente, sua cabeça era um lugar alienígena, abarrotado de estranhezas e lembranças desconhecidas.

Pegou a caneca e entornou o chocolate de um gole só, em uma tentativa de apaziguar os pensamentos inquietos e a dor que ainda latejava na palma da mão. Aris ficou observando tudo isso, e endireitou a postura quando a garota terminou de beber.

– Você está bem? – perguntou, e Blythe mal conseguiu conter o riso, porque se deu conta de que não tinha resposta para a pergunta.

Será que estava bem? Era impossível dizer.

O cobertor não ajudou muito a conter o ataque de tremedeira que tomou conta do corpo dela. Blythe tentou ficar de pé. Tentou organizar os pensamentos. Mas, no instante em que se ergueu, a cabeça latejou com tamanha severidade que ela teve a sensação de que o chão ruía sob seus pés.

O Destino segurou a esposa antes que ela caísse, e Blythe ainda tinha um resquício de consciência ao ponto de perceber que os braços do marido a envolviam, puxando-a para perto do peito, quando o homem ficou de pé.

– Nem ouse pegar no sono – disse ele, com um tom mais ríspido, que a fez despertar e espremer os olhos para ele. – Não estamos em um dos seus contos de fadas, e não tenho a menor vontade de salvar uma donzela em perigo. – Na visão borrada de Blythe, Aris não tinha um rosto, mas três, e todos eles faziam careta com uma elegância digna de um profissional.

Ela tentou falar, mas demorou um pouco até conseguir.

– Nunca são os trolls que salvam as donzelas. – Pelo menos, foi isso que pensou ter dito. Reconheceu que as palavras saíram enroladas.

Aris soltou um suspiro.

– Você é um espinho que vive me espetando. – Por mais ríspidas que tenham sido essas palavras, a tensão no corpo dele se dissipou. – Onde dói?

– Não dói – explicou Blythe, ignorando a ardência que sentia na palma da mão. – É tontura. Acontece de vez em quando, desde que sofri o envenenamento por beladona. Agora me ponha no chão.

O Destino ignorou o pedido da esposa e, apesar de Blythe ter-lhe feito careta, na verdade estava muito grata. Porque, se aquele homem a soltasse, ela muito provavelmente cairia de novo.

Aris colocou Blythe de volta no trenó, amarrou as tiras de segurança e ficou tão encostado na esposa que não havia como negar que ela estava presa. Desta vez, ela não resistiu a ser tocada pelo marido. Pelo contrário: relaxou e se aninhou no corpo de Aris, que estalou as rédeas delicadamente e retornou ao palácio.

CATORZE

O palácio estava em silêncio quando os dois voltaram, e Blythe supôs que isso fosse graças a Aris.

O Destino não a levou para o quarto dela, mas passou, com a garota no colo, por uma porta ricamente entalhada, no mesmo corredor, mais à frente. Será que aquela porta sempre estivera ali ou passara a existir porque Aris usara sua magia, só por conveniência?

– Para onde está me levando? – indagou Blythe, piscando. Não tinha mais a visão turva havia um bom tempo. Àquela altura, o marido não queria pô-la no chão apenas por teimosia.

– Para o meu quarto, onde posso ficar de olho em você. A última coisa de que preciso agora é do inconveniente de você morrer enquanto seu pai está logo ali, no fim do corredor.

O Destino não deu tempo para a esposa discutir. Foi logo abrindo a porta e entrando, não em um céu de crepúsculo arroxeado à luz das estrelas nem em uma clareira de floresta encantada, mas em aposentos normais, com uma salinha de estar normal e um quarto sem elementos decorativos. A disposição do cômodo era bem parecida à do quarto em que Blythe havia acordado naquela manhã.

– *Este* é o seu quarto? – Aris deve ter percebido a surpresa dela, porque lançou um olhar pelo cômodo antes de fazer que não.

– Claro que não. Durante a visita de seu pai, este é o *nosso* quarto. Somos recém-casados e felizes, lembra?

– Nosso quarto. – A garota ficou mordiscando o lábio, prendendo-o entre os dentes. – Certo.

Os aposentos eram maiores do que os dela, só que bem menos grandiosos, com paredes em um tom de verde-floresta escuro e mobília básica. Não havia sinal algum de originalidade. Sinal algum de *Aris*.

Apesar de conseguir enxergar o chão de madeira encostado nas solas dos pés, Blythe ficou à espera de que ele se abrisse e a obrigasse a desviar de alqueires e mais alqueires de lavanda ou de sálvia, esparramadas feito flores silvestres. Foi um choque tão grande estar cercada por magia e maravilhamento, para – de uma hora para outra – não encontrar nem um pingo disso. Ao que tudo indicava, Blythe estava ficando mimada. Estava tão acostumada com a magia do Destino que a realidade lhe parecia sem graça.

Aris foi entrando e soltando o lenço amarrado no pescoço. A garota percebeu, então, que o marido se movimentava lentamente, com passos trôpegos e de cabeça baixa, como se fosse empurrado por um peso invisível. Tirou as abotoaduras e ficou mexendo nelas por tanto tempo que Blythe perdeu a paciência e, uma hora, se aproximou e segurou os pulsos do marido.

– Você não está normal – declarou ela, tirando as luvas para conseguir segurar melhor. – Por que estamos cercados por paredes sem graça e seus ombros estão levemente encurvados?

Aris ficou tenso quando Blythe encostou nele; o corpo estava rígido quando os dedos dela roçaram na pele fina do pulso.

– Não é fácil manter uma magia dessa magnitude, nem mesmo para mim. – Blythe sentiu o olhar de Aris em cima dela enquanto tirava a primeira abotoadura e começava a tirar a segunda. – Neste exato momento, todo mundo está em casa, dormindo. Posso parar de controlar essas pessoas, desde que permaneçam assim, o que deve bastar para eu conseguir manter a farsa por mais alguns dias. Só que essa magia não sai de graça.

Isso com certeza era visível. O Destino passara a impressão de estar muito mais energizado no começo do dia. Mas, à medida que as horas foram passando, a magia cobrou seu preço. Até a voz estava abatida, as palavras saíam arrastadas, porque o cansaço se apoderara dele.

Blythe tirou a segunda abotoadura com pressa; a culpa a deixou com um nó na garganta. Fora Aris quem colocara os dois naquela situação, mas o pai da garota era o motivo para ele ter se dado ao trabalho de fazer algo tão extravagante. Perceber o que isso custava ao marido fez Blythe pensar bem no que ia dizer antes de segurar as mãos do Destino.

– Agradeço muito pelo que fez. Você foi além das suas capacidades para tranquilizar meu pai. E agradeço por ter me trazido para esta cidade onde estamos, porque é o lugar mais encantador que já vi.

Aris estava tão imóvel que, se Blythe não conseguisse sentir a pulsação dele sob os dedos, pensaria que estava morto.

– Fico feliz que tenha gostado – comentou o Destino. Apesar de as palavras terem sido pouco mais do que um suspiro, ecoaram alto, em contraste com o silêncio. – Ao contrário do que certas pessoas pensam, não sinto prazer em ser cruel. Sei quanto Elijah é importante para você e sei de tudo o que seu pai passou nos últimos anos. Não quero causar mais dor a ele levando-o a pensar que a filha está sofrendo.

A gratidão que Blythe sentiu por isso foi tão grande que não havia como traduzi-la em palavras. Devagar, tirou as mãos de Aris.

– Eu sempre quis viajar. É por isso que nunca tive planos de me casar. Nunca quis que ninguém me dissesse aonde posso ou não posso ir.

O Destino fitou o chão e admitiu:

– Eu sei. Fui eu que fiz a sua tapeçaria, assim como todas as outras. Não é fácil se esquecer de uma alma tão incandescente.

Claro que fez. Entretanto, apesar de a garota sempre ter consciência disso, ainda que em segundo plano, jamais havia ponderado o que isso implicava. A informação a fez ficar parada, porque se Aris sabia que...

– Foi por isso que você me deixou trancada no Palácio das Glicínias? – perguntou. – Porque sabia o quanto eu iria te odiar por isso?

A risada que Aris deu foi a mais delicada bufada de ar, que aqueceu as bochechas da esposa. Desta vez, quando respondeu, olhou-a nos olhos.

– Entramos em guerra um com o outro no instante em que você derramou seu sangue na minha tapeçaria. Não fique brava porque meu arsenal é melhor do que o seu.

Blythe talvez devesse ter ficado ofendida com essa afirmação, mas Aris estava certo. Ela havia declarado guerra e, se possuísse os trunfos que o Destino possuía, também os teria usado.

– Então você sabe de tudo – concluiu, tentando transmitir mais arrependimento do que de fato sentia. – Provavelmente, sabe até por quanto tempo terá de me aguentar, não sabe?

Aris deve ter reconhecido que a alegria da esposa era mentira, porque se aproximou, ficando a um milímetro de distância, e falou com voz delicada, coisa que a garota não sabia que ele era capaz de fazer.

– Sua tapeçaria se tornou um mistério para mim no instante em que sua vida foi poupada. Não sei quando você vai morrer, se é isso que está perguntando. Não sei o que vai fazer nem que tipo de pessoa irá se tornar. Não mais. Teci seu destino de acordo com as informações que eu tinha, ou seja: que você iria morrer pelas mãos do seu irmão. Mas você mudou seu destino várias vezes. É um mistério para mim. Uma roseira-brava, cheia de espinhos, que vivem me espetando.

Blythe não conseguia entender os efeitos que a voz de Aris lhe causava. Alguns dias antes, só se concentrava na esperança de que ela e o marido conseguissem enfrentar a visita do pai sem cortar a garganta um do outro. Agora, seus pensamentos estavam em desalinho, atrapalhados desde o dia em que começara a ser atormentada por aquela visão do homem que encaixava seu quadril no dele. O coração batia contra as costelas feito um animal selvagem enjaulado, e o corpo a traía. Ela espiou mais para trás de Aris e avistou a única cama, de dossel. Engoliu em seco.

O Destino acompanhou o olhar da esposa.

– Não tenho forças para materializar outra cama – explicou, com um tom de quem pede desculpas tão sincero que Blythe acreditou. – Verdade seja dita: seus aposentos não existem mais. Mas não se iluda, achando que tenho a intenção de te seduzir. Vou dormir no chão.

Seria a melhor opção e, apesar disso, estava nítido que ambos precisavam de uma boa noite de sono. A garota tentou se convencer de que foram a culpa e o fato de que precisava do marido em plena forma para distrair o pai que a fizeram sacudir a cabeça, recusando a proposta. Afinal, ela desprezava o Destino.

Mesmo que não tirasse os olhos do pescoço do marido, à mostra agora que ele tirara o lenço. Mesmo que estivesse enamorada pelo seu corpo, tão quente e convidativo, em que ansiava por se aninhar.

– *Eu* durmo no chão – falou, obrigando as palavras a saírem pelos seus lábios. – Estou acostumada a dormir em superfícies duras.

Aris se encolheu todo.

– Posso ter me empolgado com essa, admito. Mas você está doente, e a cama tem espaço mais do que suficiente para nós dois... se você quiser.

Ele tinha razão. A cama, provavelmente, tinha espaço para quatro pessoas dormirem de maneira confortável. Blythe não chegaria nem perto de encostar em Aris se aceitasse a proposta, só que isso não tornava a situação menos íntima.

Em vez de responder, passou as mãos no corpete do vestido e virou de costas para o Destino.

– Vou precisar da ajuda de Olívia. Se eu não quiser morrer sufocada da noite para o dia, preciso da ajuda dela para tirar esse espartilho.

O silêncio reinou entre os dois por um bom tempo, até que Aris admitiu:

– Olívia está dormindo. Todo mundo está.

Bem. Isso não funcionaria de jeito nenhum. Ao que tudo indicava, a garota teria de resolver a situação com as próprias mãos.

– Apague as luzes – falou. E ficou esperando até Aris fazer o que ela havia pedido. – E feche as cortinas também. – O Destino soltou um suspiro, mas fez o que a esposa mandou. A garota esperou todos os resquícios de luz desaparecerem antes de respirar fundo para se recompor, tirar as botas e esticar os braços para trás, em uma tentativa de alcançar os laços. Apesar de ter se acostumado com tal rotina quando estava a sós com Aris no Palácio das Glicínias, Olívia a tinha trajado como manda o figurino para uma mulher da alta sociedade. Infelizmente, isso significava que era quase impossível tirar aquelas roupas sozinha.

Mas ai dela se não tentasse.

Blythe inclinou o corpo para a frente, a respiração ficou presa nos pulmões, e seus dedos desesperados tentaram alcançar os laços, sem sucesso. A garota deve ter tentado por, pelo menos, cinco minutos, esforçando-se para silenciar a respiração ofegante e os suspiros que dava enquanto Aris se preparava no escuro para se deitar. A cada farfalhar das roupas do marido, que se despia, Blythe bufava mais alto, tentando não pensar no que acontecia logo atrás dela. Uma hora, ficou tão distraída com os próprios esforços que não percebeu que o Destino tinha se aproximado, vindo de trás. Colocou as mãos em sua cintura e ergueu seu tronco, até ela ficar encostada no peito firme do marido, com uma das mãos na boca, torcendo para que Aris não conseguisse sentir o frenesi de seu coração.

– Acho que dormir seria muito melhor do que ficar ouvindo você guerrear contra seu vestido. – A noite lutou para roubar o sussurro do Destino, que falou no ouvido de Blythe, tão baixo que quase foi inaudível. – Fique quieta, Roseira-Brava.

Ele não precisou repetir. Foi passando as mãos nas costas da esposa. Na ausência da luz, teve de usar o tato para guiar seus movimentos. Quando a coluna de Blythe tentou se arquear, ela xingou mentalmente o corpo traidor e se obrigou a manter uma postura rígida. Fechou os olhos quando Aris enroscou os dedos nas fitas de cetim. Ele foi bem devagar, e parava toda vez que Blythe se remexia ou ficava sem ar. Apesar de ter dedos hábeis para tecer tapeçarias, ele desmanchou os laços em um ritmo glacial, atrapalhando-se na escuridão.

Quase como... quase como se esse tipo de coisa fosse novidade para ele.

– Aris. – A voz de Blythe não foi mais alta do que o roçar da seda. – Você já fez isso antes? – A garota sabia que esse era um daqueles pensamentos intrusivos, que seria melhor passar sem perguntar. Só que, sob o escudo da escuridão, não pôde deixar de dar voz a esse pensamento.

O Destino ficou tenso.

– Os vestidos mudaram ao longo dos anos. Juro que ficam mais complicados a cada século.

– Século? – ecoou Blythe, desacreditando. – Faz tanto tempo assim que você... bem, que você não...

– Que eu não fico com uma mulher?

Blythe não sabia se deveria ficar grata ou envergonhada por ele ter terminado a frase. Segurou o corpete apertado contra o corpo quando o marido desfez mais um laço.

– Talvez você não se interesse por esse tipo de coisa.

O hálito do Destino roçou no pescoço da garota, porque ele se inclinou.

– Eu me interesso por todos os prazeres da vida, Roseira-Brava, incluindo os do corpo. Não tenho limitações para encontrar esses prazeres com ninguém, mas nada foi igual desde que minha esposa morreu. Não que isso seja da sua conta, mas tentei seguir em frente, *sim*. Com muito empenho, por um período. Às vezes, ainda tento. Entretanto, por mais interessado que meu corpo fique, a mente acha que a intimidade não faz sentido. Sem minha esposa, esse prazer se perdeu.

Que bom.

Isso era muito bom. Porque Blythe também não sentia nada. Óbvio.

Ela ficou torcendo para que o Destino não sentisse o calor que seu corpo irradiava nem o suor que cobriu sua pele quando os dedos dele roçaram suas costas, e o espartilho enfim desceu pelo corpo. Aris lhe deu a mão, ajudando-a a sair do vestido. A garota ficou apenas com uma combinação fina e exígua, que deveria fazer as vezes de camisola, e deu graças pela escuridão, porque ainda tinha vergonha dos ossos salientes, lembretes persistentes dos meses que passara enferma.

Também tinha uma vergonha patética do efeito que as palavras de Aris lhe causavam. O marido não dissera nada abertamente, mas a mente da garota se expandiu, imaginando coisas fantasticamente ridículas, que ela não tinha nada que imaginar. Ficou conjecturando que tipo de amante Aris seria – não que tivesse muita coisa para comparar. Lera histórias suficientes para saber coisas que ninguém, a não ser a mãe, achara importante lhe ensinar. Lillian, pelo menos, sentara a filha anos atrás e lhe contara tudo o que a sociedade esperava de uma mulher. Dissera para ela ter cuidado e ter bom senso com o coração. Mas, tirando isso, Blythe precisara se virar sozinha.

Não era nenhuma especialista, de forma alguma, mas já tivera sua cota de casos amorosos secretos. Beijos curiosos que levaram a carícias ainda mais curiosas na floresta atrás da Quinta dos Espinhos. Às vezes com homens, e duas vezes com Lady Asherby, filha de um marquês que frequentava o clube de cavalheiros do pai sempre que estava no país. Ela e Blythe se deram bem logo de cara, mas foi só por diversão. Quando o assunto eram emoções, Blythe nunca sentia nada sério por ninguém. Por mais que gostasse de estar na companhia de alguém, sempre sentia que faltava algo. Como se esperasse por alguma coisa, mas ainda não tivesse descoberto o quê.

Ainda assim, gostara das experiências passadas e sempre esperara que algum dia haveria algo a mais. Fazia um bom tempo que não tinha um encontro amoroso, o que provavelmente explicava por que estava com sentimentos tão potentes no momento. Aris não era, de jeito nenhum, alguém em quem a garota pensava naqueles termos, mas o roçar de um dedo dele em suas costas bastara para deixar sua mente em polvorosa. Será que o Destino era um amante apaixonado? Será que as mãos dele fariam carícias delicadas em sua pele ou a segurariam pelos ombros, com um jeito autoritário, e a prenderiam debaixo de seu corpo?

Até o momento, Blythe não havia se dado conta de que isso seria um desafio em si no casamento. Será que ela e Aris teriam liberdade de ter amantes, se assim quisessem? A garota podia ver o marido sendo orgulhoso demais para permiti-lo, ainda que o casamento dos dois fosse só de fachada. Mas Blythe era jovem e curiosa, e não tinha a menor vontade de passar os anos que lhe restavam sem ter intimidade física com ninguém.

Ela supunha que o próprio Aris poderia ser uma opção...

Não.

Santo Deus, o que Blythe estava pensando? Acontecera tanta

coisa naquele dia, e ela não estava de posse de suas faculdades mentais. Os dois estavam apenas dormindo na mesma cama. Eram casados e estavam dormindo na mesma cama.

... Não que Blythe já tivesse dormido na mesma cama que um homem. Talvez fosse agradável. Talvez não sentisse tanto frio ou, melhor ainda: *faria* frio e aí os dois teriam de... Não. Não, não, não. Precisava parar com aquilo enquanto ainda estava no controle.

Ela realmente precisava ser escritora. Podia até não ter tanta experiência assim, mas com o tanto de livros que lera, certamente tinha a imaginação necessária. E, naquele exato momento, essa imaginação era incorrigivelmente explícita. Enfiou-se debaixo dos lençóis, grata por ter um vale de espaço separando os dois. A última coisa de que precisava era roçar de novo na pele do marido sem querer.

– Acha que um dia vai querer ficar com outra pessoa? – perguntou, desejando que a providência mordesse sua língua e pusesse fim à conversa. – Quer dizer, você um dia estaria aberto a cortejar alguém?

– Tive muito tempo para aventar essa hipótese. – Blythe ficou surpresa pela ternura nas palavras de Aris. A voz vinha de perto, como se ele estivesse de frente para a esposa. Sendo assim, a garota também virou de lado, mesmo que estivesse escuro demais para enxergá-lo. – Passei séculos torcendo para que o tempo diminuísse a dor do luto, mas nunca superei o empecilho de saber que ela ainda está por aí, em algum lugar.

Blythe, na mesma hora, pensou em Signa e no abraço terno da Morte que presenciara na última vez que vira a prima. Em como o Ceifador a abraçou, sem dar sinais de que iria soltar, e em como ela ficara contente de permitir que a abraçasse.

Blythe sabia que estava mergulhando em águas perigosas, mas não deixou de perguntar:

– E se você a encontrar e ela não tiver mais os mesmos sentimentos? E se a Vida não se lembrar de você ou tiver se apaixonado por outra pessoa?

O Destino não precisou parar para pensar antes de responder:

– Então vou torcer para que, na próxima vida, ela goste de mim.

A garota se recostou no travesseiro. Ficou triste de pensar que alguém poderia desperdiçar tanto tempo com saudade quando poderia encontrar outra pessoa com quem ser feliz. Mesmo assim, ficou imaginando como seria amar alguém ou ser amado tão profundamente. Não conseguia se lembrar de uma pessoa sequer que estaria disposta a esperar nem que fosse metade do tempo que Aris esperara. Se fosse verdade que a Vida o amava – e Blythe acreditava que ela o amava –, então era uma tola por ter aberto mão de alguém como Aris. Alguém que esperaria por ela. Procuraria por ela. Viraria o mundo do avesso por ela.

Era tão admirável que, pela primeira vez, Blythe pensou que poderia gostar de viver algo semelhante a esse amor, pelo menos uma vez na vida.

– Nunca cheguei a perguntar se você tem alguém – comentou o Destino, em tom de indagação, enquanto a esposa segurava um bocejo.

– Nunca tive ninguém sério. Mas é como você disse: você já sabia disso.

Aris ficou em silêncio por instantes, até que riu, pego em flagrante.

– Tem razão. Perguntei na esperança de que isso me levasse a saber o que realmente quero saber, que é *por que* você não tem ninguém. Posso até *enxergar* o destino de alguém, mas isso não significa que eu, pessoalmente, compreenda todas as decisões tomadas pela pessoa. Quero saber por que você fica tão satisfeita de estar sozinha.

Blythe não sabia ao certo o que fazer com aquele feitiço frágil lançado entre os dois. Teve a impressão de que era uma daquelas noites que funcionavam do mesmo modo que a magia; a escuridão ia dissolvendo as inibições à medida que a noite roubava segredos da língua dos dois.

– Nunca encontrei alguém capaz de me manter interessada – assumiu a garota. Era uma resposta que Blythe não admitia com todas as letras com muita frequência, porque as amigas riam dela, acreditando que estava brincando, era superficial ou algo entre essas duas coisas. Mas era a verdade e, para surpresa de Blythe, Aris ouviu sem um pingo de deboche. Curiosidade, talvez, mas nada de deboche. – Não sou muito fã de consenso – continuou Blythe, já que Aris não se pronunciou, porque sentiu necessidade de se explicar. – E sempre odiei as regras e essas bobagens que as pessoas seguem só para não serem párias na sociedade. Por que é esperado que a gente aceite flores ou poesias ridículas de homens que determinam nosso valor pelo nosso pedigree ou pelo nosso rosto sem nunca nos conhecer de fato? Por que existe uma temporada social para roçar a superfície de quem alguém é e depois se espera que um casamento seja arranjado? E ai de quem leva mais do que uma ou duas temporadas para encontrar uma pessoa no nosso minúsculo laguinho social. Não que seja melhor quando a pessoa *encontra* alguém, porque tudo que as duas pessoas farão será observado para sempre. Vocês vão ter filhos? *Quando* vão ter filhos? Se a mulher sai sem o marido, com certeza deve estar aprontando. Talvez o marido tenha se cansado dela. Talvez a mulher não esteja desempenhando seus deveres de esposa tão bem quanto deveria, porque Deus sabe que o problema não pode ser com o marido ou que talvez ela simplesmente queira passar uma noite sozinha.

Ela soltou um suspiro. Ficava mais acordada e acalorada a cada palavra dita. Tão acalorada, na verdade, que ficou mordida quando Aris murmurou, achando graça.

– Você refletiu muito sobre isso – comentou ele, e Blythe deu um riso debochado.

– Como eu poderia não refletir, sendo que tanta gente acredita que é só para isso que sirvo? Ouço as fofocas quando uma mulher casada aparece em um baile sozinha ou quando alguém está na terceira temporada social e ainda não arranjou casamento. Apesar de *eu* saber que tudo isso é ridículo, ainda sinto os efeitos de ver tanta gente debochando de mim e me ridicularizando.

– O processo deixa muito a desejar – concordou o Destino. – Não há nada que torne a primavera uma época melhor para encontrar o amor do que o inverno. E não deveria, jamais, se esperar que alguém ficasse sentado, ouvindo algo horrível feito poesia como confissão de amor. Sou capaz de enxergar que isso, por si só, faz o conceito do casamento azedar.

Foi a vez de Blythe dar risada.

– Eu tinha esquecido que você odeia tanto poesia. Não é tão ruim assim, não mesmo.

O desprazer de Aris foi traduzido em um ruído bem gutural. Um som grave, rouco, que fez a garota aproximar as pernas do peito, mais excitada do que tinha direito de estar.

Felizmente, Aris não deu indícios de ter reparado.

– Não existe nada mais pretensioso no mundo.

A garota teve vontade de dizer que *ele*, na verdade, era muito mais pretensioso do que a poesia, contrariando a opinião do marido. Mas, por ora, deixou passar em brancas nuvens.

– Tirando a poesia e o processo, há muitas alegrias que podem ser encontradas quando se tem um parceiro de vida. A amizade e a confiança. A alegria de saber que existe uma pessoa no mundo que nos conhece de verdade, até as profundezas da alma.

– Certamente, se a pessoa tem essa sorte – respondeu Blythe.

– Se a pessoa tem essa sorte – ecoou Aris, e sua voz ficou mais distante, porque ele mudou de posição e ficou mirando o teto. – Mas acho que nem eu nem você teremos.

– Não. – Blythe ficou na mesma posição. Também deitou de costas. – Acho que não teremos.

QUINZE

Blythe nunca tinha levantado de uma cama com tanta rapidez quanto levantou na manhã seguinte. Assim que terminou de piscar para expulsar os últimos resquícios de sono e se recordou de onde estava – e, principalmente, ao lado de quem estava – fechou bem os olhos, em uma tentativa desesperada de se teletransportar para qualquer lugar que não fosse aquela cama. Em seguida, foi rolando até sair do colchão. Fez isso centímetro por centímetro, contorcendo-se, em uma tentativa desesperada de fugir daquele quarto em silêncio, sem acordar Aris. Só que, quando rolou, ficou com a cabeça latejando e teve de abafar o gemido de cansaço que soltou em sua tentativa de fazer o mundo voltar para o prumo. Seus esforços, contudo, foram em vão.

– Foi um espetáculo e tanto. – Aris estava sentado em uma poltrona atrás de Blythe, com o jornal em uma mão e uma xícara de chá fumegante na outra. – Eu não fazia ideia de que você era uma acrobata tão boa. – A raposa, que estava aos seus pés, soltou um ganido baixinho e se encolheu ainda mais. O Destino baixou a mão e fez carinho na cabeça do animal. É claro que um monstro se comportava bem na presença de outro.

– Eu estava tentando ser atenciosa – disparou a garota, torcendo para que as bochechas não estivessem tão coradas quanto ela achava que estavam. – Por que diabos acordou tão cedo?

– Não é cedo – Aris respondeu primeiro, depois inclinou a cabeça, para mostrar a luz do sol que passava por uma fresta nas cortinas. – Além disso, não necessito tanto de sono quanto você. Só precisava descansar um pouco porque minha magia estava muito exaurida.

Blythe se arrependeu de ter perguntado. Porque agora precisava se resignar não apenas com o fato de que passara a noite na mesma cama que o Destino, mas também com o fato de que o marido nem dormira a noite toda.

– Pelo jeito, não sou o único troll deste relacionamento. – Ele ergueu os olhos do jornal, observando a esposa. – Você sabia que ronca?

Blythe não sabia se queria ficar e queimar Aris vivo ou se deveria fugir daquele quarto e torcer para nunca mais tornar a vê-lo. Ambas as alternativas, infelizmente, eram querer demais.

A garota se aproximou das cortinas, ignorando a alfinetada, e espiou pela janela. A cidadezinha do lado externo dos muros do palácio estava coberta por uma neve recém-caída, que flutuava no ar anunciando o início da tempestade em formação.

– O tempo hoje será péssimo – comentou, abrindo mais as cortinas. – Como vamos sair de casa com esse tempo?

– Não vamos. – Aris pegou um cubinho de açúcar de uma tigela e soltou na xícara de chá, depois jogou mais um. – Se permanecermos em casa hoje, terei de comandar menos pessoas. E vai ser melhor mesmo, se você estiver doente. Pode tomar um chá e ficar perto da lareira. Mas é bom colocar uma roupa. Vai pegar um resfriado, se ficar vestida desse jeito.

Roupas.

Blythe olhou, boquiaberta, para a combinação ínfima, que só passava um centímetro e meio do joelho. Era fininha e transparente, e os contornos do corpo estavam a um passo do limite da visibilidade. Ela praticamente conseguia enxergar os ossos dos quadris despontando no tecido, de tão salientes. De tão frágeis. Abraçou o próprio corpo bem apertado e correu para baixo da segurança dos lençóis.

– Seu brutamontes! Não olhe para mim – disparou, deixando que a raiva queimasse sua vergonha.

– Você está presumindo que eu quero olhar. – O Destino lambeu a ponta do dedo e passou os olhos por outra página do jornal, sem se virar para a esposa. – Tem um vestido para você dentro do guarda-roupa.

Blythe lançou um olhar para a mobília em questão, mas não se mexeu. Depois de vários segundos constrangedores de imobilidade, Aris deu um suspiro que interrompeu o silêncio, e as pernas da cadeira riscaram o chão, indo para trás.

– Espinhos – sussurrou ele, entre dentes, indo até o guarda-roupa – que vivem me espetando.

O Destino escancarou as portas do armário e atirou o vestido em Blythe, que o apanhou como se fosse uma barra de ouro.

Era um modelito ímpar: o corpete tinha um tom suave de creme, com helébores bordados que desciam pelas saias, com fios de ouro misturados ao verde da trepadeira. A parte de cima, contudo, insistia em ter um espartilho.

Uma coisa fora permitir que Aris a ajudasse na noite anterior, sob o manto da escuridão. Ali, em plena luz do dia, ela se recusou a admitir qualquer coisa que os dois haviam discutido ou as pessoas que haviam sido na noite anterior.

– Não posso... – A garota se calou quando alguém bateu à porta.

Agarrou-se nos lençóis, e o marido foi até a porta, apertando os lábios. Abriu para Olívia, deixou a mulher entrar, pegou o chá e saiu pisando firme.

– Vista-se, criatura infernal – ordenou, dirigindo-se a Blythe. – Vejo você no café da manhã.

O rei e a rainha não estavam presentes quando Olívia acompanhou Blythe até a sala de jantar, uma hora depois.

– Peço que perdoe a ausência deles – Aris estava falando com Elijah quando a esposa entrou. – Receio que tenham sido convocados por suas obrigações reais.

Agora que Blythe não mais evitava ser vista pelo marido, conseguia enxergar que, apesar de ele sorrir, a pele debaixo dos olhos escurecera da noite para o dia. Duvidava que Aris fosse admiti-lo com todas as letras, mas tinha a impressão de que o Destino precisava de mais do que "descansar um pouco" para se recompor.

A garota teria adorado vestir um casaco e passear mais pela cidadezinha cintilante que os rodeava. Mas, pelo bem do Destino, assim como de sua própria saúde, talvez fosse mais aconselhável passar o dia dentro de casa. De todo modo, queria conversar sobre alguns assuntos com o pai, e era mais provável ter uma chance mais propícia de arrancar as respostas que queria se Elijah não tivesse para onde fugir.

Blythe mal tinha se sentado quando partiu para cima do pai, deixando de lado as gentilezas e já enchendo o prato do café da manhã.

– O que anda acontecendo na Quinta dos Espinhos? – perguntou, curta e grossa, incapaz de suportar mais um segundo sem saber.

Elijah soltou um suspiro, soprando na xícara de café que acabara de ser servida.

– Não está acontecendo nada, Blythe.

Ao lado dele, Aris dirigiu o olhar para a manteiga de ervas que passava em um pãozinho, como se tentasse ficar fora do alcance do fogo cruzado.

– É claro que está acontecendo alguma coisa. – A garota segurou o garfo com força, esforçando-se ao máximo para continuar sendo uma pessoa bem-educada. – Você já desconversou três vezes, não venha me dizer que não é nada. Então, faça um favor a nós dois antes que eu te atazane até a morte ou sofra de combustão espontânea, de tanto estresse, por não saber.

– Então ela sempre foi assim? – perguntou Aris. E lançou um olhar de pena para Elijah.

– Como se você não fosse tão dramático quanto eu – disparou Blythe, antes que desse tempo de o pai responder.

Elijah olhou para um, depois para o outro e, finalmente, tomou o primeiro gole de café. Franziu o cenho, fazendo uma expressão que a filha não conseguiu decifrar – será que achara graça? Estava curioso?

– Ela é pior do que um cão de caça quando fareja alguma coisa – Elijah começou a dizer. – Mas esse assunto não é da conta de nenhum de vocês. A Quinta dos Espinhos vai até que bem, mas arrombaram o Clube Grey. Só um pouco de vandalismo, nada que não possa ser consertado.

O Clube Grey. Blythe segurou uma risada de deboche ao ouvir esse nome. Deus do céu, como odiava aquele lugar. Odiava a transformação sofrida pelos homens da família por causa daquele lugar e o sofrimento que o clube causara para toda a família Hawthorne.

– Ah, que bom. Por acaso isso significa que enfim chegou a hora de atear fogo àquele lugar? – Um ruído estridente veio do prato quando Blythe raspou o garfo nos ovos.

– Talvez – admitiu Elijah. – Só que o Clube Grey é uma chaga incurável. Por mais que eu tente me livrar dele, o maldito lugar nunca fica muito tempo nas mãos de outra pessoa.

Isso era inegável. O pai tinha tentado levar o clube de cavalheiros à ruína depois que Lillian morrera. Em seguida, depois de proibir que Percy e Byron Hawthorne assumissem o negócio, Elijah tentara vender o clube para o lorde Wakefield. Só que, um mês depois, o homem morrera.

Infelizmente, apesar de o pai de Blythe tentar passar o mínimo de tempo possível no clube, o lugar voltara a ter popularidade desde que a filha tinha ficado noiva do Destino.

– Quase metade dos fregueses se ofereceram para ajudar a limpar o lugar. Provavelmente, todos acham que, com isso, vão cair nas minhas graças. Ou nas suas. – Elijah fez sinal com a cabeça, indicando o genro, e tomou outro gole de café. – Estou caçando outra pessoa para quem vender. Vou pedir uma pequena porcentagem dos lucros para satisfazer Byron, lavar as mãos e me livrar do lugar de uma vez por todas.

Blythe enfiou o garfo em uma groselha.

– Vamos torcer para que a próxima pessoa que comprar o clube não bata as botas.

Aris ficou tenso ao ouvir isso e ergueu a sobrancelha. O pai da garota, entretanto, só deu risada.

– É mesmo. – Blythe reparou que, apesar de Elijah passar a impressão de estar contente, seu olhar não condizia com o sorriso.

– Talvez eu deva fazer uma visita à Quinta dos Espinhos. – A garota blefou e ficou examinando o rosto do pai, à procura de qualquer indício de informação que ele pudesse estar omitindo. Elijah ergueu o queixo, assim como Blythe, e retribuiu o olhar feio da filha.

– Mal posso esperar pela visita. Imagino que governar um reino deva ocupar muito o tempo de vocês dois, mas deveriam pensar em ir para a Quinta dos Espinhos no baile de Natal.

Blythe não teve coragem de recordar ao pai que as últimas *soirées* na Quinta dos Espinhos tinham sido ótimas, só que não. Dar festas era o jeito que Elijah tinha de se distrair dos problemas. Passara quase um ano inteiro de luto pela mãe da garota, dando as festas mais ridiculamente extravagantes na Quinta dos Espinhos. Se a próxima já tinha virado ideia fixa, a garota tinha medo da extensão do vandalismo e de tudo o que Elijah não estava contando.

– Talvez seja melhor eu voltar com o senhor – sugeriu –, só para me certificar de que está tudo bem.

Depois dessa, Elijah deu risada. A garota ficou com os olhos lacrimejando ao ouvir esse som: Deus do céu, como estava com saudade. Depois de terem perdido a mãe dela e de Blythe ter ficado acamada, não sabia se ouviria aquele riso de novo.

– É melhor assim – respondeu Elijah. – Vocês dois deveriam estar em lua de mel, coisa que eu já atrapalhei. Mil perdões por isso, Aris.

– Não é incômodo nenhum – respondeu o Destino, automaticamente. Aos olhos de qualquer outra pessoa, o marido estava com uma aparência boa e bem cuidada. Mas Blythe o vira tanto ao longo do último mês que percebia o quanto Aris estava abatido, com os ombros encolhidos, tomando o que deveria ser, no mínimo, a terceira xícara de chá. – Pode acreditar em mim quando digo que a ajuda cai bem. Eu estava com a cabeça nas nuvens quando me casei com ela. – O Destino, então, sacudiu a faca, apontando para Blythe, mas o gesto não foi cruel.

Era uma piada. Aris estava tentando fazer piada às custas da esposa. O pai lhe lançou um olhar de soslaio, intrigado com a tirada.

Blythe revirou os olhos, cruzou os braços e se recostou na cadeira.

– Eu consigo ouvir, sabia? Estou sentada bem aqui.

– E é aí que você vai permanecer – disse Elijah, dirigindo-se à filha. – Pelo menos até eu ter certeza de que não há mais perigo, que você pode ir em segurança.

Segurança. Blythe estava tão cansada de os outros tentarem tomar decisões por ela, em nome de sua segurança. As palavras do pai acenderam uma fogueira no peito da garota, que ardeu mais forte quando Elijah se virou para Aris, franzindo o cenho daquele jeito de novo, com aquele olhar que a filha não conseguia decifrar.

– Tenho muita saudade da minha filha – declarou –, mas não quero que ela se envolva com o que está acontecendo lá na Quinta dos Espinhos, seja lá o que for.

Blythe cerrou os punhos, escondendo-os na saia. A raiva que sentia era tão palpável que ela mal conseguia respirar. O pai havia dito que seria bem-vinda na Quinta dos Espinhos a qualquer hora, e agora isso? Estava se mancomunando com Aris para que ela ficasse ainda mais tempo longe de casa?

A garota abriu a boca e não pouparia o pai de uma gota sequer de sua raiva, mas o marido pôs a xícara na mesa e lançou um olhar firme para Elijah.

– Entendo que esta seja a sua opinião – falou. – Só não concordo com ela nem entendo o que isso tem a ver comigo. – A respiração se soltou dentro do peito de Blythe. – Compreendo o passado da sua filha, Elijah. Mas Blythe não é frágil nem é desprovida de bom senso. O senhor não vai protegê-la deixando-a na ignorância. Ela é capaz de tomar as próprias decisões. – O Destino disse isso de forma tão direta, como se fosse a coisa mais óbvia do mundo, que na mesma hora aquele fogo que ardia tão intensamente dentro de Blythe se apagou.

Ao longo de toda a vida, Blythe fora tratada como um delicado tesouro de família. Uma coisa bonita para se manter em uma prateleira, longe do perigo. De todas as pessoas, Aris era a última que Blythe poderia esperar que protestaria contra isso, e não sabia como reagir. Não conseguia, por nada neste mundo, desviar o olhar do marido, e o pai também não.

– Entendo – Elijah sussurrou a palavra, mas não com um tom de raiva. Pelo contrário, passou a impressão de que quase tinha gostado. Virou-se para a filha, baixou de leve a cabeça e sugeriu: – Se acontecer mais alguma coisa, vocês dois serão informados. Mas, por ora, não podem ajudar em nada. Vamos tratar novamente desse assunto quando vocês vierem, para o baile.

– Pode contar conosco – garantiu Aris, surpreendendo Blythe mais uma vez. Os lábios da garota se recusavam a se mexer como ela gostaria quando o pai pôs o prato de lado e ficou de pé.

– Que notícia excelente. Agora eu gostaria de conhecer melhor meu genro, e tive uma ideia que nem este clima péssimo pode impedir. – Os olhos de Elijah estavam praticamente dançando de alegria. – Que tal um jogo?

DEZESSEIS

– Menti por você – sussurrou Aris. – Teci um reino inteiro do nada. Eu te alimentei, te tolerei e aguentei todas as suas bobagens. Mas agora estou estabelecendo um limite.

Os dois estavam escondidos em um canto do saguão. Olívia e Elijah conversavam sobre amenidades, esperando os recém-casados na saleta.

– Ora, Aris. É só um jogo. – Blythe precisou de todas as suas forças para não deixar transparecer a graça que achava do pavor do marido. – O que mais podemos fazer, com essa tempestade?

– Literalmente qualquer coisa. – A impressão era de que cada uma dessas palavras fora arrancada das profundezas das vísceras de Aris. Ele soltou um longo suspiro, passando a mão no cabelo.

Blythe não conseguiu mais se conter e, desta vez, caiu na risada.

– Por que diabos você está com essa cara de quem está indo para a guerra?

– Porque posso estar mesmo, garota monstruosa.

Como o Destino era ridículo de fazer tamanha tempestade só pela perspectiva de um jogo bobo. Era insultante o fato de ele ter coragem de chamar *Blythe* de dramática.

– É *mímica,* Aris. Você não vai morrer disso.

A bufada que ele deu foi uma coisa murcha e patética.

– Ah, bem que eu gostaria que matasse.

– Você pode gostar ou desgostar quanto quiser, mas vai jogar. – A garota pegou o marido pelo pulso, feliz de ver que ele exalava ódio por todos os poros.

– Eu te odeio. Você e todos os seus antepassados – disparou o Destino.

Blythe lhe deu um tapinha no braço.

– É bem por aí! Não deixe de usar essa energia toda nas suas jogadas.

Quando entraram na saleta, a garota ficou feliz de ver que a dama de companhia tinha tomado para si a tarefa de preparar o jogo. Olívia lhe estendeu uma cartola virada de cabeça para baixo, com vários papeizinhos dobrados dentro.

– Tem um pouco de tudo – explicou ela, timidamente, colocando a cartola em uma mesinha de canto. – Mas montei perguntas simples, para o jogo engrenar.

– Obrigada, Olívia. – Blythe estava radiante.

– Sim, *obrigado,* Olívia – resmungou Aris, provavelmente se arrependendo da decisão de ter dado carta branca para a mulher atuar como dama de companhia.

Blythe não deixou o desânimo do marido a atingir: fazia muito tempo que não jogava coisa alguma. Antes de a mãe morrer, a família Hawthorne passava muitas noites exatamente assim, aninhada em cobertores, dando risada perto da lareira, enquanto Warwick enchia um chapéu de incontáveis papeizinhos, com coisas ridículas que eles precisavam imitar. À medida que Percy foi crescendo, e as noites que

Elijah passava no Clube Grey se tornaram mais longas, as noites de jogos foram deixadas de lado. Mas, quando Blythe se lembrava da família, essas eram suas recordações mais queridas.

Se Elijah estava com vontade de jogar, talvez também estivesse em um momento de nostalgia.

– Eu vou primeiro – declarou a garota, já ficando diante do marido e do pai para tirar um papelzinho da cartola. Estava escrito "modista".

Elijah e Aris ficaram sentados lado a lado em um sofá comprido de couro, o Destino com os cotovelos apoiados nos joelhos, que não paravam de se mexer. Uniu as pontas dos dedos, em um gesto maquiavélico, e manteve-os encostados na boca, mascarando o que, sem dúvida, era a mais desfavorável das caretas.

– O primeiro a adivinhar ganha um ponto – lembrou Blythe.

Ela é que não iria permitir que o azedume do marido a detivesse. Puxou uma cadeira e se sentou, imitando os movimentos de alguém costurando. Colocou óculos invisíveis na ponte do nariz e, em seguida, ficou mexendo em uma fita métrica imaginária.

Com os olhos fixos, espremidos, na agulha imaginária de Blythe, Aris perguntou:

– Está debochando de mim?

– O que você tomou? – brincou Elijah. – Óbvio que ela está... costurando?

Blythe tentou não revirar os olhos e mostrou para o marido a fita métrica invisível, tirando medidas de um jeito exagerado e enfiando alfinetes em um tecido que não estava ali.

– Ah! – Elijah estalou os dedos. – Modista!

– Sim! – A garota ergueu os braços e deu uma risada triunfal. Deus do céu, como era boa naquele jogo. – Ponto para o meu pai – disse, dirigindo-se a Olívia, que estava sentada perto da lareira, anotando a pontuação. – Aris, você é o próximo.

O Destino ficou de pé, e parecia que alguém acabara de lhe contar sobre a morte de seu animal de estimação de infância. Com os ombros encolhidos e se recusando a fitar qualquer um nos olhos, arrastou-se pelo tapete a fim de conferir qual era o destino que o esperava naqueles papeizinhos. Desdobrou um e dirigiu um único olhar ao que estava escrito antes que o mundo inteiro ficasse parado ao redor dos quatro. Elijah, que estava piscando, ficou com os olhos entreabertos. Olívia foi paralisada enquanto anotava um ponto ao lado do nome dele. Blythe, Aris e o fogo eram os únicos que continuavam se mexendo.

O Destino se virou de frente para a esposa.

– Não. – Sua voz foi tão vazia quanto os olhos. – De jeito nenhum. Não vou fazer isso.

A garota acabara de se sentar onde o marido estava acomodado quando sentiu a magia vir do outro lado do recinto e pular em seus pés.

– O que acha que está fazendo, diabos? Descongele todo mundo já!

Ele amassou ainda mais o papel.

– Só depois que você me disser que estou dispensado deste jogo ridículo.

– Você não está dispensado de forma alguma! – Ah, o que Blythe não daria para dar umas boas pauladas naquele homem ridículo. – Gostando ou não, você agora faz parte da minha família. E, na minha família, nós *jogamos*. Então pare com essa sua magia ridícula antes que nosso trato seja cancelado, ande logo e jogue! – A garota fez uma careta imbuída do mesmo veneno que a careta estampada no rosto do marido e ficou esperando, inabalável, que ele resmungasse. Segundos depois, a magia se desfez em volta do Destino, as outras duas pessoas voltaram a se movimentar, e Aris jogou seu papelzinho no lixo.

Rangendo os dentes, ele ergueu as duas mãos, aproximou os cotovelos do peito e apontou para baixo. Por um bom tempo, ninguém disse nada, esperando para ver que outros gestos o homem poderia fazer, mas Aris não se mexeu mais.

Elijah inclinou a cabeça para o lado e ficou coçando a nuca.

– É assim que as pessoas rezam nesse reino?

Apesar de Blythe já ter um palpite a respeito da mímica que Aris estava tentando fazer, pediu, com doçura:

– Você vai precisar fazer um pouco mais do que isso, querido.

O olhar assassino do Destino foi palpável.

Dando o mais longo dos suspiros que Blythe já ouvira alguém dar, Aris ficou de joelhos. Manteve as mãos para cima, como se implorasse, encarou a esposa bem nos olhos e disse, com uma voz grave:

– Au-au.

A garota precisou de cada gota das forças de sua alma sombria para não sucumbir a um ataque de histeria. Tapou a boca, abafando o riso que ameaçava se apoderar dela.

– Sem efeitos sonoros! – censurou Olívia, e foi o que bastou para Blythe perder completamente a linha e se dobrar de tanto rir.

– Não faço ideia, Aris – falou, dando risada. – Você poderia, talvez, ser um cachorro?

A risada da filha, por sua vez, fez Elijah cair no riso.

– Já fui chamado de coisa pior – resmungou Aris, e Blythe tentou secar os olhos lacrimejantes. Sentiu uma pontinha de culpa, sim. Mas, santo Deus, como adorava ver aquele homem bancar o bobo.

– Como você roubou, vai ter que ir de novo – declarou a garota. Não sabia se essa regra valia, mas passou a valer naquele dia. – Sem efeitos sonoros desta vez. Apenas se divirta. Finja que está atuando.

– Atuando? – O Destino estava com cara de quem considerava a hipótese de assar a própria esposa em um espeto, mas a garota não parou de sorrir, e apertou os dedos contra os lábios quando o marido tirou outro papelzinho da cartola.

Se é que isso era possível, Aris fez uma cara ainda menos empolgada ao ver esse papel do que quando leu o anterior. Desta vez, contudo, não resmungou e entrou na brincadeira. Estendeu um dos braços e posicionou o outro na frente do corpo, em semicírculo, como se estivesse abraçando alguém.

– Dança! – gritou Blythe, sem conseguir se conter.

O Destino sacudiu a cabeça, dando a entender que ela tinha chegado perto, mas não acertado. Deu um passo à frente, um para a direita, um para trás, um para a esquerda e começou a murmurar uma melodia.

A garota já ia censurá-lo de novo por ter feito efeitos sonoros, mas as palavras ficaram presas em sua garganta ao ouvir a melodia que Aris murmurava. A visão ficou borrada, piscando, até que teve a sensação de que era ela quem estava dançando nos braços de alguém, movimentando o corpo naquele ritmo conhecido. Uma melodia que conhecia no fundo dos ossos, como se já tivesse dançado mil vezes ao som dela.

Só que tal coisa não era possível. Jamais havia dançado ao som daquela música, nem havia dançado com o homem sem rosto que consumia seus pensamentos. Cada respiração – cada batida do coração – pertencia a ele. Durante meses, Blythe refletira a respeito da canção, ruminando-a em pensamento sem parar. Poderia tê-la ouvido da boca de Aris?

O coração bateu tão forte e alto que a garota achou que até Olívia poderia ter ouvido, do outro lado da saleta. Levou a mão ao peito, a pele suada e provavelmente corada, e ficou assistindo a Aris dançar. Tudo se mexia como se em câmera lenta.

– Valsa – anunciou o pai da garota, por fim, e a voz dele fez algo se partir dentro da filha. Fez o tempo tornar a passar.

O Destino parou de dançar assim que pôde.

– Bravo, Elijah – falou. Pode ter dito mais alguma coisa também, mas Blythe não ouviu.

Sua mente ainda tocava a canção de frente para trás e de trás para a frente. Ela pôs as mãos inquietas no colo e ficou cutucando a pele das cutículas.

Não queria perguntar, caso tivesse se enganado. Não queria deixar o pai preocupado, caso estivesse ouvindo coisas, mas não conseguiu se conter.

– Que canção era aquela? – Blythe precisou parar três vezes antes de falar, para garantir que a voz não ia sair tremida. – Pensei ter ouvido você cantarolar.

– Fiz isso? – Aris franziu o cenho e se sentou ao lado da esposa. – É uma canção que aprendi há muito tempo. A gente não ouve muito ultimamente, mas sempre foi uma das minhas preferidas.

A garota não precisou que o marido preenchesse as lacunas. Sabia com quem ele se imaginara dançando havia pouco, porque os olhos ficaram enevoados e sem foco. Era com a Vida. Tudo na vida de Aris sempre voltava para a *Vida*, em círculos.

Mas aquela canção...

Não havia dúvidas – Blythe devia ter ouvido o marido cantarolando. Devia ter guardado a música no subconsciente por todos esses meses, sem se lembrar de onde tinha vindo. Era isso ou a Vida realmente estava dentro de sua cabeça, brincando com ela até agora.

A garota abraçou o próprio corpo, apertando-o para se certificar de que era palpável. Que ela estava ali, ao lado do pai e de Aris, e que tudo estava bem.

Mas não conseguia se livrar da sensação de que havia algo errado. A pele coçou, os olhos ficaram remelentos e as têmporas latejaram com o início de uma dor de cabeça que ameaçava devorá-la.

O pai tinha levantado, porque era sua vez de jogar, mas Blythe mal conseguiu prestar atenção aos movimentos de Elijah nem a Aris gritando seus palpites. Parecia que o marido tinha se soltado um pouco, estava observando Blythe e Elijah e se divertindo. Mas a garota não conseguia se concentrar.

– Blythe? – sussurrou Aris, depois de instantes, tentando não chamar a atenção de Elijah. – Você está bem?

– Só um pouco cansada, só isso – mentiu ela. – Vou ficar bem.

Blythe dirigiu o olhar para o pai, que obviamente imitava um cavalariço. A garota achou que Aris também devia ter adivinhado, mas estava enrolando, só para a esposa se divertir.

Ela gostou disso, de verdade. E, mesmo assim, mal conseguia olhar para Elijah, porque só era capaz de se concentrar no som da música que tomava conta de seus pensamentos e na vaga lembrança de duas pessoas dançando, em um chão coberto de folhas de outono.

DEZESSETE

Blythe passou o restante da semana sem ver a imagem da Vida e sem ouvir nenhuma nota da canção que Aris havia murmurado.

O restante da estadia de Elijah passou em um borrão de refeições e passeios. Vestidos esplêndidos, reuniões sociais, espetáculos e o constante zumbido de movimento e conversas pelo palácio. Ao longo dos dias, a garota se acostumou a isso e várias vezes, quando se dava por conta, percebia que tinha esquecido que Verena era um mundo de faz de conta. E, a cada vez, a pontada de dor que sentia por perder tudo aquilo era pior.

Ficou triste quando o pai foi embora, claro. Mas logo teria a oportunidade de revê-lo. A perda de Verena, entretanto, foi incomensurável. Blythe aprendera a gostar das manhãs – quando podia escancarar as janelas e ouvir a melodia do acordeão – e das tardes – passadas circulando pelas ruas de paralelepípedo, com um chocolate quente na mão. Aprendera a gostar até dos jantares com Aris e Elijah, mastigando as delícias que o marido fazia surgir diante deles por meio da magia, enquanto desviava habilmente das perguntas que o sogro fazia. Ou melhor, da hostilidade do sogro, muitas das noites, porque Elijah parecia ter plena consciência de que havia alguma farsa ali. Além disso, passava a impressão de gostar cada vez mais do genro.

Aris surpreendeu ao levar tudo na esportiva, por mais que lhe custasse manter aquela mentira. Dia após dia, Blythe viu os ombros do marido se encurvarem mais e o corpo murchar. A garota não tinha dúvidas de que ele estava desesperado por uma folga, depois de passar uma semana sustentando uma farsa tão grandiosa. Ainda assim, Blythe teria dado qualquer coisa em troca de mais uma noite em Verena. Seu desespero deve ter ficado evidente até o último fio de cabelo, porque Elijah a abraçou bem apertado quando os dois se despediram.

– Não se compara com a Quinta dos Espinhos – sussurrou, com uma ternura que reservava só para a filha –, mas suponho que fica em segundo lugar, por pouco. Fico contente de ver você feliz.

E, para surpresa de Blythe, ela *estava* feliz. Fazia séculos que não se sentia tão feliz, só que tudo aquilo lhe seria arrancado no instante em que a carruagem do pai partisse.

– Aris. – Elijah o cumprimentou balançando a cabeça, dirigindo o olhar para o genro, que estava atrás do ombro direito da filha. – Não suma.

– Iremos para Celadon logo, logo – prometeu Blythe. – Na semana que vem, para o baile de Natal. – Apesar de Elijah ter dado um sorriso, a tristeza espreitava em seu olhar. Parecia que nunca acreditava na filha, só que, ao olhar para Verena, a garota compreendia por quê.

– Então vejo vocês no baile – falou Elijah. – E aviso se alguma coisa acontecer no Clube Grey.

Antes que a filha e o genro pudessem se estender no assunto, o homem entrou na carruagem. Blythe acenou uma última vez antes de a porta se fechar, sentindo uma dor no coração quando o cocheiro estalou as rédeas e a carruagem se pôs em movimento.

A cada batida das rodas nos paralelepípedos, o coração da garota se apertava. Os fios cintilantes entrelaçados por toda Verena já estavam se soltando, desfazendo a trama. Logo, logo, todos os criados voltariam para suas respectivas casas, esquecendo-se de que Blythe e Aris estiveram ali um dia. Olívia sumiria da vida da garota, que voltaria sozinha para o Palácio das Glicínias. Não deixaria indícios de sua presença em Verena. Nenhum rastro de que colocara os pés naquele lugar tão incrível. Ela e o marido também logo se afastariam, e Blythe odiava o tanto que essa ideia a perturbava.

Não conseguiu olhar para o Destino quando ele a chamou, porque não queria permitir que visse o quanto estava tomada pela emoção. Mas foi impossível ignorar quando Aris segurou seus ombros por trás, aproximando-se o suficiente para sussurrar as seguintes palavras em seu ouvido:

– Venha cá, Roseira-Brava. Quero te mostrar uma coisa.

Blythe fungou, dando graças ao frio por ter congelado as lágrimas antes que rolassem de seus olhos.

– Não estou com disposição para joguinhos, Aris. Você levou a melhor no nosso trato, eu reconheço. – Ela tentou se desvencilhar do marido, mas o Destino a segurou firme.

– Por que você sempre tem que brigar comigo? – Aris a empurrou de leve para o Palácio das Glicínias, e Blythe apenas fincou os pés no chão. Ainda havia fios até onde a vista alcançava, ou seja: ela ainda teria alguns momentos preciosos antes que tudo aquilo desaparecesse. Momentos que pretendia passar exatamente ali, guardando na memória cada detalhe de Verena.

Quando o Destino lhe deu mais um empurrão e Blythe se recusou a se mexer, ele soltou um suspiro, arregaçou as mangas e a pegou pela cintura. A garota soltou um suspiro de assombro, porque o marido a colocou em cima do ombro e foi se dirigindo à porta.

– Seu brutamontes! – gritou, estapeando as costas dele. – Ponha-me no chão!

– Troll, brutamontes... Eu sou mesmo muitas coisas para você, não sou?

Aris podia até ter sentido os protestos da esposa – coisa da qual a garota tinha certeza, dada sua falta de comedimento –, mas não deu indícios de ter notado, porque a carregou casa adentro. No instante em que foi colocada no chão, Blythe se virou de frente para o marido e resmungou entre dentes, furiosa:

– Você é o demônio, é isso que você é. Não poderia ter me dado mais cinco minutos? – Dada a palidez da pele do Destino, ela sabia que não era justo pedir aquilo. Mesmo assim, continuou querendo. – Você fica se emproando, dizendo que é tão magnífico e poderoso, mas não poderia fazer a ilusão durar só mais um pouquinho?

Aris nem se mexeu, apenas ficou encarando Blythe com a testa levemente franzida.

– Magnífico, é isso que você acha de mim...

– Com toda a certeza, não é. – Que alívio não ter mais criados em volta dos dois, porque teriam testemunhado um espetáculo e tanto quando Blythe se aproximou, pronta para brigar. – Você é um verdadeiro bárbaro. Mostrou para mim o lugar mais glorioso do mundo e agora espera que eu volte para as paredes cinza e hediondas de Glicínia, para aquele altar sacrificial que faz as vezes de cama...

– Eu te disse para ficar com a cama nova – corrigiu Aris. – E aquela pedra nunca foi um altar, sua ridícula. O que acontece nesse seu cérebro, para inventar esse tipo de coisa?

– Não sou ridícula. – Ela meteu o dedo no peito do marido. – Eu estou *apaixonada*. E só queria mais cinco minutos para poder me despedir.

Justiça fosse feita: Aris tinha muito mais paciência do que Blythe merecia. Continuou com as mãos cruzadas, e um leve repuxar do maxilar de vez em quando era a única coisa que deixava transparecer algo que tanto poderia ser vontade de rir como uma imensa insatisfação. Provavelmente, a segunda opção.

– Já acabou? – perguntou, com uma delicadeza que a surpreendeu. Blythe se afastou, tirou o dedo do peito dele e ajeitou a luva.

– Talvez...

– Fico feliz de ouvir isso. – Aris baixou as mãos, desviou dela e se dirigiu à porta pela qual os dois tinham acabado de passar. Blythe foi no encalço do marido na mesma hora; não estava disposta a permitir que o Destino fosse embora sem ela. Aris parou de andar quando chegou à porta e fechou o punho em volta da maçaneta. – Não há motivo para eu te dar mais cinco minutos aqui. Se você conseguir ficar em silêncio apenas por alguns instantes, para eu conseguir falar, vou te dizer que Verena pode até ser uma terra de faz de conta, como você definiu com tanta eloquência, mas Brude é uma cidade real, não poderia ser mais verdadeira. E não vou te prometer mais cinco minutos aqui, porque essa não será sua única oportunidade.

O Destino abriu a porta em seguida e, do outro lado, não havia neve nem paralelepípedos aguardando pelos dois, mas um deserto de areia vermelha, com um pôr do sol de um brilho dourado e irradiante. Antes que desse tempo de Blythe dar um passo à frente, Aris fechou a porta mais uma vez e a abriu em seguida, mostrando um mar bem diferente daquele que banhava a Quinta da Dedaleira. Um mar onde o céu era quente, e a areia, cor-de-rosa. Onde ainda era manhã, e a água cintilava como se contivesse milhões de cacos de cristal.

O Destino fechou a porta uma segunda vez e, quando a reabriu, mostrou novamente as ruas nevadas do lugar que ele chamou de Brude.

– Podemos ir aonde quisermos, Roseira-Brava. Glicínia foi planejada para viajar.

Palavras eram inadequadas para traduzir o que Blythe sentiu. Estava com a boca tão seca que desistiu de responder, ficou encarando fixamente as casas de cores alegres e deixou a melodia do acordeão tomar conta de seu corpo. Foi para o lado do marido e colocou a mão sobre a dele, em volta da maçaneta.

– Como funciona? – conseguiu perguntar, por fim, passando o dedo enluvado na maçaneta de ferro.

Aris tirou a mão.

– Depende da minha vontade. Esta casa é parte da minha magia e da minha alma. Faz o que eu quero e pode me levar a qualquer lugar.

A garota pensou nas paredes de pedra rachadas que compunham a maior parte do palácio por tanto tempo. Se Glicínia era uma extensão da própria alma de Aris, então o que seu estado de conservação significava?

– Posso usá-la? – perguntou Blythe, fechando a porta.

Tinha a sensação de que segurar aquela maçaneta era como segurar a chave do Universo. Infinitas possibilidades aguardavam por ela: só precisava aproveitá-las. Apesar disso, quando foi reabrir a porta, esperando encontrar a Quinta dos Espinhos do outro lado, Aris encostou a mão espalmada no batente, para segurá-la.

– Você não é parte da minha alma. – Por mais delicadas que tivessem sido as palavras, a sensação foi de ter levado um tapa. – Mas, se me permitir, posso te levar aonde quer que você queira ir.

Um anseio fincou as garras em Blythe. A garota não conseguia se lembrar de algum dia ter sentido uma fome tão no fundo dos ossos. Estava faminta pelo mundo que o Destino lhe oferecia, um mundo com o qual as pessoas só podiam sonhar.

Ela sempre quis viajar. Não ter compromisso com ninguém e andar por aí, por onde bem entendesse. Mas, em sua imaginação, a família sempre estava ao seu lado. Supunha que o marido tinha razão, em certa medida, e que era da natureza das coisas que as pessoas hora ou outra abandonassem o ninho. Que amadurecessem e começassem a própria vida, independente dos laços familiares com os quais haviam crescido. Até os animais fazem isso, criam os filhotes apenas para, um dia, libertá-los. Blythe sempre soube que tal dia chegaria, mas ninguém havia lhe contado que seguir em frente era como uma despedida para a qual não estava preparada. Mesmo ali, olhando a porta e as infinitas possibilidades que estavam à sua espera, os pensamentos da garota se voltaram para Elijah, sozinho, vagando pelos corredores da Quinta dos Espinhos. Era justo deixá-lo para trás? Aproveitar, de forma egoísta, os despojos da magia de Aris abandonando o pai, assim como todo mundo havia abandonado?

– Podemos ir visitar a Quinta dos Espinhos sempre que você quiser – disse o Destino com seu tom mais terno. Até podia não saber *o que* estava errado, mas a cara de paisagem que Blythe fez foi tão fajuta que ele devia ter adivinhado que algo a incomodava. – Por mais impressionante que Brude seja, é apenas um dos muitos lugares aonde iremos. Não estou tentando tirar você de sua família, Roseira-Brava. Não estou tentando te arrancar da vida que você levava. Só estou tentando te mostrar um mundo que você merece ver.

Aris esticou a mão esquerda, em cujo dedo anular cintilava o mais leve brilho de luz. Se tivesse dito isso uma semana antes, Blythe poderia ter dado risada da cara do marido ou, quem sabe, cuspido nas botas dele, dependendo de quantas horas tivesse dormido na noite anterior. Era um milagre o quanto alguns dias eram capazes de mudar.

Blythe já tinha confiado no Destino e se dado mal. Mas, desta vez, quando o marido lhe estendeu a mão, ela a apertou e a segurou perto do corpo. Aris deu um sorriso e abriu a porta, mostrando passarinhos cantando e uma luz do sol fraca, que brilhava através de uma clareira na floresta. Não havia sequer um floco de neve à vista, mas um vendaval que roubava folhas das árvores vibrantes e as despachava com o vento. Quando o Destino a puxou para fora, Blythe estremeceu, sentindo o calor do verão. Deixou as roupas de pele e a capa deslizarem dos ombros para o chão, logo atrás dela, depois fez a mesma coisa com as botas, que atirou para o lado. Em seguida, foi atrás do marido, caminhando pelo solo amaciado.

– É difícil acreditar que este lugar estava apenas a uma porta de distância.

O único ruído da clareira vinha do delicado canto dos tordos e do suave gorgolejar da água, ao longe. Não havia burburinho. Não havia habitantes de rosto corado bebericando canecas de chocolate quente enquanto cavalos batiam os cascos pelas ruas de paralelepípedo. Blythe duvidava que houvesse uma única casa ao longo de quilômetros e mais quilômetros. Nas árvores desconhecidas, brotavam minúsculos cogumelos vermelhos salpicados de branco, e o chão da floresta não deixava entrever trilhas nem sinais de presença humana.

Havia um raro quê de encanto, coisa que deixou Blythe não com vontade de ficar de pé e vasculhar o lugar, mas de se acomodar no trecho de grama mais denso que encontrasse e deitar a cabeça nela, a fim de absorver a imobilidade daquele solo fecundo.

A garota teve vontade de questionar onde os dois estavam, mas tal pergunta lhe pareceu um pecado. Como se, caso Aris dissesse o nome em voz alta, o tempo, de certa forma, fosse se recordar daquele lugar, e ele fosse deixar de existir. Sendo assim, Blythe não perguntou, mas deixou que a tensão acumulada no peito se dissipasse e se sentou em um trecho banhado pela luz do sol. O Destino tirou as luvas, colocou-as de lado, bem arrumadinhas, sentou-se ao lado da esposa e se inclinou para trás, apoiado nas mãos.

Os dois ficaram em silêncio por um bom tempo – não um silêncio constrangedor, mas tranquilo; nem Blythe nem Aris sentiram necessidade de preenchê-lo com palavras. Uma hora, contudo, ela se sentou em cima dos pés, que estavam protegidos pela meia-calça, e se virou para o marido.

– Por que me trouxe até aqui? – Era uma pergunta parecida com aquela que tinha feito na noite em que o Destino a levara para andar de trenó. Desta vez, contudo, a resposta que ele deu foi diferente.

– Porque eu sabia que você ia gostar.

Blythe não sabia o que fazer com o prazer que essas palavras lhe deram, nem com o desejo que pulsava em seu baixo-ventre. Endireitou-se, mordiscando o lábio inferior.

– Acredito que esteja na hora de discutirmos nosso acordo com maior profundidade, Aris.

Desde que estabeleceram o laço que os unia, nunca haviam discutido em detalhes a logística do casamento. Se iam construir uma vida a dois (por menos convencional que fosse), Blythe queria ter uma ideia melhor do que esperar. A seriedade com a qual fez a pergunta atiçou o interesse do marido. Ele ergueu o corpo e ficou observando a esposa como um astrônomo que vasculha as estrelas.

– O quê, exatamente? – perguntou.

Na mesma hora, a garota teve a sensação de ser transportada para vários meses antes, quando se sentou em um divã na frente do Destino e se expôs tão completamente, oferecendo-se para ser sua noiva. Aris deu risada na época e, enquanto se enrolava com as palavras, Blythe ficou pensando que ele poderia fazer a mesma coisa agora.

Bem devagar, ponderando cada palavra, disse:

– Gostaria de saber quais... regras poderíamos ter. Em relação aos papéis previstos em um casamento.

O rosto de Aris se contorceu, e ele tentou concatenar as palavras verbalizadas pela esposa e o motivo para as bochechas dela terem começado a ficar coradas. Com certeza, não estava facilitando as coisas.

– Não espero que você limpe a casa nem nada do tipo. Mesmo sem termos criados, não há obrigações. A magia se encarrega disso.

Blythe respirou fundo, para não fraquejar.

– Tem certas coisas, Aris, das quais a magia não pode se encarregar. – A garota ficou esperando a confusão se dissipar da expressão do marido. Esperou que arregalasse os olhos e se recompusesse, esperou o Destino pigarrear e repetiu: – Quais são as nossas *regras*? Acreditamos na santidade do matrimônio ou somos livres para procurar certas atenções em outro lugar?

Aris abriu a boca e a fechou em seguida, completamente sem palavras. Blythe nunca o vira tão perplexo e, observando a dificuldade do marido, sentiu que os nós de nervosismo em seu estômago se desfaziam. Apesar de, poucos instantes antes, querer encontrar um buraco para se enfiar, agora percebia que tinha vontade de rir. Foi pega desprevenida pelo fato de Aris ter ficado tão surpreso, e achou mais graça do que deveria da possibilidade de zombar dele.

– Você sabe o que os casais costumam fazer depois que se casam, certo? – insistiu, com um tom de deboche que fez o Destino partir para o ataque.

– Claro que sei, garota insuportável – resmungou ele. – Mas você tem noção de que não tenho a obrigação de dar continuidade à linhagem, não tem? De que não posso ter filhos?

Por essa, ela já esperava.

– Por mim está ótimo, porque nunca tive a intenção de ter filhos.

A declaração deixou Aris de cenho franzido, coisa com a qual Blythe estava bem acostumada. As pessoas sempre tinham reações muito estranhas quando comentava sobre suas preferências. Sendo assim, uma hora ela havia parado de falar desse assunto. Preferia ter o tempo só para si e não o desperdiçar criando filhos, coisa pela qual nunca tivera interesse.

– Então por que está perguntando?

– Você não pode supor que eu só me interesse por tais relações com o propósito de *procriar*. Tenho 21 anos, Aris, e torço para ter uma vida longa, repleta de prazeres do corpo, bem como da mente. Não estou te pedindo nada. Podemos viver juntos com este laço que nos une, e essa será a extensão dele. Podemos encontrar outras pessoas para relacionamentos com outros propósitos.

– E como você vai fazer isso – perguntou Aris, erguendo a mão esquerda –, se eu e você não podemos nos separar?

Uma folhinha de grama havia se infiltrado pelo tecido da meia-calça. Blythe ficou observando a folha que pinicava suas pernas, recusando-se a olhar para o marido, e sussurrou:

– Não cheguei a pensar nesse aspecto. – E admitia isso porque uma parte significativa dela torcia pela primeira opção, nem que fosse só para atender aos desejos da carne.

Durante o último mês, Blythe, pessoalmente, vinha tendo vários pensamentos que não conseguia expulsar da cabeça. O primeiro foi na noite em que viu o marido perto da lareira, com a camisa solta e o cabelo bagunçado. Sendo Aris tão certinho, vê-lo assim, despojado, causou uma impressão mais profunda do que a garota tinha se dado conta. A recordação mais proeminente, contudo, era dele meses antes, na residência da família Wakefield. Antes de saber a verdade sobre quem era aquele homem, Blythe permitira que Aris a ajudasse a superar o medo de um chá, porque tinha receio de que a bebida pudesse estar envenenando Eliza. Permitira que o Destino tomasse um gole do chá, já que ela não podia, e depois Aris havia segurado seu rosto com as duas mãos e lhe dado um beijo na boca. A garota se recordava – com riqueza de detalhes – da sensação de ter a língua do homem roçando a sua. Do coração batendo acelerado e do corpo pedindo que ela fosse em frente, dizendo que desejava mais. Não fora um *beijo*, exatamente. Aris ajudara Blythe a testar o chá para ver se continha veneno. Mas, deixando a semântica de lado, não havia como negar que, desde então, a mente da garota ficara o tempo todo marcada pelo desejo, por mais que tentasse abafá-lo.

Blythe havia pensado naquele momento em tantas ocasiões que perdera a conta, e agora, ao se recostar na grama, apoiada apenas nos cotovelos para observar Aris, ficou se perguntando se o marido também já teria pensado a respeito. Dado que os olhos do Destino estavam pousados em suas pernas, examinando as panturrilhas e coxas, o palpite da garota era que já devia ter pensado, sim. Ela permaneceu em silêncio, espichou os dedos e foi lentamente esticando uma das pernas, para que Aris visse melhor. O tempo todo, permaneceu com o olhar fixo no rosto do marido, observando a expressão dele se fechar, os olhos adquirirem um brilho de curiosidade sombria.

– Por acaso está tentando me seduzir, Roseira-Brava?

– Não estou *não* seduzindo você. – Se era para ser ousada, então era melhor não se reprimir. – Podemos deixar as emoções fora disso.

Apesar de sua expressão ser a de quem trava uma batalha, o Destino se aproximou.

– Não sou quem você quer que eu seja, amor. Não se esqueça de que você me despreza.

– Ah, mas eu não esqueço. – Nessa hora, Blythe roçou os dedos dos pés na perna de Aris. – Mas isso não significa que eu não tenha curiosidade. – Uma curiosidade *imensa*. Tão grande que a garota achava que poderia explodir. Estava casada, afinal de contas. Se existia um momento para explorar tais desejos, a hora era agora.

O Destino também deve ter sentido, no mínimo, certa curiosidade, porque a fome que obscurecia seus olhos era inconfundível. Blythe ficou passando o pé na coxa de Aris, depois pelo peito, esperando para ver o que ele poderia fazer. Para sua surpresa, o marido segurou seus tornozelos, a puxou para perto e enlaçou o trecho de pele à mostra logo acima das meias-calças.

Fitou a garota nos olhos, como se a desafiasse. Estava testando Blythe. Certificando-se de que a garota não estava em dúvida. Só que ela nunca encontrara um desafio do qual não gostasse.

Se ele estava disposto, ela também estava.

Aris chegou bem perto dela no instante seguinte, segurou a esposa pelas duas coxas e a puxou para baixo, ficando em cima dela. Posicionou um joelho entre os joelhos da garota e colou a boca nos lábios dela um segundo depois. Apesar de Blythe ter certeza de que aquela era uma péssima ideia, da qual ambos não demorariam a se arrepender, não se conteve. Lançou suas inibições ao vento, cedeu aos desejos do corpo, enroscou as pernas na cintura do Destino e passou os dedos no cabelo dele, soltando um suspiro de prazer quando Aris mordeu seu lábio inferior. Aris agarrou-lhe a coxa, com força, como se a esposa fosse algo a ser devorado.

Aquele homem tinha cheiro de glicínia e gosto de uísque com mel, e a garota absorveu tudo isso. As carícias eram mais brutas do que ela esperava, e o corpo, mais firme. Blythe arqueou as costas, roçando no marido, querendo mais. Muito mais.

Aris subiu a mão pela parte interna da coxa de Blythe, e, na mesma hora, ela se arrependeu de ter permitido que Olívia a fizesse vestir aquele maldito espartilho pela manhã. Estava louca para se livrar da peça; a respiração estava muito rasa, e o corpo, muito restrito.

Quando as mãos do Destino pararam de se movimentar, a garota inclinou a cabeça para trás, procurando os olhos dele.

– Não precisa parar. – Deus do céu, a voz saiu ofegante. – Não quero que pare.

Com uma das mãos enroscada no pescoço de Aris, Blythe o puxou para baixo, para beijar seus lábios de novo, pronta para se perder naquele gosto. Os dedos do marido acariciaram a poucos centímetros do ponto onde ela mais queria que ele acariciasse, e Blythe soltou um suspiro. Só que Aris ficou tenso, como se algo tivesse puxado o seu corpo, endireitando sua coluna e o levando para longe da esposa. Afastou-se de Blythe, passando os dedos, desesperado, no próprio cabelo e cambaleando para trás. Estava com um ar ensandecido, que fez Blythe se sentar, o peito subindo e descendo rápido demais para quem estava de espartilho. O mundo ficou borrado, e a visão, enevoada.

– Que foi? – sussurrou a garota, ajeitando a meia-calça. – Aris, qual é o problema?

O Destino já estava de pé antes mesmo de ela terminar a pergunta.

– Isso foi um erro. – Foi logo pegando as botas e o casaco que Blythe havia tirado. Aproximou-se só para pegar na mão dela, e o mundo encolheu, distanciando-se dos dois, no instante que a segurou.

Em um brilho de luz, estavam de volta ao Palácio das Glicínias, não mais perto da porta principal, mas dentro do quarto de Blythe. Ela caiu na cama, as costas e as solas dos pés ainda úmidas da grama.

– Desculpe – pediu o Destino, colocando as botas de Blythe perto da porta, recusando-se a fitá-la nos olhos. – Isso jamais deveria ter acontecido.

– Não há do que se desculpar – garantiu Blythe. – Estou bem, Aris. E você?

Ainda com o casaco dela pendurado no braço, o Destino correu até o guarda-roupa da garota e o guardou.

– Estou – respondeu, rápido demais. – Mil perdões. Podemos falar do nosso acordo outra hora...

Aris ficou imóvel feito um cadáver quando a porta do guarda-roupa se escancarou. Blythe se sentou na cama, com o coração batendo forte no peito, ao vislumbrar algo dourado que estava lá dentro.

O espelho da Vida. A Morte fora a última pessoa a tocar nele, e não o havia colocado de volta na penteadeira, onde Blythe escondera o objeto.

Não foi possível deter o Destino, que tirou o espelho do armário, trêmulo.

– Onde foi que você pegou isso? – Blythe jamais ouvira o marido falar tão baixo. Com tanto medo.

Ela ficou de pé na mesma hora, deu dois passos, percorrendo a distância que os separava, mas parou antes de ficar perto demais. Aquele não era o homem que tinha beijado seus lábios apenas um minuto antes. Era outra pessoa. Uma pessoa ensandecida e febril.

A garota ergueu as mãos, na tentativa de aplacar a ira do marido.

– Posso explicar.

Aris pôs a outra mão no espelho, segurando-o contra o próprio corpo com a ternura de um recém-nascido. Levou um tempo até dirigir o olhar para a esposa, tão intenso que ardia.

– Então explique.

Todos os pensamentos se esvaíram da cabeça de Blythe ao mesmo tempo. Afinal, o que ela poderia dizer que não seria absolutamente inútil?

– Pouco depois de chegarmos ao palácio, vi um corredor, e jurava que nunca o tinha visto antes. Como aquela maldita raposa saiu correndo por esse corredor, fiz a mesma coisa – tentou explicar, mas as palavras lhe pareceram ridículas. – Fui atrás dela, e demos de cara com um quarto...

Blythe parou de falar no instante em que Aris segurou o cabo do espelho com mais força, as veias do braço pulsando.

– Você entrou no quarto dela. – Por mais baixo que tenha falado, o fel contido em seu tom de acusação se infiltrou nas entranhas de Blythe, embrulhando seu estômago. – Você não tinha esse direito. Não tinha o direito de pegar as coisas dela, nem de... – O Destino deixou a frase no ar, engasgado, tateando a parede e cambaleando. – Eu nem sabia que ainda existia. Não consigo acreditar que o quarto se mostrou. E justo para você...

Blythe não se manifestou, sabia que suas palavras eram indesejadas. O olhar aguçado de Aris estava vidrado, e a garota teve a distinta impressão, porque o marido estava quase encolhido no chão, de que ele se esquecera de sua presença. Aproximou as mãos do corpo, cutucando as cutículas, pensando se deveria encostar nele ou não. Pensando se deveria dizer para Aris se sentar e respirar. Mas, antes que pudesse se decidir, o Destino soltou um suspiro trêmulo e, de repente, virou a cabeça para a esposa.

– Fique longe de mim. – Apertou o espelho, e essas foram as últimas palavras que Aris disse antes de desaparecer, em um raio de luz.

DEZOITO

No dia seguinte, as refeições de Blythe começaram a aparecer servidas em uma bandeja de metal polido do lado externo da porta do quarto. Durante três dias, ela ingeriu mingau no café da manhã, frios e pão simples no almoço e torta de carne com batata no jantar. Nada extravagante. Nada variado. E sem aquele toque de capricho que passara a esperar de Aris.

A garota não via o marido desde o dia em que ele encontrara o espelho. Só que, desta vez, não era como da última em que o Destino havia desaparecido, quando Blythe não fazia a menor ideia de onde ele havia se enfiado. Todas as luzes do Palácio das Glicínias se concentravam no ateliê dele. Blythe não vislumbrara um único indício da existência de Aris nem ouvira sequer um farfalhar de passos provando que estava vivo. Não ouvira portas se abrindo nem o tilintar de uma xícara de chá sendo colocada em cima do pires. Nem o raspar de um garfo em um prato.

Certamente, não houve conversa alguma sobre o acontecimento daquela noite, lá na clareira. Blythe, de sua parte, não conseguia tirar da cabeça o beijo, nem tudo o que os dois quase tinham feito. Encolhia-se toda sempre que pensava que tinha acariciado o peito do marido com o pé e que tinha incentivado o Destino a ir além, querendo muito mais.

Provavelmente, o fato de Aris ter desaparecido era uma coisa boa. Como Blythe conseguiria encarar aquele homem de novo?

Pelo menos, foi isso que ela pensou durante o primeiro dia em que o marido ficou escondido. No segundo, quando deu por si, estava perambulando pelos corredores, prestando atenção aos ruídos, esperando que ele abrisse a porta do quarto. No terceiro, tinha a sensação de que estava perdendo a cabeça porque Aris ainda não abrira a porta. Não ajudou em nada o fato de o tempo ter piorado, com uma tempestade de neve que a manteve presa dentro de casa, tendo como única companhia aquela peste de raposa, que poderia muito bem passar sem a garota. Algumas vezes por dia, o animal a considerava digna de uma visita, mas saía correndo e se escondia nas sombras assim que Blythe fazia qualquer esforço para se tornar sua amiga. Talvez, se soubesse o nome do bichinho, o monstrengo poderia ter uma atitude mais decente. Mas, para isso, teria de perguntar a Aris.

Tentou uma vez. Ficou do lado externo da porta do ateliê, chamando-o, pedindo que lhe informasse o nome do animal, mas Aris não respondeu. Nem mesmo gritou para a esposa ir embora, nem a obrigou a voltar para o próprio quarto, usando magia.

O relacionamento que ambos tinham construído durante os dias que passaram em Verena havia sumido. Blythe tinha medo de perder a cabeça, caso passasse mais um dia em solidão.

Seu descontentamento era reforçado pelo fato de o Palácio das Glicínias não ser mais um lugar frio, apesar de o Natal estar a poucos dias e da tempestade que caía com tudo no lado de fora. Pelo contrário:

fervia, com um calor tão opressivo que Blythe levava o leque consigo quando ia vagar pelos corredores, abria as janelas para se refrescar, mas tinha de fechá-las segundos depois, porque a neve ficava entrando.

Ela precisava sair de Glicínia. Precisava ir embora dali antes que murchasse, virasse uma casca e caísse morta. Provavelmente, acabaria se transformando em um espírito, obrigado a perambular pelos corredores daquele lugar e a atormentar Aris por toda a eternidade. Mas, desta vez, não tinha como mandar uma carta para Signa, pedindo resgate. E não havia cavalos nos quais a garota poderia montar para ir à Quinta dos Espinhos, mesmo que o tempo tivesse cooperado.

Blythe desceu a escada pisando firme e avistou a raposinha aninhada em uma poltrona, dando a impressão de estar perfeitamente à vontade naquele calor.

– Está gostando, não é mesmo? – perguntou, mas a raposa apenas entreabriu um dos olhos, a examinou e voltou a dormir. A garota soltou um suspiro ao passar pelo monstrengo quando foi fazer a inspeção rotineira das janelas, para ver se a tempestade tinha amainado.

Não tinha, claro, e ela fechou as cortinas com violência, soltando uma corrente de palavrões indignados para transmitir em detalhes exatamente o que achava disso. Foi só quando passou pela porta da frente, batendo os pés no chão, que ficou petrificada, e o brilho de uma maçaneta dourada chamou sua atenção. Virou para a maçaneta, sentindo um nó cada vez maior na garganta.

Não era possível. Mil fios dourados estavam enroscados na porta, protegendo-a, e fora o próprio Aris quem dissera que Blythe jamais conseguiria usar aquela porta, porque o palácio era parte da sua alma. Mesmo assim, o desespero levou a garota a se aproximar. Olhou de relance para trás, meio esperando que o Destino descesse a escada correndo e risse dela por sequer aventar a hipótese. Mas os corredores permaneceram em silêncio.

Blythe se virou para a porta de novo, apoiou-se no batente e sussurrou:

– Preciso que me tire daqui. – Encostou a cabeça na madeira e cerrou os dentes, porque foi atingida por uma fisgada no dedo anular quando passou os dedos na maçaneta.

– Leve-me para a Quinta da Dedaleira. – Sussurrou essas palavras como se fossem um feitiço, depositando todas as suas esperanças nelas. Mas, quando abriu a porta, foi recepcionada apenas por uma rajada de neve gelada. Tornou a fechar a porta e segurou a maçaneta com mais força. – Leve-me para a Quinta dos Espinhos.

Mais uma vez, quando escancarou a porta, uma rajada de neve bateu no seu rosto. Fechou a porta com uma batida, furiosa.

– Para Brude!

Desta vez, Blythe nem conseguiu girar a maçaneta, porque a aliança ardeu com tamanha ferocidade que ela cerrou o punho e o escondeu no meio das saias.

– Tudo bem! – A garota deu um soco no batente e se segurou em seguida, para não se encolher de dor. – Tudo bem, então, sua coisa maldita. Leve-me aonde deseja que eu vá, desde que seja longe daqui!

Na mesma hora, a aliança esfriou. Blythe ficou parada, sem coragem de respirar, porque os fios dourados em volta da porta se partiram. Não caíram, mas sumiram diante de seus olhos com um brilho de luz, deixando a maçaneta à mostra. Desta vez, quando a garota pôs a mão nela e abriu a porta, não foi recepcionada por uma tempestade de neve. Desta vez, o Palácio das Glicínias se abriu, mostrando o último lugar que Blythe esperava ver.

O jardim da mãe estava irreconhecível em relação ao estado em que se encontrava um mês antes.

Um lado do portão estava aberto, sacudido pelo vento, e o rangido do metal era o único ruído além dos passos de Blythe, que esmagaram a neve ao sair pela porta.

Ao que tudo indicava, o Clube Grey não fora o único lugar vandalizado.

A destruição causada pelo incêndio agora era apenas um pequeno fragmento da situação calamitosa do jardim. Partes do chão tinham sido completamente arrancadas, havia montes de terra espalhados aleatoriamente, como se alguém tivesse cavado por ali.

A neve cortou as solas dos pés descalços de Blythe, mas a garota não sentiu dor. Não sentiu nada além da raiva que ardia em sua barriga quando olhou mais adiante do laguinho vazio, para a lápide da mãe, agora trucidada. Pé ante pé, a garota se aproximou da pedra e caiu de joelhos ao lado do lugar onde antes ficava o túmulo. Com as mãos trêmulas, queimadas de frio, desenterrou os pedaços da pedra quebrada que estavam meio soterrados na neve.

Não conseguia respirar. Não conseguia acreditar que alguém teria coragem de destruir um local tão sagrado. Houve uma época em que Blythe tinha esperanças de que, um dia, o jardim conseguisse superar aquele ano de sofrimento e voltasse a florescer. Tinha esperança de que a flora tomasse conta do túmulo da mãe e de que o lugar ficasse cheio de vida para sempre, em segredo, nas profundezas da floresta situada atrás da Quinta dos Espinhos.

Ficou observando o jardim, os galhos secos e o solo calcinado, onde costumava passar os dias sentindo o aroma dos canteiros de jacintos. Ficava esperando, toda primavera, os acônitos florescerem, os sapos saírem de seu esconderijo e se empoleirarem em cima das folhas de lírio.

Agora, o jardim estava em silêncio. Nada de sapos. Nada de acônitos nem de jacintos. Só restara um portão quebrado, uma lápide estilhaçada e a lembrança de um lugar ao qual Blythe jamais poderia voltar. Quanto mais fitava, mais a dor da perda se inflamava dentro de si, acelerando sua respiração.

A garota queria o jardim de volta. Queria as flores que não eram podadas e a melodia dos insetos zumbindo em seus ouvidos. Queria os sapos coaxando, sapos que ela passara tantas horas da vida tentando pegar, quando pulavam de um lado para o outro do laguinho. Blythe fechou os olhos cheios de lágrimas, livrando a mente da imagem atual do jardim e se saciando com as lembranças dele no auge da primavera. Pensou na lavanda que crescia, ficando mais alta do que ela, e nos arbustos de jasmim, que sempre a faziam espirrar. Abarrotou a cabeça com a imagem do jardim até ter a sensação de que era real ao ponto de conseguir tocá-lo.

E, quando abriu os olhos, era.

Heras se arrastavam pelo chão, tapando seus calcanhares e qualquer indício de neve e de cinzas. Acônitos se enroscaram em seus tornozelos e foram subindo pela perna com tamanho vigor que Blythe precisou jogar o corpo para trás, para não se tornar parte do jardim também. Só podia estar sonhando ou, talvez, ainda estivesse no Palácio das Glicínias, desmaiada de calor, em uma poça do próprio suor.

Assim que se permitiu acreditar nisso, soltou um suspiro de assombro, porque tinha ido para trás e batido em um arbusto que crescia, repleto de rosas brancas, vistosas e cheias de espinhos que arranharam sua pele. Um dos espinhos arrancou uma gota de sangue, e Blythe ficou acompanhando essa gota escorrer pelo cotovelo e cair na terra. Heléboros do tom mais peculiar de prata brotaram no ponto exato em que a gota de sangue caiu e, quando a garota foi olhar o ferimento, não encontrou nada. Nenhum indício de sangue. Nenhum corte aberto. Só uma cicatriz minúscula em formato de meia-lua, quase do mesmo tom de sua pele. Por baixo dela, ainda conseguia sentir o fantasma da espetada.

Era algo parecido com o que havia acontecido durante o piquenique com Aris. Só que, desta vez, ela tinha certeza de ter visto o sangue. Desta vez, tinha certeza de que era real.

Blythe foi cambaleando para trás, tremendo e com dificuldade para manter o equilíbrio. As heras em seus calcanhares não paravam de crescer, espichando-se na sua direção. Isso a fez se lembrar do incidente no gabinete do pai, quando plantas brotaram do nada e foram tomando conta de tudo o que havia pelo caminho.

A neve, que momentos antes cobrira o chão feito um cobertor, fora absorvida pela terra e, em seu lugar, desabrocharam flores. Trevos se espalhavam sob os pés de Blythe, o musgo foi subindo pelo que restava do túmulo da mãe e pela mão da garota. Todas as plantas estavam se dirigindo a ela, caules tortos se inclinavam, como se espichassem o pescoço para procurá-la.

Como se... como se fossem parte dela.

Seu olhar se dirigiu para o pé de heléboro, nascido de seu sangue, e o jardim balançou. A pele de Blythe estava suada, e a cabeça se esforçava para processar o que ela estava testemunhando. Não era um truque de sua imaginação. Não era um sonho, mas um jardim que florescia na primavera em pleno inverno. Feridas que cicatrizavam com a mesma rapidez que surgiam.

Ela ficou com náuseas e quase vomitou, mas passou o braço na barriga e apertou com força. Tinha de descobrir a verdade a respeito daquilo. Tinha de confirmar. Sendo assim, inclinou-se e encostou a palma da mão em um trecho de solo sem nada, ao lado dos trevos que cresciam, e imaginou uma flor que nunca tinha visto no jardim da mãe. A primeira que lhe veio à mente: glicínia. Imaginou uma árvore forte e frondosa, como a que havia no palácio, florescendo e fazendo sombra no túmulo da mãe. E, enquanto imaginava, era capaz de sentir as raízes da árvore crescendo dentro da terra. A base de um tronco brotou e se dividiu em galhos, que ficaram repletos de pétalas brancas como a neve.

Blythe perdeu o equilíbrio e foi se abaixando até sentar na terra, bem na hora em que um sapo pulou do seu lado, coaxou e mergulhou no laguinho derretido. Seria coisa de sua imaginação ou sangue estava mesmo escorrendo nas costas do sapo?

Ela se virou e deu de cara com uma árvore cuja casca exibia manchas cor de carmim e, na base, ossos de vários sapos. Um por um, a garota ficou assistindo aos ossos se juntarem, depois os músculos. Não demorou para que sapos gorduchos batessem no chão coaxando, piscando, confusos, antes de mergulharem no laguinho também.

Desta vez, Blythe não conseguiu segurar o vômito. Mal conseguiu se afastar um metro e meio dali antes de vomitar nos lírios.

Por meses, acreditara que tais estranhezas eram obra de Signa. Naquele dia, no gabinete do pai, estava arrasada com a perspectiva de perder Percy e, desesperada, torcera para estar vendo coisas. Depois houve o incidente com o cavalo, com Eliza e o bebê... Fora Signa quem agira como se estivesse ajudando, mas... por acaso Blythe não desejara a cura dos três tanto quanto a prima? Por acaso não fora Blythe quem exigira que o cavalo fosse ressuscitado e que Eliza ficasse bem, custasse o que custasse? Por acaso as suas mãos também não foram colocadas sobre eles?

Blythe vira o reflexo doente de Elaine, e a mulher ficara curada depois de seu toque.

Blythe acabara de fazer a porta do Palácio das Glicínias – parte da alma de Aris – obedecer à sua ordem.

Durante meses, fora atormentada por visões que pareciam mais lembranças do que sonhos.

E agora, ao olhar para o pé de glicínia, a garota compreendia por quê. Não era sua prima quem Aris esteve procurando todo esse tempo...

Era ela.

Esse entendimento era um peso que ameaçava soterrá-la. Era um aperto nos pulmões que a fez levar a mão à garganta e afundar os dedos no pescoço, porque não conseguia respirar.

Era *ela* quem Aris estava procurando, não Signa.

Ela era a Vida.

DEZENOVE

Blythe sabia que não voltaria ao Palácio das Glicínias naquela noite, independentemente de qual fosse a opinião da maldita aliança.

Foi um milagre a garota ter conseguido sair do jardim, que dirá andar pela floresta empapada de neve. Se atravessá-la não fosse algo instintivo para ela, talvez jamais tivesse encontrado o caminho, porque não estava em condições de se deslocar, muito menos quando já estava escurecendo. Blythe se segurou em cada árvore pela qual passou, tentando manter o equilíbrio naquele mundo que balançava.

Musgo brotou entre seus dedos, contaminando tudo o que a garota tocava. Brotou na sola dos pés descalços, derretendo a neve a cada passo que Blythe dava em direção à Quinta dos Espinhos. Teve de parar para descansar quando chegou à boca da floresta, sem ar e com a pele brilhando de suor. Não saberia dizer se era a roupa ou o musgo que grudava nela, porque todos os seus sentidos estavam aguçados demais para conseguir se concentrar.

Conseguia sentir a vibração da terra sob seus pés. A flora que dormia na tranquilidade do inverno, esperando o calor da primavera para crescer. Sentia as raízes das árvores desfolhadas sugando a vida do solo. Animais também. Pássaros que pulavam de galho em galho. Lobos se esgueirando nas profundezas da floresta e coelhos com fome, querendo a próxima refeição. Tinha a sensação de que as formigas que se arrastavam pelas folhas caídas eram parte dela, sentia cócegas na pele a cada passo que os insetos davam.

O sangue ferveu, vibrando com aquele novo mundo que Blythe jamais tinha visto. Um mundo onde cada respiração, cada partícula, lhe pertencia e podia ser controlada por ela.

Mesmo sofrendo o abalo avassalador de tudo isso, a garota teve o bom senso de saber que não poderia continuar ali na neve. Além do risco de morrer congelada, a flora logo se apoderaria do seu corpo, e ela acabaria se transformando em árvore, criaria raízes e ficaria na floresta para sempre.

Com a mansão à vista, Blythe arrancou galhinhos do cabelo e tentou alisar o vestido de cor clara com as mãos trêmulas, agora cobertas por uma teia de musgo. Em relação à falta de calçado... não havia nada que pudesse ser feito. Seria questionada quando chegasse à Quinta dos Espinhos independentemente das condições, mas se esforçou ao máximo para medir a respiração e esperar que a pele suada secasse. Para que os sentidos se normalizassem e a pele parasse de fazer brotar plantas embaixo de tudo o que tocava. E, quando isso aconteceu, ela desceu correndo os montes nevados que levavam à mansão.

Fez de tudo para não ser vista, e deu graças porque os poucos criados remanescentes na Quinta dos Espinhos estavam ocupados com os preparativos do baile de Natal. A mansão tinha cheiro de pinho, porque as criadas penduravam guirlandas e azevinho. Blythe respirou fundo e passou pela porta, torcendo para que o aroma das festas de fim de ano fosse capaz de acalmar seus nervos.

Pela primeira vez, desejou ter os poderes de Signa, de se dissolver em sombras – ou fosse lá o que a prima fizesse –, para conseguir entrar nos seus antigos aposentos sem que ninguém a visse. Precisava encontrar algum lugar silencioso. Um lugar aquecido, onde pudesse acalmar os pensamentos e as lembranças que se derramavam dentro de si. Lembranças com música. Com Aris. Com a Morte, até, sentada à sombra de um enorme pé de glicínia. As lembranças vinham tão rápido que Blythe não conseguia compreendê-las e tinha dificuldade de diferenciar entre uma vida e outra.

Uma criada veio correndo escada abaixo, carregando braçadas de azevinho, e a garota só teve um instante para sumir de vista. Entrou na saleta de fininho e ficou espiando por uma fresta na porta, esperando a mulher passar. Entretanto, as criadas não eram as únicas pessoas com as quais Blythe precisava se preocupar, porque uma voz vinda de trás dela indagou:

– Que raios a senhorita está fazendo aqui?

Blythe se virou e deu de cara com os olhos de Warwick, que se arregalavam cada vez mais por trás dos óculos. O mordomo estava mais pálido do que o normal – e abatido. Parecia ter visto um fantasma. Blythe percebeu que deveria mesmo estar parecendo um, a julgar pelos dedos dos pés amortecidos, pela terra e pela sujeira grudada nos próprios pés.

– *O que* aconteceu com a senhorita? – insistiu Warwick, olhando apenas para os pés da garota. – Blythe, a senhorita está…

– *Shhh!* Por acaso está tentando acordar os mortos? – Blythe fechou por completo a porta da saleta antes de se virar para o mordomo. – Preciso que fique bem calado. Ninguém pode saber que estou aqui.

– Mas seus *pés*…

– Estão ótimos – mentiu ela. – Precisando de uma lavadinha e de uma lareira. Mas, tirando isso, estão ótimos. Inventei de pedir para a carruagem me deixar perto da floresta, queria visitar o jardim da minha mãe, e minhas botas se acabaram no caminho de volta…

– A senhorita saiu com um tempo desses? – indagou Warwick, demonstrando um comportamento que não condizia com seu cargo, com certeza. Mas Blythe sempre considerou o mordomo mais alguém da família do que um empregado, dado que o homem já trabalhava ao lado de Elijah muito antes de ela nascer. – Sem acompanhante? Onde está seu marido?

– Está cuidando de suas obrigações. – Blythe foi falando mais baixo a cada palavra, na esperança de incentivar Warwick a fazer a mesma coisa. – Ele não sabe que estou aqui.

Deveria ter escolhido melhor as palavras, porque o mordomo espremeu os olhos e perguntou:

– Por acaso ele machucou a senhorita?

Blythe teve de segurar o riso, porque sairia mais parecido com um choro, quando lembranças e mais lembranças relacionadas a Aris passaram por sua cabeça. Lembranças do marido rindo. Dos dois discutindo. De tempo passado em silêncio na companhia um do outro. A cada vez que piscava, vislumbrava o Destino novamente, lembranças incompletas, que tentavam se costurar umas às outras, formando um todo novo.

– Meu marido não seria capaz de me machucar, nem se quisesse.

Warwick não ficou lá muito convencido e segurou de leve o ombro de Blythe.

– A senhorita vai morrer de gripe se continuar assim. Se seu pai a visse…

– Ele não pode me ver! – exclamou Blythe, com a mais absoluta aflição. – Sei que minha aparência não está das melhores, mas juro que estou bem. Só preciso chegar ao meu quarto sem que meu pai me veja neste estado.

Apesar de os lábios pálidos e apertados de Warwick transmitirem que ele não havia gostado nem um pouco do plano, o mordomo soltou um suspiro.

– Seu pai saiu, foi comprar um par de botas, porque perdeu um na semana passada. Mas, se qualquer outro criado vir a senhorita, não consigo nem imaginar o que vão contar a ele.

Blythe sabia reconhecer uma bênção e tinha total intenção de aproveitá-la antes que Elijah voltasse para casa.

– Então vamos fazer de tudo para não esbarrar com eles, sim?

Por mais acostumado que Warwick estivesse com as tramoias da garota, a severidade dele não a tranquilizou. Ao tirá-la da saleta, deu a impressão de que estava disposto a falar com o pai de Blythe assim que ele voltasse. A garota teria de se preocupar com isso depois. Por ora, jogou o cabelo para trás, endireitou os ombros e fez tudo em seu alcance para ficar com a aparência absolutamente apresentável e não dar motivos para ninguém olhar para seus pés. Warwick gritou uma ordem quando algumas criadas vinham na direção dos dois e se posicionou na frente de Blythe, para que ninguém a visse, e ela correu escada acima.

Foi só quando chegou ao início do comprido corredor de mogno, com os dedos dos pés afundados no tapete carmim estampado, que parou para encher os pulmões com o aroma almiscarado típico da Quinta dos Espinhos. Árvores retorcidas faziam reverência para as janelas, seus galhos afoitos batiam no vidro, em uma sinfonia pesarosa, com a qual Blythe já tinha se acostumado havia muito tempo.

A cada passo, era seguida pelos olhos curiosos dos retratos dos integrantes da família Hawthorne havia muito falecidos. A bisbilhotice deles dava coceira na pele e, toda vez que a garota se virava para trás, tentando pegar um deles no flagra, via apenas caras de paisagem olhando para a frente, em direção ao nada. A mesma coisa que via desde menina.

A mansão estava igualzinha ao que era quando a garota fora embora, sem tirar nem pôr. Mas, de certa forma, também lhe era estranha, de um jeito que não conseguia explicar. Feito um sonho que se tornou real por um passe de mágica: se olhasse de perto demais, os detalhes se tornariam borrados.

– A senhorita tem uma hora para se arrumar – declarou Warwick, quando chegaram à porta dos aposentos dela. – Vou pedir para uma criada subir, mas primeiro dê um jeito nesta lama. A senhorita já chegou sem marido, não precisa dar mais motivos para falatório.

Blythe desprezava essa verdade, mesmo sabendo que o mordomo tinha razão. Se sentia à flor da pele e estava prestes a explodir a qualquer momento. Entretanto, por mais que precisasse de tempo para cuidar de si, foi um alívio saber que tinha uma distração por vir. Porque o quarto de Blythe não era mais o refúgio que a garota construíra em sua cabeça. No instante em que Warwick saiu, a porta se fechou e ela ficou sozinha, só conseguia se concentrar na prisão dos aposentos onde estava trancada, esperando que a aliança queimasse seu dedo. Que a magia a levasse de volta para o Palácio das Glicínias.

Mas isso não aconteceu.

Blythe olhou para o gabinete de leitura, com seu papel de parede delicado, em tons de azul e prata. Nos lírios recém-cortados que brotavam de um vaso colocado em cima da cornija de marfim da lareira, da qual dependera com tanta frequência no último ano. E depois para o quarto, que ficava na frente, com a porta entreaberta. Bastou avistar a cama de dossel para que as lembranças reprimidas fizessem seu corpo estremecer. Ela bateu a porta e se esforçou ao máximo para colocar em segundo plano os pensamentos relacionados a envenenamento e morte.

Uma criada chegou pouco depois de Warwick ter saído e preparou para Blythe um banho com cheiro de mel e lavanda. A garota derreteu lá dentro, e toda vez que seus pensamentos enveredavam pelo jardim florido e pelo poder que ela atraía da terra com as próprias mãos, esfregava a terra ainda mais. Mesmo depois de limpa, ela conseguia sentir a lembrança do musgo grudado a pele, adentrando seu corpo à força e se fixando nas costelas.

Nos poucos segundos em que não estava preocupada, achando que o corpo iria se fundir com a natureza, a cabeça enveredava por pensamentos relacionados a Aris – pela lembrança das mãos do marido no seu corpo, com a visão da própria risada enquanto os dois dançavam ao ritmo de uma música que ela não reconheceu. Blythe afundou mais na água, deixando que cobrisse todo o seu corpo, e tentou abafar esse som.

Ficou no banho até não aguentar mais, quando a água se tornou muito fria, depois até de virem trazer mais água, que também ficou um gelo em contato com sua pele. Só quando ficou toda enrugada, a meio caminho de murchar, é que Blythe permitiu que a criada a ajudasse a colocar um lindo vestido azul de musselina com sapatinhos bordados da mesma cor. O cabelo claro foi secado e penteado o mais rápido possível, e a garota ficou grata pelo fato de a criada ter ficado em silêncio o tempo todo. Estava perdida demais na névoa dos próprios pensamentos para ser boa de conversa.

Ao que tudo indicava, Warwick devia ter-lhe ganhado tempo, porque se passou mais de uma hora até alguém bater à porta, com firmeza. A criada logo atendeu, desviando de Elijah, que entrou sem ser anunciado.

– Obrigado pela ajuda, Angélica. Você está dispensada – disse para a mulher, sem tirar os olhos de Blythe nem uma única vez, apesar de a filha ter a ousadia de não fitá-lo. Só depois que a porta se fechou foi que ele se aproximou e se ajoelhou diante da garota. – Que foi?

Elijah fez que ia pegar na mão da filha, mas Blythe a puxou, apavorada, pensando que poderia contaminar o pai com musgo. E se causasse algo pior, como fazer brotar trepadeiras na pele dele ou alguma coisa absolutamente ridícula e impossível?

Ou, pelo menos, *deveria* ter sido impossível. Ela agora não tinha dúvidas de que tais absurdos estavam ao alcance da mão, e expulsou esses pensamentos violentos da cabeça, para não se tornarem sua realidade.

– Estou bem – Blythe foi logo dizendo, mas seu tom não soou muito convincente.

– Blythe, se Aris fez alguma coisa...

– Não fez.

A contundência da declaração da filha calou Elijah. Os cantos de seus olhos ficaram espremidos por um brevíssimo instante antes que ele piscasse, desfazendo a expressão e soltando um suspiro profundo.

– Falei para você só vir aqui no dia do baile. Warwick disse que seu marido não sabe que está aqui e que você chegou *descalça*.

Blythe estava entorpecida demais para retrucar. Não conseguia ficar *brava* com Warwick, apesar de que, certamente, teria sido bom se ele tivesse optado por omitir esse detalhe.

– O senhor disse que eu poderia voltar a qualquer hora – disse a garota, à guisa de resposta. – Não estou ferida. Aris não me fez nada. Eu só estava... preocupada com o senhor.

Nisso, pelo menos, Elijah conseguiria acreditar. Obrigou-se a desviar o olhar e soltou um longo suspiro, vindo do fundo do peito.

– Muito bem, então vou escrever para Aris, avisando que você vai passar alguns dias aqui. Devo pedir que lhe tragam o jantar no quarto ou você gostaria de comer comigo no salão?

– No quarto, por favor – respondeu a garota.

Por mais grata que estivesse pela mudança de atmosfera, Blythe queria muito um momento consigo mesma para refletir sobre a situação. O pai, contudo, dava a impressão de estar perturbado ao ponto de passar a noite inteira com a filha. Se Blythe não tivesse insistido que precisava descansar, Elijah bem que poderia ter feito isso.

Menos de cinco minutos depois de o pai ter ido embora, ela trancou a porta e se sentou à escrivaninha. Estava cansada de seus pensamentos errantes. Cansada de tantas perguntas, sendo que precisava de respostas. Não se permitiu tirar um tempo para pensar. Encostou as mãos espalmadas na superfície de madeira e ficou pensando no que aquele móvel teria sido um dia. Nem sempre fora uma mesa: em algum momento, fora um lindo pé de carvalho. Blythe permitiu que a imagem fizesse morada em sua cabeça e, quanto mais tempo pensava nela, mais a madeira envergava em volta das pontas de seus dedos. Ficou rígida sob suas mãos, uma farpa entrou na ponta do dedo indicador quando a garota passou a mão em sua nova forma. Não era mais chata, e sim curvada, em formato de lenha.

Não, não era lenha – porque em lenha não cresciam galhos nem brotavam folhas e galhinhos –, mas uma *árvore*.

Blythe tirou as mãos, apertando-as contra o peito. As palmas pulsavam com aquele calor, que não deveria passar uma sensação tão agradável. Sem ar, inclinou o corpo para trás, ainda enxergando a árvore em sua imaginação. O corpo doía de tanta vontade de pôr a imagem em prática. Pegar algo que estava morto e devolvê-lo, renovado, à terra.

De dar *vida*.

Que absurdo de tão ridículo.

A garota abafou uma gargalhada. Então era verdade. Ela tinha poderes, igualzinha aos outros, mas não fazia a menor ideia de qual era a extensão desses poderes. Em seus 21 anos de existência, não conseguia se recordar de ter acordado em uma manhã qualquer e ter simplesmente... feito *brotar* coisas. E, desde que se conhecia por gente, também sempre fora capaz de sangrar. O que quer que tinha acontecido para mudar isso, devia ter começado mais ou menos na mesma época em que outros elementos paranormais invadiram sua vida.

Mais ou menos na época em que ela quase morrera.

Era certo que tudo aquilo estava relacionado, mas Blythe não conseguia determinar como. Aris poderia ter essas respostas, mas só de pensar em falar com o marido – que dirá anunciar que era ela a esposa que o Destino estivera procurando aquele tempo todo –, ficava com a sensação de ter alguma coisa densa na boca, como se estivesse brotando mais musgo.

Havia, contudo, outra pessoa com quem podia conversar. Uma pessoa que provavelmente não estava contando tudo o que sabia.

Minha queridíssima prima,

Não existe possibilidade, nesta terra verdejante de Deus, de você não comparecer ao baile de Natal deste ano. Se não quiser que eu me transforme em uma árvore que vai criar raízes e permanecer para sempre na terra, precisa vir para a Quinta dos Espinhos imediatamente.

Desde que firmei o laço que me une a Aris, a magia ridícula que criou nossa aliança, seja lá qual for, tem escolhido qual caminho devemos seguir. Essa mesma magia me informou de tudo o que posso e não posso fazer. E agora, justo no momento em que mais preciso de suas orientações, ela ficou em silêncio, e receio saber por quê. Receio saber quem eu sou e o que você estava tentando me dizer naquele dia, em Fiore.

Diga que sabe de alguma coisa a esse respeito. Diga que sabe de uma saída para eu me livrar dessa confusão que me espreita. Diga que estou tendo alucinações.

Preciso de você, Signa. Por favor, venha logo.

Sua prima,
Blythe

VINTE

Para desespero de Blythe, suas habilidades não funcionavam do mesmo modo que as de suas contrapartes. O Destino e a Morte conseguiam desaparecer em um piscar de olhos e se teletransportar para onde bem entendessem, mas ela, pelo jeito, ainda dependia de cartas para transmitir seu desespero.

Se era para ter magia, a garota gostaria que, pelo menos, se comportasse como ela queria.

Depois de colocar uma carta para Signa na caixa de correspondência na manhã seguinte à sua chegada, feito uma pessoa qualquer, sem magia, Blythe sentiu uma ardência no estômago quando pensou em voltar para seus aposentos na Quinta dos Espinhos e, em vez disso, resolveu dar uma volta pelo pátio. Os charcos estavam cobertos de uma fina camada de neve, e só os telhados de sapê mais resilientes continuavam à mostra. Os criados entravam e saíam às pressas da mansão, alguns penduravam enfeites refinados e outros tiravam a neve, criando uma trilha para as carruagens que chegariam na noite do baile.

Elijah estava ocupado com a supervisão dos preparativos e arrancando pétalas teimosas das árvores – em sua maioria desfolhadas –, para que ficassem uniformes, e amarrando de novo os ramos de azevinho que não tinham ficado a contento. A precisão do pai preocupou Blythe, porque a garota o conhecia bem ao ponto de compreender que ele buscava se distrair. Provavelmente, do que estava acontecendo com o Clube Grey.

A garota sabia que não teria como arrancar informações do pai, que tinha proibido, de antemão, toda a criadagem de encilhar um cavalo para a filha e de levá-la para a cidade. Não que isso fosse impedi-la de tentar, considerando que não tinha absolutamente nada melhor para fazer. Isso e o fato de estar desesperada para se distrair de que as palmas das mãos coçavam de vontade de usar uma magia sobre a qual Blythe não sabia nem o básico.

Sabia que tinha sido sua magia que trouxera a vida de volta ao jardim, assim como sabia que a sua magia fora responsável por aquela confusão no gabinete de Elijah, tantos meses antes. Mas não tinha a menor compreensão de como essa magia funcionava nem de quais eram as suas possibilidades.

Ficou abrindo e fechando a mão, em uma tentativa de diminuir a coceira, certificou-se de que não havia ninguém à espreita e cortou caminho até os estábulos. Sentia um aperto no peito desde que chegara à Quinta dos Espinhos, mas esse aperto diminuiu no instante em que passou pela porta.

– Sr. Crepsley? – chamou, procurando o jovem cavalariço com o qual fizera amizade, vários meses antes.

O rapaz, provavelmente, diria que "amizade" era uma palavra forte, considerando que a garota o tinha praticamente chantageado para ajudá-la. Mas isso era uma questão de semântica.

Entretanto, pelo jeito, o homem não estava ali, já que Blythe foi cumprimentada apenas por um coro de bater de cascos e leves bufadas. Os ruídos foram como um cobertor quente colocado em seus ombros, que a ninou, trazendo uma sensação de acalento. Mitra, a égua que pertencera à mãe, foi uma das primeiras que a garota cumprimentou, tirando as luvas para acariciar a gloriosa crina dourada do animal. O indócil Balwin estava mais para dentro. Quando Blythe passou por ele, a criatura maldita arrancou as luvas das suas mãos. Ela precisou dar um tapinha no focinho daquela peste para pegá-las de volta.

– William Crepsley, você está aí? – Se Blythe conseguisse enganar alguém para lhe dar um cavalo, seria ele.

Só que até lá no fundo os estábulos estavam estranhos de tanto silêncio. Não havia ninguém a não ser um único cavalo, menor que os demais. A garota ficou sem ar ao se deparar com o animal.

Era o potro. Aquele que Blythe acreditava ter sido ressuscitado por Signa, tantos meses antes. Estava maior agora, sem sequelas de um dia ter sucumbido à morte. Pelo contrário: seu corpo irradiava luz, um brilho prateado tão forte e divino que os olhos da garota arderam. Ela esticou o braço; a coceira nas palmas das mãos estava tão intensa que a sensação era de queimadura.

– Olá. – Blythe pronunciou essa palavra quase que em um suspiro.

Mesmo assim, as orelhas do cavalo ficaram em pé, curiosas. Os grandes olhos castanhos piscaram para ela e, ainda que a garota não tivesse certeza, ficou com a impressão de que o jovem cavalo a reconheceu. Ele deu um passo para a frente, baixou a cabeça e foi se aproximando, até chegar à altura da palma da mão da garota.

Blythe pousou a mão no delicado espaço entre os olhos do animal antes de acariciar o comprimento do pescoço, onde a pele estava mais quente, e conseguiu sentir as batidas do coração do potro entre os dedos. Inclinou o corpo e encostou a própria testa na do cavalo.

Era por causa de Blythe que aquele animal estava de pé. A garota conseguia sentir essa verdade na pulsação do sangue do cavalo e no brilho de sua pele. O potro era resplandecente e era *dela*.

– Você não deveria tê-lo trazido de volta. – A voz que vinha de trás de Blythe, decididamente, não era de William nem de ninguém que ela conhecia. Jamais ouvira uma voz capaz de inspirar tamanho terror.

Sete palavras e, com elas, Blythe sentiu a própria pele descolar dos ossos. Ramos fininhos, de um mau pressentimento, serpentearam e foram descendo pelo seu pescoço, e um frio mais forte que o da Morte se apoderou dela, atormentando seu corpo com um pavor pior do que qualquer veneno que a garota já tinha ingerido. A bile subiu até a garganta, e Blythe precisou de todas as forças para engoli-la e virar para trás, procurando a fonte da voz. Deu de cara com uma jovem sentada sobre um fardo de feno, inclinada para trás, apoiada em uma das mãos.

Jamais vira um cabelo como o daquela mulher, uma cor sobrenatural, vermelha como o próprio demônio. A cor dos olhos também não era humana; pareciam duas chamas gêmeas que dançavam sem sair de cima de Blythe enquanto ela ficou balançando os pés. Não usava avental nem nada que pudesse identificá-la como integrante da criadagem da Quinta dos Espinhos. Pelo contrário: o decote de seu corpete escarlate era escandaloso de tão baixo; o busto era enfeitado com um laço de seda, como se a própria jovem fosse um presente, destinado ao mundo como um todo. Os babados cor de marfim das mangas compridas eram do mesmo tom das pregas da saia, mais curta do que a de qualquer vestido que Blythe já vira – bem acima dos tornozelos, deixando à mostra uma ousada faixa da perna esguia e evidenciando por completo as botas pretas e curtas.

Blythe se deu conta de que estava sem voz e ficou olhando fixamente para a outra mulher. A pele era jovem, clara, com um tom dourado. Pela *aparência,* não era muito mais velha do que Blythe, mas havia algo de muito antigo em seus olhos ardentes, no formato das mais delicadas lágrimas. Algo que, imediatamente, fez Blythe se recordar de Aris e do irmão dele.

Só que tinha a sensação de que aquela mulher era bem mais perigosa do que os dois. Sua presença era como uma unha, arranhando a coluna da garota do início ao fim. Como um veneno que se derramava, atravessando a pele e amaldiçoando seu sangue. Quando Blythe tentou se mexer, os braços ficaram arrepiados, o corpo começou a tremer sem controle. Ela tentou *fugir*. Mas não conseguiu dar um passo sequer.

– O-o que disse?

A mulher ficou olhando para a confusão de Blythe fazendo beicinho.

– Bem, não tem graça se você não me reconhecer. Achei que, a esta altura, já teria recobrado suas lembranças. – A voz cantarolante tinha um tom de sedução e deboche. Ela levantou do fardo de feno e ficou de pé. Quando se aproximou, o cavalo dobrou as pernas e foi para trás, choramingando, até encostar na parede.

– Meu nome é Solanine – declarou a mulher, sem dar a mínima para o cavalo. – Mas pode me chamar de Sol. – Apertou a mão de Blythe sem esperar que ela se aproximasse, e bastou roçar sua pele uma única vez para a garota sentir que as costuras de seu mundo se arrebentavam.

Viu prédios ruírem e se incendiarem. Ouviu gritos e tiros de guerra, sentiu cheiro de sangue e de corpos carbonizados apodrecendo o ar. Piscou, e Elijah estava no chão do salão de baile da Quinta dos Espinhos, com a garganta cortada, riachos de sangue pintando o mármore de escarlate. Signa estava caída ao lado dele, de olhos vazios e cabeça baixa. Frutinhos de beladona lhe manchavam os lábios, e um punhado deles rolara de sua mão inerte.

Blythe ficou contemplando os frutinhos, a respiração cada vez mais rápida, até que não conseguiu mais puxar ar dos pulmões. Levou as duas mãos à garganta, com vontade de arrancar a própria língua, que ficara inchada, inflamada, tornando cada mínima respiração tão dolorosa que teve vontade de cair no chão e deixar que a Morte se apossasse dela, só para deter aquela dor antes que ficasse pior.

Voltou aos estábulos no instante em que as unhas roçaram a língua. Foi tomada pelo alívio quando os cadáveres de sua imaginação sumiram. Só que esse alívio não durou muito. Ela caiu de joelhos, vomitou tudo o que tinha no estômago, e lágrimas molharam seu rosto.

– Mil perdões – debochou Solanine. – Eu deveria ter te avisado. Sempre esqueço que você é a garota nova.

Não fazia a menor diferença quem aquela mulher era: tinha todas as características assustadoras da Morte e cada uma das características encantadoras do Destino, tudo isso contido em um único corpo esguio. Em sua presença, Blythe só conseguia ter maus pressentimentos. Como se todo e qualquer sonho que já tivera na vida estivesse ardendo em chamas e fosse inútil tentar realizá-los. Como se todo mundo que ela já amara estivesse predestinado a morrer, então por que dar importância a isso? Por que a *vida* tinha importância?

– Quantos de vocês existem? – Blythe se agarrou à porta da baia e foi se levantando com dificuldade, cada centímetro foi um esforço.

– Você fala como se fosse diferente de nós. – Solanine ficou cantarolando e se movimentando lentamente, em semicírculo, ao redor de Blythe.

A garota ficou com as costas apoiadas no portão da baia, e um cavalo corcoveou, em protesto, logo atrás dela. Não recriminou o animal. Se conseguisse colocar as mãos no ferrolho, o abriria, só para deixar a pobre criatura fugir correndo para bem longe dali.

– Como sabe quem eu sou? – indagou Blythe, rezando para não gaguejar.

– Não te parece óbvio? Você me invocou. – Solanine exibiu sua crueldade dando um sorriso. – Parte da minha responsabilidade é manter os seres como nós na linha, e você desobedeceu às regras, cordeirinho. Sendo assim, eis-me aqui.

– Eu não invoquei ninguém – resmungou Blythe, entre dentes, com vontade de sucumbir à fraqueza que sentia nas pernas e se sentar. Mas sabia que, na presença daquela mulher, isso seria praticamente uma sentença de morte.

Concentrou-se nas palmas das mãos, na coceira que sentia por baixo da pele e na magia, que dava a impressão de apenas esperar para ser invocada. Fossem lá quais fossem os planos de Solanine, Blythe não tinha a menor intenção de perecer sem lutar.

– Se acredita nisso, então não deve compreender essa sua magia. – Ela esticou o braço, agarrou o pulso de Blythe e, quando raspou a unha vermelho-sangue, a pele da garota se irritou, formando espinhos.

Solanine resmungou e tirou a mão. Um sangue preto como piche escorria da palma da mão dela, descendo pelo pulso. Blythe, por sua vez, não tinha um arranhão sequer na pele.

– Então a garota nova morde.

Os olhos ardentes da mulher se dirigiram ao braço sem marcas de Blythe e, em sua imaginação, a garota viu os estábulos desmoronarem. Viu a égua que pertencera à mãe com o pescoço quebrado, com o potro em cima dela, ambos esmagados pelos destroços. Mas, apesar de ter a sensação de que os estábulos de fato tremiam, a construção não veio abaixo. Um calor morno e plácido despontou no ventre de Blythe, que conseguiu ficar com uma postura mais altiva diante daquela mulher. A magia que havia dentro dela estava pronta para atender ao seu chamado.

Solanine lançou um olhar às trepadeiras que agora se enroscavam nos calcanhares de Blythe e deu uma risada de deboche.

– Por acaso devo me sentir ameaçada por uma magia que você, obviamente, não faz a menor ideia de como controlar?

A garota se esforçou para não deixar transparecer seu medo, mas ondas de tristeza se abateram sobre ela quando a outra mulher encheu sua cabeça com pensamentos de destruição. Do lindo mundo que a cercava sendo erradicado, reduzido a nada além de poeira e destroços. A magia de Blythe falhou quando Solanine veio na direção dela, batendo os saltos das botas no chão.

– Que pena – sussurrou a mulher, segurando o rosto de Blythe com as duas mãos. – Mas suponho que esse seu corpo seja bem frágil, não? Vamos torcer para que sua próxima vida seja mais gentil.

Quando as unhas de Solanine apertaram seu pescoço, Blythe sabia que aquele era o seu fim. Só pôde torcer para que outra pessoa que não Elijah encontrasse seu corpo. Que o pai fosse poupado dos detalhes mais sórdidos de sua morte. Que o tempo curasse as feridas, que ele não ficasse sozinho para sempre nem sucumbisse ao luto.

Fechou os olhos, esperando a Morte, mas o Ceifador não apareceu.

No instante em que Solanine arrancou sangue de Blythe, soltou as mãos dela. Seus olhos ficaram do tamanho de pires, e ela dirigiu o olhar para o rastro de sangue em seu dedo, depois para o rosto da garota.

– *Rima?* – Blythe jamais esperaria que a voz de Solanine fosse ficar levemente embargada. A mulher encostou o dedo nos lábios e passou a língua no sangue sem tirar os olhos da garota. – Você tem o sangue dela.

Blythe levou um bom tempo para lembrar que aquele era o nome da mãe de Signa.

– Como você conhece Rima?

Solanine baixou a mão. Naquele momento, de todos os malditos poderes que poderia ter, Blythe teria dado qualquer coisa pela capacidade de ler pensamentos. O olhar da mulher era indecifrável, uma mistura de anseio e ressentimento. Tristeza, talvez.

– Suponho que você tenha a mesma idade... Você é a bebê, não é? – retrucou Solanine, respondendo uma pergunta com outra. – A bebê que Rima ostentava para qualquer um que lhe desse o mínimo de atenção. – Ela inclinou a cabeça, curiosa, mas Blythe se abaixou, impedindo que a mulher visse melhor seus olhos.

Signa. Solanine achava que Blythe era Signa. E, por ora, a garota achava que não seria prudente esclarecer.

– Você não me respondeu. – Blythe pronunciou cada uma dessas palavras bem devagar, cedendo ao medo e dando a si mesma uma desculpa para ficar olhando para baixo. – Como sabe quem é Rima?

A resposta de Solanine não foi um suspiro. Não continha uma gota sequer de vergonha, nenhuma gota de medo. Apenas fatos puros quando disse para Blythe:

– Conheço Rima porque fui eu que a matei.

A garota sentiu essa verdade feito uma descarga elétrica que percorreu sua coluna. O peito ficou apertado, mas ela não teve tempo para processar a verdade dessas palavras nem o fato de Solanine estar indo para trás, em direção aos fardos de feno. Parecia brava por ter de fazer isso. Como se estivesse em guerra com o desejo de pôr fim ao que começara e de estrangular Blythe até sua vida se esvair, fazendo os estábulos desmoronarem em volta dela. Mas, uma vez sentada, Solanine não tornou a se levantar.

– Você não é nem um pouco parecida com ela. – A mulher franziu o nariz de desgosto. – A boca é semelhante, talvez. E, obviamente, o mesmo pendor para o caos, caso tenha me invocado. Eu deveria ter adivinhado que a filha de Rima seria uma pessoa especial. Ah, ela teria morrido feliz de descobrir o que você se tornou. Se ao menos estivesse viva para ver...

Blythe teve vontade de censurar Solanine por falar da morte de Rima com tanta leveza, como se fosse simplesmente algo que aconteceu e não parte de um desastre causado pelas mãos dela. Mas não comentou nada sobre sua verdadeira identidade nem a corrigiu, dizendo que Rima era só sua tia. Algo lhe dizia que aquela ligação com a mãe de Signa era a única coisa que a impedia de morrer.

– Eu não invoquei...

– Invocou, sim. – Solanine soltou um suspiro exasperado. – Você interferiu no equilíbrio do mundo. Mas, como é sangue do sangue de Rima, vou te oferecer uma oportunidade de remediar a confusão que criou, assim como ofereci a ela.

Blythe não fazia a menor ideia de que confusão era aquela que precisava remediar, e Solanine não dava a impressão de ser uma pessoa que revelaria a informação de livre e espontânea vontade. Rangeu os dentes.

– E o que vai acontecer se eu não conseguir?

Imagens de corpos caídos vieram à sua mente. Desta vez, não viu o pai com a garganta cortada, sangrando, mas sendo esfaqueado na barriga, sem parar. Vislumbres do corpo dele sendo atirado no mar, inchando no fundo do oceano. A Quinta dos Espinhos caindo em ruína devido à ausência dele, várias criadas tendo de viver na rua depois de tentativas fracassadas de conseguir outro emprego.

– Caos, cordeirinho. – Os olhos de Solanine brilharam. – Caos absoluto. – Ela arrancou um pedacinho de feno do fardo em que estava sentada e ficou torcendo entre os dedos. Blythe não conseguia tirar os olhos da fumaça que subiu, surgindo em um segundo e sumindo no instante seguinte, quando o feno pegou fogo e virou cinzas logo depois.

– Eu te desejo toda sorte do mundo em sua tentativa de consertar as coisas. – O olhar abrasador de Solanine se dirigiu aos olhos de Blythe. – Imagino que verei você de novo muito em breve.

Blythe não se demorou nos estábulos. No instante que Solanine sumiu – porque é claro que *ela* tinha capacidades de teletransporte –, ela também se foi, ergueu as saias e saiu correndo, voltando para a segurança...

Bem, ela não sabia mais. A Quinta dos Espinhos não era mais o refúgio que um dia fora, nem o porto seguro que a garota tinha construído na própria cabeça. Para sua surpresa, quanto mais tempo passava longe do Palácio das Glicínias, mais saudade sentia daquele lugar onde – só agora percebia – se sentia em casa.

Naquele momento, Blythe daria qualquer coisa para falar com Aris. Nem que fosse para o marido lhe contar exatamente quem Solanine era e qual era a confusão que precisava remediar para se ver livre daquela mulher. Ou para ser acalentada pela conversa do Destino, encontrar uma distração entre um bate-boca e outro. Aceitaria qualquer uma das opções, de bom grado. Só que, para Aris conseguir ajudá-la, teria de saber quem a esposa era de verdade – um segredo que nem Blythe tinha aceitado por completo.

– Já chega de tomar decisões por mim? – A garota olhou feio para a mão esquerda, à espera de que a aliança de luz pulsasse.

Tentou obrigar a aliança a mandá-la de volta para o Palácio das Glicínias com a força do pensamento. Mas aquela coisa maldita permaneceu imóvel, fria e completamente inútil. Se não fosse pelo mais fraco dos brilhos no dedo, Blythe nem sequer saberia que a aliança ainda existia.

Desde o início, a garota tinha a sensação de que a magia a aproximava de Aris. Que a aliança representava o laço que unia os dois, o qual ganhara vida por meio da magia. Então por que agora estava tão inerte? Será que queria apenas que Blythe descobrisse quem ela era de verdade? Que ficasse sabendo que sua conexão com Aris era muito mais profunda do que poderia imaginar, só para desaparecer no instante em que bagunçou toda a mente da garota?

– Sua coisa maldita – sussurrou Blythe, dirigindo-se à aliança e à magia em jogo dentro dela, fosse lá qual fosse. – Eu te desprezo.

Ah, como teria sido mais fácil se Aris pudesse descobrir a verdade de outra maneira. Ela não precisaria, então, passar horas e horas feito uma tola, pensando em tudo o que poderia acontecer quando lhe contasse, nem encarar a decepção do marido quando descobrisse que, depois de passar séculos e séculos procurando a falecida esposa, era Blythe quem estava esperando.

Por mais que o Destino lhe causasse repulsa, também era um homem magnético. Para cada gota de ego nele imbuída, havia outra, de charme e imensa paixão. Blythe nunca conhecera alguém com tamanha vontade de conhecer o mundo nem com uma criatividade tão fascinante. Sentia-se atraída por isso, muito mais do que gostaria de reconhecer.

Agora, se Aris sentia a mesma coisa em relação a ela...

Se alguma conclusão poderia ser tirada da reação do Destino quando os dois se beijaram, era que ele não queria nada com a esposa. Blythe não conseguia imaginar que isso pudesse mudar simplesmente pelo fato de o marido conhecer a sua verdadeira identidade. Não tinha o menor desejo de que Aris mudasse de opinião, de uma hora para a outra, por causa de lembranças que Blythe estava começando a recobrar ou por acreditar que ela era alguém que simplesmente não era. A garota tinha os poderes da Vida? Sim. E talvez *fosse* a Vida reencarnada, mas isso não significava que ela e Mila, em algum momento, seriam a mesma pessoa.

Blythe não queria que Aris desejasse ficar com Mila. Queria que o marido desejasse ficar com *ela*, o que era horrível e vergonhoso e uma verdade que estava consumindo seus pensamentos. Mas o Destino tinha deixado seus sentimentos bem evidentes. Ou seja: não existia um mundo no qual Blythe pudesse lhe contar a verdade. Pelo menos, não por ora.

Nesse meio-tempo, ela precisava concentrar sua atenção em melhorar a compreensão da própria magia, descobrir quem era e qual era a confusão que Solanine esperava que ela remediasse.

Retornou à mansão e a encontrou muito mais tumultuada do que quando havia saído. Murmúrios nervosos ecoavam no saguão, e Blythe notou que os criados tinham parado de decorar a casa e estavam amontoados perto das portas da cozinha. Foi logo se aproximando, espremendo-se entre duas criadas para conseguir enxergar lá dentro.

A princípio, não avistou nada além de Elijah rondando e abrindo todos os armários em busca de algo.

– Pai? – Blythe tentou decifrar o que ele poderia estar procurando. – Aconteceu alguma coisa? – Apesar de ter a *impressão* de que não havia nada fora do lugar, a tensão era palpável.

Elijah ficou nervoso ao ouvir a voz da filha e virou a cabeça para ela de súbito.

– Vá para o seu quarto. Mantenha a porta trancada até eu subir...

– O que está acontecendo? – A garota se agarrou ao batente da porta, recusando-se a dar um passo até obter respostas.

– Você vai acabar me matando um dia, Blythe, juro. – Ele passou o dedão e o indicador na sobrancelha, exasperado. – Alguns criados relataram que viram uma pessoa estranha entrar na cozinha e sumir.

– Uma pessoa? – O coração de Blythe se sobressaltou. – Como ela era?

Foi uma das criadas que respondeu:

– Alta – falou, e outra completou:

– Com o cabelo vermelho feito sangue. Nunca vi nada parecido.

– Ninguém conseguiu ver direito – contemporizou Elijah. – Pode não ser nada. Mas, até termos mais detalhes, prefiro que você fique em segurança, no seu quarto.

A última coisa que Blythe queria era *sair dali*, ainda mais sabendo que o tom de vermelho do cabelo de Solanine se encaixava na descrição feita pelas criadas. Já ia insistir para Elijah deixá-la ficar ao lado dele, ajudando na investigação, quando as portas da mansão se escancararam atrás do grupinho, e Warwick entrou apressado. A garota viu Mitra de relance, logo além da porta, relinchando e corcoveando. William Crepsley mantinha a égua em rédea bem curta, na tentativa de acalmá-la. Blythe os viu apenas por um segundo, antes que a porta se fechasse.

– Sr. Hawthorne! – Um brilho de suor cobria o rosto de Warwick, que entrava na mansão. – Alguém arrombou os estábulos.

O sangue de Blythe gelou.

– Não pode ser. Acabei de sair de lá!

– Então devemos dar graças a Deus por a senhorita não ter encontrado essa pessoa – declarou Warwick. – Alguém tentou levar Mitra. O sr. Crepsley a encontrou voltando a galope dos charcos, meio encilhada e com cara de quem viu um fantasma.

Blythe levou a mão à garganta, a pele estava suada. Não gostou disso, nem um pouco.

Solanine prometera caos. E o caos, pelo jeito, teria início desde já.

VINTE E UM

Pensamentos relacionados a Solanine atormentaram Blythe durante toda a noite. Ela não estava em segurança nem mesmo em sonho, porque assistiu a todos que amava caírem, os cadáveres sangrando, inchados, esquartejados e espalhados pelo chão. Ficou se revirando na cama por horas e horas, acordando assustada por um só pensamento: o de que aquela mulher estava à solta, esperando por alguma coisa. *Querendo* alguma coisa.

A lembrança da voz de Solanine fez o corpo de Blythe se encolher e os pelos da nuca se arrepiarem, em alarme. E, se uma simples lembrança era capaz de fazer isso com ela – com alguém que sabia que as coisas paranormais eram reais e que, aparentemente, ela própria era uma dessas deidades míticas –, temia o que a mulher poderia fazer com Elijah. A garota precisava cortar a cabeça daquela cobra antes que ela pudesse inocular mais de seu veneno.

Só que, para isso, precisava da prima.

Quando o sol raiou na manhã de Natal, Elijah apareceu na porta do quarto da filha com um lindo vestido de seda, azul bem clarinho, de ombros caídos e saia de tule prateado, que parecia iridescente quando ela rodopiava. A garota colocou o vestido no fim da tarde, em silêncio, ruminando os próprios pensamentos enquanto permitia que uma das criadas a ajudasse a se arrumar para o baile. Como não era mais solteira, deixou o cabelo loiro claro solto e poliu o anel de casamento até ficar brilhando. A cobra de ouro a fez pensar de novo em Aris. Sabia que, provavelmente, o marido também poderia ajudá-la. Mas fora Signa quem salvara sua vida uma vez, e fora Signa quem estivera disposta a abrir mão de tudo e de todos que amava para salvar sua vida pela segunda vez. Sendo assim, mais do que a de Aris, foi a ajuda da prima que Blythe buscou.

Essa, pelo menos, foi a desculpa que deu para si mesma, bem como o fato de que agora sabia de uma pequena verdade a respeito do que havia acontecido na noite da morte de Rima Farrow. Só que não sabia ao certo como dar essa notícia para Signa.

– Minha prima já chegou? – perguntou para uma das criadas mais antigas, enquanto andava de um lado para o outro, para grande irritação de vários dos criados, que foram obrigados a trabalhar desviando da garota, acendendo velas e dando os últimos retoques na decoração.

– Ainda não, Alteza.

Blythe soltou um gemido e continuou andando de um lado para o outro. Não que *quisesse* ser o centro das atenções, a primeira pessoa que os convidados veriam ao chegar. Muito menos sabendo quanto a alta sociedade se divertiria às suas custas, elucubrando e criando teorias a respeito da ausência do marido. Era o tipo de coisa que desprezava e tinha comentado com Aris, mas não conseguia se preocupar com o dano que isso poderia causar à reputação da família naquele exato momento. Com a ameaça de Solanine à espreita, Blythe precisava estar ali no instante em que Signa chegasse.

Infelizmente, a festa já havia começado havia trinta minutos, e nada da prima. A garota ficou espiando pela janela nevada, mexendo nas luvas. A pele debaixo delas coçava ferozmente, e foi só quando arrancou uma das luvas que Blythe se deu conta do porquê – seu pulso não tinha mais veias azuis-claras. Raízes se esparramavam por baixo da pele, subindo pela palma das mãos, onde heras brotavam.

Blythe conteve o grito e foi logo enfiando a luva de volta.

– Quando vir a srta. Farrow, traga-a até mim imediatamente! – ordenou, antes de escancarar a porta da saleta. Bateu a porta em seguida, se jogou em uma das cadeiras e arrancou as luvas.

O braço piorava a cada segundo, com espinhos minúsculos atravessando a pele. Eram menores do que os que produzira no dia anterior, para se defender de Solanine. Só que, desta vez, Blythe não tinha qualquer controle sobre os espinhos.

Não conseguia ter noção do tempo, dos pensamentos nem de nada a não ser uma necessidade avassaladora de fugir. De voltar para seus aposentos ou, quem sabe, para o jardim. Poderia se enterrar por lá. Deixar o corpo criar raízes e se fundir com a terra, para nunca mais ter de lidar com o que estava acontecendo com ela, fosse o que fosse, nem com as ameaças à vida de seus entes queridos.

Bem quando pensou que não seria mais capaz de aguentar, a porta se entreabriu e uma voz trêmula chamou:

– Blythe? O que está acontecendo?

O corpo inteiro da garota estava coberto de heras quando ela se virou para a prima. Raízes e ramos serpenteavam no meio do cabelo, devorando-a, e Signa tapou a boca ao vê-la. Correu ao encontro de Blythe e se ajoelhou ao lado da prima.

– Respire! – Signa segurou Blythe pelos ombros e se encolheu de dor quando os espinhos a feriram, arrancando sangue, que floresceu em suas luvas brancas.

Ao ver isso, uma risada nervosa subiu pela garganta de Blythe.

Como era mesmo que Aris a chamava? Roseira-brava, cheia de espinhos, que viviam espetando ele? Ah, se o marido pudesse ver como tinha razão. Ou, quem sabe, ela estivesse se fundindo com a Quinta dos Espinhos, fazendo jus ao nome.

Ela riu de novo ao pensar a respeito, toda encolhida e delirante. Sem se deixar abalar, Signa segurou o queixo da prima.

– Recomponha-se e respire, antes que você transforme este lugar em um terrário!

Blythe levou um susto quando a prima a apertou, obrigando-a a respirar, trêmula, uma vez, depois mais uma.

– Muito bem – confortou Signa, depois de vários minutos intermináveis daquilo. Soltou o queixo de Blythe e entrelaçou os próprios dedos nos da prima. Segurou com força mesmo quando as heras subiram pelos seus pulsos e braços, enlaçando-a. – Feche os olhos e imagine que você é você mesma, por completo – sussurrou, o próprio retrato da calma. – Sem heras. Sem plantas. Só Blythe, nua e tranquila.

Não havia muito o que fazer além de obedecer, mas não foi tarefa fácil. Em um segundo, Blythe se imaginava sem roupa, mas era traída pela própria cabeça no instante seguinte, pensando no jardim e em todas as coisas estranhas que poderiam brotar na sua pele. Ficou feliz por estar de olhos fechados, para não ter de ver as loucas criações que deve ter conjurado quando Signa se encolheu e falou, com um tom mais aflito:

– Pele nua, Blythe. Imagine que estamos na neve. Lembra quando fizemos anjinhos na neve, tantos meses atrás? Você estava de casaco e não havia nada verde até onde a vista alcançava. Consegue imaginar aquele dia?

Blythe se esforçou ao máximo, expulsando os pensamentos relacionados ao jardim para dar lugar às lembranças de inverno. Não pensou nos anjinhos de neve, mas no tempo que passou em Brude. No ar congelado que assombrava qualquer centímetro de pele à mostra. Em andar de trenó com Aris e passear de barco pelos canais, a mundos de distância do jardim da mãe.

– Você está se saindo muito bem – sussurrou Signa, depois de um bom tempo. – Pode abrir os olhos.

A garota abriu os olhos a tempo de vislumbrar as últimas folhas de hera sumirem da palma das mãos. Não havia mais musgo brotando por baixo das unhas e, quando passou a mão na cabeça, só encontrou cabelo. Apenas depois de verificar três vezes o corpo é que Blythe conseguiu chorar de alívio.

– Você sabia. – Ela não se esforçou para impedir que a acusação saísse de sua boca. – Você sabia o que eu era, não sabia? *Quem* eu era? Era isso que você queria me contar.

Signa segurou o pulso direito da prima e espichou a mão de Blythe até ficar diante dela, a aliança de luz brilhando no dedo anular.

– Eu teria contado se pudesse, Blythe. Juro que tentei. Você viu o que aconteceu lá em Fiore. Tentei te escrever várias cartas depois disso, mas a tinta desaparecia do papel antes que eu conseguisse enviá-las. Nunca quis mentir para você, não de novo.

Blythe cerrou os dentes, a vista ficou borrada de lágrimas, e ela puxou a mão, desvencilhando-se de Signa.

– Você sabia esse tempo todo? Estava só fingindo que usava meus poderes?

– Claro que não! – Signa disse isso com tanta veemência que Blythe não teve escolha senão acreditar na prima. – Por muito, muito tempo, realmente acreditei que era eu. Senti aqueles poderes toda vez que você os usou e sempre tive a sensação de que havia algo errado. Eu sentia tanto calor e tanta dor que passava mal. Não fazia ideia da verdade até o dia em que você derramou seu sangue naquela tapeçaria e fechou um trato com o Destino.

De repente, Signa estava agachada diante de Blythe, segurando as duas mãos da prima.

– Fico feliz por poder falar livremente agora, nem que seja só para te dizer que *sempre* vou estar ao seu lado. Tentei de tudo em que pude pensar para te contar. Mas, pelo jeito, a magia tinha outros planos.

Aquilo era demais. A magia, Aris, Solanine e sua ligação com Rima, a verdade a respeito de quem Blythe era... Tudo aquilo era demais.

– Também preciso te contar uma coisa – sussurrou Blythe, com a voz embargada. Signa apenas fez que não.

– Depois – sussurrou. – Talvez, quando me contar não transforme seu corpo em espinhos que vão empalar nós todos.

A revelação sobre Rima ficou na ponta da língua de Blythe e, apesar de estar desesperada de vontade de dizê-la com todas as letras, sabia que Signa tinha razão. Era uma verdade grande demais, e ela não tinha condições de dar tal notícia para a prima com delicadeza. Deixou o corpo cair para a frente, permitindo que Signa a abraçasse, e chorou, encostada no peito da prima.

Não fazia ideia de quanto tempo ficaram assim, encolhidas no chão, com Signa fazendo cafuné para tranquilizá-la. Uma hora, contudo, à medida que foi ficando mais tarde e o volume dos ruídos da Quinta dos Espinhos aumentou, Signa sussurrou:

– Será que um presente faria você se sentir melhor?

Talvez fosse boba por terem sido essas as palavras que a despertaram, mas Blythe ergueu o corpo, deu uma fungada cansada e sussurrou:

– Provavelmente não vai fazer eu me sentir pior.

Signa deu um sorriso, ficou de pé e sumiu por alguns instantes, até que voltou com uma caixinha prateada e cintilante.

– Ano passado, você me deu uma coisa que significou tanto para mim que, provavelmente, você nem se deu conta – disse, colocando a caixinha no colo de Blythe. – Este ano, quis retribuir a gentileza.

Por mais cansada que estivesse, Blythe sempre tinha energia para ganhar presentes e estava desesperada por uma distração. Não perdeu tempo e foi logo rasgando o belo papel de embrulho. Dentro da caixa, uma máscara brilhava – uma máscara feita de pétalas tanto brancas como a neve quanto azuis como o céu do verão. Era diferente de todas as que já vira, mas não eram as flores que a tornavam única. Era o fato de não cobrir apenas os olhos, mas ter ramos dourados que se espichavam pelas têmporas e davam a volta na cabeça, como um diadema. Era uma coisa maravilhosa, estranha em seu encanto, e a garota não pensou duas vezes antes de colocá-la.

– É esplêndida – sussurrou, segurando-a perto do rosto, para que Signa a ajudasse a fechá-la.

– Também acho. E tem um bônus: ninguém vai saber que você chorou. – Signa deu um sorriso, e Blythe tirou um instante para, finalmente, admirá-la, ver a prima de verdade, pela primeira vez desde que chegara.

Signa estava usando a máscara que Blythe lhe dera de presente no baile do ano anterior, que tinha galhos dourados parecidos, mas que se curvavam em volta do lado direito do rosto feito trepadeiras, com pétalas delicadamente esculpidas e heras que se derramavam pelo outro lado da cabeça e passavam pelo seu olho azul. Estava novamente vestida de vermelho, Só que, desta vez, com um tom de vinho-escuro, um vestido de cetim com detalhes dourados nas mangas e no corpete. Assim como Blythe, não estava de cabelo preso, exibia cachos soltos que combinavam muito mais com ela do que qualquer outro penteado que usara quando morava na Quinta dos Espinhos.

– Lembra quando você teve de usar aquele vestido amarelo horroroso? – provocou Blythe, e deu risada quando Signa torceu o nariz.

– Suponho que você esteja falando daquela vez que fiquei parecendo uma banana ambulante. Eu me esforço muito para *não* lembrar.

Pela primeira vez em todo aquele dia, Blythe respirou normalmente.

– Estou muito feliz por você estar aqui. Temos tanto para conversar.

– E teremos todo o tempo do mundo para fazê-lo. Mas, antes,

precisamos comparecer ao baile. Se esperarmos mais, Elijah virá procurar por você. – Signa deu o braço para a prima e saiu com ela da saleta. Ao ficar tão perto, Blythe reparou que a garota tinha a palidez de quem passara um bom tempo sem ver o sol.

Blythe queria contar para Signa tudo a respeito do perigo que estavam correndo e que, na verdade, *não* tinham todo o tempo do mundo. Mas, ao notar tamanha palidez, segurou o rosto da prima com a mão livre e perguntou:

– Continua lendo aqueles diários?

O sorriso de Signa se esvaiu.

– Não consigo parar. Faltam só mais alguns.

– E encontrou alguma coisa útil?

A voz de Signa falhou.

– Não sei dizer ao certo... mas acredito que posso não ser a primeira da família a ser tocada pelas coisas paranormais.

Blythe ficou com um nó na garganta, mas havia olhos demais monitorando as duas para contar a verdade. Ficou pensando se poderia ou não arrastar a prima de volta à saleta, mas alguém a chamou antes que tivesse oportunidade.

– Srta. Hawthorne! – Era uma voz conhecida, que arranhou a pele de Blythe, fazendo seu pescoço e seu corpo se encolherem. Ela e Signa se viraram na mesma hora e deram de cara com Diana Blackwater, abanando-se com um leque. Quando veio se aproximando das duas, estava com os lábios retorcidos em um falso sorriso, e com os olhos espremidos. – Mil perdões. Como pude esquecer que agora seu sobrenome é Dryden. Nunca imaginei que me dirigiria a você empregando "Sua Alteza"! – Diana disse isso alto demais, rindo e se abanando.

– Imagino que seja uma grande mudança para você, considerando que não costuma ter motivo para falar com pessoas de prestígio – comentou Signa, com um sorriso inocente.

Várias outras pessoas tinham se reunido ali perto para escutar a conversa, examinando tudo, do vestido de Blythe à barriga da garota, provavelmente imaginando se ela já esperava o herdeiro do trono. Todos esses olhos procuraram o príncipe, e Blythe precisou de todas as suas forças para ignorar os suspiros de surpresa que ecoaram quando ela pegou uma taça de champanhe da bandeja de um criado que passava. Não ia *beber*. Aquela era uma festa na Quinta dos Espinhos, afinal de contas. De todo modo, serviria para, pelo menos, refrear as perguntas sobre a gravidez.

A alfinetada de Signa, ao que tudo indicava, acertou Diana no meio das costelas. A jovem ficou tensa, mas foi por Blythe que permaneceu obcecada. O leque parou em suas mãos pelo mais breve dos instantes, antes de tornar a bater.

– E onde está o príncipe? Não o vi entrando com você.

Blythe conteve as palavras chulas que se acumulavam na língua, provocando náuseas. Já tinha muito em que pensar, a última coisa de que precisava era do envolvimento da alta sociedade.

– Meu marido é um homem ocupado – respondeu apenas, alto o suficiente para todos os bisbilhoteiros ouvirem. – É uma pena que os negócios não raro o impeçam de vir, mas ele fez a grande gentileza de não querer que eu perdesse a oportunidade de passar as festas de fim de ano com meu pai.

Diana resmungou entre dentes.

– Entendo. E por acaso você se esqueceu de fazer as malas? Imaginei que estaria usando algo um pouco mais... majestoso.

Ah, como foram grandiosas as visões que Blythe teve, de atravessar aquela mulher com um espeto e colocá-la para assar em uma churrasqueira. As palmas das mãos coçavam de tanta vontade de descarregar uma enxurrada de cipós afiados. Mas, como tais coisas eram descabidas quando se tratava de uma dama, guardou as ideias mirabolantes para si e, no lugar delas, usou a arma mais afiada que uma mulher de sua posição era treinada para empunhar: as palavras.

– Cuidado com a língua, Diana. Ganhei este vestido de presente do meu pai.

A cara feia que Diana fez, por ter sido chamada pelo primeiro nome, foi incandescente de tão furiosa.

– Mil perdões – retrucou, dessa vez soltando um suspiro longo e sonhador. – É só que, quando me lembro de como sou bem tratada pelo meu querido Greggory, não posso deixar de desejar que minha estimada amiga receba o mesmo tipo de tratamento. Ele é filho de um visconde, sabia? Um homem distinto.

– Deve ter sido ótimo ser bem-sucedida nesta temporada – ironizou Signa. – Qual foi mesmo? Sua terceira? Ah, você deve estar tão aliviada.

Blythe reparou no anel de noivado de ouro que brilhava no dedo de Diana e fez uma prece em pensamento, pedindo pelo futuro visconde. Coitado do infeliz.

Diana fechou o leque ruidosamente e olhou feio para Signa, tornando a encarar Blythe em seguida.

– Meu pai ouviu o seu falar sobre Verena lá no clube – disse ela. – Falou que o próprio sr. Hawthorne visitou o palácio durante a sua lua de mel. É de se perguntar, porque é estranho, você não acha? Talvez eu possa lhe dar alguns conselhos, caso não esteja conseguindo conquistar a atenção do príncipe. Ou talvez o problema seja simplesmente seu pai, que é incapaz de ficar sozinho.

Blythe não respirou. Teve de acalmar sua mente, que foi tomada por um dilúvio de pensamentos relacionados a transformar Diana na árvore mais hedionda da face da Terra. Depois a derrubaria, cortaria a lenha e a daria para a lareira. E, todas as noites, se sentaria ali, aquecendo os dedos dos pés na mais gloriosa das fogueiras, assistindo à madeira virar cinzas.

Quanto mais pensava nisso, contudo, mais sentia um calor profundo vindo de seu interior; a magia ameaçava vir à tona. A cada segundo, o corredor girava e ia de ouro e prata a um vermelho intenso, feito sangue. A raiva que brotava era tão palpável que Blythe conseguia sentir seu sabor. Bateu os dentes, tentando acalmar a própria mente, desviando de pensamentos relacionados a cipós que brotavam, quebrando o mármore e se enroscando nos tornozelos de Diana. A arrastá-la para baixo da terra e engolir viva aquela mulher detestável. Eram tantas e tão gloriosas as possibilidades.

Ela conseguia aguentar qualquer bobagem que Diana quisesse teorizar a seu respeito. Mas sobre o pai? Blythe preferiria enfiar musgo na mulher, goela abaixo, a ouvir mais uma palavra sair de seus lábios imundos.

Ela desferiu um passo à frente, mas uma mão muito maior do que a de Signa a segurou pelo ombro, pelas costas, e deteve suas intenções assassinas.

A garota se virou, prestes a mandar todo mundo ir cuidar da própria vida, só que as palavras ficaram presas em seus lábios quando viu dois olhos de ouro derretido que não olhavam para ela, mas nos olhos de Diana, como se queimassem as profundezas da alma da mulher.

– Se dirigir mais uma palavra à minha esposa – urrou Aris –, vou arrancar a língua da sua garganta.

VINTE E DOIS

A ameaça proferida por Aris caiu como um trovão. Abutres que estavam com brilho nos olhos poucos instantes antes se espalharam feito ratos assustados, fazendo uma mesura exagerada antes de sair de cena. Todos, à exceção de Diana, quer dizer, que ficou perplexa demais para conseguir se mexer.

Aris ficou parado diante dela usando um traje de um azul-marinho intenso, com debrum dourado na lapela. A máscara que usava era uma criação hipnotizante de papel machê preto e dourado, que projetava ângulos agudos em seu rosto e lhe conferia, em todos os sentidos, a aparência de um príncipe austero, que observava com desdém um salão de baile repleto de seus inferiores. Estava bem barbeado, como há muito tempo Blythe não via, tinha penteado o cabelo loiro com capricho, e suas roupas bem cortadas fizeram o coração de Blythe se sobressaltar. Mesmo com toda aquela severidade – ou talvez *por causa* dela –, Aris era absolutamente belo.

Ele não censurou mais Diana. Não a humilhou, xingando-a de nomes cruéis, nem chamou mais atenção para a situação. O Destino era um fogo que ardia em chamas, de uma raiva abrasadora, e seus olhos devoravam a garota, banqueteando-se com sua carne e seus ossos. O toque, contudo, foi delicado quando encostou na pele da esposa e pegou sua mão.

– Venha – chamou ele, entrelaçando os dedos nos da garota. – Não temos nada que ficar dando atenção a tais criaturas. Conheço crianças que têm uma educação menos abismal.

Mesmo que Blythe quisesse, não adiantaria discutir. Aris ardia com o calor de uma estrela quando a levou dali, desviando de Signa e de uma multidão de convidados, que abriram caminho para os dois passarem e entrarem no salão. Seus passos tinham um leve saltitar, com o qual a garota havia se acostumado, porque o marido se comportava, em qualquer lugar onde entrasse, como se fosse o convidado mais estimado.

Fazia muito tempo que Blythe não colocava os pés no chão daquele salão de baile – desde a noite em que lorde Wakefield morrera, para ser precisa. Tinha cheiro de açúcar e abeto, fora enfeitado com velas cor de âmbar cintilantes e laços com ramos de azevinho em volta de cada coluna de mármore. A Quinta dos Espinhos sabia fazer charme quando queria. Mas, dado seu histórico de situações desagradáveis, Blythe ficou imaginando por que tantas pessoas ainda compareciam a essas festas. Podia atribuir isso apenas à curiosidade mórbida; a um desejo perverso, por parte da elite da sociedade, de não perder o próximo escândalo que poderia acontecer.

– Você veio.

A garota não tinha a intenção de sussurrar. Na verdade, mal percebeu que o tinha feito, até que Aris deu sinal de ter ouvido suas palavras ao apertar seu braço, desviando dos convidados para chegar à pista de dança banhada no calor da luz das velas douradas. A maioria dos convidados logo saiu da frente; alguém usando uma máscara de raposa foi tão afoito que bateu o ombro no de Blythe. Como sentia o calor do corpo do marido ao seu lado, a pessoa estava tão gelada que a garota estremeceu.

– Claro que vim. – O Destino passou a mão na cintura da esposa, trazendo-a para perto do peito quando o ritmo de uma valsa começou a tocar. – Até parece que eu te deixaria sozinha com esses abutres.

Os convidados ficaram a uma boa distância dos dois e, ali encostada em Aris, Blythe não pôde deixar de recordar aquela lembrança – ele e a Vida dançando na clareira da floresta. Fechou os olhos conforme a cena ficou passando em sua cabeça, não como algo que acontecera com uma desconhecida, séculos antes, mas com *ela*, na semana anterior.

– Não tive escolha a não ser ir embora – falou, mais para se distrair das lembranças da Vida, que ficavam batendo contra seu crânio. – O seu mau humor estava tornando o palácio inabitável.

O lado direito do maxilar de Aris se repuxou.

– Vim à Quinta dos Espinhos na noite em que você partiu, para me certificar de que você estava fora de perigo. O que não entendo é como conseguiu sair de casa, em primeiro lugar.

– Eu também não – respondeu Blythe, sendo sincera. – Foi a sua magia que criou essas alianças ridículas, para começo de conversa. Não deveria ser você quem descobre isso?

– Chega – o Destino resmungou baixinho no ouvido dela, causando uma onda de arrepios que percorreram a coluna da garota. – Não vamos mais brigar. Só passei cinco minutos a sós com você e já estou me perguntando por que cheguei a pensar que valia a pena pedir desculpas.

Apesar de cruéis, as palavras não foram ríspidas. Na verdade, Blythe sorriu ao ouvi-las, com sinceridade desta vez.

– Se veio pedir desculpas, não vou te impedir.

Aris inclinou a cabeça para trás, com uma guerra de emoções estampada no rosto.

– O quarto de Mila não é um lugar em que costumo entrar com frequência. É uma parte de Glicínia que raramente se mostra para mim, e por um bom motivo. É tudo o que me restou dela e permanece bem protegido.

– Compreendo – sussurrou Blythe. – Se eu soubesse que você ficaria tão magoado, jamais teria encostado um dedo sequer naquele espelho. Eu nem deveria ter entrado no quarto, para começo de conversa.

– Não – concordou Aris –, não deveria. Mas a maneira como lidei com a situação deixou muito a desejar. Ainda mais considerando como o restante do nosso dia tinha transcorrido.

Blythe ficou mais perto do peito do marido, recusando-se a permitir que o Destino visse o rubor que lhe esquentava as bochechas. Apesar de tudo o que estava ocorrendo em seu mundo, a garota não conseguira deixar de lado a lembrança do corpo dos dois e de tudo o que quase ocorrera entre eles.

– Já disse que compreendo, Aris. Não precisamos discutir esse assunto.

– Eu gostaria que discutíssemos. – O Destino disse isso com um certo tom seco que Blythe interpretou, erroneamente, como sendo de raiva. Só que, quando criou coragem de olhar para o marido, espiando por baixo das pestanas, viu que ele estava com um ar tão atrapalhado quanto ela estava se sentindo.

– Não tenho nenhuma expectativa em relação a você – declarou a garota, baixinho.

– Tenho consciência disso. Só vou dizer uma vez, não peça para eu me repetir, Blythe: senti alguma coisa naquela noite que não sentia há muito, muito tempo. – O dedão do Destino roçou a cintura da esposa, e ele a puxou para muito mais perto do que seria considerado de bom tom em público. – Fui pego de surpresa e receio que não reagi tão bem quanto deveria.

Era a primeira vez que a garota ouvia o próprio nome sendo pronunciado pelo marido, e quase derreteu ao ouvi-lo. Seu corpo era um traidor, com uma consciência aguçada demais da pressão que o peito de Aris fazia contra o dela. Consciência de como a respiração de Aris arrepiava os pelos da sua nuca e de como ela estava morrendo de vontade de arquear o corpo e chegar mais perto.

– Também fui pega de surpresa – isso foi tudo o que a garota sussurrou. Não podia confiar em si mesma além disso. – Sabe que eu te desprezo.

– E você sabe que eu te desprezo – ecoou Aris, com um sorriso se esboçando nos lábios. – É um enigma. Um enigma que, receio, teremos de encarar.

– Verdade. – Nessa hora, Blythe gostaria de ter o leque de Diana, para poder se refrescar. O corpo estava pegando fogo. O mundo adquiriu contornos borrados à medida que o Destino a rodopiou. – Uma coisa é certa: podemos ter certeza de que não tornaremos a nos colocar em uma posição tão comprometedora. Muito menos quando não estivermos pensando com nitidez.

– Tive três dias para conseguir me obrigar a pensar nitidamente. – Aris se aproximou. Seus lábios estavam tão perto do ouvido de Blythe que ela sentiu a boca do marido roçando seu pescoço. – E admito que minha sugestão para "encarar" o problema é bem menos pudica. Presumindo, claro, que você esteja disposta a tentar, pelo menos, mais uma posição comprometedora.

Blythe não teve coragem de se engasgar no meio da pista de dança. Até porque dúzias de olhos a dissecavam. Ficou imaginando o que deveriam pensar as outras pessoas que testemunhavam os dois, porque não havia entre os presentes uma alma sequer que pudesse duvidar que o príncipe era encantado pela nova esposa. Talvez até um pouco encantado *demais*, se é que as poucas risadinhas abafadas serviam como indício.

Desta vez, contudo, Blythe nem ligou. Se queriam ficar assistindo, faria questão de dar um espetáculo. Não sabia por que – talvez fosse coisa dos próprios desejos ou talvez fosse devido às lembranças recentes da Vida, que se infiltravam nela –, mas ficou na ponta dos pés para beijá-lo na boca, entregando-se a um beijo que fez seu corpo arder em chamas. O desejo que sentia pelo Destino estava mais potente do que nunca, e a garota não queria mais nada além das carícias do marido.

"Arder" era uma palavra corriqueira demais, porque Blythe não ardia de desejo por aquele homem: ela incinerava. E, no momento, sabia que não teria como se livrar daquilo. Não tinha como saciar tal fome.

Blythe estava sem ar quando Aris interrompeu o beijo, fazendo com que os dois parassem quando a música terminou. Ela estava pegando fogo, mais viva do que nunca, só que seu mundo não havia parado de rodopiar nem mesmo quando o marido parou de movimentar os dois. Sem ar, a garota balançou, e os convidados foram se suavizando, até uma névoa se formar, uma que dissipou seu sorriso. Blythe cambaleou para trás e só conseguiu se manter de pé porque Aris segurava sua mão com muita força.

– Blythe? Blythe, o que foi? – indagou ele, mas as palavras soaram embaralhadas.

A garota tentou responder. Tentou dar voz, nem que fosse a uma única palavra, mas a mão agarrou a própria garganta, por instinto. Tinha a sensação de que estava sendo assada de dentro para fora.

Os olhos de Blythe se dirigiram para os cantos, à procura das sombras que anunciavam a presença da Morte. O que viu foi um vislumbre de cabelo vermelho e o rosto dourado de uma máscara de raposa, pouco antes de desmaiar e cair no chão do salão de baile.

VINTE E TRÊS

Quando Blythe recobrou a consciência, quase uma hora depois, ouviu uma cacofonia de vozes conhecidas, discutindo por causa dela.

– Por acaso a Quinta dos Espinhos já não foi palco de festas o suficiente em seus dias de glória? – disparou Aris. – Até parece que alguma dessas festas trouxe algo de bom.

– O que você quer que eu faça? Que ponha grades nas minhas portas e faça minha família cair ainda mais no ostracismo? Não serei aquele viúvo que fica trancado sozinho em uma mansão antiga e mal-assombrada. – A segunda voz era de Elijah, e seu desdém fez Blythe se esforçar para abrir os olhos.

– Nada disso tem importância. – Signa falou mais alto que os demais, com um tom ríspido que fez os homens calarem a boca. – Não sabemos se aconteceu alguma coisa. Não faz nem um ano que ela saiu da cama. O corpo de Blythe ainda está frágil.

– Ela talvez pudesse se recuperar mais rápido se voltasse permanentemente para a Quinta dos Espinhos – sugeriu Elijah.

A sugestão foi recebida com um protesto estridente do marido:

– Por acaso nossa casa tem algo de errado?

– Eu queria lhe fazer exatamente a mesma pergunta. Blythe chegou aqui descalça e sem um acompanhante sequer. Não é para menos que desmaiou: poderia ter morrido de gripe!

– Ela não é uma boneca de porcelana, Elijah. Sua filha não vai se espatifar caso não seja carregada em uma liteira.

O salão se dissolveu. Era tanto bate-boca que Blythe não conseguiu entender o que foi dito em seguida. Cada voz brigava para ser mais alta do que as outras, e a garota só queria que parassem de discutir para que ela voltasse a dormir. E foi aí que ouviu uma quarta voz. Uma voz embargada, que falou baixo em seu ouvido.

– Acorde – disse a voz, delicada em meio ao bate-boca. Com os olhos pesados de tanto cansaço, Blythe lutou para entreabrir um deles. A Morte estava de pé, fitando-a, os olhos prateados como estrelas. Pela primeira vez, a garota não achou sua presença inquietante. Pelo contrário: sentiu uma familiaridade que lhe deu um aperto no coração. Um consolo que não estivera presente poucos dias antes.

Quantas vezes o Ceifador a tinha encarado com aqueles olhos? Lembranças fugidias se insinuaram nos pensamentos de Blythe. Lembranças do Ceifador dando risada, os dois sentados lado a lado, sob a curva de um pé de glicínia. Lembranças dele e de Aris brigando por qualquer coisa que o Destino tivesse vontade de brigar no dia, depois fazendo piada quando chegavam a uma trégua. Lembranças de ambos provando bebidas alcoólicas novas e de ser arrastada mundo afora sempre que Aris se empolgava para ver uma nova obra de arte ou experimentar algo que nunca havia comido junto à esposa.

Blythe ficou tão enternecida com as lembranças que não teve

como conter a lágrima que escorreu pelo seu rosto. A Morte levou um susto ao vê-la, até que a compreensão raiou. A severidade de suas sombras diminuiu, ficando mais claras face ao reconhecimento dela.

– Diga que não está na hora – sussurrou Blythe.

Ele encostou delicadamente o dedo da mão enluvada no rosto da garota para secar a lágrima.

– Não é a sua hora. Ainda não.

Em outra época, Blythe teria se encolhido de medo na presença do Ceifador. Agora, a carícia da Morte fez seus lábios esboçarem o menor dos sorrisos, antes de apertar de leve sua mão. Tinha tantas outras coisas que queria lhe dizer – tantas outras coisas para conversar –, mas ali, diante de Aris e do pai, não era o momento.

– Então suponho que eu deva acordar.

Blythe sentiu um aperto no peito quando mirou o teto forrado de papel de parede, no seu antigo quarto na Quinta dos Espinhos, e acompanhou com os olhos os contornos das espirais azuis e prateadas, como já tinha feito tantas vezes. Quantos meses ficara deitada naquele mesmo lugar, com o corpo doendo de tanto cansaço, exatamente como estava agora? Quantos dias ficara ali, tendo como única companhia a própria mente, enquanto as criadas passavam pelos corredores, cochichando a respeito da garota moribunda, achando que estava fraca demais para ouvi-las?

A cada espiral, o coração subia mais pela garganta, ameaçando sufocá-la. Só percebeu que as vozes que a cercavam tinham se calado quando alguém – o pai, pensou – sentou-se na beirada da cama.

– Você está bem? – perguntou Elijah, na mesma hora que Signa indagou:

– O que foi que aconteceu?

Blythe abriu os olhos e se deparou com o rosto da prima, contorcido em uma expressão bem conhecida. Uma expressão que significava que Signa tinha encontrado mais um quebra-cabeças e estava desesperada de tanta necessidade de solucioná-lo. Blythe se sentou na cama, tentando olhar para a frente, para longe do teto. Até o peso das cobertas a fazia lembrar de estar presa em uma teia de aranha, à espera da morte, sufocada em uma cama de seda.

– Estou bem – conseguiu dizer, apesar de a voz ter saído rouca. – Talvez eu tenha me excedido e ficado muito cansada nos últimos dias.

Ou talvez fosse Solanine, cumprindo sua ameaça.

Havia chá na mesinha de cabeceira, e o aroma subia em chumaços de vapor que a deixaram enjoada. As paredes estavam perto demais. O quarto estava cheio demais. O aroma era conhecido demais. E o papel de parede... Deus do céu, o papel de parede. Ela bem que gostaria que o incêndio ocorrido na biblioteca da Quinta dos Espinhos, tantos meses antes, tivesse se espalhado e alcançado seu quarto, só para queimar aquele papel.

Cada respiração de Blythe era contida, uma mais desesperada do que a outra. Foi só quando Aris se aproximou que parte da tensão acumulada em sua barriga cedeu, e a garota relaxou automaticamente quando o marido ficou ao lado de Elijah e segurou as mãos dela. Blythe enroscou os próprios dedos nos de Aris, desesperada para fugir daquele quarto e se libertar das recordações nele contidas. Os dois se entreolharam, e o Destino ficou com um brilho nos olhos, porque tinha compreendido. De repente, estava passando os braços por baixo da esposa e a tirando da cama.

– Vamos para casa. – Nem se deu ao trabalho de pôr o assunto em discussão. Dado que Blythe estava distraída pelas batidas retumbantes do próprio coração, não ouviu Elijah argumentar. Só viu a Morte pegar a mão de Signa e puxá-la para trás. E ouviu quando Aris sussurrou:

– Ficar prostrada no quarto onde ela quase morreu não lhe fará bem algum. Com todo o respeito, vou levar minha esposa para casa.

"Casa." Por tanto tempo, Blythe pensara na Quinta dos Espinhos quando ouvia essa palavra. Por que, então, só queria voltar para o conforto do Palácio das Glicínias? O conforto de um lugar onde se sentia uma intrusa desde o momento em que chegara?

– Dou notícias para vocês amanhã – declarou Aris para o sogro, que protestava, já se dirigindo à porta. – Todos serão bem-vindos, caso queiram fazer uma visita.

Por mais que Blythe quisesse tranquilizar todo mundo e dizer que estava bem, não conseguiu tirar as palavras da boca. Só conseguiu se virar, lançando um olhar de súplica para Signa, com quem ainda estava desesperada de tanta necessidade de conversar.

– Eu vou – sussurrou Signa, compreendendo o olhar. – Assim que você melhorar e puder me receber, eu vou. Juro.

Blythe estava cansada demais para balançar a cabeça, e o alívio fez seu corpo desmoronar. Segurou firme em Aris, fechou os olhos e se aninhou no peito dele.

Apesar de o Destino ter enrolado a esposa no cobertor e tê-la colocado dentro de uma carruagem que não era deles – disso Blythe tinha certeza –, assim que estavam lá dentro, com as cortinas fechadas, ele tornou a abrir a porta do veículo. Só que, desta vez, o que apareceu não foram os rostos alarmados da família da garota, mas Glicínia.

Uma Glicínia muito *festiva.*

Aris ajudou Blythe a entrar no palácio, que a recebeu encolhendo-se em volta da garota. Agora estava bem mobiliado, não com gelo e esculturas, como na ocasião em que se passara por Verena, mas como na primeira vez que Blythe pôs os olhos no local, quando comparecera ao baile de Aris. Colunas de mármore se erguiam até chegar ao teto vermelho, coberto de heras enfeitadas com fitas vermelhas e douradas. Havia galhos de azevinho pendurados na cornija da lareira, entrelaçados em volta de velas tão altas que banhavam o cômodo com uma névoa de luz âmbar. Três meias estavam penduradas em cima da lareira: uma azul, com a letra *B* em prata; uma dourada, com a letra *A*, e uma última meia vermelha. A garota teve de espremer os olhos para conseguir enxergar que a terceira meia também tinha um *B*. Só que, ao lado da letra, havia uma pequena pata bordada em dourado.

– Você deu uma meia para a raposa? – perguntou Blythe, incrédula.

– Por que não daria? – Aris encolheu o pescoço, como se achasse a pergunta de mau gosto. – Besty faz parte da família.

– *Besty? Esse* é o nome que você escolheu para ela?

– Achei que você gostaria de ela ter sido batizada em sua homenagem, besta.

Blythe se deu conta de que – pela primeira vez, talvez – não tinha uma resposta na ponta da língua. Encolhida no canto de sua poltrona favorita, aquecendo-se perto da lareira, Besty roncava, tão feliz e contente que a garota não suprimiu o riso, derrotada por ambos. Segurando-se na própria cadeira para não perder o equilíbrio, ela se sentou na almofada e deixou que o calor se infiltrasse em seus ossos. O fogo não estava mais engasgado nem lutando para se manter vivo. Era ardente, orgulhoso e poderoso, e Blythe espichou os pés, aproximando-os das chamas. Entendia por que a raposa gostava tanto daquele cantinho.

– Você é o homem mais ridículo que já conheci.

Esse era, talvez, o maior elogio que Blythe poderia fazer a Aris, e ele foi absorvendo isso aos poucos. Colocou um cobertor nos ombros da esposa e ficou ao lado dela, movimentando-se um pouco mais devagar do que de costume. Menos confiante.

Uma xícara de chá surgiu diante de cada um, e o Destino colocou várias colheradas de mel na dele. Ao contrário do chá da Quinta dos Espinhos, o aroma deste pareceu maravilhosamente suave para o estômago irritado da garota.

– Quero saber se você está bem – disse Aris, batendo a colher na lateral da xícara, para secá-la. – Diga a verdade.

– Prefiro falar sobre qualquer outra coisa. – Deixando o chá de lado por enquanto, Blythe se entocou mais no cobertor.

– Prefiro nunca falar de meus sentimentos – declarou o Destino. – Só que, infelizmente, somos casados e temos a obrigação de tratar de tais assuntos.

A garota franziu o cenho, com vontade de sumir dentro de seu casulo. Já que seria obrigada a desnudar a própria alma, não faria isso de graça.

– Então me diga uma verdade, que também digo uma.

– Uma verdade? – Aris relaxou na poltrona. A xícara e o pires ficaram flutuando diante dele.

Blythe não precisava mais espremer os olhos para enxergar os fios dourados que os mantinham no ar. Eram tão aparentes que ficou imaginando o que poderia acontecer se esticasse o braço e encostasse em um deles.

O Destino passou a mão no maxilar, cruzou as pernas e se recostou, com uma elegância descontraída tão familiar que deixou Blythe com dor no peito. No mesmo instante, ela se recordou de mais uma dúzia de outras vezes em que o marido tinha se sentado exatamente assim, com o pescoço à vista, o cotovelo apoiado na parte de cima da poltrona e a cabeça inclinada, apoiada no punho cerrado.

– Concordo com a proposta – disse ele. – Mas só se você falar primeiro.

Blythe estava olhando Aris de cima a baixo, admirando o corpo delgado do marido. As veias dos braços e o vão delicado da garganta. Teve de fazer um esforço excessivo para tirar os olhos dele. Mudou de posição, porque aquele calor traiçoeiro se insinuou em seu baixo-ventre.

Céus, por que ela era assim?

– Continuei naquele quarto, lá na Quinta dos Espinhos, mesmo depois de melhorar, mas começo a achar que eu de fato desprezava meus aposentos, desde o início – pôs-se a falar, surpresa por as palavras terem fluído com tamanha facilidade. – Depois que viemos para cá, achei que sentia saudade da minha casa, mas agora me dei conta de que só sinto saudade das pessoas. Pôr os pés naquele quarto de novo foi como voltar para um pesadelo do qual acabei de fugir. Ficar deitada, doente, naquela cama, olhando para o teto, depois para tantos rostos preocupados, de pessoas se perguntando se eu ia morrer ou não... Estou feliz por você ter me trazido aqui para casa, Aris. Estou feliz por você ter me tirado de lá.

Ela estava sem luvas e pegou a xícara de chá. Pressionou a porcelana com os dedos, só para ter algo palpável e quente em que se concentrar. Algo *real*.

O Destino deu uma espiada e reparou que a esposa apertava a xícara e, de repente, o fogo da lareira ficou mais forte, o calor se infiltrando nos músculos tensos da garota.

– Cansei de tentar te expulsar de Glicínia. Quando você foi embora daqui, fiquei aliviado. Pensei que estava feliz por não precisar mais cuidar de você nem ficar imaginando se você estaria do outro lado da porta do meu quarto, pronta para me aterrorizar assim que ela se abrisse. Só que, para minha surpresa, outro lado meu, maior, sentiu sua ausência de um modo que ainda não sou capaz de compreender – disse o Destino. – Já fechei milhares de tratos na minha vida – prosseguiu, levantando a mão para que a aliança em seu dedo refletisse a luz da lareira –, mas nenhum deles jamais se manifestou de forma tão extrema. Apesar de ter tecido muitos destinos, nunca vi o meu. Mas não acredito em coincidências, Roseira-Brava. E, depois de tudo o que aconteceu, não sou tolo ao ponto de acreditar que você não faz parte da minha história. Tenho assistido aos seres humanos brigarem com seu destino por um milênio, e não tenho a menor intenção de fazer a mesma coisa. Eu e você temos uma ligação.

O sangue de Blythe correu para os ouvidos, deixando-a meio zonza. Os dois tinham mais do que uma simples *ligação*. Mas, até onde Aris sabia, era Signa quem tinha exibido os poderes da Vida. Blythe era fraca. Era frágil, delicada e tão inacreditavelmente *humana*.

Então por que ele esperaria ver aquela corrente de poder que se assomava com força no peito da garota, mesmo naquele estado?

– Cansei de fugir – declarou Blythe, colocando a xícara de lado.

Se queria obter respostas a respeito de quem era e do que Solanine exigia que ela remediasse, estar no Palácio das Glicínias e despertar suas lembranças era, provavelmente, a melhor opção. E agora, é claro, havia outro motivo, muito maior, para se sentir mais à vontade ali do que em qualquer outro lugar.

Um sorriso se esboçou nos lábios de Aris, e ele ficou de pé. Estendeu a mão para a esposa, com a palma virada para cima.

– Fico feliz de ouvir isso. Porque gostaria de te dar uma coisa.

VINTE E QUATRO

Blythe supunha que deveria ter ficado mais frustrada com as atuais circunstâncias. Certamente, teria preferido ser capaz de andar com as próprias pernas, mas não protestou quando Aris a pegou no colo e a aninhou no calor de seu peito, as saias da garota quase arrastando pelo chão.

E era – isso ela admitia – um peito muito bom. O fato de o Destino estar cheiroso também ajudou. Cheirava a maçã com especiarias e glicínia, e esse foi o único motivo para a garota não ter exigido que o marido a colocasse no chão. Isso e o fato de que subir todos os degraus da escada, até o último andar, lhe pareceu exaustivo.

Quando os dois passaram pelo retrato da Vida, já perto da porta do ateliê, Aris concedeu-lhe um rápido olhar, e seus olhos se anuviaram. A expressão surgiu e sumiu em questão de segundos, e o Destino seguiu em frente, passou pelo salão de baile e seguiu pelo lado esquerdo do corredor. Aquele era – pensou Blythe – o caminho que levava ao quarto da Vida. Só que, desta vez, o corredor não se revestiu de painéis de marfim nem o chão de trevos para guiar os passos do casal. Pelo contrário: não havia nada além de uma imponente porta de carvalho branco, com uma maçaneta perolada.

Aris colocou Blythe no chão com delicadeza antes de abrir a porta de um quarto infinitamente maior do que ela esperava. E também mais iluminado. Tanto que a garota precisou espremer os olhos, porque tudo, do chão ao teto, era de um branco imaculado e iridescente.

– Não entendi – declarou Blythe, colocando a mão na testa para proteger os olhos da luz. – Que lugar é este?

O Destino a segurou pelos ombros e a posicionou no meio do cômodo.

– É seu – sussurrou, como se aquele espaço tão delicado fosse se estraçalhar caso falasse mais alto. Inclinou o tronco, de modo que os lábios ficaram mais próximos dos ouvidos de Blythe, e cada palavra foi uma minúscula descarga elétrica que subiu pela coluna dela. – Estou te dando de presente seu próprio quarto em Glicínia, onde a sua imaginação pode correr solta e criar o que você quiser.

O Destino ergueu a mão, e o teto branco imaculado se dividiu ao meio e se abriu, deixando à mostra o céu límpido do verão.

O coração de Blythe se sobressaltou ao ver o teto se recompor segundos depois, voltando a ser de um branco imaculado. Na mesma hora, a garota pensou no quarto da Vida, tão impossível que chegava a ser impressionante. Depois se recordou do primeiro ambiente de sonho que o marido tinha lhe mostrado, durante um jantar – um lago azul-escuro, cuja água encostava nas estrelas. Um sonho que ganhou vida.

Sentindo que a esposa finalmente compreendera o que lhe era oferecido, Aris ergueu o tronco e ficou só com uma mão no meio das costas dela.

– Percebi que eu e você estamos fazendo tudo de trás para a frente, mas considere este presente uma oferta de paz. Quero que se sinta à vontade em Glicínia. Que se sinta em casa. – O Destino, então, empurrou Blythe para a frente com toda a delicadeza, mostrando um cavalete onde tinha aparecido uma tela e uma grande variedade de tintas, logo ao lado. – Vá em frente. Crie o quarto dos seus sonhos.

Bem devagar, Blythe se sentou na frente do cavalete e pegou o pincel limpo. Por mais vívida que fosse sua imaginação – e por mais que se orgulhasse de sua inteligência –, diante de tantas possibilidades, a garota teve uma súbita falta de inspiração. Poderia transformar o lugar em sua praia privativa se quisesse, um lugar onde o sol sempre estaria brilhando e onde poderia ficar deitada relaxando até seu coração se satisfazer. Ou poderia transformar o quarto em uma versão idêntica do jardim da mãe, que guardava na lembrança. Mas, talvez, ficar cercada pela mesmíssima coisa que tentara se apossar do seu corpo poucas horas antes não fosse a melhor das ideias.

Blythe pensou, então, nos livros de contos de fadas que o pai lhe dera de presente, que estavam muito bem guardados em seus aposentos da Quinta dos Espinhos, e teve uma ideia repentina do que seria um complemento perfeito para o Palácio das Glicínias.

Mergulhou o pincel nas cores e começou a pintar a biblioteca mais fantástica que pôde tirar da imaginação. No instante que alguma coisa ganhava vida na tela, o chão tremia no mesmo instante, Aris arregaçava as mangas e se punha a trabalhar, transformando a pintura em realidade.

– Deve ser um lugar quente! – comentou a garota, agarrando-se à cadeira quando o quarto se abriu e começou a se construir sozinho em volta dela. – Mas não iluminado demais – completou, desbotando as cores do canto com uma névoa de luzes suaves. – Aconchegante e sempre um pouco sombrio, mas com luz suficiente para enxergar as páginas dos livros sem ter de espremer os olhos.

Mais uma vez, o chão se mexeu, materializando o piso de madeira escura e os tapetes ornamentados em tons de escarlate e dourado que Blythe tinha pintado. Ela e Aris entraram em sincronia, perdendo-se na criação, fabricando estantes que se esticavam por vários metros de altura, tecendo pontes de treliça entre as fileiras, decorando cada uma delas com lampiões acesos, arcos de heras e de glicínias. Lá em cima, as prateleiras mais altas davam lugar a um céu estrelado. A garota pegou um pincel seco e salpicou esse céu de tinta branca, inspirada pelo primeiro ambiente onírico que o marido havia lhe mostrado. Pôs uma lua cheia perfeita bem no meio e corujas com penas prateadas cintilantes empoleiradas nas prateleiras de cima.

– E onde você pretende ler todos esses livros? – provocou Aris, quando Blythe se recostou, examinando o trabalho que tinha feito até então. – Está se esquecendo dos móveis.

Ela fez *shhh*, ameaçando o marido com as cerdas do pincel antes de retomar o trabalho.

– Ainda não terminei.

Escondido no canto, havia um divã de veludo verde, posicionado em frente a uma janela em arco, que mostrava uma vista falsa de um jardim eternamente nublado. Os assentos eram mais para dentro, as almofadas passavam a impressão de serem felpudas feito nuvens, e heras floridas se penduravam das estantes que a rodeavam, em todas as direções. A biblioteca tinha cheiro de água salgada e tabaco. De couro gasto, flores almiscaradas e páginas de livros antigos – o toque especial de Aris. Outra contribuição dele foi a enorme árvore de Natal que ficava no centro do cômodo, decorada com luzinhas minúsculas e pinhas com as pontas pintadas de branco, como se tivessem sido recém tiradas da neve. E, nas prateleiras, havia tudo o que a garota poderia querer ler um dia, e mais um milhão de outras histórias que jamais pensara que precisaria ler. Era um lugar onde o tempo não significava nada, e uma pessoa poderia se perder para sempre. Blythe poderia passar o resto da vida escarafunchando aquelas prateleiras sem jamais ficar entediada. Porque, afinal de contas, aquela biblioteca fora sonhada por sua própria cabeça.

– Ficou perfeita – sussurrou, na hora em que uma estrela cruzou o céu preto como nanquim que ela tinha criado, deixando um rastro diáfano que a garota jamais teria pensado em pintar.

A emoção que se assomava em seu peito era tão intensa que Blythe se virou de frente para Aris, com uma expressão tão radiante quanto a lua no céu. Apesar de tudo que passava pela sua cabeça e da dor que sentia nos ossos, bastou olhar para o marido que uma onda de calma tomou conta dela. Também ajudou o fato de os olhos do Destino refletirem o encanto de Blythe.

– Se quiser mais alguma coisa, é só pintar. A magia vai ouvir. – Nessa hora, Aris se aproximou e acariciou o rosto da esposa com o dedão, que ficou manchado de azul. – Mas, da próxima vez, tente colocar mais tinta na tela. Metade ficou em você.

Blythe poderia ter ficado corada. Poderia ter dado uma resposta sagaz. Mas, em vez disso, levou os braços para trás, enfiou dois dedos nas cores mais próximas e, em seguida, foi logo passando no queixo de Aris.

– Olha só quem fala – disse a garota, apenas. – Tem mais tinta em você do que em mim.

O Destino só precisou de um segundo para superar a surpresa antes de se virar para Blythe com ar de malícia. Foi para a frente, desviou da esposa e pegou as tintas. A garota soltou um gritinho quando foi cercada pelo marido. Tentou arrancar um tubo de tinta das mãos dele, mas Aris conseguiu deixar uma marca de mão em azul vivo no seu vestido.

– Seu brutamontes! – Blythe pulou em cima de Aris, enroscou as pernas no corpo dele e tentou arrancar o tubo de tinta de suas mãos. – Eu gostava desse vestido!

O Destino passou o braço livre por baixo da garota e franziu o cenho quando se deu conta da posição em que os dois estavam: ele com uma mão para cima, segurando um tubo de tinta, e a outra por baixo de Blythe, levantando a garota, que tentava atacá-lo. Com um tom de graça, sussurrou:

– Tire o vestido que conserto para você.

A franqueza das palavras surpreendeu Blythe. Ela ficou parada enquanto Aris se dirigiu lentamente, de costas, até a parede mais próxima, um passo lânguido por vez, com a garota a reboque. Deu à esposa bastante tempo para se desvencilhar dele. Para se soltar e sair daquela situação. Blythe, pelo contrário, não pensou muito em suas atitudes e deu um beijo na boca do marido.

Aris ficou petrificado e, de início, a garota tentou se afastar, achando que deveria ter sido muito boba por se deixar levar tanto pelo momento, ainda mais depois de tudo o que tinha acontecido da última vez. Mas, antes que pudesse arrancar a própria pele e sumir no éter, o Destino largou o tubo de tinta, que caiu no chão, e a abraçou bem apertado.

O corpo da garota ardeu de desejo ante a carícia, nova e bem conhecida a um só tempo. Até então, Blythe tinha sentido o gosto dos lábios do marido apenas duas vezes, mas tinha a sensação de conhecê-los tão bem que chegava a ser doloroso, como se os lábios de Aris tivessem sido moldados para se encaixar nos seus. Apesar de os dois não terem deixado o relacionamento chegar ao nível das visões que a garota tinha, Blythe ansiava pela intimidade das carícias-fantasma de Aris. Sabia qual seria a sensação de ter as mãos do marido em contato com sua pele nua. Sabia que o Destino não a trataria como uma criatura frágil, mas com paixão ardente. Ele fez cafuné na esposa, segurou um punhado de seus cabelos e encostou a mão aberta no rosto de Blythe. A cada carícia, as lembranças da Vida se fundiam com as da própria Blythe, incentivando-a a ir em frente. Confirmando o que ela já sabia havia um bom tempo – que, em todos os sentidos, desejava o Destino.

E a garota teve certeza, naquele momento, de que Aris sentia a mesma coisa. Percebia isso pela pressão que o corpo do marido exercia contra o dela. Pelo toque dos dedos que seguravam seu rosto, o dedão roçando seu lábio inferior. O desejo deixava Aris com os olhos vidrados, mas também aguçados, de certo modo. Uma ruga entre as duas sobrancelhas a fez ficar em dúvida, achando que o marido poderia fugir novamente.

– Você é a mais enervante das criaturas. – Por mais cáustico que ele tivesse sido, havia certa ternura nas palavras. Uma risada suave, delicada como a curva da asa de uma coruja. – Esses seus espinhos me espetam desde o primeiro dia. Houve vezes em que tudo o que eu mais queria era que você sumisse da minha vida, e imaginei incontáveis maneiras de me livrar de você. Incontáveis maneiras de calar essa sua boca imunda. Mas, desde o instante que a vi andando pelos corredores da minha casa, também senti algo mais despontando, que não compreendo, mas que não sentia há muito, muito tempo. E, desta vez, não vou fugir desse sentimento.

Blythe soltou um suspiro quando sentiu a mão de Aris acariciando sua coxa.

– Diga que está tudo bem, que não tem problema, diga para eu ir embora, que podemos fingir que isso nunca aconteceu. Mas diga alguma coisa, Roseira-Brava.

Com o ar preso na garganta, Blythe só conseguiu sussurrar:

– Está mais do que tudo bem.

E aí os lábios de Aris beijaram seu corpo. A mão foi subindo, e ele a segurou com a outra. A garota estava acostumada com carícias delicadas. Acostumada a ser tratada como uma boneca de porcelana, sempre prestes a quebrar. Não estava acostumada com dedos que pressionaram sua pele e arrancaram suas meias-calças. Com uma boca que a devorava como se ela fosse um manjar dos deuses.

Blythe ficou sem ar quando os dois cambalearam para trás e bateram em uma das estantes, suas costas se arquearam quando Aris se pôs de joelhos. A anquinha sumiu debaixo dos dedos do marido, que beijou a pele delicada da parte interna da coxa e foi subindo, centímetro por centímetro, até as pernas da garota ficarem bambas, e ele arrancar um suspiro de seus lábios.

– Acho que encontrei uma maneira de manter você calada, afinal de contas – debochou o Destino, provocando a esposa com beijos lânguidos, até ela não aguentar mais.

Blythe enroscou os dedos no cabelo de Aris, foi fechando os olhos e guiando os lábios dele mais para cima. E segurou um grito quando ele obedeceu, de bom grado.

Nenhum de seus casinhos secretos na calada da noite, nem as noites que havia passado curiosa e sozinha no próprio quarto, poderiam se comparar ao prazer que invadiu o corpo de Blythe quando Aris enfiou a língua nela. A garota tinha a sensação de ser um barco no mar durante uma tempestade, navegando por ondas ferozes, que ameaçavam derrubá-la. Deixou que as ondas viessem, com uma mão no cabelo de Aris e a outra agarrada na estante, para se equilibrar. A respiração acelerava a cada minuto e, apesar de isso não ser, de forma alguma, a coisa mais sensata a fazer, sendo que já estava bem zonza, era exatamente disso que ela precisava. Alguns minutos para se desligar do mundo e se esquecer de tudo, a não ser daquele homem que estava no meio de suas coxas. Para compreendê-lo.

O Destino passava as mãos no corpo da esposa de um jeito que a fez sentir ser algo digno de elogio. Como se ela fosse a mais cativante das esculturas, e o marido, um mero visitante de museu, que admirava cada centímetro da obra de arte. Aris a sorveu, a provocou, demorando-se sempre que arrancava um gemido dos lábios dela. Mas nunca por tempo demais.

O Destino estava tirando aquilo de dentro dela. Deliciando-se com cada sabor da pele da esposa e com cada gota de prazer que obtinha. Blythe segurou os cabelos dele com mais força quando a pressão que sentia por dentro aumentou, implorando para ser libertada, coisa que só aconteceu quando o marido a fitou com um brilho nos olhos e um desejo inegável, que a fez chegar ao clímax. Blythe se contorceu quando o prazer explodiu, em ondas que a deixaram sem ar. Aris só se afastou quando ela não aguentava mais, e estava satisfeito demais consigo mesmo quando ficou de pé. Segurou o queixo da esposa e se inclinou para capturar os lábios dela em mais um beijo.

Vê-lo tão convencido fez certas coisas com o corpo de Blythe que ela acreditava serem impossíveis. Um poder vibrava através daquele homem, bruto e voraz, e ela estava louca por mais.

Aris a segurou pelos quadris e soltou um leve suspiro, achando graça, quando percebeu que ela estava olhando.

– Está gostando da vista, Roseira-Brava?

Blythe virou o rosto e fez uma expressão azeda para a parede.

– Não vou te dar o gostinho de responder.

A risada de Aris fluiu livremente, como o ar.

– Palavras não são a única maneira de responder, amor. – Ele se abaixou, capturando os lábios dela com os seus, e Blythe se aproximou, encostando na firmeza do corpo do Destino. Aris, contudo, foi se distanciando lentamente.

– Descanse, Roseira-Brava – disse, afastando-se dela com uma força de vontade que Blythe simplesmente não tinha. – Teremos muitas oportunidades assim que você estiver se sentindo melhor e voltar a ser a espoleta de sempre.

Em seguida, Aris se aprumou, pigarreou e alisou a roupa. Blythe nunca o vira tão desalinhado, e tudo o que viu fez o desejo que sentia por ele pegar fogo.

A garota tentou inclinar a cabeça para trás. Tentou se refrescar. Mas não conseguia parar de olhar nem quando ele se aproximou da porta, andando de costas.

– Feliz Natal – sussurrou o Destino e, quando abriu a porta, um sorriso se insinuou em seus lábios. – Divirta-se na sua biblioteca.

VINTE E CINCO

Não foi por falta de conforto que Blythe ficou acordada durante a noite. Pelo contrário: praticamente se fundiu com as almofadas do divã, e tinha quase certeza de que passaria a maioria das noites dormindo sob as estrelas naquela biblioteca. A raposa, pelo jeito, também gostou. A garota não sabia muito bem quando foi que aquela criatura bestial conseguiu entrar, mas ficou ouvindo seus grunhidos sonolentos enquanto mirava o céu.

Ainda conseguia sentir as carícias de Aris ardendo na pele e mergulhou na lembrança dos lábios do marido beijando os seus. Se Blythe estivesse se sentindo melhor, teria obrigado o Destino a permanecer na sua biblioteca, memorizando cada centímetro do corpo dele e cedendo aos seus desejos mais primitivos. Tais desejos, contudo, não eram a única coisa que tiravam o sono da garota.

Ela tamborilou os dedos na lombada de um livro, desejando que aquela semana tivesse sido um delírio febril, para conseguir concentrar seus pensamentos nas páginas e se perder na história.

Só que Blythe não parava de pensar em Solanine, nas ameaças feitas pela mulher e no poder que vibrava no próprio sangue. Inclinou a cabeça para trás, sentindo um cansaço nos ossos. O fantasma da Vida a atormentava havia um mês, esgueirando-se nos cantos da mente de Blythe quando a garota menos queria. Mesmo agora era capaz de ouvir os ecos da risada da mulher reverberando em seu crânio.

Mila estava por toda parte, debochando de Blythe com um conhecimento que ela não tinha. Com uma história que Blythe recém começava a recordar.

– Estou cansada dos seus joguinhos – sussurrou a garota, não para o quarto, mas para aquela coisa que descansava dentro dela, fosse o que fosse. Para a *Vida*. – Se tem algum assunto a tratar comigo, então me diga o que é, e vamos acabar logo com isso.

Mal tinha terminado de falar quando se dobrou de dor, as mãos logo se dirigindo às têmporas. Parecia que alguém partia sua cabeça ao meio, e uma imagem ficou vibrando em seu crânio.

Blythe cerrou os dentes para não gritar de dor, não queria que Aris ouvisse seu sofrimento. Na mesma hora, arrependeu-se de ter se imposto esse desafio. Estava apavorada com aquela coisa que tentava escapar de seu interior, fosse o que fosse. Só que, quanto mais duvidava de si mesma e tentava expulsar a Vida, em pânico, mais a Vida resistia, apertando até a garota não aguentar mais.

Caiu com a cabeça no travesseiro, com dificuldade de respirar e fraca demais para afugentá-la.

– Tudo bem! – disparou Blythe, com os olhos lacrimejando de dor. – Então me mostre. Mostre por que você está aqui!

A garota fechou os olhos e deixou que os pensamentos da Vida tomassem conta dos seus.

A primeira coisa que Blythe viu foi um jardim florido e uma mulher inconfundível, sentada, de pés descalços na terra. Era a mesma mulher que ela tinha seguido pelos corredores do Palácio das Glicínias, semanas antes. A mesma cujo retrato estava sempre à espreita, no coração do palácio.

A Vida estava com um vestido branco, de musselina. Os cabelos claros feito leite se derramavam pelos ombros até chegar aos quadris. Ela recuou, apoiando as costas em um pé de glicínia altíssimo. Com as mãos em concha, segurava um punhado de terra.

Em todas as imagens que Blythe vira da Vida, os olhos da mulher sempre estavam ocultos. Ao observá-la agora, a garota entendeu o porquê. Aris tinha prestado um desserviço à primeira esposa quando disse que seus olhos eram prateados. Eram cinzentos como nuvens de tempestade, com partículas de ônix salpicadas, como se fossem constelações. As cores se fundiam em um tom inacreditável, que nenhum pincel seria capaz de capturar, emolduradas por cílios claros.

Para surpresa de Blythe, ao ver aquilo, não teve a sensação de que eram lembranças do passado. Não habitava a pele daquela mulher, pelo contrário: agachou-se diante dela. Os olhos da Vida piscaram lentamente e fitaram Blythe. A mulher estendeu a mão para a garota e, sabe-se lá como, não havia nem um pingo de terra sujando sua mão.

Blythe não titubeou antes de apertar a mão que a mulher lhe estendia. Naquele momento, teve a sensação de que nada poderia ser mais natural, e se sentou ao lado da Vida, que ficou em silêncio, entrelaçou os próprios dedos nos dedos da garota e levou a mão dela até a terra.

De início, Blythe fez careta, porque a terra estava gelada e entrou debaixo de suas unhas. Entretanto, não demorou para que seu corpo relaxasse e se acostumasse com o gesto de moldar a terra entre as mãos. A pele foi se aquecendo, e Blythe sentiu a vibração do calor atingir o peito quando a terra em suas mãos começou a se modificar, tomando forma.

A garota quase tirou a mão, mas a Vida foi mais rápida e a segurou quando uma criatura gorducha e atarracada, de braços arredondados e pernas rechonchudas, brotou da terra. Blythe cerrou os dentes e ficou assistindo à criatura se remexer e se levantar do chão em seguida. Soltou um suspiro de assombro e ficou imóvel quando a criatura passou, engatinhando, por cima dos seus tornozelos e foi até um arbusto cheio de frutinhos que havia ao lado dela. Pensou que o contato fosse lhe causar repulsa. Pensou que o corpo fosse começar a tremer, porque a criatura a utilizou como degrau para alcançar o arbusto. Em vez disso, a estranha criatura era quente, encostar nela foi agradável e, quando Blythe se deu conta, estava respirando normalmente.

– Não vai te fazer mal. Continue olhando. – A voz que disse isso não era humana. A garota jamais tinha ouvido uma voz tão delicada, que fluía com a graciosidade da água em um chafariz. A impressão era de que a voz não vinha de um único corpo, mas das próprias árvores. De toda e qualquer folha que farfalhava ao vento e de cada graminha que se curvava sob o peso daquelas criaturas.

Era uma voz que não podia ser ignorada. Uma voz que fez Blythe virar a cabeça e ficar assistindo à criatura pegar dois frutinhos de um arbusto próximo. Sendo tão pequena, quase caiu quando fez força. Mas, depois de mais algumas tentativas, conseguiu arrancar os frutinhos e os enfiar no rosto, no lugar onde ficariam os olhos. Quando o ser correu ao encontro de outros que tinham galhinhos brotando da cabeça ou folhas caindo dela, imitando cabelo, a garota se deu conta de que a única coisa que sentia era paz. Quanto mais assistia, mais bonitinhas pareciam aquelas estranhas criaturas.

– Até que são bonitinhas, não são? – papagaiou Mila, como se Blythe tivesse pensado em voz alta. – Nós começamos na terra, assim como terminamos. É a coisa mais magnífica que existe. – A Vida enfiou os dedos dos pés na terra e ergueu os olhos, para se concentrar em Blythe.

– *Nós?* – A voz da garota parecia tão mais fraca em comparação com a da Vida. Tão mais baixa. – Você está querendo dizer... que essas coisinhas são...

– Almas, sim. – O sol brilhou um pouco mais forte com a risada suave de Mila. – Você as está vendo em sua forma mais primitiva. Quando uma alma encontra seu desejo de viver, forneço um corpo para ela – explicou a mulher. – Daí em diante, a alma recebe uma jornada a completar aqui nesta terra. E aí, um dia, essa jornada chega ao fim, e o corpo retorna à terra, ao passo que a alma permanece. É assim que as coisas são: Vida, Destino e depois Morte. Todas essas partes têm seu papel, e todos esses papéis têm sua beleza.

As estranhas criaturas estavam pulando umas em cima das outras, brincando feito crianças. Blythe espremeu os olhos quando uma delas parou de repente. Só teve um segundo para acenar para as demais antes de piscar e deixar de existir, com um brilho dourado. A Vida aproximou os joelhos do peito e apoiou os braços neles.

– E lá vai ela descobrir qual é seu destino – declarou, com os olhos enrugados de alegria. – Qual será a história que Aris vai tecer para ela?

As duas, supostamente, deveriam ser uma só, a mesma pessoa, mas Blythe não sentiu nem um pingo da alegria que a outra mulher dava a impressão de sentir.

– É realmente só isso que existe? – perguntou. – Vida, Destino e depois Morte?

– Claro que não. – A risada que Mila deu foi delicada como um sino dos ventos. – Tem muito mais coisa em jogo em uma vida, meu querido eu. E existem outras por aí, iguaizinhas a nós. Você já conhece uma delas.

Solanine.

A nuca de Blythe ficou arrepiada, de nervosismo.

– O que ela quer comigo?

A tristeza nos olhos da Vida era algo doloroso de ver.

– Não é culpa sua – tranquilizou ela. – Você não sabia, mas agora precisa dar um jeito nisso. Você interferiu no equilíbrio.

– No equilíbrio *do quê*?

Em segundo plano, a garota sabia que ainda dormia no divã da biblioteca, e que a realidade poderia arrancá-la, a qualquer momento, daquele lugar de sonho, onde ela fora parar atraída pela Vida. Precisava se acalmar. Respirar fundo, por mais que seus pensamentos estivessem em polvorosa, nem que fosse para ficar ali mais alguns instantes.

– Você precisa aprender as regras – declarou Mila. – A maioria vem naturalmente, mas outras podem não vir. Todos nós já tivemos essa tentação. Ficamos apegados demais aos humanos e cometemos erros crassos. Só que esses erros têm consequências. Faço parte de você – ela prosseguiu. – Suas lembranças virão em seu devido tempo, se você optar por permitir que venham, mas não posso lhe dizer nada que você já não saiba lá no fundo da alma. Você precisa se dar conta sozinha: só existe uma regra para o poder que você possui. Só existe uma coisa que pode fazer, capaz de interferir para sempre no equilíbrio deste mundo. Pense, Blythe. Você sabe o que é.

A garota teve vontade de brigar. De exigir que Mila lhe desse a resposta de mão beijada e não a fizesse perder mais tempo precioso. Só que, quanto mais a pergunta se infiltrava nas profundezas de sua mente, mais Blythe sentia a resposta queimando na ponta da língua.

– Os mortos – disse ela. – Era disso que Solanine estava falando quando comentou sobre o cavalo. Não posso ressuscitar ninguém que já morreu.

– Por mais que você queira. Solanine é do tipo distraída. Mas, se tal coisa acontecer, desobedecer a essa regra é simplesmente pedir para o Caos se instaurar.

Caos. Blythe deveria ter adivinhado quem Solanine era.

– Então o Caos quer o quê, que eu mate o cavalo? Em troca da vida que dei? – A garota soltou uma risada debochada. – Ele nem estava morto.

Mila fechou os olhos. Seu suspiro levantou uma lufada de vento que roçou as árvores, fazendo as folhas cantarem.

– Não posso dizer mais do que você já sabe. O Caos reina quando alguém interfere no equilíbrio da natureza. E você, mais do que ninguém, deve respeitar o equilíbrio natural deste mundo. Todos que vivem precisam morrer um dia.

Mais uma daquelas estranhas criaturas piscou na visão periférica de Blythe, com um brilho dourado. Quando a garota deu por si, seus pensamentos estavam se enveredando para Aris. Será que ele estava sentado em seu ateliê com uma agulha na mão, criando o destino da alma que a Vida acabara de colher da terra? Será que saberia lhe fornecer as respostas que Mila não podia dar?

– Ele está te procurando, sabia? – disse Blythe, para a mulher. – Ele está te procurando há muito, muito tempo.

– Eu sei. – Mila se aproximou e pegou a mão da garota mais uma vez. Com a terra entre as duas, Blythe não havia se dado conta de como aquela mulher era formidável. Não tinha as mãos delicadas e suaves de uma dama. Eram fortes e calejadas, imperiosas, tanto que uma leve apertada bastou para fazer Blythe dirigir sua atenção para o fogo que ardia nos olhos da Vida. – E é por isso que fico feliz por ele finalmente ter nos encontrado.

O sorriso de Mila era uma maravilha, tão cintilante quanto a própria luz; era impossível desviar o olhar dele.

– Não vou mais te incomodar. – As palavras da Vida foram uma promessa. – Mas isso não significa que eu não faça mais parte da sua alma. Pode ficar tranquila, sabendo que sou apenas uma pequena parte, porque teve séculos e mais séculos para aprender e crescer em relação à época em que esta alma pertencia apenas a mim. A vida que você levou é diferente da que eu levei. Sou sua origem, e você é meu futuro. Somos diferentes, Blythe. Mas a história tende a se repetir, e você não pode permitir que isso aconteça. Precisa consertar o que foi posto em ação. – Ela disse essas palavras com certo tom lacrimoso, que chamou a atenção de Blythe. Só então percebeu que Mila estava ficando com os contornos esfumaçados, fundindo-se com a luz.

– Que *história*? – indagou a garota. – Se quer que eu entenda, então não fale comigo em enigmas!

Mas era tarde demais. Mila não podia dizer mais nada, e Blythe foi jogada de volta nas agruras da realidade.

VINTE E SEIS

Quando abriu os olhos, Blythe ainda sentia a lama acumulada debaixo das unhas. Levantou apressada do divã, em pânico: tinha a sensação de que uma centena de insetos minúsculos rastejavam dentro de si, enterrados sob a pele.

Sua biblioteca ainda era apenas isso: sua biblioteca, um plácido ambiente de sonho, onde a chuva batia na janela e uma lareira poderosa lutava contra o frio do inverno. Se não fosse a terra que sujava as pontas dos dedos, ela poderia muito bem ter acreditado que sua conversa com Mila fora um sonho. Sendo bem sincera, gostaria que *tivesse* sido, porque, por mais amável que a Vida fosse, a garota não conseguia engolir o fato de que falara com um fantasma. Como Signa conseguia fazer aquilo diariamente era algo além de sua compreensão.

Blythe pediu para a biblioteca lhe fazer um rio com um brilho prateado sob o luar e, nesse rio, esfregou as mãos até ficarem limpas antes de sair correndo dali, à caça de Aris. Não demorou muito para encontrá-lo: o Destino tinha deixado a porta do ateliê entreaberta.

Com passos silenciosos, Blythe se aproximou do retrato da Vida. Devia ter passado por ele centenas de vezes, só que agora sentia o frio da água batendo na pele da mulher e tinha a lembrança do vestido sendo puxado pelo laguinho. Por mais certeza que tivesse de que não estava mais sonhando, o zumbido dos insetos causava repulsa em seus pensamentos, e ela não conseguiu silenciar um ruído que lhe pareceu o timbre baixo de raposas e de arbustos sendo sacudidos, logo atrás de si.

Quando Blythe examinou o retrato, percebeu que a Vida não estava sozinha na pintura. Aris estava à sombra, debaixo das árvores, e a garota ouviu a voz dele brincando com a primeira esposa, vinda das profundezas de sua memória. Estava tão distraída em seu esforço para entender as palavras que quase não ouviu a voz verdadeira do marido, que a chamava no presente.

– Então os mortos acordaram – disse Aris. Estava com a voz estranhamente rouca. – Entre, Roseira-Brava. Quero te mostrar uma coisa.

A voz do marido atraiu a garota para o presente. Ela não sentiu mais a água batendo na cintura, mas o mármore polido sob os pés. Encolheu os dedos dentro dos sapatos e pisou firme no chão, voltando à realidade. Com a mesma rapidez com que surgiu, a lembrança da Vida se dissipou, feito uma estrela cadente.

Blythe obrigou o cansaço do corpo a se conter quando passou pela porta. Apesar de saber que não deveria ficar surpresa, tinha um pressentimento de que não deveria acreditar no que estava vendo. Pois de que outra maneira poderia explicar aquela verdadeira fábrica que aguardava atrás de um retrato?

Talvez, da mesma maneira que alguém poderia explicar uma biblioteca de estrelas e janelas com céu sempre sombrio. Duvidava que algum dia entraria em uma das criações de Aris sem sentir nada. Sem achar que a mente do Destino era absolutamente mágica.

Blythe foi seguindo a voz de Aris, abaixando-se para não bater nas fileiras de tapeçarias penduradas em varais que se movimentavam. Teve de desviar delas, tateando na luz fraca, e tropeçou no canto de um tapete. Abriu os braços para não cair, mas foi segurada por mil fios dourados antes que pudesse bater em uma das criações do marido.

– Cuidado onde pisa – avisou o Destino, logo atrás dela, com uma voz baixa e carregada de cansaço. – É melhor não encostar.

A camisa de Aris estava mais solta do que da última vez que ela o vira; os primeiros botões estavam abertos, as mangas amarrotadas, arregaçadas até os braços. Um pingo de tinta vermelha no colarinho fez Blythe ficar corada, lembrando de como aquela mancha fora parar ali.

– Que lugar é este? – perguntou a garota. Os fios se soltaram de seu corpo e sumiram em uma réstia de luz.

– É para cá que as almas vêm, para que seu destino seja tecido. – Aris fez sinal para a esposa ir em frente. Movimentava-se pelo recinto com a elegância de quem já andara por aquele chão mais de mil vezes. Blythe fez de tudo para acompanhá-lo, espichando o pescoço para lá e para cá, curiosa para saber onde as almas poderiam estar escondidas. O ar no ateliê não estava gelado como ficava quando a Morte ou algum espírito estavam por perto, e ela não conseguiu enxergar nenhuma minúscula criatura de lama como aquela que Mila a ajudara a criar.

– Não vejo nenhum espírito – sussurrou Blythe, porque não queria ofender as criaturas, caso alguma pudesse ouvi-la. Aris só deu risada.

– Eu não estava falando tão literalmente. Este cômodo é movido pela minha magia. Mesmo quando não estou com a agulha na mão, os destinos não param de ser tecidos. É a vantagem dos meus poderes e, suponho, dos poderes de quem é igual a mim. Independentemente de quem somos e do que estamos fazendo, o mundo vai continuar sendo como deveria ser, enquanto existirmos.

Isso, pelo menos, respondia à pergunta sobre as habilidades da própria Blythe. Fazia todo o sentido: se o Destino e os demais tinham um propósito, a Vida também deveria ter um. Mas Blythe existia havia 21 anos sem saber do que era capaz. Até poucos minutos antes, nunca tinha criado uma vida com as próprias mãos, nem sequer tinha vislumbrado uma alma. Havia um milhão de coisas que a garota não entendia. Mas, pelo menos, podia se sentir aliviada quanto a isso.

Lançou mais um olhar para as tapeçarias que brotavam, sabe lá Deus de onde. De início, cada tapeçaria que deslizava pelo varal e entrava em seu campo de visão estava em branco, então ia ganhando pontos à medida que se movimentava pelo fio. Do outro lado, vindo da parede oposta, havia pontos que se desfaziam, fio por fio, até a tapeçaria acabar sem nada. Aonde os fios *iam parar*, entretanto, era mesmo uma questão curiosa. Por um tempo, a garota ficou olhando para ver se caíam no chão, mas desapareciam antes que ela tivesse tempo de piscar.

Blythe tinha de dar crédito a Aris: o lugar era meticulosamente organizado.

Por mais estranha que fosse aquela fábrica autossustentável, o local a cativou. Apesar de a garota ter se convencido de que não deveria sair de perto do marido, quando se deu conta já estava distraída pelos fios cintilantes e se aproximando das tapeçarias, desesperada para compreender as histórias que previam. Espichou um dedo para passá-lo na superfície de uma, sem ter a menor noção do que fazia, mas Aris segurou sua mão antes que ela pudesse encostar.

– Bisbilhoteira como sempre – censurou o Destino, sem ser ríspido. – Resista à tentação. Se encostar nesses fios sem luvas, terá a sensação de que está dentro do corpo de outra pessoa, vivenciando a vida inteira dela em questão de segundos.

– *Segundos?* – Blythe puxou a mão e a segurou perto do peito, como se o membro fosse inclinado a traí-la. – Como é possível?

– Do mesmo modo que tudo isto é possível, ou seja: não faço a menor ideia. Dentro deste recinto, apenas segundos teriam se passado.

Mas você sentiria cada minuto da vida dessa pessoa. Cada respiração, cada dor, cada pedacinho de quem ela é. E, quando voltasse a ser você, se sentiria perdida no próprio corpo.

A garota cerrou bem os dentes e deixou as mãos grudadas na lateral do corpo.

– E é isso que você fica fazendo todos os dias? – O pavor enfraqueceu sua voz. – Você some assim? Entra em outra vida?

Um sorriso se esboçou no rosto de Aris.

– Das almas que teço à mão, sim. Pelo menos, em certo sentido. Aprendi a ter mais consciência de que não estou vivenciando meu próprio corpo nem minhas próprias lembranças, mas as de alguém que estou controlando, ao tecer. Mesmo assim, tenho certeza de que agora você compreende por que prefiro ter certa variedade nas histórias que crio.

Blythe compreendia, mas não tinha muito estômago para pensar na ideia de ficar presa naquele estado. Sempre soube que o Destino possuía mais poder do que ela poderia imaginar, mas experienciar tantas vidas... ser tantas pessoas diferentes e ao mesmo tempo continuar fiel a si mesmo? A garota ficou imaginando como o marido conseguia não desmoronar toda vez que voltava a si.

Os dois chegaram a uma mesa nos fundos do cômodo. Em cima dela havia algo que, provavelmente, deveria ser mais uma tapeçaria. Só que, quando comparada às demais, era uma aberração, estava desfigurada e desfiada.

– Isso é normal? – Blythe abaixou o tronco para analisar de perto a monstruosidade.

As outras tapeçarias começavam com um fio prateado e terminavam com um fio preto, mas naquela era o contrário. E se isso não fosse suficientemente estranho, não havia outras cores entre um fio e outro. Só tinha um primeiro ponto preto, e tudo o mais dali em diante era prateado. Mesmo enquanto a tapeçaria estava aberta em cima da mesa, novos pontos se formavam. Apesar disso, de certa forma, parecia que ela nunca ficava mais comprida.

Aris ergueu a tapeçaria e a manteve a certa distância do corpo, como se a coisa pudesse sujá-lo.

– Com certeza, não é *normal* – debochou, espremendo os olhos e virando para ver o verso e inspecionar os pontos intermináveis. – Eu estava procurando indícios de quem poderia ser o responsável pelo vandalismo ocorrido na Quinta dos Espinhos quando ouvi essa tapeçaria me chamando. Até o *som* dessa aberração é hediondo, irritante como o de um arco passado em cordas tensas demais de um violino.

A garota tentou ouvir o som da tapeçaria, mas não conseguiu.

– De quem é?

O Destino franziu ainda mais o cenho. Tirou uma das luvas com a ajuda dos dentes e passou o dedo nos fios prateados.

– Isso é o mais estranho: não faço ideia. Posso encostar nos fios o quanto quiser, mas não vejo nada. Só tenho conhecimento de mais uma tapeçaria como essa. Foi há alguns anos, mas ficou toda preta antes que desse tempo de eu descobrir de quem era.

Se fosse verdade que o prateado representava a Vida, então talvez aquela monstruosidade pertencesse a ela. Blythe levantou a própria mão para examinar a tapeçaria e, como Aris não a deteve nem se afastou, segurou a respiração e bateu, timidamente, o dedo nos fios. Respirou aliviada quando nada aconteceu. Ela, pelo menos, não *viu* nada. Mas, no instante em que tirou o dedo da tapeçaria, seu estômago se esvaziou, como se alguém tivesse enfiado uma pá em suas entranhas.

– Também não vi nada. – A garota encostou a mão na boca, que começou a formigar, como se ela tivesse comido algo azedo. – Mas, meu bom Deus, Aris, é de dar náuseas. Você não pode queimar esse troço?

– Já tentei. – O Destino atirou a tapeçaria em cima da mesa e prontamente limpou as mãos com o lenço. – Nem as chamas querem saber dela. A sua tapeçaria e a de Signa também eram estranhas, mas nada que se compare a isso.

A garota ouviu o conselho de Mila – "Você precisa consertar o que foi posto em ação" – quando fitou novamente a tapeçaria, que não havia mudado nos segundos em que Blythe não estava olhando. Mesmo assim, teve de ficar passando a mão nos braços, para baixar os pelos arrepiados. Quanto mais tempo ficava olhando, mais se sentia mal; parecia que o chão estava tentando engoli-la por completo.

– Acha que tem alguma ligação com o que está acontecendo na Quinta dos Espinhos.

Não foi uma pergunta, mas Aris fez que sim.

– Não acredito em coincidências.

Ao observar aquela tapeçaria, Blythe tampouco acreditava.

– Seja lá o que for, vou dar um jeito – prometeu o Destino, e seu tom de autoridade fez a garota se dar conta de que deveria estar com uma cara bem apavorada.

Ainda sentia muito frio. Ainda resistia a ondas e mais ondas de arrepios e à queimação no estômago desde que encostara na peça. Uma tosse repentina sacudiu seus pulmões, e o medo que sentia se transformou em pânico ao vislumbrar as gotículas de sangue que ficaram na ponta dos dedos. Aris surgiu ao seu lado menos de um segundo depois e ficou segurando a esposa, porque mais sangue se derramou da garganta nas mãos trêmulas dela.

– Respire. – Foi uma ordem aflita e sussurrada, da qual Blythe não precisava nem um pouco.

A garota teve de concentrar todas as forças para inspirar, com os olhos lacrimejando, e caiu em cima dele. Sentiu um gosto de ferro na boca e se deu conta, apavorada, de que parte do sangue não tinha saído da garganta, mas do céu da boca. Apertou a língua contra o sangramento, e soltou um grito quando sentiu partes ásperas e doloridas.

Bolhas.

Blythe apertou a garganta, rezando para aquilo ser um sonho. Para acordar a qualquer minuto e descobrir que ainda estava deitada no divã da biblioteca.

– Aris. – A garota ficou tateando, à procura da mão do marido, o coração batendo a mil, à medida que tentava processar o que estava acontecendo.

Será que alguém tinha lhe dado algo de comer? Alguma outra coisa?

Havia mais de um mês andava bem cansada, mas acreditava ser uma doença passageira. Resquícios do antigo envenenamento, do qual ainda se recuperava, ou de uma gripe persistente.

Mas quando começaram a aparecer vislumbres de terra em seu campo de visão e a pele começou a coçar, como se insetos invisíveis caminhassem em cima dela, sabia que era verdade. O marido tinha razão: nada era coincidência.

– Aris. – Ela sussurrou o nome dele mais uma vez, afundando os dedos na pele quando sentiu gosto de beladona na língua. – É o Caos.

PARTE TRÊS

VINTE E SETE

Aris

Elijah Hawthorne chegou antes de o sol raiar. Podia até ter achado estranho o fato de Aris ter aberto a porta do Palácio das Glicínias e não um criado, mas não expressou sua opinião e acompanhou o genro. Os dois percorreram o saguão e entraram em uma saleta com iluminação quente, onde duas xícaras de chá fumegante tinham sido dispostas. Nenhum dos dois bebeu o chá; estavam consumidos demais pelo silêncio.

As mãos de Elijah seguraram com força a alça da xícara, as juntas dos dedos ficaram tão brancas que estavam quase sem cor. Aris, por sua vez, andava de um lado para o outro na frente da lareira, sem conseguir se sentar. Ele não poderia consolar o sogro, afinal o que poderia ser dito? Sabia que era melhor não mentir para Elijah, empregando palavras amenas – até porque não era capaz de ler a tapeçaria de Blythe, para ver se haveria um fundo de verdade em tais palavras.

Teria sido tão mais fácil se Aris simplesmente tivesse ignorado a garota desde o primeiro dia em que ela pôs os pés em Glicínia. Que azar o fato de seu sangue ferver quando pensava no sofrimento da esposa e de ele querer rasgar todas as tapeçarias que já tecera na vida para caçar informações e descobrir por que o Caos poderia estar interessado nela. Blythe era uma sanguessuga em sua cabeça, sorvendo todo e qualquer pensamento racional. Da hora em que o Destino acordava, fazendo planos para a aventura do dia, até o instante em que colocava a cabeça no travesseiro e deixava os pensamentos repassarem as lembranças da risada da garota. Ela o cativava, estava grudada em sua cabeça feito uma canção inescapável.

Aris já tinha se apaixonado por alguém antes, e como fora tolo. Porque sua vida era infinita, e a de Blythe, uma coisa curta e frágil. Seria melhor que a garota morresse agora, antes que tais sentimentos se apoderassem dele. Blythe era um parasita, um parasita do qual o Destino não fazia ideia de como se livrar.

Então por que estava tão desesperado, querendo que a esposa continuasse a viver? Querendo ver seus olhos reluzirem ao provar o mais intenso dos chocolates e testemunhá-la se apaixonando pelo mundo, posto que o Destino acreditava estar anestesiado, de forma tão desoladora, para o mesmo mundo?

Aris nunca se importara com a passagem do tempo. Poderia passar séculos e séculos sem ter vontade de tirar os olhos de suas criações e descobrir quantos anos haviam transcorrido. Mas cada instante na companhia de Blythe era um instante em que ele, quando dava por si, desejava que o tempo pudesse ser infinito. A garota cavara um lar para si sob a pele dele, e o corpo do Destino ardia de desejo toda vez que conseguia arrancar um sorriso da esposa.

Aris desprezava Blythe por isso e, mesmo assim, não conseguia se distanciar dela.

Endireitou-se na cadeira quando ouviu o médico descer a escada se arrastando e ficou ouvindo apenas vagamente enquanto o homem tagarelava, dizendo que Blythe encontrava-se estável. Não esperou o médico terminar de falar para desviar do homem, subir a escada e rumar para os aposentos da esposa.

Blythe ficaria bem. Tinha de ficar.

Elijah estava em seu encalço quando ele abriu a porta e se deparou com a garota sentada em uma cadeira, usando um vestido de musselina claro. Blythe sorriu quando os dois entraram, mas nem o belo vestido nem o cabelo penteado seriam capazes de esconder as olheiras fundas, nem o fato de ela estar pele e osso. Não fazia a menor diferença quanto tempo dedicava a bancar a saudável: não conseguia esconder a verdade que anuviou o olhar de Elijah.

Aris sabia muito bem o que acontecia quando o Caos atacava. Sabia das pragas que se abatiam sobre o mundo e das vidas impiedosamente ceifadas quando o equilíbrio não era observado. Isso acontecera com Mila, quando a Morte tentara prolongar sua vida, tantos anos antes, e agora o Caos estava vindo atrás de Blythe.

Mas por quê?

Elijah se aproximou da filha dando três passos largos. Mas, quando tentou pegar a mão dela, a garota não deixou.

– Estou bem ao ponto de dispensar esse cuidado todo – declarou Blythe, remexendo nas cutículas, distraída. – Agradeço a preocupação, mas não preciso ser mimada.

Era mentira. Passar dois meses sem conseguir ficar muito longe de alguém tornava fácil aprender os tiques dessa pessoa. Aris só precisou olhar de relance para a pele em volta das unhas da esposa para entender as verdades de Blythe.

– Você precisa descansar – declarou. Uma mecha de cabelo ameaçava cair no rosto dela. Por mais que a mão morresse de vontade de prendê-la atrás da orelha da garota, o Destino se conteve e cerrou os dentes quando Elijah fez isso.

– Posso te levar para a Quinta dos Espinhos – sugeriu Elijah, dirigindo-se à filha. – Você vai ficar mais confortável lá, onde já conseguimos cuidar de você antes.

– Ela só ficou doente *depois* de ir para a Quinta dos Espinhos – argumentou Aris.

O Destino bem gostaria, do fundo do coração, de ser capaz de morder a própria língua e não se intrometer. De conseguir deixar o destino seguir seu curso antes que se apegasse ainda mais àquela mulher.

Não seria a primeira vez que ele se sentia fisicamente atraído por alguém desde a morte de Mila. Só que, por mais que detestasse admitir, não era apenas atração física. E, diante disso, Aris não tinha a menor chance.

– Blythe vai ficar aqui em Glicínia, onde posso monitorá-la. – Ele se aproximou e falou sussurrando, só para Elijah ouvir: – Sua filha pode tentar nos convencer do contrário o quanto quiser, mas você sabe tão bem quanto eu que Blythe não está bem. Na Quinta dos Espinhos tem gente demais. Variáveis demais. E, se é que a conheço, sei que ela não vai baixar a guarda estando perto de você, Elijah. Não vai relaxar, porque não vai querer que você veja seu sofrimento.

Elijah ficou calado por um bom tempo, remexendo nas cutículas, igualzinho a Blythe. Quanto mais Aris via os dois juntos, mais percebia suas semelhanças. Ambos tinham um temperamento explosivo; bastava uma simples faísca para pegar fogo. Os olhos do homem ardiam de raiva quando se dirigiram ao genro, mas o Destino se manteve firme até aquelas chamas se apagarem.

– Não quero sair de perto dela – sussurrou, proferindo essas palavras com a alma despedaçada.

Aris não sabia ao certo *por que* se dava ao trabalho de tentar agradar aquele homem. Poderia deixar seus fios se enroscarem no corpo de Elijah e expulsá-lo do palácio. Poderia infiltrar os próprios pensamentos nas profundezas da psique do homem, até o sogro confiar mais nele do que em qualquer outra pessoa. Mas tinha prometido para Blythe que não manipularia Elijah e, ainda que jamais tivesse feito essa promessa, Aris não sabia se teria usado seus poderes. Por mais irritante que isso fosse, quando dava por si, ele por algum motivo tinha vontade de impressionar Elijah Hawthorne. Não só isso, mas queria que aquele homem *gostasse* dele. Aris estava tão apaixonado que chegava a ser patético.

Aproximou-se de Elijah, segurou no braço dele e baixou bem a cabeça.

– Vou cuidar bem de sua filha, Elijah. Juro pela minha vida.

Ah, e o Destino estava sendo muito sincero. Apesar de todas as emoções conflitantes e do pavor que sentiu ao se dar conta do que estava lhe acontecendo, cada palavra que Aris disse foi sincera. Encontraria o Caos e queimaria Solanine viva, se necessário.

Elijah também deve ter sentido essa sinceridade, porque foi o único motivo capaz de afastá-lo da filha.

Ele demorou mais dez minutos para se despedir, se certificar de que Blythe não teria uma síncope naquele exato momento e se convencer a ir embora. Quando saiu e fechou a porta, a garota encolheu-se na cadeira, soltando o suspiro mais profundo que Aris já vira. Bem como esperava, a esposa praticamente desmoronou nas almofadas, seu cansaço se evidenciando na ausência do pai. O Destino ficou pensando que a garota deveria mentir muito melhor do que ele já conseguira reconhecer.

– Ele já foi? – perguntou Blythe, sem ar, apesar de estar naquela posição, enfiada no sofá, fingindo ser uma das almofadas.

– Já foi – ecoou Aris, sentando-se ao lado dela. Mesmo sendo tão pequena, Blythe, sabe-se lá como, ocupava todo o divã, deixando apenas um pedacinho da beirada para o marido se equilibrar. – Você deveria tentar…

– Se me disser para eu descansar de novo, vou arrancar sua língua. – A seriedade da ameaça segurou as palavras do Destino. – Sei o que acontece quando fico deitada na cama quando estou doente. Uma hora, vou me fundir com ela e passar meus dias olhando para o teto, esperando seu irmão vir me buscar.

Aris fez uma cara azeda ao pensar no assunto.

– Não era isso que eu ia dizer – mentiu. – Eu ia sugerir que você me contasse como está se sentindo de verdade e como gostaria de passar o dia.

Os olhos de Blythe brilharam e, bom Deus, Aris sentiu esse brilho feito um raio, atingindo o âmago de seu ser. Engoliu em seco e cerrou os punhos na lateral do corpo, para conter a emoção. Como se permitia ser enrolado por aquela garota com tanta facilidade? Aquela esposa linda e deplorável.

Era para Blythe ser um espinho que vivia a espetá-lo. Um estorvo a cada instante que o Destino passava acordado. Então por que Aris teve a sensação de que algo havia despertado em seu íntimo quando viu aquela faísca nos olhos da esposa? Por que sentia a necessidade de despertar aquele olhar muitas e muitas vezes e arrancar prazer daqueles lindos lábios?

Deveria estar procurando Mila. Apesar disso, no momento, Aris temeu tudo o que poderia fazer para agradar a mulher diante de si. Aquela criatura infernal e irritante.

– Preciso ver Signa – declarou Blythe, mas o Destino apenas fez que não.

– Dê esse dia para mim – falou. – Veja Signa à noite, se precisa mesmo vê-la, mas me dê o seu dia.

Blythe parecia pronta para discutir, mas algo segurou as palavras em sua língua. Aris ficou imaginando o que a esposa poderia estar pensando. Se também sentia o mesmo conflito em seu coração. A mesma atração que o Destino sentia por ela. Aris sabia que, fisicamente, pelo menos, sim, porque Blythe era jovem, curiosa e péssima quando se tratava de esconder as emoções em seu rosto.

Agora, se existia algo além da atração física... O Destino ficou com um nó na garganta só de pensar, sem saber se queria ou não descobrir.

– Então me leve para algum lugar – sussurrou Blythe. – Não me deixe aqui trancada feito algum frágil tesouro de família, Aris. Se quer que eu te dê meu dia, então me leve para longe daqui e me mostre alguma coisa que só você poderia me mostrar.

O Destino não gostou do fato de a esposa ter dito isso como se fosse seu último pedido. Apesar de ter todos os instintos de trancafiá-la para garantir sua segurança, se Blythe queria ver o mundo, então Aris lhe mostraria o mundo. Ela podia ou não se dar conta, mas Aris era como argila em suas mãos. Passaria todos os minutos da vida arrancando as estrelas do céu para lhe dar um buquê de constelações, se fosse isso que precisasse fazer para agradá-la.

Porque essa verdade não podia mais ser ignorada. Pela segunda vez na vida, Aris Dryden estava se apaixonando. Só que, desta vez, ele rezou para o destino estar a seu favor.

VINTE E OITO

Aris levou os dois para o topo de uma montanha verdejante, onde as folhas da grama alta e papoulas vermelhas feito rubis cumprimentaram Blythe, roçando em suas panturrilhas. O céu tinha um tom absurdo de azul, tão lindo que dava a impressão de ter sido tirado de uma pintura em um passe de mágica, repleto de nuvens tão perfeitamente moldadas que a garota ficou imaginando quanto daquilo teria sido pintado pela mão de Aris.

Um vento suave soprou seus cabelos e ergueu suas saias, uma dupla bem-vinda para o sol que irradiava sobre os dois. Blythe inclinou a cabeça para trás e o recebeu de braços abertos.

Lá de cima, dava para ver uma cidadezinha minúscula, construída mais para dentro do desfiladeiro, com ruas estreitas em zigue-zague, apinhadas de flores do campo. Ao longe, estendiam-se hectares intermináveis de fazendas – campos de plantações, galinheiros, chiqueiros e estábulos que tomavam conta da paisagem, repletos de animais.

Blythe tentou dar um passo e se aproximar de um dos estábulos de teto vermelho, mas cambaleou. Estava sem equilíbrio desde que haviam chegado ali. Por mais que gostasse da praticidade, a garota não sabia ao certo se, um dia, se acostumaria com o método de transporte de Aris.

Quando o marido segurou seu braço para ajudá-la a recuperar o equilíbrio, Blythe reparou que ele estava com uma roupa diferente. Nunca o vira com um traje tão simples: calças pretas descontraídas e uma túnica branca, com os botões do colarinho abertos. Parecia prestes a pegar uma pá e começar a trabalhar nos campos a qualquer momento, e a garota ficou contemplando os braços esculpidos de Aris e o brilho dourado que o sol lançava na pele bronzeada dele, pensando na noite anterior que haviam passado juntos e em como seu corpo ardia de desejo pelas carícias dele.

Conversaria com Signa naquela mesma noite. A prima seria sua confidente, para quem contaria tudo o que sabia e com quem traçaria um plano para enfrentar o Caos. Mas caso tudo desse errado – caso o Caos levasse a melhor –, Blythe não passaria seus últimos instantes de vida sozinha, presa em seus aposentos, contando as espirais do papel de parede que revestia o teto. Desta vez, quando encarasse seu destino iminente, estaria passeando pelo campo com um belo homem.

– Este lugar é tão lindo que parece uma pintura – comentou a garota, apoiando-se no marido, enquanto atravessavam um trecho de planícies gramadas em direção à cidadezinha.

Seus passos estavam mais lentos, e a respiração, um pouco inconstante. Mas, a qualquer momento, Aris poderia levá-los de volta para o conforto do Palácio das Glicínias, caso fosse necessário.

– É, sim – concordou o Destino. – Mas não estamos aqui por causa da cidade.

Aris diminuiu o ritmo, caminhando lentamente para ajudar a guiar os passos da esposa. Teria sido bem mais fácil surgir diretamente no vilarejo distante, mas a garota ficou feliz com a vista. Além do mais, tentar explicar a alguém como tinham surgido do nada não lhe parecia a maneira mais frutífera de passarem o dia.

Assim como Brude, aquela cidadezinha era desconhecida. Apesar de ter vasculhado as próprias lembranças diversas vezes, Blythe não conseguia se recordar de ter visto aquele lugar em livros ou imagens de museu. O vilarejo inteiro cabia em uma rua comprida, e não passava a sensação opressiva transmitida pelas fábricas e demais construções industriais gigantes que ficavam a uma hora da Quinta dos Espinhos. Ela tentou, sem sucesso, adivinhar onde estavam pelas expressões empregadas pelas pessoas do vilarejo, que ficaram encarando os dois com a curiosidade de quem não recebe visitantes com muita frequência.

– Estamos bem ao norte, em uma cidadezinha chamada Hateno – explicou Aris, abaixando-se para passar sob os beirais das construções depois de entrar em um pequeno beco, onde a grama brotava entre as pedras esporádicas. A impressão era a de que, a certa altura, alguém tinha tentado transformar aquelas ruas em uma trilha de paralelepípedos, mas desistira na metade. Blythe foi pisando com receio; não queria esmagar as plantas recém-crescidas.

– Já veio muitas vezes a este lugar? – perguntou, esforçando-se para acompanhar o marido, que andava pelas ruas com uma precisão de especialista. – Dá a impressão de conhecer muito bem a cidade.

Estavam chegando ao coração da cidade, passando pelas ruas e se dirigindo à área das fazendas. A cada passo que Blythe dava, sentia um calor no peito, e as bochechas ficavam coradas com o menor dos esforços.

– Teci o destino de todo mundo que mora aqui – contou Aris, dando o braço para a esposa. – Sendo assim, conheço essas ruas como a palma da minha mão. Já vim uma ou duas vezes nos últimos anos, mas o vilarejo é pequeno, e eu não queria chamar atenção.

Sabendo tudo o que sabia a respeito do marido, a garota supôs que, fosse qual fosse o motivo de ele tê-la trazido até ali, deveria ser algo impressionante de ver, para ter despertado seu interesse. Apertou mais o braço do Destino, querendo ter a energia necessária para apressar o passo. Pelo andar da carruagem, entretanto, supôs que deveria se considerar uma pessoa de sorte por ainda ter energia para sair da cama. Inspirava bem devagar, tentando não deixar transparecer o quanto estava ofegante nem o quanto seus tornozelos tinham inchado. As pernas ardiam com o esforço físico e, apesar de saber que ficar na cama era a alternativa mais inteligente, não podia suportar a ideia. Durante o tempo que pudesse, iria *viver*, por mais exausta que estivesse.

Aris a ajudou a percorrer os sucessivos morros baixos salpicados de gado, parando para Blythe fazer carinho em cada um dos animais, e deu risada quando um pequeno rebanho de ovelhas veio atrás dos dois. Não demorou para Blythe e o Destino se depararem com várias construções antigas, caindo aos pedaços, sendo que uma delas era uma casa pequena e outra um galpão grande, com metade do telhado afundado pela ação das intempéries.

O mundo se tornou mais silencioso à medida que ela se aproximava, tão imóvel que teve a sensação de que a personificação desse mundo estava bem ali ao seu lado, baixando a cabeça para ouvir alguém que começara a cantar dentro do galpão. Era uma música diferente de todas que a garota já ouvira, uma voz tranquilizante, que fluía livre, feito um córrego no verão.

– O que é isso? – sussurrou Blythe, quando Aris a posicionou mais perto, atraído pela tal voz de um jeito que ela não compreendia.

Blythe poderia passar uma eternidade com os pés fincados naquele lugar, sem noção do tempo, desde que o homem lá dentro continuasse a cantar. Até então, nunca acreditara em anjos, mas como um reles humano poderia criar um som tão encantador?

O Destino apontou para um pequeno buraco no galpão, e Blythe se aproximou para espiar lá dentro, só que estava escuro demais para enxergar muita coisa, a não ser o homem que pegava feno com uma pá enquanto cantava. Pelo jeito, algumas ovelhas tinham vindo atrás dele. Baliam felizes e contentes de quando em quando, mas, tirando isso, ele estava só. E a garota não conseguia compreender a razão por nada neste mundo.

Uma voz como aquela deveria lotar teatros, deveria ser assunto dos jornais do mundo inteiro.

– Foi ele quem viemos ver. – Aris passou a mão na cintura da esposa e a puxou mais para perto. Blythe tentou ignorar o fato de ter ficado sem ar ante o toque.

– Ele é incrível – declarou. Tal palavra, entretanto, mal fazia jus ao talento do homem, que emendou outra canção sem o menor esforço, e a fez se lembrar do toque do sol em sua pele durante o verão. Não falava o idioma da letra, mas não havia necessidade de palavras quando a emoção exalava cada vez que aquele homem respirava. – Ele deveria estar em um palco de destaque.

Aris soltou um murmúrio gutural.

– Ele sonha com isso. Tem dias em que fica imaginando como seria cantar sob o calor dos holofotes e capturar a atenção de uma plateia de centenas de pessoas. Entra aqui no galpão e imagina que está em um teatro lotado de gente que pagou pelo privilégio de ouvi-lo cantar. Outras noites, fica pensando se valeria a pena transformar essa paixão em trabalho e deslocar toda a vida e a família para ir atrás de um sonho. Está satisfeito neste lugar, com esta vida e essas pessoas. Quem há de dizer o que o futuro lhe reserva, caso decida se arriscar?

Blythe achou tão injusto ter o privilégio de ouvir aquele homem, sendo que o resto do mundo não tinha.

– Qual será a decisão que ele vai tomar? – insistiu a garota, desesperada para saber. – Vai se arriscar?

Demorou um bom tempo para o Destino responder, porque

estava concentrado, assim como Blythe, em ouvir o mais natural dos *crescendo*. A garota só se deu conta de que o rosto estava úmido quando Aris passou o dedão em sua pele, secando as lágrimas.

– Ele vai ficar aqui – respondeu o Destino, bem na hora em que um véu de silêncio caiu sobre os dois. – Poderia ter o mundo inteiro comendo em sua mão se quisesse, mas vai optar pela felicidade garantida e não pela aposta. O medo vai impedi-lo de se arriscar, assim como faz com tantas pessoas.

Blythe sentiu cada palavra como um soco no estômago.

– Mas ele ainda pode mudar de ideia, não pode?

– Por que deveria? Terá uma vida satisfatória aqui, e você mesma disse que isso pode ser muito maravilhoso.

O coração da garota se sobressaltou ao ouvir essas palavras. Porque sim, isso *era* maravilhoso e ela *tinha* falado sério. Mas sentiu um vazio na alma quando o homem parou de cantar. Depois de ouvi-lo, Blythe nunca mais acharia graça em outras músicas, e não compreendia como o medo poderia impedir tamanho talento de brilhar como deveria.

Ela agarrou a mão de Aris. Agora compreendia o que o marido quisera dizer, semanas antes, quando ficou tão insatisfeito com uma de suas tapeçarias. Como era difícil assistir às pessoas mais talentosas permitirem que o medo as impedisse de se tornar tudo o que poderiam ser.

Mesmo assim, Blythe tentou se convencer de que aquele homem ficaria satisfeito com a vida que tinha. Sempre com curiosidade e imaginando o que poderia ter sido, talvez, mas feliz de todo modo. E isso valia alguma coisa.

O Destino se afastou do galpão e ficou tão perto da esposa que ela conseguia sentir o peito do marido subindo e descendo. Aris, então, a olhou de cima a baixo, avaliando a situação dos dois antes de fitar seus olhos.

– Tenho pensado muito sobre medo esses últimos dias – falou. – Em como até eu sou vítima desse sentimento. Talvez eu tenha sido precipitado nos julgamentos. Vendo de fora, fica fácil enxergar todas as possibilidades. Ver uma pessoa como se ela fosse uma peça de xadrez e saber exatamente onde poderíamos posicioná-la em nosso tabuleiro.

Aris ergueu a mão, timidamente, e a encostou no rosto de Blythe. A garota ficou imóvel ao sentir a carícia; não teve coragem nem de respirar, com medo de afugentá-lo.

– Mas quando a gente *é* essa peça, só vê o que está bem na nossa frente. Um rei que nos espreita, prestes a dar um xeque-mate, sem termos como evitar a perda. Por anos e anos, me ressenti de todas as almas que se curvaram ao medo. Entretanto, agora me encontro dominado por meu próprio medo. Você me enfeitiçou, Roseira--Brava, e estou apavorado.

Blythe gostaria que seus sentimentos não fossem verdadeiros. Gostaria de ainda poder desprezar aquele homem pelo qual seu corpo tanto ansiava. Seria tão mais fácil se Aris jamais descobrisse a verdade a seu respeito.

Ela também estava apavorada. Apesar disso, não podia deixar de se imaginar ignorando esse pavor e cedendo ao desejo de se encostar no marido. De se entregar, de corpo e alma, a um homem que – disso, ela tinha certeza – daria importância a isso.

Desta vez, Blythe não permitiu que o medo a afastasse do Destino. Desta vez, reconheceu o medo, cedeu o espaço e a consideração que esse sentimento merecia sem se curvar a ele, e ficou na ponta dos pés para beijar os lábios de Aris.

As carícias do marido foram tímidas de início. Os dedos hesitaram antes de se esparramar na curva da cintura da garota. Foi só depois que o beijo se tornou mais intenso que ele a segurou com mais força, os dedos se enroscando no vestido, puxando-a contra o seu corpo, com um desejo desesperado.

Blythe deu vários beijinhos logo acima do colarinho da túnica de Aris.

– Você está sempre tão arrumadinho. Tão elegante. Gostaria de te ver bagunçado. – A garota soltou um suspiro quando ele a segurou pelos quadris, pressionando seu corpo contra a parede do galpão.

– Que bom, Roseira-Brava. – A voz do Destino estava rouca. Ela jamais ouvira o marido falar com um sotaque tão arrastado. – Quero que você me bagunce.

Aris foi subindo a mão, centímetro por centímetro, ao longo da pele ardente das coxas da esposa e, de repente, os dois estavam em um quarto que, na mesma hora, Blythe teve certeza de que pertencia a Aris.

Não havia nenhum lago azul-escuro. Nenhuma constelação tão baixa que a garota pudesse esticar a mão e arrancar uma estrela do céu. Em vez disso, a impressão era de que estavam dentro de uma loja. Uma parede dourada estava abarrotada de inúmeras bugigangas: moedas estranhas, pilhas de diários com capa de couro, vasos que pareciam pertencer a uma época muito distante... Outra parede era toda feita de vitrais, banhando o quarto em um arco-íris de luz difusa, porque o sol do meio-dia reluzia através dela. A cama mais parecia algo tirado de um livro de histórias; os pilares de trás se retorciam, formando um pé de glicínia que fez sombra nos dois. Aris colocou Blythe em cima da cama bem na hora que uma pétala caiu e desceu flutuando até a colcha.

A garota não imaginava que o quarto do marido seria tão hipnotizante. Mas, até aí, o Destino sempre a surpreendia.

– Posso parar – sussurrou ele.

E Blythe ponderou se Aris estava sentindo o mesmo medo que vibrava em seu corpo. Um medo que dizia que ela era magra demais. Ossuda demais. Que não teria comparação com a esposa que Aris tivera um dia. Que aquilo era uma péssima ideia.

Mas pensou no cantor – no sonho que aquele homem queria realizar, mas ao qual tinha medo demais para se dedicar – e enterrou esses medos.

Queria Aris. Queria *aquilo*. E, sendo assim, pegou a mão do marido e a colocou na parte de trás do vestido, ajudando-o a tirá-lo.

Por anos e anos, Blythe se esquivara de ser cortejada. Esquivara-se de tudo que fosse além de caprichos passageiros e casinhos secretos e impulsivos, porque nunca ninguém havia chamado sua atenção. Sempre teve a sensação de que faltava algo. Como se tivessem arrancado um pedacinho seu, e ela procurasse uma maneira de se completar.

Agora entendia por quê. Aquele tempo todo, estivera esperando por Aris.

O Destino tirou a combinação da esposa, e Blythe tirou a túnica do marido, camada por camada, até ambos ficarem nus. Ela respirou normalmente quando eles encostaram o corpo um no outro, então arqueou as costas e saboreou as carícias. As mãos que vagaram pelo seu corpo. Que a seguraram com força, sem medo de que ela fosse algo frágil, que se quebra tão facilmente. O ritmo dos quadris de Aris contra os dela e como aquele homem arrancava prazer de seus lábios a todo instante. Fios dourados se enroscaram em seus pulsos, prendendo-a à cama.

Passando o dedão em seu umbigo até chegar à parte mais sensível de seu corpo, Aris perguntou:

– Ainda me despreza, Roseira-Brava?

No ouvido dele, Blythe sussurrou:

– Não seja convencido.

A risada de Aris foi um som gutural e resplandecente, que a fez chegar ao clímax, porque ele foi mais fundo. Blythe não teve medo de se perder no Destino. Não tinha dúvidas.

Era *isso* que estava faltando. Era *por isso* que sua mente, sua alma e seu corpo estavam esperando o tempo todo.

Com Aris, tudo parecia certo, como Blythe sentira sentido antes.

VINTE E NOVE

Aris

Se existia uma coisa que Aris odiava mais do que tudo, era ter de engolir o orgulho. Ficou cruzando e descruzando os braços, andando de um lado para o outro em seu ateliê, sem conseguir se sentir à vontade. Signa chegara havia poucos instantes para visitar Blythe, e o Destino conseguia sentir a presença do irmão ali perto.

Esperando.

Espreitando.

Um total e completo incômodo.

O Ceifador também deveria saber que havia algo de errado com Blythe e, se sua persistência servia de indicativo, o tolo provavelmente deveria querer ajudar. Cada célula do corpo de Aris lhe falava para ignorar o irmão. Falava que ele era capaz de resolver aquilo sozinho e que a Morte poderia muito bem cair em uma vala e nunca mais sair, no que dependesse de Aris.

Mas aí o Destino pensou na esposa. Em quanto havia demorado

para subir os morros de Hateno, tentando, sem conseguir, disfarçar a falta de ar e a facilidade com que a pele ficava vermelha, em virtude do esforço físico. A doença piorava a cada dia. Blythe estava meio delirante quando comentou a respeito do Caos. Mas se fosse verdade que esse demônio tivesse, de alguma maneira, se infiltrado na vida da garota...

Aris podia até ser arrogante, mas não era bobo. Não tinha a menor chance contra o Caos. Cerrou os punhos, controlando a raiva, foi pisando firme até a porta e a escancarou.

– Entre – ordenou, revirando os olhos quando a Morte entrou correndo menos de um segundo depois. As sombras do Ceifador se infiltraram no ateliê, diminuindo tanto a luz que Aris soltou um suspiro enquanto seus olhos se acostumavam à penumbra.

– Já é bem ruim você ter de vir até aqui trazer Signa – resmungou. – Por que não foi embora?

– Porque Blythe está doente, e você precisa da minha ajuda.

A língua do Destino ardeu com a ameaça das palavras que ele não queria dizer em voz alta. Palavras que o deixariam em dívida com o irmão e estabeleceriam uma ponte entre os dois, uma que Aris não sabia se estava preparado para atravessar. Em outro momento, o Destino poderia ter deixado o orgulho tomar a decisão por ele. Mas, com a lembrança da risada de Blythe na cabeça – suave e encantadora feito um vendaval de primavera, que atormentava seus pensamentos como uma canção inescapável –, virou-se para o irmão e obrigou a verdade a sair pela boca, apesar da dor que lhe causava.

– É Solanine – declarou. – Ela é o motivo para Blythe ter ficado doente.

– Solanine? – As sombras baixaram do corpo da Morte, revelando um cabelo branco feito osso e um rosto para o qual Aris tinha dificuldade de olhar. – Sabemos por quê?

O Destino virou a cara, dirigindo o olhar para o canto, onde estava aquela tapeçaria espúria. A canção que emanava era estridente mesmo então, causando um latejar persistente nas têmporas, do qual ele não conseguia se livrar.

– Não – respondeu Aris. – Mas acredito que tenha algo a ver com *aquilo*.

O Ceifador acompanhou o olhar do irmão e se aproximou da tapeçaria, inclinando-se feito um corvo para inspecioná-la.

– A qualidade do seu trabalho está piorando, meu irmão. Que coisa mais hedionda – comentou a Morte, sem entonação. Aris respondeu com um riso debochado e incrédulo.

– Não fui *eu* que fiz. – O Destino pegou a tapeçaria de cima da mesa e fez careta ao senti-la entre as mãos, como se tivesse passado horas e horas cavoucando na terra e precisasse esfregá-las para conseguir limpá-las. – Encontrei pouco antes de Solanine aparecer. Ela ameaçou Blythe: falou que ela tinha "interferido no equilíbrio" ou alguma bobagem desse tipo.

Aris queria saber de cada detalhe sórdido, mas Blythe estava tão fraca quando conversaram a respeito disso que ele não quis insistir.

– Só vi mais uma igual a esta na vida, que desapareceu antes que eu conseguisse descobrir sua origem.

O Ceifador permaneceu imóvel ao examinar os hediondos fios negros, que não paravam de dar pontos, mas nunca faziam a tapeçaria aumentar de tamanho. Uma aberração.

– Da última vez que Solanine se infiltrou em nossa vida...

– Centenas de milhões de pessoas morreram. – Aris terminou a frase pelo irmão. – Estou ciente. É por isso que, desta vez, precisamos detê-la. Enquanto Blythe estiver respirando, temos uma chance de remediar aquilo que, na época, não conseguimos consertar.

O Ceifador endireitou a postura, a determinação fortalecendo sua convicção, e ele encarou o irmão nos olhos.

– Suponho, então, que pensamos de forma semelhante.

Uma guerra de emoções invadiu Aris, mas ele não deixou transparecer nem uma gota disso quando fez que sim.

– Suponho que sim – admitiu o Destino. – Está na hora de fazermos uma visitinha ao Caos.

O Caos não era uma pessoa fácil de encontrar. Solanine realizava seu trabalho com rapidez: virava nações de pernas para o ar, punha pessoas que se amavam umas contra as outras, além de criar um e outro problema antes de se dedicar à próxima missão. Nunca fora capaz de ficar no mesmo lugar por muito tempo, e costumava se estabelecer em cidades maiores e vilarejos mais chamativos, onde as notícias da destruição que causava poderiam se espalhar mais facilmente. Se Aris sabia de alguma verdade a seu respeito, era que Solanine não tinha muita admiração por trabalhos feitos com discrição. Quando se tratava de suas preferências, quanto mais estardalhaço, melhor.

O Ceifador, por sua vez, nunca gostou muito do Caos, mas aprendeu a compreender como funcionava sua cabeça, dados todos os anos em que foi obrigado a dar um jeito nas confusões que Solanine criava e guiar as almas horrorizadas das pessoas, cuja vida ela ceifava sem o menor remorso. Aprendera a decifrar que tipo de morte era causada pela mão dela. Depois de tentar seguir três palpites do Ceifador, os irmãos encontraram Caos não comandando uma guerra iminente, nem com os olhos brilhando ao assistir à destruição tomar forma. Para surpresa de ambos, encontraram Solanine fazendo-se passar por estudante, de uniforme e tudo, em uma escola de etiqueta.

A escola se chamava Educandário Heléboro, e os dois chegaram não em suas instalações, mas em um quarto pouco iluminado, mobiliado com duas camas pequenas. Solanine estava sentada, com ar satisfeito, em uma das camas, enquanto duas outras garotas batiam boca perto dela. Andavam com todo o cuidado e tinham vários livros empilhados em cima da cabeça, praticando a postura. Aris não fazia ideia do que estava acontecendo, mas ergueu as sobrancelhas para o teto quando uma das garotas tirou um livro da cabeça, se virou e atirou o volume na segunda jovem dama, que estava atrás dela.

O Destino parou o tempo antes que percebessem sua chegada e fez careta ao vislumbrar a lombada do livro, que parou a um mero centímetro do rosto da garota.

Solanine, que estava inclinada para a frente, louca de expectativa, resmungou, reclamando da interferência.

– Você sabe quanto tempo esperei para ela perder a paciência? Estava finalmente chegando à parte boa!

No instante em que o Caos se pronunciou, Aris sentiu um peso no estômago. Parecia que alguém tinha pegado uma faca e raspado tudo o que ele tinha de bom. Qualquer noção de esperança ou luz sumiu, porque o pavor deixou seu corpo mais pesado, dando a impressão de que cada passo na direção daquela mulher era como escalar a montanha mais alta do mundo.

No fim, foi a Morte quem se aproximou, com sua enxurrada de sombras. Estava maior do que poucos momentos antes, e Aris não entendia como o irmão conseguia chegar tão perto de Solanine quando ela estava tendo um de seus ataques de mau humor, bombardeando todo mundo com um desespero que contaminava tudo, feito uma doença. Apesar disso, a voz do Ceifador não estremeceu quando ele perguntou:

– O que está fazendo aqui?

Solanine abriu um sorriso de predador.

– Fui inspirada a voltar para cá pelos acontecimentos recentes. – O tom era tão leve. Tão enganadoramente alegre que a dor e a tristeza que apunhalavam o coração de Aris pareceram sem sentido. – A mente dos jovens é tão maleável. É tão divertido acabar com eles que chega a ser espantoso. – Solanine inclinou a cabeça, desviando da Morte, a fim de observar Aris. O corpo do Destino ficou rígido ao se deparar com o sorriso dela.

– As duas são irmãs. Gêmeas, na verdade – explicou ela. – E, se tudo der certo, a briga será irremediável. Gostaria de ficar para assistir?

– Fica para a próxima. – Aris precisou de uma boa dose de autocontrole para as palavras não transparecerem sua dor. Bufou lentamente, com os lábios entreabertos.

Fazia séculos que não via Solanine e ainda não conseguia olhar para ela sem se arrepender instantaneamente do que seu eu do passado tinha feito com aquela mulher.

Aris e Solanine tiveram um rápido e tórrido romance, passaram apenas alguns meses juntos. Praticamente segundos, em tempo humano. Naquela época, o Destino ainda não conhecia a Vida nem aprendera a ponderar sobre os destinos que tecia. Tentava fazer isso *agora*, sim, ao contrário do que todos queriam acreditar. Mas, na época, Aris só se importava com um bom espetáculo. E isso era algo que Solanine sempre tinha a oferecer.

– Não sou o mesmo homem que eu era antes – declarou. – Não tenho o menor desejo de importunar os humanos.

– Não estou importunando, Ari. – O Caos desviou da Morte e foi se aproximando bem devagar. – É uma inspiração. Os seres humanos não podem existir em um mundo estagnado. Sempre precisam de alguma coisa pela qual podem sentir raiva ou ter um senso de justiça. É isso que os faz continuar vivendo e o mundo continuar girando. Tenho certeza de que este momento vai alimentar os pensamentos dessas garotas por muitos e muitos anos.

O tom de empolgação de Solanine fez Aris se perguntar se Mila tivera o azar de conhecer aquele demônio. Ele não tinha dúvidas de que as duas teriam se tornado inimigas da noite para o dia. Até o Destino acreditava que o mundo seria um lugar melhor sem o Caos, mas quem era ele para saber? No fim das contas, Solanine acreditava na própria missão, do mesmo modo que o Destino e a Morte acreditavam nas suas.

– Pare de segurá-las – ordenou Solanine, com um brilho vermelho e demoníaco nos olhos. – Não vou repetir.

Mesmo na época em que Aris a conhecia na intimidade, Solanine nunca fora paciente. Sempre precisava estar envolvida em alguma coisa. Sempre precisava do drama e de provocar ataques de fúria. Ele não tinha esperança de que alguma parte dela tivesse mudado depois de tantos séculos.

– Faça o que quiser com essas garotas – respondeu, apenas, ignorando a advertência do irmão, que soltou um som sibilante. O Destino pouco se importava com o que o Ceifador pensava dele. Estava ali para proteger uma única alma. – Vou libertá-las assim que você me disser qual assunto tem para tratar com minha esposa.

Aris se deu conta tarde demais do perigo contido em suas palavras. Ele se deu conta, assim que Solanine assumiu uma postura mais ereta e seus lábios esboçaram um sorriso lentamente, que tinha cometido um erro grave.

– Sua *esposa*? – O Caos disse isso com um tom alegre e se aproximou, refletindo a luz do luar de forma perversa. – Bem, vai ficando cada vez mais interessante.

O Destino não tinha um plano quando foi dando a mesma quantidade de passos que o Caos, instigado pelo pavor. Só que deu um passo a mais do que deveria, e suas pernas ficaram bambas. Levou a mão junto ao peito quando Solanine o deixou sem ar com imagens de Mila se afogando em um lago. Do cabelo branco flutuando em volta de um rosto pálido e lábios rosados que lutavam para respirar. Em sua imaginação, Aris tentou salvá-la. Mas, por mais que corresse, não conseguia chegar até ela.

– Vai ser uma pena quando ela morrer. Se essa garota for parecida com a mãe, um pingo que seja, tenho certeza de que é bom ficar de olho nela.

Como assim, a *mãe*?

Apesar de Aris saber que Solanine estava parada diante dele no Educandário Heléboro, a voz da mulher ecoava como se estivesse a quilômetros de distância. O Destino só conseguia enxergar um lago interminável, com pinheiros altíssimos, cercando uma clareira na qual, em certa época, ele passara muito tempo. Era a clareira para onde tinha levado Mila, a que figurava no retrato pendurado do lado de fora de seu ateliê.

Não tinha conseguido criar coragem de ir até lá desde que Mila morrera, porque fora naquele lago, em um dia quente de verão, que Aris se deu conta de que o próprio coração não lhe pertencia mais. Ficou observando Mila entrar na água, com o vestido flutuando, primeiro em volta dos tornozelos, depois em volta da cintura. Ficou olhando, capturado pela beleza dela. Pelo balanço suave dos quadris e pela felicidade que a garota encontrava a cada lírio aquático e a cada sopro de vento em sua pele.

Mila virou para trás, olhou para Aris de dentro d'água e, quando o sorriso dela atingiu seu coração feito um raio, o Destino se deu conta, pela primeira vez, de que estava apaixonado.

Agora, o fantasma do rosto de Mila fitava Aris do fundo do lago, mas ela não estava sozinha. Blythe também estava na floresta, cambaleando em meio às árvores. Os dedos pressionavam o pescoço, sem conseguir estancar o sangue que escorria da garganta e manchava a gola do vestido branco. Os olhos desesperados avistaram Aris, e a garota estendeu a mão para o marido ao mesmo tempo que a mão pálida de Mila saiu de dentro d'água, ambas lhe implorando ajuda.

Só que o Destino não conseguiu escolher apenas uma delas.

Sabia que deveria correr para ajudar Mila. Era a opção óbvia: foi para encontrá-la que Aris esperou séculos e séculos, nem que a tivesse nos braços só mais uma vez.

Então por que não conseguia convencer as pernas a se mexerem?

Por que os olhos não paravam de se dirigir para o outro lado da clareira, onde Blythe estava, e ele rezava para que ela não morresse?

O Destino não conseguia se mexer, petrificado por sua própria indecisão.

– *Aris.*

Ele levou a mão ao peito e bateu nele com o punho cerrado para recobrar o autocontrole e obrigar o ar a entrar nos pulmões. Precisava se mexer. Precisava se apressar. Poderia tirar Mila da água e depois correr ao encontro de Blythe. Poderia chegar a tempo de salvar as duas...

– Aris, recomponha-se.

A voz que disse isso não tinha um tom gentil; foi um furacão que sacudiu as árvores e o atingiu bem no meio do peito. Aris se deu conta, vagamente, de que era a voz do irmão.

O irmão, que estava ao seu lado, na realidade. Que segurou Aris pelos ombros com força, até o corpo de Mila afundar mais além das profundezas, até Blythe desabar no meio das árvores, quando a visão desapareceu.

O ruído que o Destino soltou mal parecia humano quando ele recobrou a consciência, a imagem das mortes tanto de Mila como de Blythe atordoando seus pensamentos. Ergueu a cabeça sem demora e encarou Solanine. O ouro contido em seus olhos brilhou, e um milhão de fios reluziram em volta dele.

– Se mexer com minha cabeça de novo, vou cortar sua garganta.

Solanine permaneceu inabalável e ficou parada diante dele com as mãos na cintura.

– Ao que tudo indica, até o Destino tem seus medos – debochou o Caos, observando a dificuldade de Aris. Do tamborilar dos dedos ao saltitar dos calcanhares, o Caos estava sempre em movimento, incapaz de existir na imobilidade.

O Destino precisou de todas as suas forças para resistir ao ímpeto de atacar. Não queria dar àquele monstro mais motivos para ir atrás de Blythe.

– O que você quer para deixá-la em paz?

Solanine não precisou de mais do que um segundo para refletir.

– Receio que eu não possa fazer isso. Sua *esposa* interferiu no equilíbrio da própria natureza. Só continua respirando graças ao sangue que corre nas veias dela, mas isso não vai protegê-la por muito tempo. Assim como fiz com Rima, estou dando a essa garota uma única chance de remediar seus erros. É melhor você rezar para ela não ser tola como a mãe.

Rima? Aris olhou de soslaio para a Morte. Por acaso Solanine acreditava que Blythe era da família Farrow? Se acreditava, ele é que não iria dizer que a mulher estava enganada.

Em vez disso, falou:

– Diga o que ela precisa fazer, que vamos garantir que aconteça.

– Não vou fazer uma coisa dessas. – O deleite de Solanine era tamanho que chegava a ser periculoso. – Se ela falhar, será por conta própria. Faz parte da diversão.

O Destino cerrou os punhos. Aquela mulher podia até achar que tinha dado uma chance a Blythe, mas a verdade é que nenhum dos alvos de Solanine jamais sobrevivera. Aquele joguinho que o Caos estava fazendo com a garota era simplesmente mais um de seus espetáculos. Mais uma de suas maneiras de infiltrar o caos na vida das pessoas, na forma de esperança.

Foi a Morte quem atacou desta vez: as sombras formaram uma grande foice, que o Ceifador baixou sobre Solanine. O instrumento atravessou o corpo dela sem a menor dificuldade, mas o Caos apenas soltou um suspiro, porque a pele tornou a se fundir, unindo as duas metades, e um sangue escuro e denso como piche manchou o tapete.

– Você não vai fazer mal a ela – disparou Aris, entre dentes. – Fique longe da minha esposa. Senão, desta vez, juro que vou encontrar uma maneira de te destruir.

– Boa sorte – retrucou Solanine, com uma risada delicada.

– Gente igual a nós não morre, a menos que seja de livre e espontânea vontade. E, mesmo assim, sempre voltamos.

O dormitório ficou com um brilho dourado intenso quando os fios do Destino se dirigiram ao Caos, que sumiu antes que desse tempo de ser atingida por um fio que fosse.

Assassinato tinha primazia nos pensamentos de Aris quando ele obrigou o próprio corpo a se endireitar. Tinham se enfraquecido na presença de Solanine, todos os seus músculos doíam.

– Essa garota é o demônio – disparou. – Não faço a menor ideia de como você consegue ficar tão perto dela.

– Você já ficou muito mais perto dela do que eu – retrucou a Morte, com um olhar sugestivo.

As sombras envolveram o livro que ainda flutuava no ar, na frente do rosto de uma das garotas, pronto para atacar. O Ceifador o empurrou para o lado, certificando-se de que o volume não acertaria o alvo.

– Obrigado por me lembrar, meu irmão. – Aris bateu em uma sujeira invisível na roupa, desprezando a facilidade com a qual tinha se curvado diante do Caos. – Eu deveria ter adivinhado que isso seria uma perda de tempo espetacular. Ela não mudou nada.

Houve uma época, havia muito, muito tempo, em que sempre era possível contar com o Destino para saber o que o Ceifador estava pensando. Agora, distraído como estava, não percebeu que a Morte não concordou imediatamente com ele. Não reconheceu o olhar vidrado do irmão, de quem tinha um plano tomando forma na cabeça.

Aris podia até ter se arrependido daquela visita. Mas, para a Morte, talvez não tivesse sido tão inútil assim, afinal de contas.

TRINTA

Em troca da aventura, Blythe permitiu que Aris a paparicasse.

O marido não demonstrava seus sentimentos da maneira que a garota estava acostumada, mas lhe dando de presente doces e cômodos que poderiam mudar de acordo com os desejos do coração da esposa. Naquela tarde, demonstrou levando-a a vários médicos, fossem profissionais da medicina tradicional, de plantas e ervas ou de algo chamado "medicina higiênica", da qual ela nunca ouvira falar, mas que exigia pouco mais do que uma dieta saudável e evitar esforço excessivo. Aris fazia careta para os médicos enquanto examinavam a esposa, sempre espiando por cima do ombro deles e fazendo um milhão de perguntas, sem jamais se satisfazer com as respostas.

Nenhum dos médicos conseguiu apontar o que havia de errado com a garota. Blythe tinha suas teorias, claro, sendo a primeira envenenamento por beladona, já que conhecia os sintomas e apresentava todos. Entretanto, os exames não detectaram a substância em seu corpo.

A garota ficou sentada por horas e horas em sua biblioteca, girando o anel de casamento no dedo. Não sentia nada vindo da aliança de luz desde que ela e o marido tinham se beijado no baile de Natal. Parecia que a proximidade entre os dois estava mantendo a magia da aliança apaziguada e satisfeita.

Aris saíra de fininho e fora para o ateliê uma hora antes, calado e distraído. Blythe percebia, pela expressão absorta e pela firmeza do toque de Aris, que o marido não tinha se esquecido de suas palavras a respeito do Caos.

O Destino sentia medo e, por mais que a garota quisesse confessar sua verdadeira identidade quando encostou a cabeça no peito nu dele, não conseguiu fazer as palavras saírem pela boca. Precisava de mais tempo. Mas, antes, precisava descobrir o que o Caos queria com ela.

Signa apareceu na biblioteca naquela mesma noite; sombras escorregaram de sua pele e desapareceram prontamente. Antes mesmo de cumprimentar Blythe, a garota inclinou a cabeça em direção ao céu, desnorteada, o olhar indo de um canto ao outro, admirando as impossibilidades do céu azul-escuro e da janela em penumbra perpétua. De todas aquelas impossibilidades, foi o piado baixinho vindo da prateleira mais alta que mais despertou sua curiosidade.

– Por acaso aquilo é uma *coruja*?

– Claro que é – respondeu Blythe, com um tom de falsa timidez. – Toda biblioteca deveria ter uma. – Foi correndo ao encontro da prima e lhe deu um abraço rápido antes de arrastar Signa para seu canto preferido, perto da janela, e fazer sinal para ela se sentar no divã de veludo verde.

Era difícil não reparar que Signa também tinha aparência frágil e abatida. Carregava uma sacola e Blythe avistou, bem em cima, um dos diários com encadernação de couro pertencentes a Rima Farrow.

Mil palavras ficaram na ponta da língua de Blythe – pedidos de ajuda, confissões de seus medos e de todas as verdades que tinha descoberto. Mas, ao ver a prima, deixou de lado todo e qualquer pensamento e perguntou:

– Você está bem?

A pergunta bastou para que Signa caísse no choro. Ela tapou o rosto e se jogou no divã. Blythe podia até não *ver* o choro da prima, mas com certeza conseguia ouvi-lo, entre uma fungada e outra.

– Sou a pessoa mais horrível que já existiu na face da Terra – gritou Signa. – Eu é que deveria estar te perguntando isso!

Blythe se aproximou da prima, passou os braços em volta dos ombros dela e tentou obrigá-la a se sentar mais reta, resgatando-a das profundezas do divã.

– Pelo jeito, temos muito mais assuntos para conversar do que eu imaginava. – Falando mais baixo, perguntou: – O que foi?

Signa fez uma careta meio de raiva, meio de nojo antes de espichar o braço por cima da prima, pegar a sacola e tirar dela um dos diários. E o atirou no colo de Blythe.

– Metade dessas páginas estão *estragadas*, manchadas de tinta ou foram arrancadas mesmo. Não consigo ligar os pontos. Mas é como eu já disse: acredito que não somos as primeiras pessoas desta família a ter encontros com as forças paranormais.

Blythe segurou o diário pela lombada. Ficou com receio de que os volumes pudessem pegar fogo, tão abrasador era o olhar da prima: seus olhos injetados praticamente abriam buracos nas páginas.

– Signa…

– Acho que minha mãe teve um envolvimento com alguém. – Ela arrancou o diário das mãos de Blythe e foi folheando a esmo. – Só consegui decifrar que ela e essa pessoa se tornaram amigas da noite para o dia. Não sei ao certo se minha mãe tinha noção de com quem estava lidando, no início. Pelo que consegui entender, parece que o relacionamento talvez tenha azedado. Acho que ela estava com medo quando essa relação terminou, mas não sei por quê. A Morte me contou que devem existir outras deidades: o Tempo, o Sonho...

– O Caos – sugeriu Blythe, e Signa assentiu, balançando a cabeça.

– Sim, o Caos. E talvez outras que ele nem sabe que existem...

– Não, Signa. – Blythe segurou as mãos inquietas da prima, tirando-as do diário. – Foi o Caos quem matou sua mãe.

Ela contou tudo para a prima. Contou que Solanine a tinha encurralado nos estábulos. Contou sobre as visões e que sua vida só tinha sido poupada porque a mulher, de alguma maneira, reconheceu que ela tinha o sangue de Rima.

– Ela pensou que eu fosse você. Tenho a mesma idade e o mesmo sangue. Foi isso que me salvou de ser assassinada naquela noite.

Blythe pensou no que Signa dissera, que acreditava que a mãe talvez tivesse um relacionamento com Solanine, aquele demônio. Apesar de ser uma pergunta que ela nunca faria em voz alta, ficou imaginando que tipo de pessoa Rima Farrow teria sido para ser capaz de ficar com alguém como o Caos.

Quando Blythe terminou de contar para Signa tudo o que sabia, a prima estava branca feito um fantasma. Ficou sentada com as mãos cruzadas no colo, tentando enterrá-las no meio das saias.

– Quis te contar no instante em que descobri – explicou Blythe. – Mas, depois de tudo o que aconteceu no baile...

– Quando eu acreditava que tinha o poder da ressurreição, cometi o erro de ameaçar que traria Elijah de volta dos mortos, caso ele fosse enforcado. – Signa interrompeu Blythe, sem olhar a prima nos olhos. – O resultado dessa conversa foi a primeira vez que vi Aris e o irmão concordarem em alguma coisa: usar esses poderes dessa maneira é pedir para o Caos se instaurar. E que essa era uma regra que eu não deveria desobedecer.

"Minha mãe estava tentando salvar a vida de alguém", prosseguiu a garota, encurvando os ombros, como se carregasse um grande fardo.

"Nos diários, escreveu a respeito de uma amiga que se afogou porque escorregou e ficou presa sob a superfície de um lago congelado. Quando conseguiram ter acesso ao corpo dela, a pele estava azulada, e a mulher não respirava mais. O nome dessa amiga da minha mãe era Amity, mas tenho absoluta certeza de que Amity não morreu, porque encontrei o espírito dela, que faleceu na mesma noite que meus pais. Em uma página, o diário dizia que Amity tinha morrido. Mas, na página seguinte, minha mãe falava de Amity como se nada tivesse acontecido. Li três vezes essas anotações até me dar conta de que estavam faltando páginas entre essas duas. Não havia indícios de terem sido arrancadas, pelo contrário: fiquei com a impressão de que tinham só sumido, deixado de existir. A única prova que tenho é esse diário ter várias páginas a menos do que os outros.

"Acredito que transcorreu uma semana entre o afogamento e a anotação seguinte, na qual minha mãe conta de uma pessoa nova que chegou à escola de etiqueta que ela frequentava. Uma mulher de cabelo vermelho cor de chama, que ela chamava de Sol. Essa mulher... ela deve ser o Caos. Se minha mãe, de algum modo, ressuscitou Amity quando ela deveria ter morrido, então talvez tenha invocado o Caos."

Signa se recostou no divã, esfregando os olhos cansados.

O estômago de Blythe ficava mais embrulhado a cada palavra que ela ouvia. A pele estava úmida, com um suor frio que tornou sua respiração mais pesada, e ficou de olho na lixeira mais próxima, caso precisasse vomitar.

Rima Farrow, de algum jeito, tinha invocado o Caos. O que podia ter acontecido entre ela e Solanine depois disso, o resultado da invocação, era inegável: tudo na Quinta da Dedaleira perecera.

Blythe não podia admitir que as pessoas ao seu redor tivessem o mesmo destino. Pousou a mão no braço da prima, desejando poder acalmar os olhos cansados de Signa e preencher com vida suas bochechas encovadas. Entretanto, não precisou pensar por muito tempo, porque a aparência de Signa melhorava a cada segundo; fazia meses que Blythe não a via com uma aparência tão boa. Ela tirou a mão rapidamente, sabendo que era melhor não empregar na prima poderes que ainda não havia testado.

– Ao que tudo indica, tenho uma missão a cumprir – Blythe falou baixinho, recostou-se no divã e se sentou em cima dos pés.

– Que *missão*? – disparou Signa, ficando mais tensa conforme a raiva emergia, centímetro por centímetro. – O que ela quer que você faça? Quer que mate um *cavalo*? Um cavalo mal faz diferença no cômputo geral do mundo.

Blythe arranhou o diário com o dedo, deixando um sulco no couro. Não deu a mínima para o olhar de Signa nem para o fogo contido nas palavras da prima. Concordava que era muito estardalhaço por causa de um cavalo que ela tinha ressuscitado sem querer e sofria de pensar que tiraria a vida de algo tão belo. Mas que outra escolha tinha?

– O que vai acontecer se você permitir que o cavalo continue vivendo? – perguntou Signa. Sua voz tinha uma intensidade sombria, que fez Blythe enxergar a ceifadora que existia dentro da prima, talvez pela primeira vez.

– Ela vai me matar. E fiquei com a impressão de que Solanine não é do tipo paciente.

Qualquer um que visse Signa naquele momento, com o corpo encolhido feito um predador, poderia achar que era uma fera, uma criança criada na floresta e trazida para a civilização por um passe de mágica. O cabelo era uma cortina escura em volta do rosto, escondendo um olhar assassino.

– Você não vai morrer.

Apesar da convicção de Signa, aquela foi uma promessa vazia.

– Pelo menos, se eu morrer, sabemos que vou continuar reencarnando.

– Não faça graça com isso! Essa mulher matou meus pais, e não existe um mundo no qual eu poderia suportar te perder. Elijah também não suportaria.

– Estou *doente*, Signa. Igualzinho à outra vez...

– Com certeza deve ter um jeito de usar seus poderes em você mesma.

Talvez, se Blythe tivesse mais familiaridade com as próprias habilidades, isso fosse possível. Afinal de contas, Mila tinha vivido por muito tempo, ao que tudo indicava.

Blythe gostaria que houvesse um mundo no qual pudesse prometer para a prima que ficaria bem. Mas, pelo andar da carruagem, teria sorte caso contasse com mais uma semana de vida.

Poderia chorar e espernear, é claro. Em parte, gostaria de ser um animal, poder fugir para a floresta e morrer em segredo, deixando todos em dúvida a respeito do que poderia ter acontecido com ela. Só que, àquela altura, já recebera uma segunda chance de viver, que fora maravilhosa. Afinal de contas, não fora isso que pedira no jardim da mãe? Ter tempo só para criar mais uma lembrança com alguém?

Nesse quesito, teve sorte. Blythe criara incontáveis lembranças novas. Tinha se *apaixonado* – ou, pelo menos, começara a se apaixonar, mas levaria um bom tempo até se sentir preparada para admitir isso com todas as letras.

Blythe demorou um pouco demais para retomar o assunto com a prima.

– Você é a garota que é incapaz de morrer e eu sou a garota que sempre continuará vivendo. Vai haver períodos da nossa vida em que poderemos até não estar juntas, mas somos predestinadas. Independentemente do que aconteça, você nunca vai se ver livre de mim por muito tempo.

Signa virou a cabeça, seu lábio inferior tremendo, e aqueles seus olhos estranhos que quase nunca piscavam abriram e fecharam uma dúzia de vezes.

– Você não tem como afirmar isso – retrucou ela. – Como poderia ter certeza, se nem sequer compreende o que é capaz de fazer? Se conversar com Aris, talvez ele possa ajudar. Talvez ele possa te ensinar e...

– E talvez eu possa deixar Aris arrasado de novo, se morrer mesmo assim. – Blythe deu um sorriso tímido e, como Signa se recusou a olhar para ela, apertou de leve o braço da prima. – Também não estou nem um pouco feliz com essa perspectiva, mas tampouco estou com medo. Ainda mais agora que sei o que me espera no além-túmulo.

Por um instante, Signa passou a impressão de que queria se desvencilhar de Blythe. Mas, em vez disso, colocou a outra mão em cima da mão da prima e fungou. As palavras que disse saíram carregadas de emoção.

– E se você esquecer tudo de novo? – perguntou. – E se você esquecer quem eu sou?

– É disso que você tem medo? – Blythe deu risada. – Se isso acontecer, você simplesmente vai ter de me conquistar, assim como já fez. O que não vai ser difícil, dado que a primeira vez que nos encontramos foi horrorosa. Mas isso não vai acontecer desta vez, certo? Acredito que fiquei sem lembranças por causa da *maneira* como morri. Foi uma tragédia o fato de a Vida ser obrigada a esquecer só para conseguir ficar em paz com a própria consciência. Isso nunca mais vai acontecer. Da próxima vez que eu morrer, a Morte vai se encarregar disso.

Blythe já tinha decidido. O Ceifador lhe devia uma, afinal de contas.

Foi só aí que Signa puxou a mão.

– Estou cansada de ouvir você falando desse jeito. Já salvei sua vida uma vez e vou salvar de novo, se for preciso.

Blythe queria acreditar na prima. Se existia alguém que poderia se livrar daquela situação, eram essas duas garotas. Mas Signa não tinha noção do terror que era o Caos, nem de como os ossos de Blythe tremeram quando aquela mulher a fitou nos olhos.

– Não se preocupe. – O ambiente de sonho roubou um sussurro de Blythe, levando-o junto à brisa. – Não vou desistir sem lutar.

– Que bom. – Signa apertou as mãos da prima. – Então está na hora de voltarmos à Quinta dos Espinhos.

TRINTA E UM

Elas esperaram até as horas mais escuras da madrugada, um período em que apenas os fantasmas vagavam pelos charcos cobertos de neve, para entrar nos estábulos da Quinta dos Espinhos sem serem vistas.

Quando Blythe e Signa entraram de fininho, até os cavalos estavam dormindo, e um silêncio obscuro reinava nos estábulos. As sombras da Morte ficaram pingando do corpo das garotas, até que o Ceifador surgiu ao lado das duas, com um olhar endurecido pela determinação. De acordo com o que a Morte contou, ele tinha saído com Aris, mas não quis revelar aonde os dois tinham ido.

Conhecendo os irmãos, Blythe nem precisou especular.

– Por acaso Solanine machucou algum de vocês? – perguntou, baixinho.

O Ceifador deu de ombros, de forma quase imperceptível.

– A única coisa que saiu ferida foi o orgulho de Aris. Não temos muito tempo até que ele perceba nossa saída.

Blythe cerrou os dentes, tentando conter as emoções. Foi se esgueirando pelas baias, com um aperto no peito, de culpa.

– Odeio isso.

– Eu também – sussurrou a Morte. – Mas só existe uma maneira de o equilíbrio da natureza ficar tão desajustado, e é assim que vamos remediar.

A visão de Signa estava tão acostumada à escuridão que ela foi na frente, mostrando o caminho.

– Não temos opção, Blythe.

Eles tinham razão. Os três chegaram à mesma conclusão a respeito do próximo passo. Mas nem por isso Blythe precisava gostar. Sem dizer uma palavra, a garota foi seguindo Signa, passou por Mitra, que bufou em um cumprimento curioso, e foi até o fundo dos estábulos, onde o cavalo que ela tinha ressuscitado estava à espera.

Mesmo agora, Blythe olhava para o animal e só enxergava beleza. A névoa prateada que sua pele emitia. O calor reconfortante do corpo do potro, quando ela pousou as mãos no pescoço dele e fez carinho para acalmá-lo.

A criatura era extraordinária demais para ser assassinada e, apesar disso, aquela não seria a primeira vez que as garotas faziam a morte se abater sobre ela.

– Sinto muito – falou Blythe, baixinho, enroscando os dedos na crina do animal. – Sinto muito, muito mesmo.

O cavalo não merecia morrer, mas Blythe não sabia de outra maneira de proteger sua família do Caos. Conhecia muito bem a história da Quinta da Dedaleira e da peste que se abatera sobre o mundo com o falecimento da Vida. Não queria concordar com a morte daquela criatura. Mas, pelo bem de todas as pessoas que amava, concordaria.

– Será doloroso? – perguntou, e então a Morte respondeu com delicadeza.

– Prometo que ele não vai sentir nada.

O Ceifador tirou as luvas, e Blythe ficou pensando se era por causa dela que a Morte estava em sua forma humana. Não precisava estar: quanto mais ficava em sua presença, mais a garota relaxava, tomada por uma sensação de familiaridade que, provavelmente, vinha da nostalgia da Vida.

Blythe resistiu ao ímpeto de fechar os olhos quando a Morte aproximou a mão branca do cavalo. Se ia pôr fim à vida do animal, o mínimo que podia fazer era testemunhar os seus últimos instantes de vida. Só que, quando o Ceifador encostou os dedos no pescoço do potro, ele não caiu. Pelo contrário: a névoa prateada brilhou ainda mais quando o cavalo encostou o focinho na palma da mão da Morte.

Ela percebeu o suspiro que o Ceifador tentou disfarçar quando segurou o focinho do cavalo, surpreso. A Morte tornou a fitar Blythe, com um olhar ensandecido, e sussurrou:

– Não consigo matá-lo.

Signa se aproximou e colocou as mãos no animal, ao passo que Blythe permaneceu imobilizada, sem conseguir desviar o olhar da luz intensa irradiada pelo corpo do cavalo. Uma luz que, pelo jeito, ninguém mais percebeu.

Ela tinha se apossado da vida daquela criatura, e agora, ao que tudo indicava, o animal era incapaz de morrer.

Blythe ficou com um nó na garganta, de pânico. Poderia oferecer outra vida ao Caos, quem sabe. Mas qual? A de Baldwin? A de Mitra? E se isso não funcionasse? E se ela ceifasse uma vida inocente e, mesmo assim, não conseguisse proteger a sua?

O pensamento a deixou zonza. Blythe cambaleou para trás, afastando-se do olhar temeroso de Signa e da expressão perplexa da Morte, aproximando-se dos mesmos fardos de feno em que o Caos havia se sentado quando a encurralara, dias antes. Só que, desta vez, quando esticou o braço para se equilibrar, tudo ficou preto.

Os estábulos sumiram de vista, e ela não ouviu as palavras aflitas que o Ceifador e Signa cochicharam. Sua mente caiu em um lugar estranho, a impressão era de estar à beira de um sonho. O corpo não estava mais perto dos cavalos, mas de pé, descalço, em cima de uma neve soltinha, no jardim da mãe. Os braços e as pernas estavam dormentes, tremendo de frio. Um frio que, a cada passo, causava uma descarga de eletricidade por todo o corpo. A dor era tanta que Blythe caiu de joelhos, tentando se agarrar a uma roseira. Os espinhos machucaram a pele, derramando um sangue que nem a curou nem deu vida a mais flores.

Do próprio corpo, só conseguia enxergar mãos fortes, que não pareciam ser dela, tão sujas de lama que a garota foi incapaz de determinar de que cor eram. Por mais rápido que seu coração batesse, o corpo foi tomado por um cansaço que se infiltrou no fundo de seus ossos, dizendo que aquela neve era o lugar perfeito para fechar os olhos e descansar. Por mais tentador que fosse, Blythe sabia, lá no fundo, que morreria se sucumbisse àquele desejo. Apesar de cada passo a fazer gritar de dor, ela se arrastou e conseguiu se levantar com a ajuda de uma árvore próxima, o sangue borbulhando por baixo das unhas quando afundou os dedos na casca do tronco para continuar de pé.

Reconheceu o jardim, mas por que estava ali?

Olhou rapidamente para trás e vomitou ao ver a lápide da mãe. Precisava fugir logo dali antes que fosse enterrada ao lado dela. Cambaleou em direção ao portão. A cada passo que dava em meio à lama, tinha vontade de decepar as próprias pernas para se livrar daquela dor que enchia seus olhos de lágrimas. Toda vez que soluçava, tinha a sensação de que uma faca serrilhada lhe cortava a garganta.

Caiu diversas vezes na neve e foi obrigada a rastejar para conseguir chegar ao portão de ferro. Ele se abriu, dando um gemido terrível, e a garota seguiu em frente, em direção à Quinta dos Espinhos, onde um banho e comida quente a esperavam.

Ao ouvir o som de metal raspando nos portões do jardim, os olhos de Blythe se abriram. Ela levantou de supetão, com palha nos cabelos, e quase trombou com o rosto no de Signa, que tinha se abaixado para examiná-la. A Morte também estava tão perto que chegava a ser perturbador.

Estava de volta aos estábulos, mirando as próprias pernas, e quase chorou quando sentiu que mexia os dedos dos pés. Tentou ficar de pé, mas, quando piscou pela primeira vez, viu rosas esperando atrás das pálpebras, arbustos de heléboro cobertos de neve, cipós que se esparramavam pelo chão do jardim, e sentiu uma inquietação com tudo aquilo.

– Blythe? – A garota teve a sensação de estar debaixo d'água e de Signa gritar com ela lá de cima, da superfície. As palavras eram um eco vazio, porque sua mente seguiu o caminho traçado pelos cipós. – Blythe! – A prima disse mais alguma coisa também. Algo que tinha a ver com Aris, mas ela não conseguia se concentrar o suficiente para entender.

Esta não foi uma visão como a que acabara de ter, com o jardim: era uma visão da Vida.

Uma mão invisível a guiava pelas profundezas, adentrando um labirinto que Blythe jamais tinha visto.

A cada passo, imagens piscavam em sua visão periférica. Saias claras e vislumbres de um cabelo que parecia cor de trigo, que sumiam no instante em que ela se virava para ver. Um casal dançando, em meio a um rodopio, ou de mãos dadas, correndo pelas rochas. Blythe ouviu as risadinhas do casal. Ouviu as palavras de ternura dos amantes que passavam, mas não conseguia entender o que diziam.

Correu atrás dos dois e, quando parou, estava sem ar. Foi só então que viu Mila diante de si, nos braços de Aris. Nem o Destino nem a Vida deram indícios de ter percebido sua presença e, quando Blythe se aproximou e tentou encostar neles, a mão atravessou seus contornos, como se fossem feitos de água.

– Não faça isso – sussurrou Aris, abaixando-se para encostar a própria testa na testa da mulher. – Podemos salvar sua vida. Deixe-nos salvar sua vida.

Mila ficou na ponta dos pés e soltou seu amado.

– É assim que as coisas são, Aris. Você precisa deixar que eu vá embora.

Mas o Destino não deixou. Afastou-se da amada, e Blythe foi logo atrás quando Aris foi procurar o irmão, e juntos, tramaram um plano para salvar a vida de Mila, contrariando os desejos dela. Blythe sabia o que aconteceria depois disso, mas, mesmo assim, acompanhou a história. Assistiu à peste assolar o mundo, ceifando vidas e mais incontáveis vidas. Assistiu à culpa da Morte se transformar em agonia. À tristeza de Aris se manifestar na forma de raiva. Assistiu a Mila morrer mesmo assim, transformada em uma casca pelo próprio desespero e pela traição que sofrera nas mãos das pessoas em quem confiava.

Aquela lembrança despertou, mais uma vez, uma ferida profundamente enterrada dentro dela. A cabeça de Blythe latejou, e não demorou para que o mundo ao seu redor se transformasse nas cercas-vivas de um jardim. Cercas atrás das quais esvoaçava um cabelo loiro bem conhecido, cantarolando uma canção familiar demais. Era uma mulher com um chapéu que a garota já vira centenas de vezes, com o tronco inclinado para a frente, cantarolando enquanto cuidava do jardim.

– Mãe? – Blythe tentou ficar na frente dela. Tentou vislumbrar o rosto da mulher, mas a pessoa se virava assim que a garota conseguia fazer isso.

– Seu pestinha! – A mãe repreendeu alguém ao longe. Um menino pequeno, que tinha cabelo laranja-abóbora. Lillian se virou para ir atrás dele, e sua risada sacodia o crânio de Blythe.

Um trovão ribombou no coração da garota quando ela foi atrás dos dois. Só que, por mais passos que desse, nunca conseguia se aproximar. Estava ofegante e sem ar de seguir aquele fantasma, do qual só tivera rápidos vislumbres, de soslaio.

Blythe cambaleou, apertando o próprio peito. Tinha a sensação de que ele explodiria. O jardim sumiu, dando lugar a um corredor com retratos antigos e o tão conhecido chão de mogno da Quinta dos Espinhos. Do lado de fora, logo além da porta de seu quarto, um vulto se esgueirava nos limites de seu campo de visão.

Só que não era mais uma mulher de cabelo loiro, dando risada enquanto Blythe a perseguia. Era uma pessoa usando uma máscara de raposa. Uma pessoa de cabelo vermelho, cor de chama.

As batidas fortes do próprio coração avisaram Blythe para ficar longe daquele vulto. A garota encostou o corpo na parede, ficando ao lado do retrato da mãe, quando a pessoa deu um passo em sua direção. Mas, antes que pudesse se aproximar, a luz do cômodo mudou, e a pessoa mascarada virou a cabeça de repente nessa direção.

– Blythe? – Era a voz de Aris, grave e preocupada.

Ouvi-la bastou para a pessoa mascarada se recolher nas sombras da Quinta dos Espinhos. Lentamente, o corredor foi sumindo, e os olhos sonolentos de Blythe foram se ajustando à luminosidade, ao ponto de reconhecerem que ela tinha voltado para a sua biblioteca. Voltado, sã e salva, para o Palácio das Glicínias. Nem sequer sentiu quando a Morte a transportou para lá.

– Faz vários minutos que ela está assim – sussurrou Signa, com voz embargada de preocupação.

– Parece uma convulsão – sugeriu a Morte. – Ela já teve isso antes?

Blythe dobrou os joelhos, ignorando as vozes. Ah, se ao menos conseguisse materializar de novo a Quinta dos Espinhos. Havia alguma coisa importante naqueles corredores, disso ela tinha certeza. Mas não conseguia juntar lé com cré, que dirá controlar a própria voz ao ponto de dizer isso aos três.

– Saia de perto dela – disparou Aris, levantando-a do chão.

– Você está nos assustando, Roseira-Brava. Se consegue me ouvir, preciso que nos dê um sinal.

Blythe queria abrir os olhos. Queria tranquilizar o marido e garantir que Signa e o Ceifador não tinham nada com o que se preocupar. Mas, antes que conseguisse abrir os olhos para fazê-lo, a risada suave de Lillian aqueceu o ar. Era um som que abafava todos os outros, e a garota relaxou ao ouvi-lo.

Não escutou mais Aris chamando seu nome. Não tomou conhecimento da preocupação crescente do marido nem de onde ele a levou, que dirá do suor que empapou seu vestido.

Tinha certeza de que fora levada pela mãe até aquele cômodo na Quinta dos Espinhos. Só precisava conseguir voltar para descobrir o que a esperava lá dentro.

Blythe encostou a cabeça no peito de Aris e, por trás do breu das próprias pálpebras, seguiu a mãe, que se dirigia à escuridão.

TRINTA E DOIS

Blythe tinha conhecimento da verdade a respeito de sua situação. Mesmo assim, deixou os três discutirem. Estava amortecida demais para admiti-lo com todas as letras.

– O irmão teve um acesso de delírio igualzinho quando tomou beladona – contou Signa, ao mesmo tempo que Aris colocava Blythe na cama. – É um sintoma comum.

– Sei disso – resmungou Aris. – Uma dúzia de médicos examinou Blythe, mas não encontrou veneno em nenhuma parte do corpo dela. Isso não tem nada a ver com beladona, e sim com o Caos.

– Vai continuar piorando se não tomarmos alguma atitude. Ela não vai conseguir sobreviver por muito tempo. – Essa voz mais parecia o vento da madrugada, soprando pelos aposentos com tamanha severidade que a respiração de Blythe ficou presa na garganta.

– Signa tem razão – Blythe conseguiu dizer, meio engasgada. Não fazia diferença se seu sangue tinha ou não veneno: ela já fora acometida pelos mesmos sintomas antes. As bolhas, as alucinações, o gosto tão conhecido de veneno no ar. – Posso até não ter ingerido, mas foi assim que o Caos resolveu me matar.

Todos os pelos do seu corpo ficaram arrepiados quando o Ceifador se aproximou dela voando, o frio que a Morte emanava infiltrou-se em todos os poros de Blythe, e o pavor se apoderou da garota. A Morte estava perto demais.

A Morte estava perto demais, e Blythe estava doente demais.

Aris abriu o braço, impedindo o irmão de chegar mais perto, com um olhar abrasador, de um dourado letal.

– Fique longe da minha esposa.

O Ceifador parou. Atrás dele, até Signa estava com cara de quem segurava a respiração.

Quando Aris a ajudou a se sentar na cama, Blythe só conseguia pensar que gostaria que ele ainda a odiasse.

O Destino tinha passado séculos e séculos esperando que a alma da esposa retornasse para ele. Tinha procurado por toda parte, estraçalhando-se para encontrá-la. Será que Blythe deveria contar que a Vida finalmente o reencontrara, só para morrer de novo? Aris não conseguiria aguentar, nem ela, se fosse obrigada a vê-lo sentir tamanha dor.

Blythe não sabia como era possível, mas o fato era que estava sendo envenenada de novo. Estava tão fraca agora quanto estivera naqueles últimos meses, e sabia, até o último fio de cabelo, que suas chances de sobreviver eram diminutas. Bastou olhar de relance para o Ceifador para confirmar. Os olhos da Morte estavam insondáveis, e ele ficou observando o irmão ajeitar, com todo o cuidado, os cobertores em volta da esposa, cerrando os dentes. Preparando-se para o pior, Blythe pousou delicadamente a própria mão na de Aris.

– Vá falar com meu pai – pediu. – Preciso saber se ele está bem.

O Destino soltou mais o peso do corpo em cima da cama.

– Não vou sair de perto de você.

– O Caos já esteve uma vez na Quinta dos Espinhos. Para Solanine, isso é um jogo, e não quero que ela envolva meu pai. – Ela apertou de leve a mão do marido. – Por favor. Signa vai ficar comigo e já impediu que eu morresse antes.

A expressão tensa de Aris deixou transparecer o quanto aquela ideia lhe desagradava. Mesmo assim, desistiu de discutir, soltou um suspiro baixinho e falou para Signa:

– Volto em questão de minutos. Se Blythe precisar de algo, me chame, e não deixe este canalha chegar perto dela.

– Vou cuidar bem dela – Signa foi logo respondendo.

O Destino fitou os olhos da prima de Blythe por um bom tempo antes de sumir, com um brilho dourado. Blythe esperou vários segundos para confirmar que o marido tinha ido embora antes de erguer a cabeça e olhar bem nos olhos da Morte.

– Isto não pode acabar como da última vez.

Signa soltou um suspiro de assombro e virou o rosto na mesma hora, para esconder as lágrimas. O Ceifador ficou de joelhos ao lado da cama. Estava com as mãos enluvadas e, apesar de tremer, Blythe esticou o braço para segurá-las.

– Lamento muito, muito mesmo – sussurrou a Morte, de cabeça baixa. – Esperei tanto tempo para te dizer isso, e nunca vai bastar. Sei que não vai, mas passei todos os dias desde que perdemos você querendo me redimir pela dor que eu e meu irmão causamos. Nunca vai haver palavras para transmitir o quanto eu lamento.

Blythe sentiu uma pressão dentro do corpo. Uma emoção que não era dela. Mas talvez fosse um resquício de uma emoção de Mila. A pressão aumentou, uma sensação gelada foi se assomando no peito.

– Você ignorou os desejos dela – disse, fraca demais para segurar os sentimentos que tomavam conta de si. – Seu egoísmo tornou tudo muito pior do que precisava ser. Mila poderia ter te encontrado antes. Você poderia ter poupado milhões de vidas.

– Não espero que você me perdoe…

– Não cabe a mim perdoar – corrigiu Blythe. – Sei o que aconteceu. E, até certo ponto, é verdade que sinto essa dor. As emoções de Mila estão guardadas em algum lugar profundo dentro de mim. Mas não são minhas. Tampouco sou uma pessoa bondosa como ela era, Sylas. Se devo morrer, você precisa permitir que eu morra. – Quando pronunciou o nome do Ceifador, o som lhe causou uma sensação conhecida. Pela primeira vez, aquilo lhe pareceu *certo*.

– Isso não vai acontecer – interrompeu Signa, ficando ao lado da Morte na beirada da cama. Nessa hora, colocou a mão no ombro do Ceifador. – Eu já disse que vamos salvar sua vida.

Blythe apenas sorriu, porque já sabia o que a prima não estava disposta a admitir. Mais do que qualquer coisa, queria viver, mas seu corpo estava minguando rápido demais.

– Se eu morrer, não quero que meu pai saiba. – Foi uma confissão em voz baixa, que lhe custou grande esforço. Qualquer resquício de determinação que Blythe poderia ter ruiu naquele momento, e a garota tapou a boca, o choro ameaçando se soltar. – Ele não pode perder mais ninguém. Não vai sobreviver ao luto. Diga que fui para Verena. Mande cartas. Faça Aris criar ilusões fantásticas para meu pai, em que ele me veja vivendo a melhor das vidas, se necessário for. Não ligo. Apenas o proteja, Signa. Jure que vocês dois vão protegê-lo até eu voltar.

Signa fechou os olhos.

– E Aris? Por acaso ele não deveria saber a verdade a respeito de quem você é e tudo que irá perder?

Naquele momento, Blythe tomou sua decisão.

– Se contar, jamais vou te perdoar.

Não podia suportar a ideia de magoá-lo. O marido poderia esquecê-la facilmente, voltar a procurar a Vida. E, quando chegasse a hora, ela iria encontrá-lo de novo. E aí contaria, quando os dois tivessem uma vida inteira juntos pela frente.

Blythe pensou no conselho da Vida, de que precisava remediar as coisas antes que a história se repetisse e Aris virasse o mundo de cabeça para baixo tentando salvar a vida dela mais uma vez. Talvez, quem sabe, bastaria o fato de não saber a verdade a respeito da esposa. Mas isso não significava que Blythe já estivesse desistindo de lutar.

Não existem coincidências neste mundo e, sendo assim, não poderia ser coincidência que ela tivesse visto a mãe justo naquele dia. Signa chamara essa visão de alucinação, e talvez estivesse certa. Mas alguma coisa despertou no peito de Blythe, dizendo que havia algo a mais na visão. Que talvez alguém estivesse tentando guiá-la na direção certa.

– Não como nada há várias horas – disse, dirigindo-se a Signa depois de um bom tempo, exagerando na voz grogue. – Aris é quem costuma providenciar a comida. Você acha que consegue me trazer alguma coisa?

– Prefiro não deixar você sozinha – argumentou a prima, mas Blythe a despachou com um aceno.

– Agradeço a preocupação, mas o único perigo iminente que corro é morrer de fome. Só vai levar alguns minutos, tenho certeza. Deixe Sylas comigo, Signa.

Blythe sabia o que aconteceria antes mesmo de a prima pegar a Morte pelo braço.

– Venha – disse ela, para o Ceifador. – Será mais rápido se formos juntos.

Blythe não ouviu o que Sylas respondeu, porque as sombras envolveram ambos, fazendo-os desaparecer.

Foi só aí que reparou nos dois olhos cor de âmbar que a observavam, perto do chão. Na ausência das outras pessoas, a raposa subiu na beirada da cama timidamente, cumprimentando-a com um ganido.

– Então você resolveu que, finalmente, somos amigas? – perguntou Blythe, espichando o braço para fazer carinho atrás das orelhas do animal. O pelo não era tão macio quanto ela esperava, nem de longe. E poucos segundos depois de ter começado a acariciá-la, a raposa tentou, sim, morder sua mão. Blythe puxou a mão bem na hora.

– Você é uma criatura detestável. Se eu morrer mesmo, talvez seja o único animal do qual não vou sentir saudade.

A raposa ganiu de novo e, desta vez, deu a impressão de que estava rindo. Quando pulou da cama de Blythe e saiu apressada pelo corredor, a garota levantou as cobertas e foi atrás dela.

Conhecendo Signa, não demoraria para a prima voltar com biscoitos ou alguma outra coisa fácil de providenciar. Quando chegou ao corredor, Blythe encostou a mão no corrimão, apoiou boa parte do peso nele e desceu às pressas a escada. Na mesma hora, os olhos se dirigiram para a porta da frente e para os fios dourados entrelaçados em volta dela.

– Só temos essa chance – disse, por antecipação, tentando não tropeçar na raposa, que corria em círculos em volta de seus calcanhares, apressando-a com seus ganidos. – Não me decepcione.

Talvez a mãe fosse mera alucinação. Talvez Blythe tivesse mesmo perdido a cabeça, afinal, e estivesse mais doente do que todos achavam. Mas precisava ter certeza. Precisava ir atrás daquela visão e ver aonde a levaria.

Sendo assim, bateu a mão na porta bem na hora em que ouviu a voz de Signa, chamando por ela no andar de cima.

– Leve-me para a Quinta dos Espinhos – ordenou Blythe.

Desta vez, a porta não resistiu. Um por um, os fios foram se desenroscando. A garota a abriu e deu de cara com a saleta dos próprios aposentos, na mansão da Quinta dos Espinhos.

TRINTA E TRÊS

Aris

Aris Dryden sabia que era melhor não se envolver muito com seres humanos. Era só piscar que a vida inteira deles passaria diante de seus olhos. Sabia, acima de tudo, que não era nada prudente se apegar àquela mulher com a qual fora obrigado a se casar. Apesar disso, tinha a sensação de que seu corpo gravitava em volta dela. O Destino sempre sabia exatamente em qual parte da casa Blythe se encontrava e, quando dava por si, estava memorizando dezenas de detalhes sempre que passava um tempo com a esposa. Ela gostava de chocolate, mas seu paladar não tolerava nada doce demais. As sobrancelhas estavam sempre um pouco franzidas, e os lábios faziam biquinho sempre que pensava em uma tirada particularmente sagaz e tinha de segurar o riso. Ela adorava viajar: iria para qualquer lugar, mas preferia o calor ao frio. Só que o lugar não podia ser quente demais, porque aí Blythe se tornava monstruosa e irada, insuportável. Não que ela fosse um dia admitir isso.

A cada dia, aumentava a sensação de que Blythe era como o Sol, e Aris como a Terra, satisfeito de girar em torno de cada capricho dela. O Destino precisava desvendar aquela tapeçaria insólita e descobrir por que o Caos estava de olho na esposa. Em vez de fazê-lo, encontrou-se parado do lado de fora do Clube Grey, na companhia de Elijah Hawthorne, porque foi isso que a garota lhe pediu para fazer.

Que pessoa era essa em que Aris estava se transformando?

– Vou mover mundos e fundos para desvendar quem está por trás disso – falou para Elijah, desviando com cautela dos estilhaços de vidro.

Ao dar uma olhada no Clube de Cavalheiros Grey, quase pensou que deveriam, de alguma forma, incorporar os cacos de vidro à decoração. Com certeza, daria uma animada na mobília de couro escuro e nas paredes lúgubres, que conferiam ao local um ar que Aris só poderia descrever como masculinidade forçada. Era tudo muito metido a besta, nada a ver com o que ele teria esperado de Elijah Hawthorne. O homem não poderia estar com uma expressão menos entusiasmada, mesmo que quisesse.

– Meu irmão vai gostar de saber disso – disse Elijah, com os lábios retorcidos de ressentimento. – Ele insiste que o filho deveria herdar este lugar. No que dependesse de mim, eu já teria ateado fogo a esta altura.

O pai de Blythe pegou uma garrafa de uísque de cima de uma das mesas, viu que a parte de trás estava quebrada e a atirou no chão, fazendo careta.

– Como vai minha filha? – perguntou depois de um tempo, pisando nos destroços sem a menor tristeza. Pelo contrário: Elijah parecia mais irritado do que chateado, como se aquela provação toda não tivesse lhe custado nada além da própria sanidade.

Aris admirava isso em Elijah Hawthorne: na companhia dele, não precisava se preocupar com meias-verdades ou palavras sagazes com duplo sentido. Nunca gostara muito desse tipo de coisa e ficava feliz por poder ter uma conversa sincera com Elijah sem todas aquelas gentilezas forçadas. Ou, pelo menos, o mais sincera possível.

– É por causa dela que estou aqui – respondeu. – Blythe não está bem, Elijah, mas juro, por tudo que é mais sagrado, que estou fazendo tudo o que está ao meu alcance para ajudá-la.

Uma sombra se insinuou no rosto do sogro. Não precisava que ninguém lhe contasse a respeito de saúde de Blythe: ele já sabia.

– Você gosta da minha filha, Aris?

Bem que o Destino gostaria que essa pergunta não fosse tão difícil de responder. Não porque não tivesse certeza da resposta, mas porque não podia admitir a verdade sem trair Mila.

– Nem sempre foi o caso – respondeu, depois de ruminar as palavras por um bom tempo, porque Elijah merecia cada gota de verdade que ele tivesse a oferecer. – Mas gosto de sua filha como nunca gostei de mais ninguém desde a morte de minha falecida esposa.

A dúvida que franzia o cenho de Elijah se dissipou.

– Você perdeu uma esposa – repetiu, com um peso bem conhecido nessas palavras. – Lamento muito, não sabia.

– Eu a amava mais do que qualquer coisa neste mundo, tenho certeza de que você entende. Eu teria ateado fogo a tudo e a todos por ela. E, por muito, muito tempo, acreditei que jamais gostaria de alguém novamente. Não vou iludi-lo alegando que minha união inicial com sua filha foi motivada pelo amor. Mas tenho esperança de que acredite quando lhe digo que, agora, gosto dela e quero que fique bem de saúde.

– Isso é muito bom – disse Elijah, com ferocidade contida. – Mas e Blythe? Você atearia fogo ao mundo por ela também?

Não foi a pergunta que surpreendeu Aris, mas a facilidade com a qual a resposta se derramou de sua língua antes que ele se desse conta do que estava admitindo.

– Sim.

Elijah reagiu colocando a mão no ombro do genro, e Aris não tinha ideia do que fazer. Podia até ter enfeitiçado pessoas para que se fizessem passar por um, mas a verdade é que nunca tivera um pai. Que estranho era ser tratado como filho. E ainda mais estranho foi o fato de ter gostado.

– Então fico feliz que ela tenha você – declarou Elijah. – E fico feliz de saber a verdade. Minha filha se esforça muito para poupar meus sentimentos, mas sei que Verena não existe, apesar de eu ter visto o lugar com meus próprios olhos. A cidade não está em nenhum mapa, e não conheço vivalma que tenha ouvido falar desse nome. Quando viajei para visitar vocês, minha carruagem deu a volta no mesmo pico três vezes. – Aris ficou imóvel, mas o tom das palavras de Elijah não foi de acusação. Apenas relatou fatos. – Antes da morte de minha querida Lillian, nunca fui de acreditar nas coisas paranormais – prosseguiu ele, tirando uma chave do bolso e levando Aris até o escritório, nos fundos do clube. – Até agora penso que pode ser simplesmente a mente de um homem triste e de luto lhe pregando uma peça. Mas aquele palácio... você não é príncipe coisa nenhuma, é?

Aris sempre soube que Blythe era sagaz ao ponto de ser irritante. E, pelo jeito, puxara ao pai. Por algum motivo, o Destino percebeu que não queria mentir para aquele homem, cujo toque fantasma ainda fazia seu ombro arder. Sendo assim, respondeu:

– Não, não sou. – Sem uma gota de hesitação.

E Elijah assentiu, lhe dando crédito.

– Que bom – disse o homem, inabalável, encarando o genro nos olhos. – Então faça tudo que tiver de fazer para salvar a vida de minha filha.

Elijah nem dirigiu o olhar à bagunça em cima da mesa quando abriu a porta do escritório. Em vez disso, continuou concentrado em Aris, que ficou observando aquela cena: livros-caixa abertos e vidros de nanquim pela metade, que se derramavam pela mesa e pingavam lentamente no chão.

– Alguns objetos da Quinta dos Espinhos andaram sumindo – contou. – Coisas pequenas, de início. Um par de botas, uma xícara de chá... mas agora os livros-caixa que estavam no meu gabinete sumiram também. Acredito que a mesma pessoa responsável pelo vandalismo cometido no Clube Grey invadiu a Quinta dos Espinhos e os estábulos.

Elijah puxou a poltrona de couro para trás. O assento tinha um corte no meio, mas ele não se preocupou com isso e apoiou a cabeça no espaldar.

– Signa Farrow conseguiu descobrir um dos túneis que levam até a mansão no primeiro mês que estava morando lá. Não é nenhum exagero acreditar que outra pessoa fez a mesma coisa.

Havia mais uma poltrona de couro na frente de Elijah, ainda intacta, e Aris se sentou nela. Uniu os dedos, desejando poder arrancar Blythe daquela situação. Sempre poderia levá-la para algum lugar distante, sob o pretexto de tirar férias. Poderia sugerir que os dois saíssem em lua de mel como manda o figurino, desta vez, afastando-se de tudo e de todos que pudessem estar tentando fazer mal à esposa ou à família dela.

Não que fosse fazer diferença. O Caos encontraria os dois de qualquer maneira, e o tempo que Blythe ainda tinha na face da Terra se esgotava rapidamente.

Aris passou as mãos no cabelo e, em seguida, no rosto, soltando um suspiro discreto, que veio do fundo do peito. Precisava fazer alguma coisa e, apesar de achar que Blythe iria matá-lo durante o sono caso descobrisse, essa era sua única opção. Levantou da poltrona e, com muito mais dificuldade do que estaria disposto a admitir, deixou que mil fios dourados envolvessem Elijah, congelando o sogro com eficiência, assim como fizera durante a cerimônia do próprio casamento.

Havia mais fios no recinto, claro, milhões deles, entrelaçados na própria trama do Universo, contando a história de cada pessoa que já pusera os pés naquele chão. Um por um, o Destino os examinou, começando perto da porta até chegar à mesa. Passou o dedo em um dos fios e seguiu seu rastro, com um discernimento que só ele seria capaz de ter. Porque seus olhos eram os únicos que conseguiam decifrar qualquer estranheza dos fios e, apesar de todos supostamente serem dourados, fibras minúsculas tinham alterado a cor de vários em especial.

Eram prateados, iguaizinhos aos daquela tapeçaria tão peculiar.

Iguaizinhos aos da *Vida*. Mas o que isso queria dizer?

Aris passou o dedo em cima do fio antes de soltá-lo e deu um suspiro, porque não detectou nada. Voltou para a poltrona e libertou Elijah, que esticou as pernas.

– Foi um erro tentar levar Blythe embora do Palácio das Glicínias – declarou o homem, e Aris balançou a cabeça, em concordância, como se estivesse ouvindo atentamente o sogro aquele tempo todo. – Tem alguma coisa acontecendo, e temo que esteja relacionada, de alguma forma, à minha filha. Mantenha-a longe da Quinta dos Espinhos, Aris. Mantenha-a em segurança.

– Eu te dou minha palavra.

O Destino já tinha perdido uma esposa, e não estava disposto a perder outra. Havia dito a Blythe que ninguém podia mudar o que fora escrito no próprio destino. Mas, se aquele era para ser o seu destino, daria um jeito de fugir a essa regra.

Mesmo que isso significasse reescrever o destino em si.

Aris não voltou imediatamente para o quarto de Blythe. Em vez disso, retornou ao ateliê e àquela tapeçaria insólita. Não conseguia tirar a existência dela da cabeça desde a noite em que aparecera. Continuava sendo tecida interminavelmente em cima da mesa até agora, sem que os fios prateados ficassem mais compridos nunca. Em outra época, a cor bastaria para o Destino entrar em parafuso, mas havia algo de errado com aquele pano. Não era a Vida, era algo completamente novo.

Signa fora a primeira a apresentar um fio prateado na própria tapeçaria, meses antes. Entretanto, fora Blythe quem cativara, completamente, os pensamentos do Destino.

Desde o instante em que pôs os olhos na garota, Aris teve certeza de que Blythe Hawthorne era especial. Tentara ignorar por tanto tempo a atração que sentia por ela, mas só conseguira ceder aos próprios impulsos, tantas vezes que perdera a conta.

A princípio, tentara convencer-se de que precisava de Blythe para conseguir se infiltrar na vida de Signa. Mas, em determinado momento, quando dera por si, ficava cada vez mais curioso a respeito daquela garota que enfiara o dedo no seu peito e dissera na sua cara exatamente o que pensava da sua pessoa, quando foram apresentados. Aris até cedera àqueles impulsos mais de uma vez, chegando ao ponto de beijá-la sob o pretexto de examiná-la para ver se sentia gosto de veneno, só para poder, finalmente, saber qual era o gosto daqueles lábios e se livrar da curiosidade.

Signa Farrow era como a água: silenciosa, observadora, sagaz. Mas Blythe possuía a paixão das chamas ardentes. Era um incêndio que devorava tudo sem jamais se saciar, e Aris não conseguia conter sua necessidade compulsiva de ser queimado.

Havia quanto tempo não sentia tamanho desejo por outra alma? Por outro corpo? Aquele animal ignorante em forma de garota consumia cada um de seus pensamentos, estivesse ele acordado ou sonhando, e o Destino não conseguia se livrar dela, por mais que se esforçasse. Blythe era uma esponja que absorvia o mundo e todos os seus prazeres, e, a cada dia que passava, Aris se dava conta de que morria de vontade de estar com ela.

Queria Blythe. A mente, o corpo, o tempo dela. Queria *ela*. Mas, antes, tinha algo que precisava fazer.

Aris ficou debaixo do retrato da Vida. Quantos anos passara pintando aquele quadro, cobrindo a tela de tinta e recomeçando do zero, tentando capturar a semelhança dela? Havia quanto tempo começara a procurar por ela, porque não estava disposto a dizer adeus?

Encostou a mão espalmada na tela e ficou passando o dedão na pele da Vida, desejando poder sentir seu calor.

– Eu me casei de novo, Mila. – Sua voz era pouco mais do que um suspiro. – Aposto que, por isso, você não esperava.

Ah, como tinha amado aquela mulher. Rezou para todo e qualquer deus que pudesse ouvir, pedindo que lhe permitissem encontrá-la, nem que fosse só para vê-la uma última vez. O mundo de Aris ficara mais iluminado desde que Mila se tornara sua luz, e, desde o instante em que a perdeu, o Destino tinha a sensação de estar tateando no escuro.

Não podia mais continuar assim, com um pé naquele relacionamento e o outro inclinado. Blythe era a primeira pessoa por quem Aris ardia de desejo depois de Mila, e ela merecia mais do que isso. Merecia um marido de verdade ou, no mínimo, um relacionamento com um homem que não estivesse atrás de um fantasma.

– Um dia, vou te rever. Em outra vida, talvez, vamos nos encontrar.

Mas, por ora, foi um adeus. O retrato escorregou sob seus dedos, e foi sumindo, até que ele ficou segurando apenas a pedra nua.

Mila tinha partido.

Aris não se permitiu continuar mais tempo ali nem deixar vir à tona a emoção que o deixou com um nó na garganta. Arrastou-se até o ateliê e foi até a tapeçaria, cuja canção feriu seus ouvidos, com convicção renovada. O Destino pegou uma tesoura de cima da mesa e a passou pelo pano, determinado a destruí-lo. Os fios se partiram ao meio, mas começaram a refazer os pontos sozinhos. Segundos depois, estavam novinhos em folha. Aris tentou rasgá-la. Colocá-la no fogo da lareira, que cuspiu fuligem no seu rosto. Cortá-la ao meio e, *então*, colocar no fogo, na esperança de incinerar o tecido antes que ele tivesse a chance de se refazer. Em dado momento, pensou ter conseguido, até que se virou e deu de cara com a tapeçaria intacta, em cima da mesa mais uma vez.

Soltou um gemido, sabendo que teria de ser mais criativo se quisesse ver aquele monstro desmoronar. Mas Blythe estava esperando logo ali, do outro lado do corredor, e a prioridade era ela. Aris poderia dar um jeito na tapeçaria quando a esposa estivesse dormindo.

O Destino se dirigiu à porta do ateliê, já ia abri-la, mas parou de repente. Olhou para cima e viu que várias das tapeçarias estavam cobertas por uma fina camada de gelo. O frio se infiltrou no recinto, deixando-o com tanta raiva que ele seguiu em frente, disposto a ignorar o irmão.

– Não tenho a menor vontade de falar com você – disparou.

– Você não tem escolha.

Houve uma época em que a voz da Morte não arrepiaria os pelos da nuca do Destino nem abriria um poço de hostilidade em seu estômago. Houve uma época em que Aris via o homem que estava atrás de si como um irmão, nada mais, nada menos. E passava o tempo jogando conversa fora com a Morte, indefinidamente. Só que agora os pelos de sua nuca se arrepiaram, sim, porque Aris sabia que, mais uma vez, a Morte estava de olho em sua esposa. Seria a mão do Ceifador que levaria Blythe da face da Terra, a menos que Aris fizesse algo para impedir.

– Blythe se foi – disse a Morte e, por um instante, Aris não sentiu nada.

Não respirou. Ficou com o corpo anestesiado, e o mundo começou a ficar enevoado em sua visão periférica, até que, de repente, Signa surgiu. A garota deu um soco no ombro do Ceifador e desviou das sombras dele.

– Assim você vai fazê-lo enfartar – censurou, antes de se virar para Aris. – Blythe não morreu... ela só se foi, quer dizer, sumiu.

O coração de Aris voltou a bater, de um jeito alarmante. O ar preencheu seus pulmões de supetão. Ele virou o rosto e cerrou os punhos, para que nenhum dos dois visse quanto tremiam.

– Como ela pode ter sumido? – indagou o Destino, contando com a raiva para ter forças, para que a mente não se deixasse levar pelo medo.

– Simplesmente sumiu – Signa começou a dizer, meio ofegante. – Não faço a menor ideia. Pensei ter visto Blythe lá embaixo. Mas quando tentei passar pela porta e ir atrás dela…

– Ela saiu pela porta? – Aris quase tropeçou e caiu. Virou bem de frente para os dois, segurando-se na beirada da mesa mais próxima para recobrar o equilíbrio.

Signa piscou aqueles olhos estranhos dela.

– Sim. Mas não consegui encontrá-la em lugar nenhum do outro lado…

– Da porta *da frente*? – esclareceu Aris. – Foi na porta da frente, lá embaixo, perto da saleta?

– Tem alguma outra porta *da frente*? – retrucou a garota. – Quando Blythe abriu, pensei ter visto…

– Passarinha. – As sombras da Morte se enroscaram primeiro nos pés dela, depois foram subindo até tapar a boca de Signa. – Fique calada.

O Ceifador não viu que a garota olhou feio para ele, porque ficou olhando apenas para Aris, cujas pernas estavam tão bambas que as sombras do irmão eram a única coisa que o mantinha de pé.

Ficara imaginando, todo esse tempo, como Blythe tinha conseguido fugir para a Quinta dos Espinhos antes do baile de Natal. Ficara imaginando por que a ardência da aliança dos dois tinha parado, por que sempre tinha a sensação de que estavam tentando lhe dizer alguma coisa. Aproximar os dois.

As alianças eram um laço feito pelos fios do Destino. E Aris, finalmente, compreendeu por quê.

No mesmo instante, aquele ateliê lhe pareceu absurdamente pequeno, e ele tropeçou em Signa e no Ceifador, aproximando-se das tapeçarias.

Não era possível. Antes do casamento, o Destino passara semanas esquadrinhando a tapeçaria de Blythe, com vontade de incinerá-la. À caça de qualquer pista ou informação que pudesse levantar para usar contra a então noiva. Mas, assim como aquela tapeçaria nova e insólita que estava em cima da mesa, a da esposa continuava tecendo a si própria, continuava indo em frente, sem dar a mínima para o Destino. Aris desistira de examinar a tapeçaria assim que ficou evidente que não tinha nada a aprender com ela e nunca mais tinha lhe dirigido o olhar. Até aquele momento.

Concentrou cada gota de atenção nas tapeçarias, ouvindo a canção de cada uma. Organizando-as, em pensamento, até ouvir um som diferente de todos os outros. Um som tão encantador que não poderia vir de um instrumento, mas de um coro de anjos, e seus ouvidos foram os únicos a receber a bênção de escutá-lo. Aris foi colocando tudo para o lado enquanto tentava rastreá-lo, conferindo fileiras e mais fileiras, até chegar à parte dos fundos do ateliê. Se não tivesse reconhecido que a tapeçaria atrás daquela que estava estragada de forma hedionda era a de Signa Farrow, não teria reconhecido de quem era a tapeçaria que emitia o som, porque sua aparência estava diferente do que estivera poucos meses antes.

A tapeçaria de Blythe não guardava mais semelhança com as teclas de um piano. Não se arrastava mais no chão, tecendo uma história sem fim. Estava igual à que ficava em cima da mesa: só tinha uma única cor, que fez Aris cair de joelhos. Tentou pegá-la com os dedos, dedos que jamais teriam a delicadeza necessária, com os olhos ardendo em lágrimas quando a tirou do varal.

Os fios eram prateados como as estrelas e arrancaram um grito dos lábios do Destino, que se encolheu contra ela e a abraçou contra o corpo, com grande desespero.

– Não pode ser – sussurrou, com os lábios encostados no tecido, sem parar, até que sentiu o frio da Morte nas costas. – Depois de todo esse tempo, não pode ser verdade.

– Mas é – sussurrou o irmão. – Ela está aqui. – As palavras acertaram Aris, atravessando-o feito um tiro.

É raro, mas às vezes, quando a vida de duas pessoas é tão interligada, a cor da tapeçaria de uma pode vazar na da outra. Assim que viu a verdade escancarada diante de seus olhos, o Destino ficou se perguntando como pudera um dia acreditar que Signa Farrow era a mulher que ele procurava. Nunca vira uma tapeçaria de tirar o fôlego na mesma intensidade que a da Vida, e sabia, sem um pingo de dúvida, a quem ela pertencia.

À mulher em quem não parava de pensar. À mulher pela qual a própria pele ardia de desejo.

Sua esposa.

Sua *esposa*. Que estivera bem na frente dele, aquele tempo todo.

Como pudera ser tão tolo e não enxergar isso antes?

Blythe nunca mais iria sofrer por causa dele. Nunca mais iria sofrer de forma alguma se Aris pudesse evitar. Porque o Destino sabia, melhor do que ninguém, que receber uma segunda chance era algo raro, e preferia morrer a permitir que essa segunda chance fosse desperdiçada.

Depois de tanto tempo, a Vida o encontrara. *Blythe* o encontrara.

Com todo o cuidado, Aris pendurou a tapeçaria. Seu olhar ficou revezando entre ela e a aliança de luz em seu dedo anular. Ao longe, conseguia sentir a forma da presença de Blythe. Os dois não se comunicavam por pensamento, como a Morte e Signa, mas o Destino agora se perguntava se não era a alma da garota que ele sentia pulsar do outro lado da aliança. Era isso que os dois eram, afinal de contas: duas almas com um laço eterno. Só que o lado de Blythe não ardia com a mesma intensidade de antes.

– O que foi que você viu, Signa? – Sua voz transmitiu uma firmeza renovada. Uma determinação que Aris não tinha havia séculos.

– Você não vai acreditar – sussurrou a garota, dando um passo à frente. – Mas parecia a Quinta dos Espinhos do outro lado da porta.

Quando Signa tentou pegar nas mãos de Aris, ele não a impediu.

– Acredito em você, sim – falou. – E precisamos nos apressar.

Blythe contara para Aris, no dia do casamento, que a carruagem a tinha levado para o jardim da Quinta dos Espinhos. Bastou olhar de relance para aquela tapeçaria que tinha atormentado seus pensamentos durante semanas para que Aris compreendesse quem cantava aquela canção que feria seus ouvidos.

Desta vez, sua esposa não precisava morrer. Desta vez, Aris sabia como salvar a vida dela.

PARTE QUATRO

TRINTA E QUATRO

Blythe se sentia uma ladra dentro da própria casa, esgueirando-se pelas paredes dos aposentos. Era estranho sentir a necessidade de andar na ponta dos pés para que ninguém soubesse de sua presença ali.

Não tinha a menor noção de que horas eram, só que estava escuro; a luz da tarde não passava pelas cortinas. Velas estavam acesas na sua mesinha de cabeceira, mas a garota titubeou antes de pegar uma, porque ouviu um rangido baixinho, mais adiante no corredor, que arrepiou os pelos de sua nuca.

A menos que estivesse enganada, o ruído vinha exatamente do local onde vira alguém sumir, em sua alucinação.

O barulho em si não era algo incomum: afinal de contas, ela estava em uma mansão, cheia de criadas que, às vezes, trabalhavam quando todos estavam dormindo para deixar a casa em ordem. Além disso, havia o vento uivando nos charcos. Não passava uma noite sequer sem que galhos mais finos arranhassem os vidros da janela do seu quarto, na tentativa de entrar com suas garras. No ano anterior, houvera um momento em que muita gente, incluindo o pai, dissera ouvir o som de uma mulher chorando a noite inteira.

Nenhum ruído era estranho quando se tratava da Quinta dos Espinhos. A origem do ruído é que era incomum, porque Blythe era a única pessoa que ocupava aquela ala antes de se mudar para o Palácio das Glicínias.

A garota encostou as mãos espalmadas na parede para se equilibrar quando duas lareiras entraram em seu campo de visão, dentro de um cômodo que só tinha uma. Dobrou os dedos no papel de parede, prestes a arrancá-lo.

Deus do céu, como ela detestava o fato de estar tão cansada. Só de fugir pela porta de Glicínia e entrar na Quinta dos Espinhos já tinha ficado com vontade de se sentar. Mas precisava seguir em frente. Alguma coisa tinha guiado seus passos até ali, e Blythe sabia, pela experiência com a aliança de luz, o que acontecia quando alguém tentava ignorar a magia.

Se queria revelar a verdade, então precisava fazê-lo antes que o rodopio em sua cabeça se tornasse ainda mais intolerável. Deu um pequeno passo à frente e encostou a orelha na porta, prestando atenção aos ruídos. Ouviu uma pessoa que passou pé ante pé, com passos lentos e calculados, se esforçando muito para que ninguém ouvisse. Uma porta rangeu novamente. E, desta vez, Blythe aproveitou o ruído para encobrir o barulho que ela mesma iria fazer. Entreabriu a porta do próprio quarto e espremeu os olhos para tentar ver no escuro, bem na hora em que uma pessoa entrou no quarto da mãe dela.

Fosse quem fosse, tinha pelo menos vinte centímetros de altura a mais do que ela e parecia vestir um capuz. Estava escuro demais para distinguir algo além dos contornos. Blythe sabia que era imprudente seguir pessoas encapuzadas que se esgueiravam na escuridão de uma mansão mal-assombrada. Mas, dado que já estava morrendo, que mal teria?

Contando com seus últimos resquícios de energia, foi logo pegando o atiçador ao lado da lareira. Segurou-o com firmeza, saiu do quarto na ponta dos pés e foi até a porta ao lado do retrato da mãe.

Claro que era sua imaginação lhe pregando uma peça – afinal, fazia muito tempo que Blythe não mirava aquele retrato com atenção –, mas poderia jurar que o rosto da mãe estava mais sério do que o normal. Será que os olhos de Lillian sempre haviam sido assim, encolhidos e pálidos nos cantos, com uma expressão tão preocupada?

O coração de Blythe poderia ter vencido qualquer corrida, de tão rápido que batia no peito. A garota respirou fundo, com os lábios espremidos, depois soltou o ar tentando parar de tremer, rezando para que o corpo cooperasse com ela.

Apertou o atiçador na mão, para se certificar de que estava bem encaixado, e sentiu a pulsação do calor no dedo anular. Era fraca, como se Aris a procurasse. Blythe torceu para que, se algo *realmente* acontecesse, aquele estranho laço que unia os dois pudesse avisá-lo de algum modo. Porque não iria esperar. Muito menos zonza daquele jeito, com a sensação de que o corpo iria sucumbir a qualquer minuto.

Antes que pudesse mudar de ideia ou se deixar levar pela fraqueza, Blythe abriu a porta com um chute e sacudiu o atiçador.

Para sua surpresa, o objeto entrou em contato com alguma coisa quase que na mesma hora. Ela praticamente gritou ao perceber a resistência na outra ponta, sentindo um aperto no peito quando uma pessoa se encolheu e caiu imediatamente, seu corpo atingindo o chão.

Nessa hora, Blythe soltou um gritinho, sim, e olhou em volta, tentando decidir o que deveria fazer a seguir. Não esperava *acertar* alguém de fato. O corpo estava de costas para ela, com o rosto no chão e a cabeça escondida pelo capuz. Se fosse dia, poderia ter enxergado melhor, mas ali, à noite, só conseguiu vislumbrar uma mecha de cabelo vermelho.

A garota encostou a ponta do atiçador na parte mais macia do pescoço da pessoa. Fosse quem fosse, tinha entrado no quarto da mãe dela por um dos túneis escondidos, situado atrás de um dos retratos. Aquela porta era segredo até para a criadagem, uma das antigas rotas de fuga da Quinta dos Espinhos que a mãe havia lhe mostrado quando Blythe era criança, caso um dia precisassem fugir da mansão.

Havia roupas masculinas espalhadas pelo chão, e a garota se deu conta de que a pessoa tinha deixado cair essas roupas quando desmaiou. As paredes e o guarda-roupa estavam encardidos e, no canto, pôde ver um vaso de flores secas, que tinha sido esvaziado. O objeto jazia perto da janela, com lençóis amarrados na borda. Para pegar neve, Blythe se deu conta. Estava sendo usado para pegar neve e armazenar água potável. Que inteligente.

A garota olhou para baixo, e foi aí que percebeu que aquela pessoa – aquele *homem*, talvez – estava usando as botas do pai e um traje que ficava um tanto grande demais em seu corpo esguio.

O nervosismo a deixou com um nó na garganta. A pessoa estava inconsciente, mas ainda respirava. Ao que tudo indicava, a sorte finalmente estava ao lado de Blythe, por ter lhe permitido acertar um golpe tão forte. Podia amarrar o homem e esperar que alguém chegasse para ajudar. Poderiam interrogá-lo e determinar o que sabia a respeito dos arrombamentos no Clube Grey e se estava ou não envolvido com Solanine.

Só que, antes, Blythe precisava ver o rosto dele. Só pôde torcer para o homem não acordar quando se agachou e criou coragem de puxar o capuz para trás. Arrependeu-se no segundo seguinte e foi cambaleando para trás, gritando, para se afastar do corpo.

Para se afastar daquele rosto que, um dia, ela acreditara que conhecia melhor do que ninguém. Porque não era possível.

Não era.

A garota apertou o dedo anular, querendo mais do que nunca que fosse possível usar a aliança para enviar uma mensagem para Aris, pedindo que ele viesse encontrá-la *naquele exato momento*, porque foi nessa hora que compreendeu por que o Caos a procurara e por que fora levada justo àquele quarto.

Blythe se virou e correu até a porta, bem na hora que uma mão a segurou pela cintura e a puxou para trás. Outra mão tapou sua boca; tinha gosto de terra e de metal e estava tão fétida que ela se segurou para não vomitar. Debatendo-se para se soltar, a garota mordeu a palma da mão do homem com todas as forças que ainda lhe restavam.

Seus dentes morderam pele. Rançosa, mas real, uma *pele* palpável. Porque aquilo não era um sonho. Aquilo era realidade. Espinhos brotaram na pele de Blythe, e o homem cambaleou para trás, soltando um suspiro, quando um dos espinhos o arranhou. Mas ele não a soltou.

– Acalme-se! – sussurrou ele no seu ouvido, e Blythe teve vontade de se encolher toda ao ouvir aquela voz. – Vou te soltar, mas você tem de prometer que não vai gritar. Entendeu?

Por mais que cada fibra do seu ser quisesse morder a mão daquele homem e arrancar os dedos um por um, Blythe resistiu ao ímpeto. Ele arrancou o atiçador de sua mão, jogou-o para o lado, e os olhos da garota arderam, cheios de lágrimas.

Com ou sem atiçador, Blythe lutaria contra ele. Iria se transformar em um canteiro de roseira-brava, envolvendo cada centímetro do corpo daquele homem com espinhos, caso fosse necessário. Mas, por ora, fez que sim.

– Que bom. – O homem a soltou e foi tirando as mãos com todo o cuidado.

Mesmo assim, Blythe conseguia sentir que a pessoa estava nas suas costas, pronta para atacar, caso ela tentasse fazer alguma coisa.

Deveria ter enfiado o atiçador na garganta dele quando tivera a oportunidade. Porque *ele* certamente não teria hesitado. Muito menos se fosse para tentar matá-la.

– Oi, Blythe – sussurrou o homem. – Fico feliz de ver que você está bem.

A garota não saberia dizer se foi a raiva ou a mágoa que a fez abrir a boca quando se virou de frente para aquele rosto sardento tão conhecido.

– Oi, Percy.

TRINTA E CINCO

– Não é possível. – Com certeza, Blythe já tinha morrido. Devia ter se tornado um espírito e ficado presa ali, e seria forçada a vagar eternamente pelos corredores da Quinta dos Espinhos. Isso, pelo menos, teria feito mais sentido do que ver o irmão morto parado diante de si. – Disseram que você tinha morrido.

Na lembrança de Blythe, Percy não tinha a pele tão branca. E, agora que dera uma boa olhada nos olhos do irmão, a garota conseguia enxergar que a cor lhes fora sugada. De todos os seres estranhos que Blythe conhecia, Percy era o que tinha a aparência mais inumana, e vê-lo ali, na sua frente, com os ombros encolhidos e o corpo cambaleante, fez espinhos brotarem de novo na superfície de sua pele.

– Não me lembro – sussurrou Percy, recuando, aproximando-se do que um dia fora a cama da mãe dos dois. Havia uma máscara de raposa ao lado. – Passei semanas tentando ligar os pontos, mas só lembro de ter visto Lillian, um homem feito de sombras e então cipós brotando da terra. E aí tinha um... um cachorro. Parecia que tinha saído direto das profundezas do inferno.

Blythe não se lembrava de já ter visto Percy com os ombros tão encurvados, nem na época em que o irmão se queixava do Clube Grey e do fato de o pai não permitir que ele o herdasse. Nunca o vira tão consternado, tremendo feito um marinheiro em pleno furacão.

Com receio, a garota espichou a mão e encostou no pulso do irmão, para confirmar que a pele do rapaz não evaporaria de repente. Antes que ela tivesse tempo de puxar a mão, Percy lhe fez carinho, e Blythe soltou um suspiro de assombro ao sentir o quanto as unhas dele estavam afiadas.

– Sou real, B – sussurrou Percy. – Pelo menos, acredito que sou.

Blythe puxou a mão de volta. Sua língua estava peluda, cheia de musgo, e seus poderes emergiram centímetro por centímetro, prontos para defendê-la, caso o irmão se aproximasse. Por ora, ela conteve seus poderes e tirou da cabeça dois prendedores de cabelo bem afiados.

– Você não tem direito de me chamar assim – berrou, com uma voz tão venenosa quanto as heras que tinha vontade de despertar para que serpenteassem em volta dos próprios dedos. – O que espera de mim, Percy? Um desfile de boas-vindas pelas ruas da cidade, com fanfarra e tudo o mais? Você tentou me matar!

Blythe foi para cima do irmão e o apunhalou com os prendedores de cabelo. Percy deu um pulo para trás, e conseguiu desviar de um, mas o outro se fincou em sua coxa. Com um suspiro, ele inclinou o tronco para arrancá-lo, ao notar que brotara sangue em suas calças. Só que o sangue não era vermelho, mas preto feito piche. Blythe tapou a boca ao ver aquela cena e foi, cambaleando, em direção à porta.

– Deixe-me explicar! – gritou Percy, e malditos fossem o coração traidor de Blythe e seus pavorosos *sentimentos*. As palavras que o irmão disse fizeram a garota parar de supetão.

Por meses e meses, Blythe ficara imaginando o que tinha feito de errado. Imaginou como poderia ter deixado o irmão com tanta raiva ao ponto de ele concluir que matá-la era a única opção.

A melhor coisa que ela poderia fazer para se defender era sair correndo e encontrar mais gente. Em vez disso, virou para trás e, na mesma hora, não conseguiu enxergar no irmão um assassino. Quando fitou Percy, só enxergou o irmão. Uma versão muito mais morta dele, mas ainda assim Percy.

Ele deu vários passos trôpegos, aproximando-se dela, com os pés rígidos. Blythe reconheceu aquele andar: o vira naquele mesmo dia, durante a visão em que estava presa no jardim da mãe. Mas talvez a visão não estivesse lhe mostrado a si mesma, talvez fosse Percy. Isso, pelo menos, explicaria por que o jardim estava destruído da última vez que o vira.

– Eu jamais deveria ter te envolvido – declarou Percy. Os olhos dele passavam a impressão de vasculhar os cantos do quarto sem parar, em paranoia crescente. – Eu não estava pensando direito. Estava com medo de perder tudo e lamento...

– "Lamento" não basta para se justificar por quase ter matado alguém. – Por mais que tentasse ser forte, Blythe teve dificuldade de pronunciar essas palavras. Depois de ter passado tanto tempo desejando uma oportunidade de falar cara a cara com o irmão, para que Percy explicasse o porquê daquela traição, isso era tudo o que ele conseguia dizer?

A garota caiu na gargalhada, chorou de tanto rir e abraçou o próprio corpo, bem apertado.

– Você me fez passar por um inferno, Percy. Fez com que eu sentisse cada osso do meu corpo pegando fogo. Ficou assistindo enquanto eu não conseguia mais enxergar direito. Enquanto eu não conseguia mais comer sem vomitar, enquanto não conseguia mais nem conversar. Você me deixou sozinha no meu quarto, encarando o teto, um teto que pensei ser a última coisa que eu veria na vida. Você testemunhou tudo isso e continuou me envenenando.

Nem depois disso Percy fitou a irmã nos olhos. Continuou mirando os cantos do quarto, como se esperasse que a Morte pulasse de um deles a qualquer momento. Blythe devia ter esperado por isso: Percy sempre fora covarde.

– Você me matou – disse a garota, sem segurar nem sequer uma gota de seu ressentimento. – E é por sua culpa que, agora, estou morrendo de novo.

Foi só então que o rapaz ergueu a cabeça e encarou a irmã; seus olhos insondáveis eram tão apavorantes que Blythe teve vontade de virar o rosto. Mas não o fez. Não tinha coragem de dar esse gostinho para Percy, nada que o irmão pudesse usar contra ela.

– Não fiz nada contra você desde que voltei – disse ele. – Estou *feliz* por você estar aqui, Blythe. Não sabia como parar de te envenenar porque não seria capaz de te encarar, sabendo o que eu tinha feito. Você estava tão doente.

– Não quero mais ouvir – disparou ela, baixando com a mão os espinhos que espetavam seus braços. – Desde quando está morando nos aposentos da mãe?

– Desde o início de novembro, acho. Não sei a data exata.

– E quem mais sabe que você está aqui?

– Ninguém. Fiquei aqui neste quarto desde que voltei, bebendo neve e entrando escondido na cozinha, pelos túneis.

– Vou mandar lacrar todos eles – jurou Blythe, sentindo uma pontada cruel de satisfação ao ver que o irmão cerrou os dentes.

Que bom. Ele que ficasse preocupado.

– Ninguém sabe que você está morto, tirando Signa e eu, seu tonto. Mas juro que vou contar. Vou contar para o pai tudo o que você fez comigo e não vou poupá-lo de nenhum detalhe. Passei meses bem de saúde, aí você aparece e... – Ela deixou a frase no ar, porque a compreensão a atingiu como se fosse uma faca enfiada em suas entranhas.

Ela tinha ficado acordada até tarde na noite do casamento. Depois disso, atribuíra os sintomas a uma gripe passageira ou alergia, por causa do péssimo estado de conservação do Palácio das Glicínias. Mas, ao examinar as unhas afiadas de Percy e pensar na visão que teve, recordou que algo mais havia acontecido no dia do casamento. Recordou de quando foi ao jardim da mãe e de ter percebido a própria magia pela primeira vez, na forma de uma única pétala carmim.

Blythe segurou a própria barriga ao perceber que as unhas do irmão não estavam sujas de terra, mas de sangue. Estavam quebradas, a pele em volta delas estava machucada, e as pontas dos dedos tinham queimaduras de frio.

Percy tinha saído da cova usando as próprias unhas para cavar e tinha feito isso graças à irmã.

Um ano atrás, Signa ceifara a vida de Percy. Dera os anos de vida que lhe restavam para Blythe, para salvá-la do envenenamento por beladona. E agora, sem saber, Blythe tinha ressuscitado o irmão. Não era para menos que o Caos estava atrás dela, e tudo o que tinha acontecido era apenas uma amostra do que ainda estava por vir.

– Não era para você estar aqui, Percy – sussurrou, sentindo o peso dessas palavras se instalar em seus ossos.

As mãos coçaram de tanta vontade de encontrar mais prendedores de cabelo e enfiá-los bem fundo no pescoço do irmão. De acabar com Percy bem ali e salvar a própria pele.

Mesmo assim, não foi capaz de fazê-lo. Porque, apesar de tudo o que havia acontecido, quando olhava para Percy, via o rosto do irmão fitando o seu. O rosto de uma pessoa com a qual tinha crescido e com quem passara anos de sua vida brincando de pega-pega em meio às árvores, com quem roubara lanchinhos da cozinha tarde da noite.

Ele talvez fosse capaz de cometer assassinato, mas Blythe? Jamais daria o golpe fatal. Em vez disso, aproximou-se do irmão e parou quando Percy se encolheu todo. Sem se pronunciar, estendeu a mão, esperando que o irmão a pegasse. Foi muito difícil não tremer quando sentiu seus dedos ásperos, queimados de frio, na própria pele.

A dor que ele lhe causara não tinha importância: Blythe não suportava ver o irmão daquele jeito. Fechou os olhos, invocando a própria magia, para que viesse à tona. Nunca tinha curado ninguém intencionalmente, mas isso não a impediu de imaginar as mãos de Percy saudáveis e sem feridas e de deixar seus poderes fluírem livres. Era a primeira vez que os invocava daquela maneira propositada, e a magia a recebeu de braços abertos, com muito prazer, como se a esperasse aquele tempo todo. Blythe recebeu seu abraço, deixando-se inundar pelo calor daquele poder.

– Foi você que invadiu o Clube Grey – falou Blythe, enquanto trabalhava. Não disse essas palavras em tom de indagação, porque eram a única coisa que fazia sentido. – Mesmo depois de todo esse tempo, ainda está bravo.

– Claro que estou – disparou Percy. E, nesse momento, Blythe viu em primeira mão toda a magnitude da crueldade do irmão. – Era *meu*, Blythe. Todos esses anos, era para o clube ser meu. Não deveriam ter tirado isso de mim só porque nosso pai perdeu a cabeça.

O irmão se tornara um tolo. Um tolo cruel e sem coração.

– Você tem um filho – declarou Blythe, sentindo necessidade de contar. – Com Eliza Wakefield. Ela foi obrigada a se casar com Byron quando você desapareceu, e ele assumiu a criança. Ele acha que você morreu, mas não conseguiu confirmar.

Os tremores das mãos de Percy pararam, apenas por um momento.

– Filho? Nem sabia que ela estava grávida. – A risada que o rapaz deu não foi alegre, mas vazia e assombrada, como os corredores que cercavam os dois. – Faz mesmo tanto tempo assim que eu...

– Que você morreu? – completou Blythe. – Faz.

A magia era mais difícil do que a garota esperava. Rugas de

concentração fundas surgiram em sua testa, enquanto ela se esforçava ao máximo para fazer algo que tinha feito por acaso com Signa. Ficou com as mãos doloridas de tentar curar Percy. Mal conseguia sentir os dedos e, quando se afastou para reavaliar a situação, teve de disfarçar o suspiro de assombro. Uma pele rosada e saudável cobria os dedos dele, antes queimados de frio. As pontas dos dedos de Blythe, por sua vez, acinzentavam-se. A garota tirou as mãos do irmão, passando-as nas saias para que ele não as notasse.

Ao que tudo indicava, quanto mais saudável ficava o corpo de Percy, mais o de Blythe sucumbia. A extensão da ligação entre os dois nunca fora tão nítida – se o irmão vivesse, ela não poderia continuar a viver. Estava sobrevivendo graças aos anos de vida que roubara dele, afinal de contas.

Mas era espantoso que tivesse restado algo do corpo de Percy para ressuscitar. Se os sapos têm a capacidade de cicatrizar ossos e regenerar músculos, ela supôs que não deveria ficar tão surpresa ao descobrir que Percy também poderia fazer isso. Mesmo assim, olhar para ele era tão pouco natural.

– Do que você se lembra? – Quando deu por si, ela estava perguntando, agarrando as saias para apaziguar seus tremores. Mal conseguia sentir o tecido roçando nas pontas dos dedos.

– De quando eu estava morto?

Percy não tinha a menor noção do escrutínio de Blythe, que tentava calcular se o irmão tinha voltado mais alto do que fora no passado. E será que ele sempre tivera tantas sardas no nariz? Percy podia até ter voltado fisicamente, mas aquilo não estava certo. Tudo o que ela recordava a respeito dele estava um pouco diferente, como uma imagem pintada de memória e não com o modelo ao vivo.

– Era frio – prosseguiu Percy. – No começo, não me dei conta de que estava morrendo sufocado, mas meu corpo mal conseguia se mexer. Só me lembro de estar cercado por terra e que meus pulmões se encheram de terra enquanto eu tentava sair dali à força. Não era nem um *túmulo* propriamente dito.

"A sensação é de que tem coisas dentro de mim, Blythe." Nessa hora, a voz dele começou a ficar embargada. "Como se minhocas se contorcessem dentro de mim. Como se insetos vasculhassem meus ossos neste exato momento. Minha pele... Parece que nada disso está certo."

Blythe ficou com frio na barriga. Aquilo não condizia nem um pouco com o que ela sabia a respeito da morte, mas a garota também não estivera presente no jardim quando Percy morrera. De todo modo, por que ele não poderia ter reencarnado? Ou ido para o além-túmulo? Precisava perguntar para Sylas. Precisava perguntar ao Ceifador por que Percy estava ali, sendo que a mãe continuava morta.

Mas não tinha tempo para isso. A adrenalina de ter encontrado Percy estava acabando, a visão periférica de Blythe estava se tornando borrada, e o corpo sentia náuseas, de permanecer tanto tempo de pé, e ela sabia que precisava tomar uma decisão logo: a vida de Percy ou a própria.

A verdade era que Blythe se conhecia e sabia que só tinha uma opção. Mas, antes que pudesse dizê-lo com todas as letras, brilhou uma luz, seguida pela escuridão mais intensa que Blythe já vira. Percy deu um grito, e Blythe foi erguida por mil fios dourados que a envolveram ao mesmo tempo. Só quando a escuridão se dissipou é que a garota conseguiu enxergar que Sylas estava atacando seu irmão, segurando uma foice que brilhava, prateada como a lua. A Morte levou a foice para trás, o que fez um pavor rasgar a garganta de Blythe.

– Não o machuque! – gritou a garota. E foi então que percebeu que Signa estava logo atrás dos dois. A prima exibia uma expressão séria e resoluta e não se virou para Blythe nem uma vez sequer.

– Santo Deus – sussurrou Signa, sem conseguir tirar os olhos do homem diante deles. – O que foi que você fez, Blythe?

TRINTA E SEIS

Aris

Aris nunca fora lá muito fã de assassinato. Era, no seu ponto de vista, um método de vingança demasiado simples. Mas, no instante em que pôs os olhos em Percy Hawthorne, decidiu que nunca era tarde demais para mudar de opinião.

A Morte, contudo, foi mais rápida. Reconheceu Percy e foi voando até o rapaz. As sombras o grudaram contra a parede, e o grito que ele deu bastaria para arrancar a pele dos ossos de alguém.

Acovardado diante do Ceifador, Percy se abaixou, encostou a parte de trás da cabeça na parede e tentou se virar, como se centímetros de distância pudessem, sabe-se lá como, salvar sua vida. Pobre cretino, tão tolo. Percy não tinha salvação: se a Morte não pusesse fim à sua vida, Aris faria isso.

A ira era um veneno amargo que apodrecia nas veias dele, alimentando a raiva que afiava sua língua e que o fez pensar em todas as maneiras possíveis e imagináveis de obrigar Percy a encontrar o próprio destino.

– Aquela tapeçaria pertence a ele. – Com passos lentos, Aris ficou na frente do irmão, segurando Percy pelo maxilar. – Uma chaga que empesteia o mundo. – O Destino nunca havia brilhado tanto, um dourado tão assustador que o rapaz soltou um grito e fechou os olhos.

Que bom, pensou Aris. *Eles que queimem.* Apertou mais, só que, desta vez, não estava segurando o rosto de Percy, mas a garganta, deixando o rapaz sem ar, até ouvir uma voz vinda de trás dele.

– Por favor – pediu a voz, no mais suave dos choramingos.

O Destino tinha lançado seus fios em volta de Blythe no instante em que entrara no quarto, pressentindo uma ameaça, e eles a envolveram como um casulo. Conhecendo a esposa, ela teria resistido. Teria ficado furiosa, gritado e exigido que o marido a soltasse.

Então por que o corpo da garota se encolheu dentro dos fios, não como se estivesse sendo aprisionada, mas *abraçada*?

– Por favor – repetiu ela, e foi então que Aris se deu conta de que não era a emoção que roubara a voz da esposa. Era a dor. Conseguia ver em seus olhos, vidrados feito os de uma boneca. As pontas de seus dedos estavam cinzentas e trêmulas, com dificuldade de segurar os fios à sua volta.

Aquela era sua esposa. Seu amor. A metade de sua alma que estava faltando, que ele tinha procurado mundo afora e fora tolo demais para perceber que estava bem ali, diante de si. Blythe era o Sol, e Aris, a Lua. A promessa de calor depois de um inverno eterno. Era tudo isso, o Destino tinha absoluta certeza. Assim como tinha certeza de que, sem ajuda, aquela seria a última noite de Blythe na face da Terra.

– Não mate Percy. – As palavras mal tinham saído pela boca de Blythe quando ela se encolheu ainda mais dentro dos fios, que a soltaram bem a tempo de Aris pegá-la no colo.

– Blythe. – O nome dela era um manjar dos deuses que ele ofereceu à noite, rezando para que lhe permitisse ficar com a esposa. – Blythe, você precisa acordar.

O quarto ficou imóvel, tenso, esperando alguém tomar uma providência. Foi a Morte quem se mexeu primeiro, e o coração de Aris afundou no peito quando o irmão baixou a foice de sombras. Seu desespero era uma coisa gélida, que foi se infiltrando no quarto com tamanha força que o Destino apertou mais a esposa, para que ela pudesse receber um pouco de seu calor.

– Por que você parou? – indagou Signa. Com a voz forte, apesar das lágrimas que rolavam pelo rosto. – É por causa dele que Blythe está morrendo!

Aris tinha certeza de que o irmão compreendia isso tão bem quanto ele. E, no que dependesse do Destino, Percy já teria morrido muito tempo antes. Mas a súplica de Blythe não parava de zumbir em seus ouvidos.

Não mate Percy.

Quando o Ceifador se virou para o Destino, Aris sentiu o impacto cortar seu coração. Sabia o que a Morte estava pensando: o irmão sempre fora previsível. Bondoso, moralista e tão malditamente respeitoso que Aris o tinha odiado. Maltratara o Ceifador por causa disso, aproveitando-se de sua bondade, exigindo que ele ajudasse a contrariar os desejos da Vida, fosse qual fosse o custo.

Na ocasião, a Morte lhe dera ouvidos. Fora tão egoísta quanto Aris, sem tirar nem pôr, e veja só aonde isso os levara.

– Não vou recusar o pedido dela de novo – disse o Ceifador, mas as palavras não tiveram o menor impacto. Até porque Aris já sabia que ele diria isso.

– Não podemos ficar aqui, parados, sem fazer nada! – Signa pôs a mão no bolso e tirou dele um punhado de frutinhos de beladona.

Naquele momento, Aris bem que gostaria de ser um homem melhor do que era. Gostaria de ter coragem de deter Signa antes que aqueles frutinhos passassem pelos lábios da garota, sabendo que era isso que a esposa iria querer. Mas, se Signa estava disposta a contrariar os desejos de Blythe, sendo que Aris não podia fazer isso... bem, ele não era um homem bom, não ao ponto de impedi-la de tentar. Os fios tentaram segurá-la, mas foi uma tentativa sem muita convicção, e eles só alcançaram a garota depois de ela ter engolido a beladona.

O efeito foi instantâneo. Ela caiu no chão, envolvida pelas sombras da Morte. O peito subiu e desceu, respirando com pressa, até que parou subitamente, e Aris ficou observando Signa levantar em sua forma de ceifadora, com olhos pretos e cabelo branco, com a mesma sede de sangue que ele.

– Signa – censurou a Morte, mas a garota não lhe deu atenção e foi se aproximando de Percy. Dada a posição do rapaz, deve ter conseguido enxergá-la, porque o covarde ergueu as mãos espalmadas, para apaziguá-la.

– Por favor – sussurrou ele. E cada uma dessas palavras ditas com a voz embargada fizeram Aris retorcer os lábios de desgosto. – Você não quer fazer isso.

A risada de Signa foi amarga, e o Destino ficou se perguntando como tivera, um dia, acreditado que ela poderia ser a Vida, alguém que valorizava tanto as almas e que jamais arruinaria uma delas.

– Ah, quero sim, com certeza – disparou a garota. Não perdeu tempo e foi logo atacando, segurando o pulso de Percy.

Só que o rapaz não caiu, e Aris teve de tapar os olhos com a mão, de tão intensa que era a luz prateada que Percy passou a irradiar.

A Morte ficou em cima de Signa no mesmo instante, e o Destino pensou que era para protegê-la da retaliação de Percy, antes que uma risada maligna reverberasse pelo quarto.

– Olá, meus queridos. – O Caos disse essas palavras cantarolando e se aproximou deles, zumbindo de emoção. – Por acaso ninguém aqui conhece as regras?

O Ceifador foi para a frente, tentando impedir que Signa fosse vista.

– Não me subestime, Caos. Eu é que sou o responsável por todo mundo que morreu ou está morrendo.

Solanine chiou entre dentes e fez um gesto obsceno para Percy.

– Odeio ter de ser a pessoa a te informar do óbvio, mas aquele homem não morreu nem está morrendo. Ele recebeu a bênção da Vida. Nem você pode levá-lo.

"Aquela garota roubou da Morte", continuou Solanine, feliz e contente, apontando para Blythe, que estava fraca nos braços de Aris. "Ressuscitou uma alma que estava na terra, apodrecendo há um ano. Uma alma, veja bem, cuja morte era o único motivo para ela viver.

"A vida dela é o sacrifício", prosseguiu Solanine. "Ela vai pagar pela vida daquele rapaz com a sua."

– Pode ficar com o rapaz – ordenou Aris. Com toda a delicadeza, o Destino pôs a esposa no chão, tomando o cuidado de apoiar sua cabeça antes de ficar de pé e se aproximar dos demais. – Ressuscitá-lo foi um engano. Se é ele que você quer, pode levar.

– Não é assim que as coisas funcionam. Quando a Vida concede sua bênção a alguém, aumenta o tempo que essa pessoa tem na Terra. O abençoado tem uma vida inteira pela frente, sem sofrer a ameaça de ser levado antes da hora.

– Aconteceu a mesma coisa com o cavalo – sussurrou Signa. – Foi por isso que não conseguimos matá-lo.

Aris não sabia do que a garota estava falando, mas não se importou muito com o pânico expresso na voz dela nem com o fato de Solanine ter espremido os olhos quando se inclinou para ver melhor quem tinha se pronunciado.

A Morte foi tentando bloquear os movimentos de Solanine, mas o Caos era rápido. Desviou do Ceifador até conseguir se aproximar de Signa ao ponto de poder encostar nela. Sua mão foi detida pelas sombras da Morte a um mero centímetro do rosto da garota.

– *Você.* – O choque se evidenciou porque Solanine ficou se debatendo contra as sombras da Morte, esquadrinhando Signa, dos olhos insólitos aos contornos determinados de seus lábios.

– Santo Deus, você é Rima cuspida e escarrada.

Era impossível afirmar se Signa sentiu ou não o terror que a magia de Solanine era capaz de trazer, mas a garota não se abalou face ao Caos. Continuou de queixo erguido, com um olhar de afronta, e cuspiu nos pés da deidade.

– Dobre essa sua língua imunda e não fale da minha mãe.

Solanine foi para trás, surpresa como Aris jamais tinha visto. Só que o choque teve vida curta, e não demorou para a mulher jogar a cabeça para trás, dando uma gargalhada poderosa.

– Ah, gostei de você. Você tem o fogo dela.

– Não sei – retrucou Signa, furiosa. – Não cheguei a conhecê-la.

Solanine fez cara de quem estava achando graça, coisa que não tinha direito algum de achar.

– Não assumo responsabilidade pelas decisões de sua mãe, pequena Farrow. Eu só estava lá para assistir ao espetáculo.

Sombras dançaram aos pés de Signa, bruxuleantes e iradas. A temperatura do quarto estava caindo tão rápido que Aris ficou tenso quando Blythe se encolheu, logo atrás dele. Por mais que soubesse que adoraria ver se alguém derrubaria Solanine de bunda no chão, não teria tempo para isso.

O Destino foi para a frente.

– Vamos encontrar alguém para lhe entregar. Se não for Percy, outra pessoa ficará no lugar dele, então.

Irritada porque o Destino tinha roubado a atenção que lhe era dirigida, Solanine riu com deboche.

– Não devo nada à sua esposa. Se quer que a história se repita, é só tentar salvá-la, Aris. Dê um bom espetáculo. Porque essa garota não é mortal, e uma mera vida humana não bastará em troca da vida dela.

O Destino cerrou os punhos, afundando as unhas na palma das mãos, porque se deu conta de que tudo aquilo realmente fora apenas um jogo para o Caos. Blythe nunca tivera chance de sobreviver.

O pavor tornou seus pés pesados, e o corpo, oco. Aris olhou fixamente para o sorriso nos lábios do Caos, imaginando como aquele sorriso poderia existir, se logo a mulher que ele amava desapareceria de sua vida.

Ouviu-se um ruído baixinho, de algo arranhando o chão, quando Blythe mudou de posição atrás de Aris, que quase tropeçou ao se virar de frente para a esposa. Com um passo trôpego, ficou ao lado dela, sentado no chão, puxando-a para perto de si. Equilibrou a cabeça de Blythe com todo o cuidado no colo e ficou penteando seus cabelos com os dedos – cabelos esses que ficavam mais parecidos com palha a cada minuto. Os olhos dela estremeceram, com dificuldade para abrir. Naquele momento, ali de joelhos, com o corpo dela no colo, nada mais importava. Aris não ligou para o fato de terem plateia. Não ligou para o fato de o Caos ter se abatido sobre eles nem para quem estava assistindo a ele se perder quando se abaixou para beijá-la, sentindo o gosto de sal das lágrimas que umedeciam a pele da esposa.

Ah, como o Destino gostaria de guardar na memória a sensação de tê-la em seus braços. O jeito que os lábios de Blythe se entreabriram para ele e como era doce o gosto de seu beijo.

Teria passado uma eternidade ao lado dela, de bom grado. Teria passado a vida passeando mundo afora ao seu lado.

– Nem agora seus espinhos param de me espetar, Roseira-Brava – sussurrou, afastando uma mecha de cabelo que tinha ficado grudada na pele suada de Blythe. – Não sei como você espera que eu volte a existir sem você.

Aris não ligou quando o Caos pigarreou. Não ligou para o peso da tristeza do irmão, que se abateu sobre ele, nem para a presença do rapaz – o Destino bem que gostaria que Percy caísse duro no chão e morresse, para que aquele pesadelo pudesse chegar ao fim. Naquele momento, só ligava para Blythe, imaginando que os dois estavam a sós, debaixo do pé de glicínia.

– Então você sabe da verdade – sussurrou ela, dando uma risada tão melancólica que Aris sentiu seu coração se partir em mil pedaços. – Fiquei torcendo para você não descobrir.

– Eu sei – admitiu o Destino. – Mas te amei mesmo antes de descobrir.

Amor. Era isso que Aris sentia por Blythe. Fora isso que o medo o fizera evitar por tanto tempo. Como fora tolo de evitar algo tão precioso e fugaz quanto o amor. Não era algo para se ter em segredo, nem para guardar no peito e ser vivido apenas nas profundezas seguras da própria mente.

Se Aris pudesse voltar atrás, amaria Blythe em abundância. Sem reservas. Iria se agarrar a esse amor e jamais soltaria.

Mas aí é que está, as lições da vida são assim: só aprendemos tarde demais.

Naquele momento, em que Blythe tentava se sentar com dificuldade, Aris gostaria de poder abraçá-la para sempre. Gostaria que aquele pesadelo se dissipasse em um lindo sonho, no qual os dois seriam os únicos a permanecer. O coração parou de bater quando ela pegou sua mão, sabendo que seria a última vez que a seguraria.

– Quero que desta vez seja tranquilo – sussurrou a garota. – Quero que me deite em uma cama de glicínias ou me despache em um rio de estrelas, como já deveria ter feito.

– Farei isso. – Aris fechou os dedos em volta da mão dela. – Juro que farei.

O sorriso de Blythe era uma coisa murcha, debilitada. Não duraria mais muito tempo.

– Cuide do meu pai, sim? Não deixe Percy...

– Não vai acontecer nada com seu pai, Blythe. – O Destino a beijou de novo, na esperança de roubar tais preocupações. De tranquilizar a alma da esposa, de modo que ela pudesse descansar. – Elijah pode contar com minha proteção, sempre.

Apesar de Blythe continuar sorrindo, os cantos dos lábios se voltaram para baixo.

– Você não vai ter de procurar por mim desta vez, Aris. Prometo que, um dia, vou te encontrar debaixo da curva de um pé de glicínia. Espere por mim só mais um pouquinho.

Aris esperaria até a última estrela do céu deixar de existir. Também teria dito isso para Blythe, caso não tivesse sentido o irmão se aproximando, pouco a pouco, das suas costas.

– Aris – avisou a Morte, baixinho, mas o Destino já sabia.

Signa ficou entre o Ceifador e a prima, ajoelhou-se para segurar a mão de Blythe.

– Por favor, não vá – sussurrou, apertando a mão dela. – Você pode resistir a isso, Blythe. Sei que pode. Vamos descobrir outro jeito.

– Signa, sua bobinha – disse Blythe, à guisa de resposta, colocando uma mecha do cabelo da prima atrás da orelha dela. – Não se esqueça do que eu disse. Você é a garota que não pode morrer, e eu sou a garota que sempre vai renascer. Não pense que pode fugir de mim assim com tanta facilidade.

Com a ajuda do marido, Blythe usou seus últimos resquícios de energia para se sentar e dirigiu o olhar para o irmão, que ainda estava acovardado, encolhido contra a parede. A parte da frente das calças de Percy estava manchada, e o corpo de Aris ficou quente, de nojo.

Ele era um verme. Um verme vil e patético que o Destino queria esmagar com a bota. Sentiu orgulho de Blythe quando a esposa ergueu o queixo, tão mais corajosa, tão mais poderosa, mesmo à beira do precipício da morte.

– Eu não te perdoo – declarou a garota para aquela criatura patética que nem sequer a tratou com o devido respeito. Só o fez quando o Destino exigiu, enroscando os fios na garganta de Percy e obrigando o rapaz a encarar a irmã nos olhos. – Você não é o irmão que eu conhecia. Não é o irmão pelo qual vou ficar de luto. Você é egoísta, cruel e mimado, e fico feliz por nosso pai ser um homem sagaz a ponto de nunca lhe ter dado o que você queria. Torço para que a vida que você roubou de mim lhe dê tudo o que você merece, Percy.

Aris a abraçou, e a Morte chegou ainda mais perto, deixando Percy livre para ir se arrastando até a janela. Signa ficou de pé em um pulo para detê-lo, mas pensou duas vezes ao ouvir o ronco baixo vindo da garganta de Blythe.

– Deixe que vá embora – ordenou a Morte. – Ele não merece estar aqui.

– Quanto tempo de vida ela ainda tem? – perguntou Aris, e fez tudo ao seu alcance para não desmoronar quando o Ceifador respondeu.

– Algumas horas, com sorte.

Era um milagre o fato de a Morte e o Destino terem se dado bem um dia. Por maior que fosse a beleza de uma alma ou o brilho de uma vida que o Destino criava, a Morte sempre as levava, no fim das contas.

Por anos e anos, Aris se permitira sentir raiva da Morte, mesmo sabendo ser exagero. Por séculos e séculos, não conseguira fitar o irmão nos olhos, sabendo que tanto a morte trágica da esposa como o remorso do irmão não eram culpa de ninguém a não ser dele mesmo. A dor do luto ameaçava enterrá-lo vivo, e ele não teve escolha além de transformar essa dor em raiva. Atribuí-la a alguém. Mas o Destino sabia da verdade tão bem quanto a Morte e, apesar disso, ei-lo ali mais uma vez, implorando para que o irmão viesse em seu socorro.

– Tudo o que vive precisa morrer um dia – sussurrou o Ceifador. – Você vai reencontrá-la, Aris.

– Ou você pode salvar a vida dela. – Foi Signa quem falou. Mal deu para ouvir suas palavras quando segurou o braço de Aris. – Você é uma *deidade* – insistiu a garota. – Dois coelhos com uma cajadada, Aris. Faça o que precisa ser feito e salve a vida dela.

Desta vez, a Morte ouviu. Aproximou-se voando, chiando de reprovação.

– Signa – gritou, mas a garota não o fitou nos olhos. Seus olhos encararam bem o Destino e então se desviaram uma única vez, brevemente, na direção do Caos.

E ele entendeu.

Aris ficou de pé, carregando a esposa no colo, e a colocou nos braços enluvados da Morte.

– Leve-a de volta para Glicínia. – O Destino olhou bem nos olhos do irmão. – Fique de olho nela, entendeu?

Por séculos, os dois tinham brigado, Aris mascarando com desdém a culpa que sentia. Mas, no momento, precisava do irmão mais do que ninguém e, quando a escuridão anuviou os olhos da Morte, Aris teve certeza de que ele tinha compreendido.

– Não seja tolo – censurou o Ceifador, mas o Destino nem ouviu.

– Vá de uma vez, meu irmão – ordenou Aris. – Vou logo atrás de você. E, se Blythe morrer antes de eu voltar, saiba que vou matar todos vocês.

Ele endireitou as luvas, inexpressivo, passou pelos três e foi se aproximando do Caos. Não havia entonação em sua voz. Não havia raiva nem luto. Havia apenas fatos quando olhou para Solanine.

– Não serei derrotado por você novamente – garantiu, obrigando-a a ir em direção à janela. – Juro pela minha própria vida.

TRINTA E SETE

Aris

Quinze minutos transcorreram desde que Percy Hawthorne fugira. Quinze longos minutos que se estenderam feito uma eternidade, porque Aris sabia que a esposa o esperava. O Destino teria dado qualquer coisa para estar com ela ao longo de cada segundo de dor sofrido por Blythe. Mas, pelo bem da garota, aquilo era algo que Aris não tinha escolha senão fazer.

O Destino atravessou os charcos que ficavam atrás da Quinta dos Espinhos. O rapaz da família Hawthorne tinha roubado um cavalo, sumido em meio à floresta nos limites da Quinta dos Espinhos e buscado refúgio perto de uma casinha pitoresca. Passando o dedo em um dos milhares de fios translúcidos tecidos por aquela floresta, Aris descobriu que a casinha pertencera, recentemente, a Charlotte Killinger, uma jovem dama que Percy, um dia, acreditara ter uma quedinha por ele, assim como acreditava, erroneamente, a mesma coisa a respeito de um sem-número de mulheres.

– Charlotte não tem como te ajudar – sussurrou o Destino, na noite escura. A lua reluzia cada vez menos à medida que ele se embrenhava na floresta. A casinha em si, entretanto, situava-se em uma pequena clareira, onde a luz prateada conseguia atravessar os galhos desfolhados. – Ela não mora mais aqui.

Um corcel desaforado, que tentou morder Aris quando ele se aproximou da casinha, foi tudo o que o Destino enxergou, à primeira vista. As rédeas estavam enroscadas em uma árvore, com um nó feito às pressas. Com aquelas suas pernas queimadas de frio, Percy não iria muito longe sem um cavalo.

A cada passo adiante, o Destino passava os dedos nos fios que só ele era capaz de enxergar. Fios que lhe mostravam a trama do mundo, tudo o que o lugar já fora um dia e tudo o que viria a ser. Viu quem tinha morado na casinha. Sentiu a vida pulsante das árvores e assistiu a cada uma das almas que passaram por ali. Viu Lillian e Elijah Hawthorne se embrenhando na floresta, quando ele deu de presente para a esposa um jardim que se tornaria um dos seus maiores amores. Viu uma mulher de coração partido chamada Marjorie Hargreaves, de luto pela perda do filho. Virou a cabeça, e a visão mudou, mostrando Signa Farrow a cavalo, galopando em direção a um incêndio, depois mostrou Blythe passeando pela área de braço dado com Charlotte.

Também viu Percy. Viu a frequência com que ele se esgueirava pelas sombras para roubar os frutinhos de beladona. Viu sua perversidade se desenvolver, com premeditação. E o mais importante: Aris viu onde Percy estava escondido naquele exato momento.

Percy Hawthorne não merecia viver. Mas o Destino não era um enviado da Morte, muito menos quando a esposa tinha concedido uma bênção ao irmão, fosse proposital ou não. Só que o Ceifador não era o único capaz de garantir que aquele monstro nunca mais desse as caras para importunar a família Hawthorne.

– Você não tem como se esconder. – Aris era um predador, sem tirar nem pôr. Foi se dirigindo, com toda a calma, para um poço situado nos arredores do terreno. – Não do Destino. – Colheu um mirtilo de um arbusto carregado e o enfiou na boca, sentindo o toque da esposa na fruta.

Perfeita. Estava perfeita.

Apoiando os cotovelos nas pedras gastas do poço, Aris se espichou para olhar lá embaixo, no abismo escuro do poço. Percy estava agarrado a uma escada de madeira, as mãos tremiam com tanta força que ele achou que o rapaz poderia quebrar a escada. As botas e pernas da calça de Percy estavam dentro d'água, e o corpo, encolhido contra a escada, tentando ficar o menor possível, para se confundir com as sombras.

– Olá, Percy. – Com essas palavras, todo o brilho das estrelas e cada gota de luar se dirigiram a Aris, que os consumiu. A pele brilhava, irradiando luz em um facho dirigido para baixo. O rapaz se encolheu todo, abaixando-se para não ser visto. – Por que você não vem aqui para fora?

– Você não é ele, é? – O Destino não compreendia por que sentiu o mais leve dos tons de alívio na voz de Percy. – Você não é...

– A Morte? – Aris completou a frase pelo rapaz. Atrás dele, um milhão de fios se entrelaçou em volta do poço. – Sou muito pior.

O único aviso do abraço do Destino foi um escurecer de seu olhar de desprezo, de ouro derretido, antes que os fios se espichassem poço abaixo, formando grilhões em volta dos pulsos e do pescoço de Percy. Ele não *arrancou* o garoto lá de dentro: isso seria fácil demais. Rápido demais. Em vez disso, Aris foi com toda a calma, relaxou apoiado na pedra e ergueu o rapaz centímetro por centímetro, esbanjando poder como quem não quer nada, até que Percy ficou em pé na sua frente, respirando com dificuldade o ar que o Destino mal permitia que ele tivesse.

O tempo todo, Aris ficou olhando bem nos olhos de Percy. Eram tão sobrenaturais. Tão hediondos, assim como o restante do rapaz.

– Jamais pensei que teria a oportunidade de te encontrar.

As pernas de Percy ficaram bambas. Ele soltou um ruído tão patético que um homem melhor do que Aris teria ficado com pena. Mas Aris não era um homem melhor do que ninguém.

– Por favor. – A pele de Percy estava sem cor, feito a neve. A vida lhe fora sugada, assim como dos olhos. Era uma aberração e, quando estendeu a mão, Aris deu um passo para trás e passou a mão na camisa, antes de ter contato com aquela imundície. – Nunca foi minha intenção...

– Poupe seu fôlego. Sei exatamente quem você é e quanta dor causou à minha esposa. – O Destino percorreu a distância que os separava e colocou as luvas de lado para não manchá-las antes de bater com a mão espalmada nas têmporas do rapaz. Um por um, os fios que rodeavam ambos se afrouxaram e, quando Aris apertou, começaram a se reorganizar.

Se Blythe queria que o irmão continuasse vivo, tudo bem. Aris não tinha escolha. Mas o Destino não era gentil e não tinha a menor intenção de mudar tão cedo.

– Este mundo jamais vai demonstrar caridade por você. – Uma palavra era mais clara e precisa do que a outra, não em tom de aviso, mas de maldição. – Ninguém sentirá pena de você, mas aversão. Todos que te virem vão te dar as costas e fechar a porta na sua cara. Nunca mais você vai ver ninguém da família Hawthorne, porque deve correr para longe deste lugar. Corra até seus ossos doerem e os seus pés sangrarem. E continue correndo. Você nunca mais vai falar com sua irmã nem pedir consolo para ninguém que já conheceu.

"Você não tem lar", prosseguiu Aris, torcendo o dedão na bochecha de Percy, segurando o rosto do rapaz para cima, obrigando-o a encará-lo. "E jamais terá. Você vai querer tudo, mas não terá nada.

Pode até não morrer por mais uma vida, mas vai desejar isso todos os dias. Todos os dias, vai sentir dor e querer pôr fim à vida miserável que será amaldiçoado a ter daqui em diante. E todas as noites, quando estiver pensando nessas coisas, vai se lembrar de mim. Vai saber que sempre estarei por perto, te observando. E que, se eu quiser, posso tornar sua vida ainda pior."

Não havia mais casinha. Nem floresta em volta deles. Era como se toda a luz do mundo estivesse apenas com Aris, que brilhava tanto que Percy gritou, e os fios costuraram seus olhos para que permanecessem abertos, obrigando-o a observar o esplendor do Destino.

– Você vai se lembrar de mim – sussurrou Aris – e toda vez que respirar vai se lembrar de tudo o que fez para merecer tal destino.

Foi só então que os fios se soltaram, e o Destino se virou, calçou as luvas e Percy caiu, sem cerimônia, de joelhos. Aris cortou caminho para chegar ao cavalo, e mal tinha pegado as rédeas quando sentiu Percy se mexendo atrás dele. Meio cego, o garoto tateou para pegar uma pedra e tentou atirá-la na cabeça de Aris. Teria sido uma pancada dolorosa – mortal, talvez, caso tivesse acertado um ser humano –, mas o Destino nem chegou a se virar. Sua magia deteve a pedra e a mandou de volta para Percy, voando, enquanto Aris montava no cavalo.

– Eu te desejo toda a sorte do mundo, Percy – disse ele. – Você vai precisar.

E, com um estalar das rédeas, Aris sumiu.

TRINTA E OITO

Blythe passou a noite de sua morte rodeada pelas pessoas que amava.

Em sua visão enevoada, viu a prima afugentar o Ceifador mais de uma vez. E, apesar de ter ficado feliz com isso, sabia que os esforços de Signa logo seriam em vão.

Não ficou com medo. A mãe estaria esperando por ela, e Elijah seria bem cuidado. Sabia, em seus ossos cansados, que não precisava se preocupar. Aris garantiria a segurança do pai. Ainda assim, lamentou a perda de Elijah e do relacionamento que acabara de descobrir. Não havia como saber se voltaria com suas lembranças ou quanto tempo demoraria para encontrá-las. Não havia como saber o tipo de pessoa que seria na próxima vida.

– Sylas. – Blythe chamou o Ceifador de olhos cinzentos, que se aproximou, cauteloso. – Terei direito de escolher quem vou me tornar?

A voz da Morte foi uma carícia delicada do vento no rosto da garota e fez o corpo dela relaxar.

– Não faço a menor ideia. Esse é o seu reino.

Blythe achava que sim. Talvez, quando morresse, voltaria à vida com todas as respostas e com conhecimento do próprio poder. Isso, pelo menos, seria um ponto positivo.

– Já vi reencarnações de muitas formas – prosseguiu o Ceifador, depois de alguns instantes, como se tivesse sentido que Blythe não ficara satisfeita com sua resposta. – Almas que voltam com outro sexo. Pessoas que querem passar os dias na preguiça, sem se preocupar com nada, e acabam voltando na forma de um gato de estimação comum. Tudo neste mundo é conectado pela vida e pela morte. Não tenho dúvidas de que você vai conseguir voltar sendo a pessoa que bem entender.

Ela ficou com um nó na garganta, de emoção, e estava muito fraca para se conter. Foi um alívio quando Aris chegou, surgindo com um brilho de luz e se aproximando da cama com dois passos largos.

– Desculpe – sussurrou ele, inclinando-se para dar um beijo na testa da esposa. – Tive de resolver um assunto que não podia esperar.

Blythe estava esperando pelo Destino, recusando-se a permitir que o silêncio tranquilizador tomasse conta dela antes que o marido chegasse. Agora que Aris estava ali, tinha a sensação de que havia peso demais em cima de seu corpo. Como se tivesse sido jogada no mar e estivesse afundando.

– Está na hora, Aris. – Ela mal tinha voz, a língua parecia feita de algodão. Inclinando a cabeça para o lado, olhou nos olhos de Sylas, com ar de súplica. – Quero que você me leve agora, antes que eu piore.

Teria se enganado ou a Morte e a prima se entreolharam?

– Você é jovem, Blythe. Não merece isso. – Aris até podia ter baixado a voz para que não doesse em seus ouvidos, mas essas palavras a atingiram feito uma enxurrada.

– Ninguém *merece* nada, Aris. Não temos tempo para... – Seu raciocínio foi interrompido pelos lábios do Destino, que beijaram os seus.

Por mais cansada que estivesse, por mais que quisesse fechar os olhos e cair naquele sono sem fim, para isso, sempre encontraria energia.

Aris encostou a palma da mão macia no rosto da esposa, e seus dedos habilidosos ficaram lhe fazendo cafuné. Blythe não tentou se afastar. Quanto mais tempo Aris a beijava, mais a imagem sob suas pálpebras mudava. As pétalas azuis e sedosas de glicínias caíam nela, feito gotículas de chuva. Só conseguia enxergar essas pétalas e um rio de estrelas prateadas sob seus pés. A corrente a puxava, pronta para se apossar de seu corpo.

Essa bela visão trouxe leveza ao peito de Blythe: ela não conseguia pensar em maneira melhor de partir.

Mas, de repente, o calor dos lábios de Aris sumiu, e o rio a puxou até o fundo. A garota foi flutuando por ele, com frio e perdida para o mundo, enquanto as glicínias caíam. Mesmo em meio a essa beleza, sentiu-se estraçalhada pelas garras do pânico.

Será que já tinha partido? Será que essa era a aparência da morte?

Ao longe, com uma voz embargada, quase inaudível, Aris falou com alguém que não era ela. Blythe procurou pelo marido, mas não viu nada: parecia estar a um mundo de distância.

– Ela não vai morrer – disse o Destino, e o coração de Blythe foi para o fundo do rio de estrelas. – Você vai me levar e deixar que ela continue vivendo.

Blythe era uma prisioneira naquele belo mundo onde fora enjaulada pelo marido. Debateu-se contra suas amarras, chamando por Aris, gritando para que o Destino recobrasse o bom senso. Mas cada vez que tentava gritar, sentia um ardor, porque o rio a puxava mais para o fundo, chamuscando sua garganta. O pé de glicínia tinha esticado seus ramos em volta do pescoço de Blythe e a segurava enquanto ela arrancava as pétalas que eclipsavam a superfície da água, para conseguir enxergar o mundo verdadeiro que o Destino tinha escondido dela.

Por mais que lutasse, Blythe não conseguia ficar de olhos abertos por muito tempo. Viu apenas pedaços do marido, que tinha caído de joelhos diante de Sylas.

– O equilíbrio não pode ser restaurado com uma alma humana – disse Aris, sem tirar os olhos do Ceifador uma vez sequer. – Mas pode ser restaurado com a minha vida. Dê os anos que me restam para Blythe, irmão. Dê tudo o que eu sou para ela e salve a vida da minha esposa.

A garota tentou gritar, mas o rio encheu sua garganta, impedindo-a de emitir qualquer som. Aris tinha prometido que não usaria seus poderes em Blythe. Tinha *prometido*, e, apesar disso, ali estava ela, incapaz de escapar da influência do Destino.

Ela o odiou. Odiou o quanto amava aquele marido tolo, o amava demais para permitir que Aris salvasse sua vida.

Signa percebera o pedido de ajuda silencioso de Blythe, mas seu rosto estava contorcido de determinação, quase como se contasse com aquilo. Como se esperasse aquilo. Signa cerrou os dentes e se virou, para não fitar Blythe nos olhos.

O coração da Vida era uma coisa frágil, partida e mal consertada pela mão de um aprendiz. Mas, naquele momento, ele se despedaçou tanto que não teria mais conserto.

– Tudo isso foi culpa minha, desde o início – Aris estava dizendo. – Eu poderia dizer que sinto muito, Sylas, pedir desculpas, mas essas palavras não adiantam de muita coisa. Deixe-me provar isso para vocês dois. Não vai mudar todo o mal que causei, mas que seja um começo. Deixe Blythe continuar *vivendo*.

A garota rezou para que Sylas fosse egoísta. Para que ignorasse as súplicas de Aris, mas pressentiu a derrota no instante em que as sombras do Ceifador se encolheram em um dos cantos do quarto, como se fossem se entregar à dor do luto. Como se fossem chorar.

– Vou atender ao seu pedido – sussurrou ele. Então se abaixou, se apoiou em um dos joelhos, diante do irmão, e tirou as luvas. – Mas só se você jurar que vai voltar para nós um dia.

Aris olhou para trás mais uma vez, para Blythe, antes de responder. E, quando viu que os olhos da garota estavam abertos, sorriu. Sua pele tinha um brilho, uma felicidade silenciosa, que o tornava mais belo, como a esposa jamais o vira.

– Juro. Juro que vou te encontrar de novo. – Então se virou para Sylas: – Encontrar vocês dois também. – De cabeça erguida, Aris estendeu a mão para o irmão, que a apertou, segurando-a com ambas as mãos.

Todas as estrelas prateadas derreteram à medida que a cor se esvaiu da pele de Aris. Pétala por pétala, o pé de glicínia se desintegrou à medida que o corpo dele caiu para a frente, chegando ao chão pelo toque terno do Ceifador. O ar inundou os pulmões de Blythe, a própria pulsação da vida vibrou pelo seu corpo, com tamanha força que o grito que se formava em silêncio dentro dela finalmente se soltou. A garota se levantou de supetão, de pernas bambas, e se arrastou na direção de Aris.

Mas só tinha restado uma casca do homem que um dia brilhara com tanta intensidade.

– O que foi que você fez? – indagou Blythe, fazendo a terra tremer com seu pranto.

Ela foi ao chão ao lado do marido, colocou a cabeça de Aris no colo e, um por um, os fios que uniam os dois piscaram e sumiram de vista. A sensação era de que toda a magia do mundo desaparecia com o último suspiro do Destino, e era como se o Caos estivesse parado perto dos dois no momento, roubando cada gota de esperança e cada sonho que Blythe já tivera na vida.

Mas, quando a garota se debruçou sobre o marido, perdida nas próprias lágrimas e na própria dor, Aris sorria. E, para ele, Blythe sussurrou:

– Seu homem tolo. O que foi que você fez?

TRINTA E NOVE

Não havia precedente para a morte de um imortal.

Não havia como saber se Aris voltaria ou não um dia. Se iria se lembrar de Blythe, caso voltasse, ou se sequer seria ele mesmo.

Todas as manhãs, a garota ficava parada no ateliê do falecido marido, esperando que as tapeçarias imóveis se movimentassem. Esperando que a cor se derramasse nas telas em branco ou que as agulhas inertes se mexessem. Porque Aris não podia ter de fato sumido. Era poderoso demais. Uma alma majestosa demais para simplesmente desaparecer.

E, mesmo assim, um dia se passou. Depois três. Uma semana, e as tapeçarias ainda não tinham se movimentado.

Uma semana não passava de um pingo do tempo que Aris passara esperando e procurando por Blythe, e a garota já não conseguia imaginar como o Destino conseguira fazer isso. Ao conhecê-lo, a alma dela ficara preenchida de tal maneira que a garota só conseguiu reconhecer completamente depois que o palácio ficou desprovido das tiradas e dos risos do marido. Blythe tinha se partido com a perda de Aris e não estava convencida de que um dia poderia voltar a ser completa.

Não havia mais vida em Glicínia. Não havia mais magia nem cor. O palácio realmente era pouco mais do que paredes de pedra desprovidas de elementos decorativos, que haviam sido falsificadas e transformadas em algo magnífico apenas pela magia de Aris. O Destino era como um daqueles feiticeiros sobre os quais a garota sempre lera em contos de fada, que imbuíam de magia cada faceta do mundo ao seu redor. E agora, sem toda aquela falsidade grandiosa, tornou a reparar em cada mínima rachadura da casa. Em cada pedra quebrada e em cada parede nua e parecendo prestes a desmoronar.

O quarto de Aris havia sumido. Todas as obras de arte e todos os badulaques que ele já tinha colecionado permaneciam ali, mas o restante do quarto não passava de pedra. Um museu estéril de um homem que um dia brilhara com tanta intensidade. Tanta extravagância.

O quarto de Blythe também não passava de um guarda-roupa e uma cadeira, conseguia ser ainda mais espartano do que da primeira vez que ela o vira. Até o esplendor de sua biblioteca tinha sumido, e a garota sabia, no fundo do coração, que isso só podia significar uma coisa: Aris desaparecera de fato e, talvez, nunca mais fosse voltar.

Durante semanas depois de ter sido abandonada pelo marido, Blythe não conseguia encontrar forças para falar. Era como se tivesse esquecido como fazer isso, e não estava disposta a reaprender o que significava viver em um mundo sem magia. Um mundo sem Aris.

Não procurou a companhia de ninguém ao longo dessas semanas. As janelas ficaram lacradas pelas roseiras-bravas espinhentas, e contava apenas com as refeições deixadas do lado de fora da porta para sustentar tanto a própria existência como a daquela maldita raposa. Dia após dia, cansou-se de ver a criatura bater com as patas na porta do quarto do Destino. Do ateliê. Da saleta, onde Aris passara tantas noites. Esperando por um homem que jamais atenderia à porta.

– Ele não vai voltar – Blythe disse para o animal um dia, quase um mês depois, e as palavras arderam feito fogo em sua garganta.

Só que a criatura horrorosa apenas inclinou a cabeça, piscando aqueles olhos cor de âmbar que a faziam se lembrar do marido, de forma tão cruel. Ela falou de novo, sendo mais ríspida desta vez.

– Já falei que ele não vai voltar! – Blythe gritou essas palavras, que a atormentavam aquele tempo todo. – Aris nunca vai abrir essa porta. Não entende? Não enquanto durar sua vida e, talvez, nunca. Ele *se foi*, sua besta!

A cada palavra que pronunciava, Blythe foi se derretendo e chegando mais perto do chão, até que ficou de joelhos, chorando de soluçar.

– Ele se foi.

Ela apoiou os dedos no chão, sem ter noção de quanto tempo tinha ficado ali. Minutos? Dias? Que diferença fazia, quando o tempo continuava transcorrendo, por mais que ela lhe implorasse para parar? Foi só quando sentiu uma cauda roçando sua pele que mudou de posição, e encolheu-se toda quando um nariz gelado encostou em sua mão.

Blythe ficou olhando para a raposa, e o animal choramingou bem baixinho, abaixando as orelhas. Lentamente, arrastou-se até subir no colo da garota, aninhou-se na barriga de Blythe e soltou um suspiro de cansaço.

Com as mãos trêmulas, Blythe fez carinho nas costas de Besty, várias e várias vezes, até umedecer a pele da raposa com suas lágrimas.

– Somos só eu e você – sussurrou, acomodando-se no chão com o animal no colo. Sentiu uma coceira na pele, porque ramos brotaram dela, como se quisessem que a dupla criasse raízes e ficasse naquele mesmíssimo lugar para sempre. – Ele realmente se foi.

Elijah Hawthorne passava na porta do Palácio das Glicínias todas as manhãs, sem falta. Blythe não o deixou entrar nenhuma vez, e o canteiro de roseira-brava em volta do palácio ficava mais cerrado a cada dia que passava. Mas isso não o impediu de fazer morada na porta da filha. Se não tivesse aceitado a comida que o pai deixava ali, Blythe não tinha dúvidas de que Elijah teria quebrado qualquer janela ou arrombado qualquer porta que fosse necessária para garantir que a filha estava viva. Como aceitou, Elijah não insistiu. Ele, mais do que ninguém, era capaz de compreender o que a garota estava sentindo. Era a mesma dor que quase o fizera enlouquecer, apenas um ano antes. Uma dor que o fizera afogar suas mágoas no álcool e tentar apaziguar o sofrimento com festas extravagantes.

O corpo de Blythe se transformou em espinhos que tentavam enterrá-la debaixo da terra toda vez que fechava os olhos. Mal conseguia ver a própria pele. A dor do luto era tão avassaladora que não conseguia reunir forças para fazer seus poderes recuarem. Todos os dias, só se levantava quando Elijah aparecia, apenas durante o tempo que demorava para se alimentar e alimentar Besty antes de deitar perto da porta mais uma vez, ouvindo as notícias que o pai trazia, sem jamais responder. Ele contou que o Clube Grey estava indo bem de novo, que estava falando com um comprador em potencial, e também dava notícias sobre a Quinta dos Espinhos e o sobrinho da garota. Na maior parte do tempo, entretanto, Elijah falava da mãe de Blythe, contava histórias da corte dos dois e dos primeiros dias do casamento.

– Tive certeza de que me casaria com Lillian no instante em que pus os olhos nela – declarou, o sorriso transparecendo em sua voz.

Às vezes, Blythe ouvia, apesar de estar chorando. Outras, deixava que o musgo tomasse conta de seus ouvidos e que as crescentes amoreiras-bravas a devorassem, abafando a voz do pai.

Nunca confirmava que tinha ouvido Elijah. Nunca agradecia por sua vinda nem o deixava entrar, mesmo com o pior dos tempos. Mas tampouco o mandou embora, nem proibiu a raposa de ir lá fora e passar uma hora recebendo carinho e atenção.

De início, as histórias a respeito da mãe lhe causavam dor. Mas, um dia, Elijah contou de uma vez que Lillian e Blythe tiveram a mais absurda das brigas porque a garota tinha a propensão infantil de deixar seus vestidos imundos. Blythe chamou a atenção de Lillian, mostrando que a bainha do vestido dela também estava suja de barro. Quando deu por si, a garota estava sorrindo ao se lembrar desse episódio. E, a cada dia que passava, tentava ouvir com mais atenção. Tentava se desvencilhar da tristeza que a fazia criar raízes naquele lugar.

E, quando finalmente teve disposição para abrir a porta, Elijah estava lá. Deu uma olhada na filha – nos espinhos salientes que brotavam da pele dela e nas heras que cresciam em seus cabelos – e a abraçou bem apertado.

– É graças a ele que você ainda está aqui conosco, não é? – perguntou Elijah, chorando, abraçando a filha tão apertado que a garota estava convencida de que o pai jamais iria soltar. – É a ele que devo agradecer.

Não adiantava mais esconder. Até porque as evidências estavam na pele da garota e por todo o palácio: o chão cinzento e as paredes destroçadas por raízes e pelos heléboros que brotavam do chão toda vez que ela chorava.

Elijah ficou olhando para tudo aquilo, mas não demonstrou reação. Apenas abraçou Blythe mais apertado, ignorando o sangue que os espinhos lhe arrancavam e passando as mãos nos braços da filha até esses espinhos sumirem.

– Você tem todo o direito de ficar brava – falou. – Tem todo o direito de ficar triste ou qualquer outra coisa entre essas duas opções. Mas você vai ficar bem, Blythe. – Elijah, então, deu um beijinho no alto da cabeça da garota, que afundou no seu peito, enterrando as lágrimas na camisa do pai, enquanto ele lhe fazia cafuné. – Sei que agora não parece, mas você vai ficar bem.

Lá pelo terceiro mês, boa parte do arbustos de amoreira-brava tinha recuado do palácio. Apesar de as paredes continuarem nuas, a chegada de Elijah trouxe nova vida para Glicínia. Ele tomara gosto pela decoração, trouxera tintas e pincéis, para que pudessem colorir as paredes. De início, Blythe resistiu, paralisada pela lembrança de ter criado um ambiente de sonhos com Aris sempre que ela sequer encostava em um pincel. Mas, depois de passar vários dias assistindo ao pai trabalhar sem parar a fim de transformar as paredes da cozinha em um jardim de lavanda que fizesse jus ao nome do palácio, foi pouco a pouco se ocupando disso também.

Começou pela saleta, seguindo o exemplo do que o pai fez na cozinha, continuando com o mesmo tema. Em vez de afugentar a lembrança de Aris, permitiu-se canalizar a semelhança do marido ao pintar o jardim da mãe. Permitiu-se ser extravagante, fantasiosa e tudo aquilo que ele teria adorado, quando perdeu horas e mais horas criando um efeito de luz e sombra no laguinho. Preenchendo os botões das rosas e infiltrando animais imaginários entre um caule e outro. Entalhou lírio após lírio, até que as paredes ficaram cheias de vida. Repletas de lembranças, que lhe traziam mais consolo do que dor.

Depois, passou para os corredores, pintando-os como recordava de tê-los visto pela primeira vez que esteve em Glicínia. Durante semanas, trabalhou assim, pintando enquanto o pai cozinhava ou lavava roupa. À medida que Elijah foi, devagar e sempre, instalando a filha em um lar que não lhe causava mais apenas dor pela perda de Aris, mas que tinha lembranças da vida dele em cada canto.

Pintar era a única coisa que apaziguava os pensamentos de Blythe.

Toda vez que não estava perdida com um pincel na mão, quando a garota caía em si, estava sentada diante de uma lareira que não ficava mais acesa a qualquer hora, revivendo continuamente a noite em que Aris morreu. Ela pensou em todas as maneiras que poderia ter impedido que isso acontecesse. Em tudo o que teria feito diferente.

Se ao menos não tivesse saído da carruagem no dia do casamento. Se ao menos não tivesse posto os pés no jardim ou não tivesse se permitido pensar em Percy e em como gostaria que ele ainda estivesse vivo. Blythe se odiava por ter despertado os próprios poderes porque, se jamais tivesse feito isso, Aris ainda estaria ali.

Os dois poderiam ter construído uma vida juntos. Poderiam ter sido tão felizes. Em vez disso, a garota só tinha um pincel e um coração partido.

Se ao menos.

Se ao menos.

Se ao menos.

Naquela época, Sylas aparecia com frequência para ver como Blythe estava, mesmo quando a garota gostaria que ele não aparecesse.

Não falava com o Ceifador nem com Signa desde a noite em que tudo acontecera. Como poderia, se fora ele quem roubara Aris daquele mundo e se Signa tinha, de forma tão ostensiva, dado as costas para as suas súplicas?

Durante semanas e mais semanas, Blythe nutriu apenas raiva por ambos, apesar de saber, mesmo naquele momento, que o sentimento era equivocado. Sabia que teria feito a mesma coisa se estivesse no lugar de Signa, e que Aris teria ficado inconsolável se tivesse vivido e sofrido tamanha perda novamente.

Blythe não era capaz de imaginar como o marido conseguira fazer isso. Tinha esperado séculos por ela, confiando, todo esse tempo, que a falecida esposa o encontraria, apesar de jamais ter visto qualquer sinal. E ei-la ali, meros meses depois, convencida de estar fadada a jamais revê-lo.

O Destino esperou. O Destino *acreditou*. Então que escolha ela tinha, senão fazer o mesmo pelo marido, por mais impossível que pudesse parecer?

Uma noite, quando um frio se infiltrou no recinto, e sombras apareceram nos cantos, altas horas da madrugada, enquanto o pai dormia profundamente em outro lugar do palácio, Blythe resolveu que já tinha se cansado daquilo. Desta vez, quando Sylas veio visitá-la, ela não o ignorou. Desta vez, ficou de pé e estendeu a mão.

– Leve-me para ver minha prima – disse. E, sem pensar duas vezes, Sylas a levou.

A Quinta da Dedaleira estava mais arrumadinha do que da última vez que Blythe a tinha visitado. Mais iluminada também; o céu da primavera era de um azul sem nuvens. Até Signa estava com uma aparência mais apresentável, não exibia mais olheiras fundas nem manchas no vestido quando levantou correndo. Manteve as mãos cruzadas perto do peito, obrigando-se a não ficar gesticulando loucamente ao ver os dois.

– Achei que você não viria mais – a prima foi logo dizendo, virando-se para trás. – Liam, você pode nos trazer um chá?

Blythe não deveria ter se surpreendido com o bule que apareceu flutuando, trazido por uma mão fantasma que serviu o conteúdo em três xícaras de porcelana. Tampouco deveria ter ficado tão surpresa quando Sylas pegou uma das xícaras e suas sombras se dobraram, formando uma cadeira embaixo dele.

– Não sabia que você podia tomar chá – murmurou Blythe, e o Ceifador deu de ombros, com as sombras escorrendo da pele.

– Só quando estou com muita sede. Ficar pastoreando você o tempo todo é exaustivo.

Blythe sorriu, com os lábios encostados na xícara. Por um instante, a tirada de Sylas a fez se lembrar de Aris. Ficou feliz de ver que a Morte tinha deixado de lado a forma incorpórea, porque não havia espaço no cérebro para imaginar como uma sombra poderia tomar chá. Que estranha sua vida se tornara.

O silêncio reinou entre os três. Ninguém sabia o que dizer primeiro.

– E que fim levou o Caos? – Foi Blythe quem interrompeu o silêncio, sentindo os lábios quentes pelo vapor do chá. A pergunta pesava em seus ombros já fazia algum tempo, e esse lhe parecia o assunto mais fácil para começar a conversa.

Os dedos de Signa seguraram a alça da xícara de porcelana com mais força, e Sylas a olhou de soslaio antes de responder.

– No joguinho do Caos, nós é quem saímos perdendo. Podemos até não ter jogado exatamente como ela esperava, mas imagino que o resultado tenha sido... satisfatório. Provavelmente, já se cansou de nós.

Blythe pôs a xícara na mesa com tanta força que a peça fez um estrondo ao bater no pires.

– Então é isso? Solanine está solta por aí, livre para causar mais estrago, e nós simplesmente vamos permitir, como se nada disso tivesse acontecido? – A garota se virou para a prima, afundando as unhas na beirada da mesa. – Por você tudo bem?

– Claro que por mim não está *tudo bem*. – Signa soltou um suspiro. – Terminei de ler todos os diários que encontrei e ainda não faço a menor ideia de quem Solanine realmente era para minha mãe. Ela não menciona o nome do meu pai nos diários nem uma única vez antes da manhã do casamento. Tenho dois lados em conflito: um que quer que Solanine morra por causa de toda a dor que causou, e outro que quer se sentar com ela e fazer mil perguntas para entender essa história.

– Levando em consideração o interesse que ela demonstrou por você, Signa, duvido que essa será a última vez que ouviremos falar de Solanine. – Apesar de Sylas ter se recostado na cadeira com um jeito descontraído, sua expressão transmitia certa dureza.

– Então vamos simplesmente ficar esperando por ela? – Esse plano era tão ridículo que Blythe soltou uma risada debochada. – Não vamos caçá-la? Tentar detê-la? Vamos simplesmente... virar a página?

– Qual é a alternativa? – perguntou o Ceifador. – Vamos fazer dela uma inimiga? Permitir que Solanine cresça os olhos para Elijah ou para seus amigos? O Caos está sempre em movimento. Solanine adora uma reação e parte para um novo projeto no instante em que as coisas se tornam muito estagnadas. Não é justo. Mas, um dia, quando meu irmão voltar, e tanto você como Signa tiverem dominado suas habilidades, vamos encará-la de novo. Mas, por ora, pelo bem daqueles que amamos e não podem se proteger tão bem quanto nós, a opção mais segura que temos é deixar que ela siga seu rumo.

A verdade dessas palavras era mais amarga do que qualquer veneno que Blythe já tinha ingerido. Entretanto, por mais enojada que estivesse, sabia que o plano de Sylas era o melhor que tinham à disposição. Pelo menos por ora.

– É ridículo perguntar como você tem passado, mas não consigo me conter. – Signa se pronunciou depois de mais um silêncio constrangedor que Blythe não se dispôs a interromper. – Tem alguma coisa que nós possamos fazer para te ajudar?

Signa, justo ela, deveria entender que aquela pergunta era impossível de responder.

Blythe jamais estaria *bem*. Parte dela fora perdida para sempre e não havia como apaziguar a dor da ausência de Aris. A garota podia apenas reconstruir a si mesma em volta disso, e era esse o motivo para, finalmente, ter concluído que estava na hora de fazer uma visita à prima.

– Estou voltando ao normal a cada dia que passa – optou por dizer, enfim. – Mas é um processo lento, levando em consideração que não sei mais o que é normal.

Sylas tinha razão: Blythe ainda não compreendia o poder que corria em suas veias nem todas as possibilidades do que era capaz de fazer. Tentou lançar um feitiço na porta de casa e aparecer em outro lugar, como Aris tinha feito. Tentou se transportar para um lugar completamente diferente, como ambos os irmãos eram capazes de fazer. Mas, ao que tudo indicava, essa não era uma habilidade que constava no seu repertório.

Tinha, contudo, aprendido que era muito simples imbuir o mundo de vida. Em qualquer tipo de matéria orgânica que não envolvesse alma, só precisava encostar e assistir ao mundo florescer ao seu redor. Com as almas, entretanto, era mais complicado, e Blythe tinha a sensação de que ainda demoraria muito até conseguir moldá-las com a facilidade que Mila tinha, isso se conseguisse moldá-las um dia.

Ou seja: estava na hora de pôr as mãos na massa.

Aris se fora. Mas, a cada dia que passava, Blythe ia compreendendo que o mundo seguiria seu curso sem ele e que ela também precisava tentar.

Se Blythe e Aris tivessem uma tapeçaria em comum, os fios seriam vermelhos, ardentes de paixão. Apesar de amá-lo – ou talvez *porque* o amava –, Blythe não permitiria que seu mundo passasse mais um dia enrolando. Precisava acreditar que, um dia, o Destino voltaria para ela. E, quando voltasse, não queria que Aris ficasse sabendo que a esposa tinha passado esse tempo todo entediada e sofrendo. Queria ter infinitas histórias para contar. Sendo assim, ela se inclinou para a frente, e o nó de luto e de dor em seu peito ficou mais frouxo, bem de leve.

– Quero aprender a respeito dos meus poderes – falou para ambos. – Vocês dois me ajudam?

– Adoraríamos. – Signa não perdeu tempo e foi logo pegando as mãos da prima e colocando-as entre as suas. Sylas se encolheu todo, surpreso quando Blythe segurou a mão dele também e a apertou bem forte.

Aquelas eram suas pessoas queridas. Sua família eterna para todo o sempre e, pela primeira vez desde a morte de Aris, Blythe sorriu.

EPÍLOGO

Na entrada da floresta, fica uma mansão mal-assombrada que se chama Quinta dos Espinhos.

Reza a lenda que o velho dono da mansão um dia teve uma filha. Ninguém consegue lembrar o nome dela, mas os boatos correm soltos – boatos segundo os quais a garota se casou com um belo príncipe e foi levada, por ação de magia, a um palácio escondido nas montanhas, e todos que tentaram encontrá-la se perderam em meio às cercas-vivas sem fim e aos labirintos de roseiras-bravas.

Há também quem diga que já viu a garota uma ou duas vezes andando pela mansão, com a pele sempre plena do viço da juventude. Dizem que ela parou de envelhecer lá pelos vinte e poucos anos. Que seu cabelo se tornou branco como a neve, e os olhos, cinzentos como nuvens de tempestade. Há quem pense que ela é uma bruxa e acredite que todos os que dormem entre as paredes da Quinta dos Espinhos ficam marcados pelo demônio e são obrigados a obedecer suas ordens.

Blythe nunca se importou com as histórias: guardava uma coleção delas em seus registros, preenchendo cadernos e mais cadernos e dando risada desses mitos ao lado do pai e da prima, enquanto construía seu próprio conto de fadas. Ela se importava, *sim*, com o fato de os anos terem passado e seu rosto permanecer igual. Isso atraía curiosos em excesso, que apareciam no Palácio das Glicínias à sua procura.

Em um primeiro momento, ela permitia que as pessoas entrassem em sua casa e examinava cada recém-chegado, procurando sinais do falecido marido. Tinha esperança de atraí-lo até ali com as lendas a seu respeito que se espalhavam pelo interior. Vinte e sete anos haviam se passado desde a morte de Aris Dryden, e Blythe ainda usava o anel de casamento. A aliança de luz por baixo dele, entretanto, não brilhava desde a noite em que o marido morrera.

Toda vez que Blythe avistava alguém parado sob o esplendor de seu pé de glicínia, ela saía correndo de casa, com o peito apertado, cheia de falsas esperanças. E toda vez, sem exceção, essa pessoa partia seu coração, porque tinha vindo apenas para questionar a impossibilidade de existir uma garota que não envelhecia. Para ver se os boatos eram ou não verdadeiros.

Certa vez, uma mulher carola apareceu, pronta para esquartejá-la. E Signa – que tinha anos e anos de experiência com mulheres carolas e assassinas – insistiu que Blythe fizesse exatamente o que tinha resistido a fazer por tanto tempo: bloquear o acesso a Glicínia, fazendo do palácio uma impossibilidade tão grande quanto ela.

Blythe fez brotar da terra labirintos intermináveis de cercas-vivas, pelos quais as pessoas não ousavam mais se aventurar, depois que almas em excesso se perderam procurando descobrir se as lendas tinham ou não um fundo de verdade. Fez brotar carvalhos altíssimos e cerejeiras esplêndidas, e construiu um canteiro de roseiras-bravas com espinhos aos quais apenas o pai era imune. Bem, ele e as raposas sagazes que viveram para sempre em Glicínia – os descendentes de

Besty eram tão bestas e monstruosos quanto sua ancestral, sem tirar nem pôr, e tomaram posse do palácio, como se pertencesse a elas na mesma medida em que pertencia a Blythe.

Todos os dias, a garota torcia para que Aris encontrasse o caminho até ela, desviando das roseiras. Para que as raposas abrissem uma trilha para o falecido esposo.

Isso não significava que Blythe estava sozinha. Signa havia se tornado a sua companhia mais constante, assim como Sylas. A prima também parara de envelhecer mais ou menos na mesma época que Blythe, simplesmente porque resolvera que seria assim.

Signa ficava feliz de atender a uma pequena fração dos desejos de viagem de Blythe, mas nunca era a mesma coisa que viajar com Aris. A prima precisava descansar com mais frequência; o interior do corpo continuara a envelhecer, apesar da aparência na superfície. Com o passar dos anos, um dia ficou claro que Signa *iria* morrer. Entretanto, dados os seus poderes, Blythe não ficou preocupada. A prima era algo estranho, assim como o restante deles. Algo especial, que criava uma ponte entre a vida e a morte para toda e qualquer alma ansiosa demais ou incapaz de fazer a passagem. Um dia, o corpo de Signa pereceria. Mas ela continuaria vivendo ao lado da Morte, e Blythe teria a prima ao seu lado para todo o sempre.

Ainda assim, não havia um dia em que Blythe não desejasse ter outra pessoa viajando ao seu lado, cochichando segredos ao visitar museus ou fazendo careta, dizendo que a poesia era uma coisa pretensiosa. Signa era maravilhosa, mas não ardia de desejo pelo mundo nem fervilhava com a mesma paixão de Aris. Ficava muito mais feliz encolhida no sofá da Quinta da Dedaleira. Blythe também gostava disso, de vez em quando, mas ansiava por estar em movimento. Criara as próprias histórias ao longo dos anos, descobrindo lugares preferidos que poderia, um dia, mostrar ao falecido marido, caso tivesse essa sorte.

Sempre e para todo o sempre, existiria apenas *ele*, porque agora

Blythe compreendia por que Aris fora incapaz de virar a página. O Destino era parte da sua própria alma, e não havia uma única pessoa sequer no mundo capaz de, um dia, preencher a lacuna que a perda do marido cavara dentro dela.

Toda vez que respirava, Blythe pensava em Aris. Era incapaz de olhar para obras de arte sem lembrar como ele ganhara vida enquanto criava Verena. Era incapaz de comer sem pensar que aquela refeição jamais iria satisfazer o paladar do marido. O Destino estava presente em cada centímetro de seu lar e na própria trama do mundo em si. Pensava em Aris naquele exato momento, sentada no jardim, com o pai ao seu lado, as mãos sem luvas cheias de lama. Segurava um bolinho de terra, que moldou como bem entendeu, e soprou vida dentro dele até que mais uma daquelas estranhas criaturas das quais aprendera a gostar tanto saiu engatinhando. Algumas pegavam pedaços de galhos ou pétalas de flores e faziam de cabelo, e pedregulhos ou frutinhos, que faziam de olhos. Sempre eram tão criativas que chegava a ser fascinante.

Blythe poderia passar horas e horas observando as criaturas, mas a maioria das almas nunca permanecia muito tempo ali. Sumiam em um piscar de olhos, iam encontrar seu corpo. Outras eram mais tímidas, ficavam com Blythe enquanto ela trabalhava e demoravam a sair do seu lado.

O pai também passou a gostar das criaturas. Agora era um homem idoso, a barba se tornava grisalha, e a força dos ossos já não era a mesma. Os olhos, contudo, não perderam um pingo da astúcia.

Elijah passava a maioria dos dias com Blythe, uma fonte constante de segurança sempre que a garota precisava. Não havia mais segredos entre ela e o pai: ele sabia quem a filha era de verdade e tudo o que Signa era capaz de fazer, e a paz trazida por essa sinceridade existente entre os dois valia muito mais do que Blythe jamais teria imaginado.

Elijah estava sentado em uma cadeira, com uma xícara de chá na mão, coçando atrás da orelha de uma raposa que tinha se aninhado em seu colo.

Havia mais uma dúzia de raposas que faziam toca perto das árvores e observavam Blythe com aquele olhar que sempre dava a impressão de que compreendiam as ações da garota. Os animais nunca incomodavam as almas dela. Nunca as atormentavam. Normalmente, ficavam só olhando, em silêncio.

Só que, naquele dia, o filhotinho preto que estava no colo de Elijah se levantou, soltando um ganido estridente que fez Blythe perder a concentração.

Elijah foi para trás, protegendo a xícara para não derramar o chá, e a raposa ficou andando em círculos, de orelhas em pé e balançando o rabo.

– O que foi isso? – perguntou Blythe para o pai, que tentava, sem sucesso, fazer a raposa sossegar.

– Talvez ela tenha ouvido alguma coisa.

Blythe limpou as mãos sujas de terra e dirigiu o olhar para a floresta que a rodeava. Para os canteiros de roseira-brava e para as cercas-vivas, tentando sentir se alguém tinha mexido nelas ou estava se aproximando.

Mas não havia ninguém.

– Silêncio, sua bobinha – sussurrou Blythe, passando a mão nos braços, que tinham ficado arrepiados.

Mas a raposa não fez silêncio nem se aproximou das árvores, como Blythe poderia esperar. Em vez disso, virou a cabeça para a porta do Palácio das Glicínias, e Elijah ficou imóvel.

Era possível que o filhotinho tivesse ouvido algum ruído ao longe ou sentido o cheiro de alguma coisa no ar. Não seria infundado: os animais, afinal de contas, sempre sentem coisas que os humanos não conseguem sentir.

Só que Blythe foi acometida por um aperto no peito que não podia ignorar. Se levantou quando a raposa pulou do colo de Elijah, deu uma volta ao redor de seus pés e foi correndo para a porta do palácio. A garota olhou para o pai, sem ar. Esperava vê-lo hesitante. Que a esperança ardente dentro dela fosse só coisa de sua cabeça. Mas as mãos de Elijah estavam tremendo quando ele fez sinal para a filha ir em frente, com os olhos lacrimejando, brilhando forte sob a luz do sol.

– Vá. – A risada que ele deu foi um som alegre e radiante. – O que está esperando? Vá logo!

Blythe não ouviu o que o pai disse depois disso. O corpo saiu correndo por conta própria, foi atrás da raposa, aproximando-se de uma porta pela qual já tinha passado milhares de vezes àquela altura da vida.

Uma porta que lhe deu um frio na barriga, porque nela tinha algo que Blythe não via fazia vinte e sete anos:

Um fio dourado.

Era um só fio, tão fino e translúcido que Blythe não teria reparado, caso a luz do sol não tivesse batido nele exatamente naquele ângulo. O fio reluzia, e era o farol mais lindo que ela já vira.

Blythe nem respirou quando segurou a saia e correu até o fio, torcendo, rezando e ansiando com todas as suas forças para que aquilo não fosse coisa da sua imaginação. Que aquele fio diante de seus dedos abertos não fosse uma brincadeira cruel nem um artefato descartado no qual, até então, ela não tinha reparado.

Mas então outro fio se enrolou na maçaneta, depois mais um, incitando-a a seguir em frente, até que Blythe caiu contra a porta, segurando a maçaneta bem apertado.

– Leve-me até ele – ordenou, suplicando para a aliança de luz em seu dedo brilhar mais uma vez. Queimar sua pele e deixar uma marca para sempre. – Por favor, leve-me até meu marido.

O choque a deixou anestesiada, mas mesmo assim Blythe conseguiu obrigar a porta a se abrir. A porta não mostrou os corredores da sua casa, mas uma cidadezinha bem conhecida, onde ecoava a melodia de um acordeão.

Nas ruas repletas de glicínias de Brude, havia um homem parado, com uma elegância lânguida, eclipsado pelas pétalas que pingavam ao seu redor, como se o próprio tempo tivesse retardado seu ritmo para assistir ao cair daquelas pétalas. Blythe deu um passo à frente, espremeu os olhos para enxergar melhor um rosto que nunca vira antes, mas cuja pele trazia o toque dourado do próprio sol. Ele tinha cortes nas bochechas. No pescoço, nas mãos. Causados por espinhos, Blythe se deu conta. Os espinhos de seu canteiro de roseira-brava.

A luz do sol formou uma seta através dos ramos da glicínia, apontando para o homem cujos olhos dourados se dirigiram a Blythe e a admiraram como se ela fosse todo o seu mundo.

– Diga que não estou sonhando – sussurrou Blythe, quando o homem percorreu a distância que os separava e a abraçou, com braços que, sabe-se lá como, eram conhecidos. Braços nos quais ela passaria cada instante, pelo resto da vida, feliz. – Diga que é você.

O contato com a pele daquele homem, quando segurou seu rosto com a mão espalmada, era o bálsamo que Blythe esperava. O alívio que, até então, ela jamais tivera certeza de que sentiria um dia.

– Oi, Roseira-Brava. – O homem, então, segurou o queixo de Blythe. Com os lábios encostados nos dela, Aris sussurrou: – Finalmente te encontrei.

AGRADECIMENTOS

Wisteria marca minha segunda série completa e minha primeira trilogia, e que experiência incrível tem sido. Antes de mais nada, este livro não seria possível sem você. Muito obrigada, principalmente se você chegou até aqui. Há anos morro de vontade de contar a história de Blythe e de Aris, e espero que você tenha amado esses dois tanto quanto eu amei.

Quero agradecer à incrível equipe de outros países e a todos os tradutores que adaptaram esta série para várias línguas, levando-a até as mãos de leitores do mundo todo.

Pela tradução em espanhol, mando um agradecimento em especial para Leo, Mariola, Patricia, Mercedes, Facu, Joaquin, Fran, Maria e a todos da Umbriel, por serem tanto uma editora fenomenal quanto um grupo de pessoas fenomenais. Agradeço muito por tudo o que fizeram por mim e pelos meus livros. Adorei conhecer vocês.

Pela tradução para o francês, mando todo o meu amor e toda a minha gratidão para Sam, Janis, Adrien, Vova e Hélène, das Éditions

De Saxus. Vocês figuram entre as pessoas mais incríveis do mundo, e eu não poderia estar mais grata por tê-los conhecido. Quando estive na França foi a primeira vez que me caiu a ficha de que meu sonho de infância de publicar um livro tinha virado realidade. Fazer essa viagem e conhecer todos vocês realmente significou tudo para mim.

Pela tradução para o alemão, eu não poderia estar mais empolgada de trabalhar com a arsEdition, que dedicou a esta série um apoio maior do que eu poderia ter imaginado. Obrigada por terem fé neste livro, por terem trabalhado tanto e por uma das edições mais lindas que já vi.

São tantas mais equipes sensacionais que ainda não tive a oportunidade de conhecer pessoalmente, que são maravilhosas e merecem meu agradecimento – Artemis Milenyum, Eksmo, Corint, Ikar, Yoli, Plataforma21, Rizzoli Libri, Clube do Author, Foksal, Vivat, Ciela, Konyvmoly e Senan. Não tenho nem como agradecer pelo apoio dado aos meus livros e por levarem as minhas obras às mãos de leitores do mundo todo.

Como sempre, agradeço à incomparável equipe da Park & Fine: Emily Sweet e Andrea Mai, por estarem sempre atrás de informações e novas oportunidades, por serem as melhores no que fazem. Obrigada, Kathryn Toolan, por abrir dezenas de portas novas para a minha carreira, ajudando a negociar todas as edições estrangeiras listadas aqui e simplesmente por ser sensacional. Stuti Telidevara e Danielle Barthel, com quem fico feliz de poder trabalhar novamente e cujo trabalho admiro muito. E, claro, todo o meu agradecimento ao meu agente, Peter Knapp, que ajudou a transformar esta série, que era apenas uma ideia (e uma ideia que ele tornou muito melhor) na série linda e completa que é agora. Obrigada por sua mente brilhante, por seu tempo e sua paciência e por me aturar toda vez que resolvi tentar pôr mais um livro na série... Não posso prometer que não vou fazer isso de novo.

No Reino Unido, agradeço a Phoebe, Kate, Lydia, Jo e ao restante da equipe da Hodder & Stoughton por todo o trabalho dedicado a levar esses livros para o outro lado do laguinho.

Um agradecimento muito especial para Anissa e para a equipe da FairyLoot, por terem me colocado em contato com leitores tão fantásticos. Anissa, foi incrível trabalhar com a sua equipe, e você é uma das minhas pessoas preferidas do mundo. Obrigada por sempre me fornecer um apoio enorme e sempre estar disposta a conversar comigo sobre animes e triângulos amorosos.

A todos da Little, Brown, foi um prazer absoluto trabalhar com uma equipe tão impressionante. Esta série tem sido tudo o que imaginei e muito mais. Foi o trabalho em grupo mais fantástico, e admiro todos vocês.

Deirdre Jones, fico tão feliz de poder trabalhar com você. Você é a melhor editora e a melhor parceira que eu poderia pedir para esta série, e agradeço demais tudo o que fez por mim e pelos meus livros. Não acredito que estou escrevendo isso e que conseguimos chegar até o livro 3!

Cheryl Lew, você é simplesmente fantástica. Às vezes, parece que trocamos quinhentos e-mails por semana, mas é sempre uma alegria. Agradeço muito tudo o que você fez por esses livros e fico feliz por ter a oportunidade de trabalhar com você neles.

Jenny Kimura, maga do design, obrigada por ter tornado estes livros muito mais bonitos do que eu esperava. Toda vez que vejo um projeto novo seu, fico maravilhada. Você é tão talentosa, e tenho uma sorte imensa e sou muito grata por você ter trabalhado nesta série.

Stefanie Hoffman, Emilie Polster, Savannah Kennelly, Jessica Levine, Mara Jordan, Alvina Ling, Megan Tingley, Jackie Engel, Danielle Cantarella, Victoria Stapleton, Shawn Foster, Sasha Illingworth, Mary McCue, Rina Guo, Marisa Finkelstein, Starr Baer, Chandra Wohleber e Jody Corbett – todos vocês têm um dedinho nesta série, e isso foi importante para fazer dela o que é. Agradeço profundamente a vocês, um por um.

Devo agradecer a Elena Masci pelas capas da edição dos Estados Unidos, e a Teagan White pelas capas do Reino Unido. Muito obrigada às duas pela criação de capas para esta série, capas essas que são mais bonitas do que eu jamais poderia esperar.

Kristin Atherton, obrigada por dar vida a esta história sendo essa brilhante narradora de audiolivros. Sempre vou ouvir qualquer coisa que você narrar.

Marta Courtenay, obrigada por todo o esforço para me ajudar a promover a série. Foi uma alegria trabalhar com você. *Purpurea* foi um borrão de tantos compromissos, nem sei como eu teria sobrevivido ao lançamento sem você.

Aos promotores de vendas, que têm sido uma das melhores partes dessa jornada. Muito obrigada, muito obrigada por serem maravilhosos, por me apoiarem e por guardarem todos os primeiros segredos que contei para vocês. Conhecer todos vocês foi muito encantador.

Mysterious Galaxy, vocês estão ao meu lado em todos os livros que fiz até agora e agradeço por tudo o que fazem. Fico feliz de ter uma livraria independente local tão fantástica e de poder trabalhar com todos vocês. A equipe inteira tem minha total gratidão. Vocês são demais!

Aos amigos e à família que estiveram comigo durante esta jornada, obrigada tanto por aguentarem eu demorar uma eternidade para responder as mensagens, estar estressada noventa por cento do tempo e por todo o apoio. E para os amigos que também trabalham no mercado editorial, obrigada por aguentarem minhas muitas mensagens de áudio sempre que precisei da ajuda do grupo de chat.

Rachel Griffin, obrigada por ser uma das melhores pessoas que conheço. Espero que o livro tenha te feito chorar, caso o agradecimento não tenha conseguido.

Haley, obrigada por sempre ser a melhor primeira leitora e alguém com quem eu ficaria feliz de passar um ano trancada em um quarto, em um sentido nada tarado.

Josh, que é obrigado a me aguentar todos os dias. Obrigada por sempre me apoiar tanto e por receber de braços abertos esse estranho mundo do mercado editorial na sua vida.

Aos meus pais, que sempre acreditaram nas minhas iniciativas de publicação e dominação mundial desde que eu era criança e que fazem tudo ao seu alcance para me apoiar.

A Deus, por tornar esta série tudo o que eu esperava que seria para a minha carreira.

E aos meus cachorros, ao sushi e ao badminton, por me ajudarem a enfrentar os momentos difíceis. Vocês são garantia de sucesso.

SUA OPINIÃO É MUITO IMPORTANTE

Mande um e-mail para **opiniao@vreditoras.com.br** com o título deste livro no campo "Assunto".

1ª edição, abr. 2025

FONTE Centaur MT Std Regular 13,5/17pt

PAPEL Polen Bold 70g/m²

IMPRESSÃO BRASPOR

LOTE BRA070225